W0367911

„Glück ist, das zu mögen, was man muss und das zu dürfen, was man liebt."
Unbekannt

Für Heribert Stuppy – in Dankbarkeit

Prolog

8. Mai 1985

Sie wussten, was sie erwarten würde, wenn sie es nicht schafften. Es würde schlimmer werden als die Hölle, vor der die Alten immer so gerne warnten. Und auch wenn noch niemand aus dieser beschriebenen Hölle zurückgekehrt war, um über jene Gräuel zu berichten, so würden diese doch nichts sein gegen die Grausamkeiten, denen sie ausgesetzt sein würden. Man kannte eben keine Gnade mit ihresgleichen. Davon hatten sie längst erfahren.

Aber selbst davor fürchteten sie sich nicht. Denn sie hatten einfach keine andere Wahl. Sie mussten es tun. Das wussten sie, als sie sich noch einmal fest umarmten. Sie konnten die Entschlossenheit des jeweils anderen spüren. Den Willen, endlich frei zu sein.

Der Mond hatte sich hinter einer dicken Wolkendecke versteckt. Nur schwach konnten sie den Weg erahnen, der sich durch die Dünen, die Hagebuttensträucher und das sich sanft im Wind hin- und herwiegende Schilf schlängelte. Ihre Anspannung stieg, als sie den Dünenkamm erreichten und der Strand jetzt dunkel vor ihnen lag.

Seit Tagen war genau dieser Strandabschnitt zu ihrem zweiten Zuhause geworden. Sie kannten jede Bodenwelle, jede Unebenheit, eigentlich jedes Sandkorn, denn seit einer knappen Woche suchten sie genau hier nach den blau-schwarz schimmernden Miesmuscheln. Es war ihre Tarnung gewesen, um nicht aufzufallen.

Vorsichtig schauten sie sich noch einmal um. Der Strand war auch in dieser Nacht menschenleer. Nirgendwo bewegte sich etwas. Kein Lichtkegel einer Taschenlampe war zu sehen, kein Bellen eines Hundes zu hören. Sie waren ganz allein. Dann liefen sie in die Dünen. Als sie an ihrem Versteck angelangt waren, warfen sie die Decken zur Seite, ehe sie mit geübten Handgriffen die Faltboote zusammenbauten und sie anschließend zum Wasser trugen.

Die See war ruhig in dieser Nacht. Sanft verliefen sich kleine Wellen an den Strand.

Sie verstauten ihr Gepäck, das in kleinen Flaschen abgefüllte Trinkwasser und etwas Proviant in den Booten. Dann zogen sie ihre Schuhe aus und legten diese ebenfalls hinein. Das Wasser war eiskalt, als sie die Boote barfuß durch die schwache Brandung ins Wasser schoben. Aber sie spürten weder den aufkommenden Wind noch die Kälte an ihren Füßen, die langsam immer höher wanderte.

Als das Wasser ihnen fast bis an die Hüfte reichte, stiegen sie in die Boote und begannen, mit gleichmäßigen Bewegungen aufs offene Meer hinaus zu paddeln.

Um sie herum war tiefste Finsternis. Einzig die weißen Kreidefelsen hoben sich milchig vom schwarzen Passepartout aus Himmel, Meer und Küste ab.

Schweigend trieben sie die Boote immer weiter auf die offene See hinaus. Sie würden einen anderen Weg nehmen als den, den man ihnen empfohlen hatte. Dieser war zwar deutlich weiter und sie würden viel länger auf der offenen See sein. Aber hier würde man sie nicht suchen. So hofften sie.

Sie waren noch keine Stunde unterwegs, als der Wind mehr und mehr auffrischte. Die vormals ruhige, sich in sanft schaukelnden Wellen bewegende See zeigte jetzt ihr anderes, ihr raues Gesicht.

Mit dem Wind kam auch der Regen auf. Schutzlos den Salven ausgeliefert, klebten ihre Haare im Nu wie feuchte, kalte Lappen, die man vergessen hatte auszuwringen, an ihren Köpfen. Auch die Regenjacken, ihre Stritex-Pullis und die dünnen Skihosen, die sie wärmen sollten, boten längst keinen Schutz mehr. Sie waren nass bis auf die Haut. Und sie froren.

Hatte der Wetterbericht nicht etwas anderes vorausgesagt? Doch zum Fluchen war jetzt keine Zeit, als plötzlich zwei Lichtpunkte hinter ihnen auftauchten. Wie zwei springende gelbe Bälle.

Sie verharrten still und duckten sich tief in die Boote hinein, auch wenn sie wussten, dass das nicht mehr von Belang war, wenn man sie erst entdeckt hatte.

Also mussten sie weiterpaddeln, wollten sie nicht zurückgetrieben werden. Dahin, von wo sie gekommen waren. Und wo sie nie mehr hinwollten.

Sie mussten sich auf die gleichmäßigen Schläge konzentrieren, um gegen den immer stärker werdenden Wellengang anzugehen.

Er war allein in seinem Boot und hatte ein wenig den Anschluss an die kleine Gruppe verloren. Mit schnellen Paddelschlägen versuchte er, wieder zu den anderen aufzuschließen, als ihn eine Welle plötzlich seitlich erwischte und sein Boot zum Kentern brachte.

Er konnte sich gerade noch rechtzeitig aus dem Boot befreien, während er von den Wassermassen nach unten gezogen wurde. Gefangen in tiefster Finsternis verlor er völlig die Orientierung. Dennoch schaffte er es irgendwie, sich durch den eiskalten Wasserstrudel zurück an die Oberfläche zu kämpfen.

Aber wo war sein Boot? Und wo die anderen? Auch die gelben Punkte waren verschwunden. Als hätte es sie nie gegeben.

Er schrie. Immer lauter. Bis er irgendwann kein Wort mehr herausbekam. Er ruderte wie wild mit den Armen, um sich irgendwie bemerkbar zu machen. Aber alles um ihn herum war dunkel. Schwarz. Wie tot.

Er tauchte kurz ab, als er meinte, eine weitere Welle in der Dunkelheit heranrollen zu sehen. Als er wieder aus der dunklen See auftauchte, sah er die anderen endlich. Sie hatten ihn gefunden!

Immer und immer wieder schrie er in die tiefe, dunkle Nacht hinein, damit sie ihn nicht noch einmal aus den Augen verlieren würden.

Und dann schwamm er um sein Leben.

Kapitel 1

30 Jahre später
Irgendwo auf der Autobahn A 8
Mittwoch, 8. April 2015

Die junge Frau kauerte in einer Ecke auf dem Boden und zitterte am ganzen Körper. Soweit sie das in ihrer Position überhaupt konnte. Das durchweichte Stofftuch in ihrem Mund, mit dem sie geknebelt worden war, schmerzte. Ihre Augen waren verbunden. Gefesselt an Händen und Füßen war sie an der Innenwand des Transporters angekettet worden. Wie ein räudiger Hund.

Es roch feucht. Oder vergoren. Nach Kohl und Zwiebeln. Genauer hätte sie den penetranten Geruch nicht beschreiben können. Auf jeden Fall würde sie nie mehr in ihrem Leben Weißkohl essen. Wenn es überhaupt noch einmal dazu kommen sollte.

Mit dem Knebel im Mund konnte sie kaum atmen. Sie versuchte mit schnellem Schlucken gegen den aufsteigenden Würgereiz anzukämpfen. Doch das Tuch war ihr so fest in den Mund gepresst worden, dass sie Angst hatte zu ersticken, wenn sie weiter würgen musste.

Sie versuchte sich zu beruhigen. Als sie sich wieder etwas gefangen hatte und gleichmäßiger durch die Nase atmen konnte, spürte sie erneut das Jucken, das wie Ameisensäure auf ihrem Nacken brannte und das sie bereits seit mehreren Stunden schier wahnsinnig machte. Doch ganz gleich, wie sie sich auch drehte und bewegte, sie schaffte es einfach nicht, die obere Rückenpartie an der Innenwand des Fahrzeugs entlangzuscheuern, um so endlich Linderung zu erfahren.

Sie hatte Durst, und sie schwitzte. Es war heiß und stickig in dem Transporter, in dem sie seit mindestens 24 Stunden gefangen war. Wenn nicht sogar schon länger. Sie hatte das Zeitgefühl verloren, seitdem sie hier eingesperrt worden war.

Dabei hatte sie doch die Hölle endlich hinter sich gelassen. Das Heulen der Sirenen, wenn der nächste Luftangriff auf die Stadt zu erwarten war. Die Gasbomben, die in die Bunker und Keller geworfen wurden, in denen sie Schutz gesucht hatte. Oder wenn wieder eine Einheit der IS-Terroristen durch die Straßen zog und alles „säuberte", was ihnen „unrein" erschien. Wobei *säubern* in Wirklichkeit abschlachten bedeutete.

Sie würde diese Bilder nie mehr aus ihrem Kopf bekommen. Die Bilder jener Gräuel und die erbärmlichen Schreie, wenn wieder ein Andersdenkender oder *Ungläubiger* den Umarmungen seiner Familie entrissen wurde, um wenig später auf dem Marktplatz als Mahnung an alle anderen enthauptet zu werden. Oder gesteinigt. Oder lebendig verbrannt.

Die Schreie verschwanden nie. Sie waren der Takt, der seitdem ihr Leben bestimmte. Wie das Ticken einer Uhr. Gleichmäßig, verlässlich, unumkehrbar.

Sie erinnerte sich heute noch, wie ihr Bruder eines Tages zu ihr in die provisorisch eingerichtete Küche gekommen war. Schon der Blick in seine Augen hatte ihr damals verraten, was er von ihr wollte. Und dass es für sein Vorhaben keine Alternative gab.

Sie wohnten immer noch im Haus ihrer Eltern in einem südlichen Vorort von Rakka, auch wenn nur noch zwei Räume wirklich bewohnbar waren, nachdem mehrere Granateneinschläge den ersten Stock sowie den vorderen Bereich des Hauses zerstört hatten. Bei einem dieser Angriffe waren vor wenigen Wochen ihre Eltern getötet worden.

Mit der Trauer im Herzen und einer ungewissen Zukunft vor Augen hatten sie und ihr Bruder versucht, das Haus, soweit es ging, wieder aufzubauen. Doch es fehlte an schwerem Gerät, um das eingestürzte Obergeschoss abzutragen. Steine und Mörtel waren seit Kriegsbeginn kaum zu bekommen. Und sie hatten zu wenig Geld, um jemanden zu engagieren, ihnen zu helfen. Viele ihrer Verwandten und Freunde hatten die Stadt längst verlassen, weil es nahezu keinen Tag gab, an dem keine Mörsergranaten auf die Stadt niedergingen. Oder die Islamisten mit einer weiteren öffentlichen Hinrichtung für Angst und Schrecken sorgten.

Das Wohnzimmer war seitdem der Raum, in dem sich ihr gesamtes Leben abspielte. Hier schliefen sie und schauten fern, nahmen gemeinsam die Mahlzeiten ein oder trafen sich ab und zu und nur unter strengster Geheimhaltung mit einem entfernten Onkel oder einem Freund ihres Bruders, um wenigstens für ein paar Stunden mit einem Brettspiel oder leisem Gesang der Hölle des Tages zu entfliehen.

„Heute Nacht ist es so weit!", hatte ihr Bruder zu ihr gesagt, während sie gerade dabei war, das Hühnchen, das sie mit viel Geschick auf dem Markt ergattert hatte, zu rupfen, um es anschließend zu zerteilen und in der Pfanne über der Kochstelle im Boden zu braten. Früher hatten sie eine voll ausgestattete Küche gehabt, mit Gasherd, Mikrowelle und einem Kühlschrank. Früher. Heute war das Loch im Boden ihre Feuerstelle, die einzige Möglichkeit, einen Topf oder eine Pfanne zu erhitzen.

Sie hatte ihn mit ihren großen rehbraunen Augen angestarrt, während sie dem toten Tier weiter die Federn ausriss.

„Wir müssen vorher noch etwas essen", hatte sie nur geantwortet. Auch dieser eine Satz schoss ihr jetzt, gut zwei Wochen später, wieder ins Gedächtnis zurück, als würde sie die damalige Szene in ihrem Elternhaus gerade wieder erleben.

So hatte sie dann das beste Abendessen seit Langem gekocht. Fatet Dajaj. Hühnerfleisch mit Joghurt und Reis. Es war nicht einfach gewesen, auf dem Markt ein Huhn zu bekommen. Aber sie hatte ihre letzten Ersparnisse zusammengekratzt, um sich und ihrem Bruder ein finales Festmahl zuzubereiten.

Sie hatte noch abgewaschen und das Geschirr weggeräumt. Kurz nach 23 Uhr hatten sie ihre Taschen geholt, die sie bereits seit Wochen für diesen einen Tag gepackt hatten. Sie wollten gerade das Haus durch die schmale Tür, die auf den Hinterhof führte, verlassen, als sie plötzlich stehenblieb.

„Was hast du?", hatte ihr Bruder gefragt. Er nahm sie in den Arm, als er sah, wie ihr die Tränen die Wangen hinunterliefen. „Es wird alles gut werden. Das verspreche ich dir. Komm jetzt", waren die letzten Worte, die sie in ihrem Elternhaus hören sollte.

Sie liefen, ohne sich auch nur noch einmal umzudrehen, in das Schwarz der Nacht hinein.

Immer mit der Angst im Rücken, von denunzierenden Nachbarn, die mit der IS-Miliz sympathisierten, gesehen, von Patrouillen, die die Außengrenzen der Stadt kontrollierten, erwischt oder aus dem Hinterhalt einfach kaltblütig erschossen zu werden.

Noch nie in ihrem Leben war sie so schnell gelaufen wie in dieser Nacht. Nach knapp zehn Kilometern hatten sie endlich den Treffpunkt erreicht, an dem ein großer Lastwagen bereits auf sie wartete. Mitten im Nichts, in einer Wüstenlandschaft, die lebensfeindlicher nicht hätte sein können und in der man allem und jedem ausgeliefert war, wenn man erst einmal entdeckt worden war.

Die Ladefläche war voll mit Menschen. Dort saßen verschreckte Frauen, die ihre verängstigten Kinder fest an sich drückten, kriegsgezeichnete Greise, die unentwegt Allah oder den Heiligen Vater anriefen, und junge Männer mit Kalaschnikows unterm Arm, die bereit waren, jeden zu töten, der sich dem Lkw näherte.

Sie sah noch, wie ihr Bruder dem Fahrer ein Bündel Geld zusteckte, dann fanden sie sich selbst auf der Ladefläche wieder, während der Fahrer den Motor anwarf und das Fahrzeug langsam und nur mit eingeschaltetem Standlicht in Bewegung setzte.

Die Fahrt dauerte lange, dabei war das rettende Ziel selbst von Rakka aus gesehen nicht weit entfernt. Kurz hinter der Kreuzung nach Tell Abiad, dem Grenzort zur Türkei, verließ der Lastwagen die Hauptstraße und bog rechts ab auf einen kleineren Schotterweg, der sie an die grüne und unbewachte Grenze zur Türkei bringen sollte, irgendwo zwischen Tell Abiad und Kobane.

„Ab da müsst ihr selber sehen, wie ihr weiterkommt." Das hatte ihnen der Fahrer erklärt, bevor er ihr auf die Ladefläche geholfen hatte. Aber dafür hatte ihr Bruder schon gesorgt. Das wusste sie. Sie waren frei und sie lebten.

Mit einem Lächeln auf den Lippen wurde sie jäh aus ihren Erinnerungen gerissen, als der Transporter plötzlich bremste.

Ja, damals hätte es in ihrem Leben kein schöneres Gefühl geben können. Doch hätte sie geahnt, dass die wahre Hölle erst noch auf sie warten würde, dann wäre sie niemals aus ihrer Heimat aufgebrochen.

Sie hörte, wie jemand die Wagentür öffnete und ausstieg. Sie schreckte zusammen, als die Tür donnernd zugeknallt wurde. Dann war wieder Stille. Totenstille.

Sie drückte sich noch tiefer in das schwarze Loch hinein, als wollte sie darin verschwinden. Sich unsichtbar machen. Doch dafür war vom Leben noch zu viel Körper übriggelassen worden.

Sie versuchte, leise zu summen, doch es klang wie das Wimmern eines geschlagenen Hundes, der schon seit Tagen nichts mehr zu fressen bekommen hatte.

Sie hörte, wie das Rauschen in ihren Ohren, das sie an den tosenden Bekhal-Wasserfall erinnerte, wieder stärker wurde. So laut, dass sie nicht mitbekam, wie jemand die hintere Ladetür des Transporters öffnete. Sie kniff die Augen zusammen, als das gleißende Sonnenlicht in den Laderaum flutete und sie blendete.

Es dauerte einige Sekunden, bis sich ihre Augen nach vielen Stunden schwärzester Dunkelheit an die Helligkeit gewöhnt hatten.

Ihr Blick wanderte nach vorne. Erst als sie in das entschlossene Gesicht sah, wusste sie, dass jetzt alles vorbei war.

Kapitel 2

Samstag, 2. Mai 2015

Er hätte alle Zeit der Welt gehabt, lebend davonzukommen. Hätte. Aber Achim Jahn war kein Mann, dem man so schnell Angst einjagen konnte. Der einfach abhaute, anstatt sich einer möglichen Gefahr zu stellen. Dafür hatte er selbst viel zu viel erlebt, und eigentlich war *er* derjenige, der anderen Respekt einflößte.

Und doch hätte er heute einfach auf sein Bauchgefühl hören, die Tür abschließen und über sein Handy, das neben ihm auf dem Nachttisch lag, die Polizei verständigen sollen, als er aus dem Schlaf hochgeschreckt war.

Das klirrende Geräusch, das sich nach dem Einschlagen einer Scheibe angehört hatte, war aus dem Verkaufsraum seines Hofladens gekommen, der sich gleich neben der Küche befand. Wie immer hatte er die Tür zwischen den beiden Räumen offen gelassen. Er lebte allein auf dem Spargelhof, und der Hofladen war seit mehr als zwölf Stunden geschlossen. Es gab also keinen Grund, den Verkaufsraum vom privaten Bereich durch das Schließen einer Tür zu trennen.

Er war jetzt hellwach. Sein Gehör tastete alles ab, wie das Sonar einer Fledermaus. Es war mitten in der Nacht, kurz vor halb drei. Achim schaute aus dem Fenster, während er sich aus dem Bett schwang. Draußen war nichts zu sehen. Nur tiefe, schwarze Dunkelheit.

Er lief zur Tür, nahm das Jagdgewehr vom Haken und huschte durch die Schlafzimmertür, die ebenfalls wie üblich offen stand.

Im Treppenflur war es still. Er hörte nur das monotone Brummen der Kühlung im Hofladen.

Er hätte immer noch umkehren und die Polizei rufen können. Doch er wollte niemanden unnötig zum Herumschnüffeln einladen, falls es ein Fehlalarm war. Es war einfach nicht gut, zu viel Aufmerksamkeit auf sich zu lenken. Das war damals schon so gewesen, und daran hatte sich bis heute nichts verändert.

Er umklammerte das Jagdgewehr fester, während er sich vorsichtig die Treppe hinuntertastete. Die Waffe diente einzig und allein der Abschreckung. Und seinem eigenen Schutz. Bisher hatte er jeden Konflikt oder körperlichen Angriff wie ein Mann gelöst. Und überhaupt wusste er nicht mal, ob die Waffe überhaupt noch funktionieren würde. Er hatte sie vom Vorbesitzer gleich mit übernommen. Wie den Hof, die Spargelfelder und die Erntemaschinen.

Achim war ein Hüne von einem Mann. Trotz seiner 1,85 Meter und einem Körpergewicht von an die 100 Kilogramm schlich er lautlos die Marmorstufen der offenen Treppe hinunter. Der Flur des Erdgeschosses lag ruhig, wie schlafend, vor ihm. Zum Brummen der Kühlschränke gesellte sich nur das gleichmäßige Ticken der Standuhr im Wohnzimmer. Ansonsten hörte er absolut nichts. Mittlerweile hatten sich auch seine Augen an das Schwarz um ihn herum gewöhnt.

Schwach zeichnete sich links von ihm die Haustür ab, die er fest verschlossen hatte. Rechts führte der Flur an der Treppe entlang ins Wohnzimmer. Geradeaus ging es in die große Küche mit ihren zwei Türen, durch eine kam man in den Hofladen und durch die andere gelangte man in den Garten.

Die alte Terrassentür! Sie hatte einen großen Sprung, der sich wie ein Spinnennetz über das untere Drittel der Scheibe zog. Auch sie hatte er so übernommen, als er den Hof damals gekauft hatte. Er hatte sie schon längst erneuern wollen, aber irgendwie war immer etwas dazwischengekommen. Die Erweiterung des Anbaus für die neue Zugmaschine, die Renovierung des Badezimmers, das undichte Dach. Es wäre wirklich eine Ironie des Schicksals, wenn ausgerechnet die Terrassentür nun die Achillesferse seines Hauses sein würde!

Doch ein erneutes Geräusch ließ es nicht zu, dass er sich weitere Gedanken über die alte Tür machen konnte. Schon wieder vernahm er ein Klirren. Nur dieses Mal hörte es sich an, als würde jemand auf Glasscherben treten. Ein Geräusch, das perfekt zu dem Laut passte, der sich in seinen Schlaf geschlichen hatte.

Es war also jemand im Haus! Spätestens jetzt hätte er den Rückweg antreten und die Polizei rufen sollen. Doch stattdessen entsicherte er das Gewehr und schlich langsam weiter in Richtung Küche. Als er die Tür fast erreicht hatte, blieb er stehen.

Achim Jahn spürte, wie sich sein Puls fast überschlug. Jetzt bloß nicht die Kontrolle verlieren, dachte er und lehnte sich gegen die Wand. 21 ..., 22 ..., 23 ... zählte er in Gedanken langsam vor sich hin, während er versuchte, wieder gleichmäßig ein- und auszuatmen. Er wusste, er musste seinen Puls beruhigen und seine Muskeln lockern, wollte er den Einbrecher auf frischer Tat ertappen und ihn mit einem Angriff überraschen.

Als sich sein Herzschlag endlich wieder etwas gelegt hatte, gab er sich den alles entscheidenden Ruck und betrat vorsichtig die Küche.

Wie automatisch fiel sein Blick auf die offen stehende Terrassentür und das zerborstene Glas der

Scheibe, das in Hunderten Splittern auf den Fliesen vor der Türschwelle verteilt lag.

Und dann ging alles ganz schnell. Die Faust krachte so plötzlich und unerwartet in seinen Magen, dass er schon gar nicht mehr mitbekam, wie er die Kontrolle über seine Knie verlor und sein gesamter Körper in sich zusammensackte. Das Gewehr fiel zu Boden und blieb mit einem lauten Scheppern auf den Fliesen liegen. Ihm wurde schwarz vor Augen. Er versuchte, den Kopf zu heben, als ein weiterer Faustschlag seine Schläfe traf. Jetzt kippte sein Körper vollständig nach vorne.

Sterne flimmerten vor seinen Augen. Er hatte mittlerweile jeden Orientierungspunkt in seiner gewohnten Umgebung verloren. Wo bin ich?, fragte er sich, als der Sternenregen langsam nachließ. Langsam und äußerst mühevoll versuchte Achim sich aufzurappeln und wieder auf die Beine zu kommen, als ihn ein harter Tritt in die Rippen erneut auf den Boden schickte und sein Gesicht auf den Fliesen aufschlug. Er spürte, wie sein linkes Auge anschwoll. Seine Unterlippe war aufgeplatzt. Er wollte das Blut am Ärmel seines Schlafanzugs abwischen, als er von kräftigen Händen gepackt und nach oben gezogen wurde.

Der Angreifer schien ganz genau zu wissen, was er tat, als er das Licht einschaltete und Achim weiter in die Küche schob. Er zog einen Stuhl unter dem Tisch hervor und setzte ihn darauf. Dann zerrte er ihm grob die Arme hinter die Stuhllehne und fesselte ihn mit einem Kabelbinder. Das Gleiche tat er mit Achims Fußknöcheln, die nackt aus seiner Schlafanzughose herausschauten. Die Plastikfesseln saßen so fest, dass sie in seine Haut schnitten.

„Wer ... sind ... Sie?", fragte Achim, als sich sein Angreifer vor ihm aufgebaut hatte. Es schien, als würde sein Gegner lächeln, dabei trug er eine Strickmütze, die nur die Augen und zwei kleine Löcher in Nasenhöhe aussparte.

Doch sein Gegenüber machte keine Anstalten, ihm die Frage zu beantworten. Dafür ließ der Angreifer erneut seine Faust sprechen, die Achim mitten ins Gesicht traf. Achim Jahn hörte ein knöchernes Knacken, das nichts Gutes bedeuten konnte. Er war kurz davor, das Bewusstsein zu verlieren.

„Was ... soll ... das?", stammelte er und versuchte, den Schmerz zu lokalisieren. Sein Kiefer musste gebrochen sein. Oder seine Nase. Oder beides. Als er seinen Mund öffnete, um mehr Luft zu bekommen, merkte er, wie ihm Blut über die Lippen lief. Passierte das alles gerade wirklich? Und wer war dieser Mensch, der ihn gerade so zurichtete? Und der Freude daran empfand, ihn zu quälen?

„Bitte ... nicht! Ich will ... nicht ... sterben", winselte Achim. Der Fremde stand mittlerweile hinter ihm. Er packte Achims Kopf mit beiden Händen, fast so, als wollte er den Schädel seines Opfers eindrücken, und riss ihn weit in den Nacken.

Achim Jahn hatte das Gefühl, dass nach seinem Kiefer und der Nase nun auch sein Genick gebrochen war, als ein stechender Schmerz die Wirbelsäule hoch- und runterlief. Er versuchte sich zu wehren, doch die Kabelbinder waren so eng gezogen worden, dass sie sich immer tiefer in seine Handgelenke rieben.

Der Angreifer kannte jedoch kein Erbarmen, als er ihm Daumen und Zeigefinger tief in die Wangen bohrte, während er Achim mit der Innenseite seiner Hand die Nase eindrückte. Der Schmerz der gebrochenen Nase durchfuhr Achims Körper, und Tränen schossen in seine Augen, während er versuchte, seine Qualen herauszuschreien. Aber heraus kam nur ein gurgelndes Geräusch, das verstummte, als der Fremde immer fester zudrückte.

Auch wenn sein linkes Auge längst zugeschwollen war, so konnte Achim den gefüllten Messbecher, den sein Gegner jetzt in der anderen Hand über Achims Kopf hielt, mit seinem rechten Auge klar und deutlich erkennen.

Panisch, hektisch und mit letzter Energie versuchte Achim, den Stuhl zu kippen und sich so aus dem Griff des Mannes zu befreien. Aber sein geschundener Körper hatte längst keine Kraft mehr, den Stuhl auch nur einen Millimeter zu bewegen. Er atmete immer hektischer und schneller, um wenigstens so noch ein bisschen Sauerstoff zu bekommen.

Doch der Fremde hatte den Becher bereits leicht gekippt. Achim konnte das frohlockende Lächeln in den Augen seines Feindes sehen, während sich der Inhalt langsam über seinen immer noch weit geöffneten Mund entleerte.

Kapitel 3

Montag, 4. Mai 2015

„Los geht's!", rief Emma Hansen laut aus und schob ein schon deutlich leiseres „Endlich" schnell hinterher. Dann schaute sie ein letztes Mal prüfend in den Rückspiegel ihres schwarzen Minis, den sie zuvor auf dem Parkplatz des Polizeipräsidiums in Ludwigshafen abgestellt hatte. Sie wurde von blauen Augen angestrahlt, die von einer fein geschnittenen Nase und einer breiten Denkerstirn eingerahmt wurden. Ihre Gesichtsfarbe war in den vergangenen Monaten deutlich blasser geworden, daher hatte sie sich heute etwas stärker geschminkt als gewöhnlich. Während sie sonst die Natürlichkeit ihres zarten Teints nur mit einem leichten Puder unterstrich, hatte sie heute Morgen gleich mehrere Lagen aufgelegt, den Wangenknochen mit Rouge etwas mehr Kontur gegeben und ihre dünnen, blonden Wimpern mit Mascara getuscht. Sie kramte in ihrer Tasche auf dem Beifahrersitz nach einem Lipgloss und zog sich zum wiederholten Male die Lippen nach. Sie wollte sichergehen, dass sie immer noch die Alte war. Zumindest was ihr Aussehen betraf. Und wenigstens für die Kollegen.

Dabei war sie längst nicht mehr die Alte, nach allem, was sie erlebt hatte. Anfangs hatte es nicht wenige Kollegen, Ärzte und Therapeuten gegeben, die sie als Kriminalhauptkommissarin längst abgeschrieben hatten. Die davon ausgegangen waren, dass Emma ihre Karriere an den Nagel hängen und sich fortan nur noch um ihren Pflegesohn Luiz kümmern würde. Die niemals für möglich gehalten hätten, dass sie nach dieser persönlichen Tragödie noch einmal zurückkehren würde. PTBS. Posttraumatische Belastungsstörung. Was für ein Begriff!

Aber Emma wäre nicht Emma, wenn sie so schnell aufgegeben hätte. Wenn sie für dieses Ereignis, und mochte es auch noch so unvorstellbar gewesen sein, ihre Prinzipien verraten hätte. Wenn sie daran zerbrochen wäre.

Und jetzt war sie also endlich wieder da! Es war ihr erster Tag seit neun Monaten. Einer gefühlten Ewigkeit.

Wenn sie ehrlich war, dann fühlte sie sich immer noch etwas müde. Und irgendwie ausgelaugt. Aber auch das sei ganz normal in ihrer Situation, hatten ihr die Ärzte in der Fachklinik für psychosomatische Erkrankungen in Malente versichert. Dort, in der Holsteinischen Schweiz, war sie als akuter Notfall eingeliefert worden, nachdem es bei ihrem letzten Fall zu einem dramatischen Aufeinandertreffen mit einem mehrfachen Mörder gekommen war. Der Mann hatte vor Emmas Augen das Baby ihrer Freundin Rike getötet, ohne dass Emma irgendetwas tun konnte, um das Leben des kleinen Mädchens zu retten. Danach war sie völlig zusammengebrochen.

„Lassen Sie es ruhig angehen", hatte der Arzt in der Klinik zu ihr gesagt, als er sie vor genau drei Monaten entlassen hatte. Sie hatte dann erst einmal den sich über die Jahre angesammelten Resturlaub sowie die ihr bereits zustehenden zwei Wochen Urlaub des aktuellen Kalenderjahrs genommen – auch das gehörte zu einer geregelten Wiedereingliederung –, ehe sie dann vor zwei Wochen für einen Intensivkurs an die Landespolizeischule in den Hunsrück zurückgekehrt war. Die Theorie beinhaltete Polizeidienstkunde, elektronische Datenverarbeitung, Kriminalistik sowie Kommunikations- und Konfliktbewältigung bis hin zur Erstellung eines Täterprofils. In der zweiten Woche waren dann noch praxisbezogene Unterrichtseinheiten wie Selbstverteidigung, eine erneute Waffeneinweisung und das obligatorische Schießtraining dazugekommen.

Auch der psychologische Gutachter hatte ihr nach dem letzten Gespräch sein Okay gegeben, ebenso wie ihre Therapeutin Maya Kirscher-Kresch, die sie noch am Freitag vergangener Woche in ihrer Praxis aufgesucht und die ihr ebenfalls eine sehr gute Entwicklung bescheinigt hatte. Physisch wie psychisch.

Auch wenn sie als uneingeschränkt dienstfähig eingestuft wurde und alle Tests, Seminare und Gutachten souverän absolviert und bestanden hatte, wusste Emma, dass sie genau das ihrem Chef Joachim Hellmann, den Kollegen im Kommissariat und besonders ihrem Partner Matthias Roth jeden Tag aufs Neue würde beweisen müssen.

Und wie ich es euch zeigen werde, dachte sie entschlossen und nahm beherzt ihren braunen Ledershopper vom Sitz, öffnete die Wagentür und stieg aus. Sie sprühte vor Tatkraft, und sie wollte endlich wieder etwas tun. Sonst würde sie wirklich noch verrückt werden.

So hatte sie auch nicht vor, in den ersten zwei Wochen nur zwei Stunden täglich zu arbeiten, wie es der Plan der Wiedereingliederung nach dem Hamburger Modell vorsah. Danach sollte sie ihre Stundenzahl dann langsam steigern, mit dem Ziel, nach einiger Zeit wieder bei der Regelarbeitszeit von acht Stunden angelangt zu sein. Zumindest in der Theorie. In der Praxis arbeitete sowieso niemand auf der Dienststelle nur acht Stunden am Tag oder 40 in der Woche. Aber das war ein ganz anderes Thema.

Auch ihr Pflegesohn Luiz war nun kein Grund mehr, die Arbeit in der Prioritätenliste hinten anzustellen. Um ihn wurde sich seit dem Tag ihrer Einweisung in die Klinik aufopferungsvoll gekümmert, da Emma nicht imstande gewesen war, diese Aufgabe nach ihrem Zusammenbruch am Eiswoog auch nur annähernd zu erfüllen.

So war dann plötzlich alles ganz schnell gegangen und man hatte Luiz einen Platz in einem katholischen Kindergarten in Freinsheim gegeben. Auch dafür hatte sich ihr Chef Joachim Hellmann eingesetzt. Emmas Mutter war zwar in der Pfalz geblieben, während Emma in der Klinik war, um sich um den kleinen Luiz zu kümmern. Doch sie tat dies nicht für ihren Enkel. Luiz war der Sohn ihres Exmannes, und eine wirkliche Beziehung hatte sie zu dem Kleinkind nie aufgebaut. Und sie hatte es auch nicht wirklich vor. Ihre Mutter war eben genauso stur und dickköpfig wie sie selbst.

Marit Hansen hatte mehrfach in der Klinik angerufen und sich nach den Besuchszeiten erkundigt. Das hatte Emma von einer Schwester erfahren. Aber selbst wenn es erlaubt gewesen wäre, hätte Emma nicht gewollt, dass ihre Mutter sie in der Klinik besuchte. Sie brauchte Abstand, von allem und jedem. Von den sicherlich gut gemeinten Fragen der Kollegen nach ihrem Wohlbefinden. Von den mitfühlenden Äußerungen ihrer Nachbarin. Dem ihr entgegenbrachten Mitleid der anderen Mütter im Kindergarten. Oder der zu erwartenden Überfürsorge ihres Partners Matthias, mit dem sie seit mehr als zwei Jahren das Büro teilte.

Und ganz besonders von ihrer Mutter.

Das dauernde Rumnörgeln an Emma und ihrer Erziehung des kleinen Luiz, ihre immerwährende Kritik an der Tatsache, dass Emma trotz ihres anstrengenden Vollzeit-Jobs den Sohn ihres toten Vaters großzog, nachdem Luiz' Mutter plötzlich verschwunden und bis heute nicht wieder aufgetaucht war. Doch am meisten nervte Emma das Unvermögen ihrer Mutter, selbst Verantwortung für sich und ihr Leben zu übernehmen. Es war eben immer einfacher und vor allem ja auch so vertraut, das Opfer zu sein, anstatt Rückgrat zu beweisen. Ihre Mutter hatte es immer noch nicht gelernt, für sich und die eigenen Bedürfnisse einzustehen und den Kreislauf des bewährten Mantras „Alle sind gegen mich" zu durchbrechen.

Und in genau diese Rolle werde ich mich nicht drängen lassen, dachte Emma selbstbewusster, als sie sich das vor wenigen Minuten noch eingestanden hätte, während sie den Flur des Kommissariats zu ihrem Büro entlanglief.

Die meisten Büros waren leer, auch Annegret Bender, die Abteilungssekretärin und gute Seele der Dienststelle, saß nicht an ihrem Platz. Einzig Joachim Hellmann hielt sich - mit dem Rücken zu ihr gewandt - in seinem Büro auf. Emma wollte gerade klopfen und die Türklinke herunterdrücken, als sie sah, dass er anscheinend gerade ein wichtiges Telefonat führte. Er drückte mit der linken Hand den Hörer fest an sein Ohr, während er mit der rechten Hand zur Bekräftigung seiner Worte wild gestikulierte. Dabei redete er ununterbrochen auf seinen Gesprächspartner ein, wie Emma bemerkte. Dann schaue ich später bei ihm rein, dachte Emma. Sie wollte Hellmann bei seinem Gespräch nicht stören.

Da weder Emma noch Hellmann viel Aufhebens um ihre Rückkehr machen wollten, hatten sie vereinbart, dass Emma erst gegen 10 Uhr ins Büro kommen sollte. Dann wären die meisten Kollegen bereits unterwegs, und sie könnte in Ruhe ankommen, ohne alle zehn Minuten mit Fragen über den genauen Hergang des Dramas, den Klinikaufenthalt oder ihre seelische Verfassung bombardiert zu werden.

„Schön, dass du wieder zurückkommst, Emma! Wir brauchen dich hier", hatte Joachim Hellmann bei ihrem letzten Gespräch gesagt. So nachhaltig der Aufenthalt in der Klinik, die Nachsorge ihrer Therapeutin und das Auffrischen ihrer Kenntnisse an der Landespolizeischule auch gewesen waren, erst Hellmanns Worte hatten dafür gesorgt, dass sie ihre eigenen Zweifel ausräumen konnte. Sein Vertrauen in ihre Fähigkeiten war die Medizin, die sie so dringend benötigte, um vollständig zu genesen.

Wo ist denn Matthias, fragte sie sich, als sie ihr Büro betrat, das genauso aussah, wie sie es vor gut neun Monaten verlassen hatte. Nichts hatte sich verändert. Die beiden Schreibtische dominierten weiterhin den Raum. Auch der Aktenschrank und das Flip-Chart standen noch an derselben Stelle. Einzig die Orchideen auf der Fensterbank blühten und gaben der sonst kühlen Atmosphäre etwas Wohnlichkeit. Matthias schien sich also während ihrer Abwesenheit auch um die Pflanzen gekümmert zu haben!

Sie nahm das Handy aus ihrer Tasche. Vielleicht hatte er ihr ja via WhatsApp Willkommensgrüße geschickt, wenn er sie schon nicht persönlich willkommen hieß. Aber Fehlanzeige!

Enttäuscht legte sie ihr Smartphone wieder in ihren Shopper zurück. War das jetzt die Retourkutsche für seine unzähligen Anrufe und Nachrichten, die sie alle nicht beantwortet hatte? Aber nein, dieser Charakterzug passte nicht zu Matthias. Er war weder kleinlich noch nachtragend. Und es war ja nicht so, dass sie sich nicht über seine lieb gemeinten Lebenszeichen gefreut hatte. Aber sie hatte es einfach nicht geschafft, ihm zu schreiben, ihn zu sprechen oder gar Besuch von ihm zu bekommen.

Sie hatte sich abschotten müssen. Allein sein, mit sich und ihrem Gefühl, versagt zu haben. Ein Gefühl, das für Emma inzwischen in eine unumkehrbare Tatsache übergegangen war. Ein Versagen, das einem kleinen Kind das Leben gekostet hatte. Nur weil sie damals zu viel Nähe zugelassen hatte. Weil sie sich zum ersten Mal in ihrem Leben schonungslos geöffnet hatte und ausgerechnet dem Mann, der sich später als kaltblütiger Mörder herausgestellt hatte, ihr dunkelstes Geheimnis anvertraut hatte. Wie hatte sie sich nur so irren können!

Emma ging zu ihrem Schreibtisch und fuhr den Computer hoch. Erst jetzt fiel ihr auf, dass die Sitzhöhe ihres Drehstuhls verstellt worden war. Und am Garderobenständer aus Edelstahl hing ein hellblauer Blazer, der ebenfalls nicht ihr gehörte. Seit wann haben wir denn Praktikanten, fragte sich Emma und legte ihre Ledertasche auf den Rollcontainer, der neben ihrem Schreibtisch stand. Dann ging sie zur Fensterbank hinüber und kippte zwei der drei großen Fenster.

Sie sah auf die viel befahrene Straße hinunter. Die ersten Cabrios hatten bereits das Verdeck geöffnet. Die meisten Fußgänger brauchten längst keine Jacke mehr, und auf der Sonnenterrasse des Eckcafés waren schon um diese Uhrzeit fast alle Stühle besetzt. Seit Wochen kletterten die Temperaturen nahezu täglich über 20

Grad Celsius, und auch dieser Frühlingstag würde da keine Ausnahme machen.

Emma fuhr zusammen, als es an der Tür ihres Büros klopfte. „Guten Morgen, Emma. Schön, dich wiederzusehen", wurde sie von Linda Meyer begrüßt.

Warum muss ich ausgerechnet *ihr* als Erstes begegnen, dachte Emma und streckte Linda mit einem leicht gequälten Lächeln ihre Hand entgegen, ohne sich ihre Enttäuschung jedoch allzu sehr anmerken zu lassen. „Hej! Und ich bin froh, wieder hier zu sein."

Sie konnte nicht sagen, wie sie darauf kam oder woran sie es festmachen konnte, aber irgendwie wurde sie mit der jungen Hauptkommissaranwärterin nicht richtig warm. Sie hatten sich zum ersten Mal im vergangenen Jahr auf der Landesgartenschau kennengelernt. Linda war engagiert, vielleicht sogar etwas übermotiviert und absolut pflichtbewusst, fast schon pedantisch. Doch das war es nicht, was Emma an der 26-Jährigen störte. Es war die Art, wie sie mit Männern umging. Oder wie sie Männer behandelte. Linda tat immer wie ein kleines Mäuschen, das dringend von den großen starken Männern beschützt werden musste. Sie konnte sehr gut diesen bestimmten Blick aufsetzen, den Emma immer den „Bambi-Rehblick" nannte. Linda wusste ganz genau, wann sie mit den Wimpern zu klimpern hatte, um das zu bekommen, was sie wollte. Ja, Linda war eine Meisterin darin, Männer um den kleinen Finger zu wickeln und sie für ihre eigenen Interessen einzuspannen. Und die Kerle merkten bei ihr oft noch nicht einmal, wie sie manipuliert wurden, wenn Linda ihnen das Gefühl gab, sie hätten eine Chance bei ihr.

„Du bist spät dran ... Wir haben alle schon um 9 Uhr mit dir gerechnet. Nun sind alle ausgeflogen. Ein vermisstes Kind in Neustadt, ein Auftragsmord in Frankenthal - das Übliche eben."

„Und wie läuft es so in Landau?", überging Emma Lindas Bemerkung. „Du hast dich verändert."

Lindas vormals schulterlange Haare waren mit Extensions nicht nur verlängert, sondern auch aufgefüllt worden und hatten so mehr Volumen. Sie schien sich künstliche Wimpern aufgeklebt zu haben und war ebenfalls etwas stärker geschminkt als vor neun Monaten, wie Emma mit einem zweiten intensiveren Blick jetzt feststellte. Wobei stärker geschminkt fast noch untertrieben war. Denn Linda sah aus, als sei sie in einen Farbtopf gefallen. Ihre Augenpartie war nach dem aktuellen „Smokey eyes"-Trend dunkel geschminkt, die Lippen waren dafür knallrot angemalt und Stirn- wie Wangenpartie changierten dank mehrerer Lagen Rouge und Teintpuder zwischen Terracotta und Bronze.

„Die neue Frisur steht dir wirklich gut", schob Emma schnell hinterher, dann zog sie ihre weiße Sommerjacke aus, die sie immer noch trug, und hängte sie neben den Blazer an den Garderobenständer.

„Danke." Linda lächelte etwas verlegen. „Ja, ich wollte mal etwas anderes ausprobieren und schau ..." Linda zeigte Emma ihre linke Hand. „... ich bin sogar verlobt. Philip und ich heiraten noch diesen Sommer. Kleid und Schuhe sind schon ausgesucht."

Aha, daher die Veränderung, dachte Emma und lächelte. Sie wollte gerade zu einem Glückwunsch ansetzen, als sie etwas roch. Nein, das konnte einfach nicht sein. Oder doch?

„Hast du eine *Fahne*?", fragte Emma geradeheraus.

Linda schaute für einen kurzen Moment betreten zu Boden. Emma konnte förmlich sehen, wie sich Lindas

Gedanken um eine adäquate Erklärung bemühten, die man ihr auch anstandslos abkaufen würde. Mit geschlossenen Augen versuchte Linda, gleichmäßig zu atmen und ihren kurzzeitig angestiegenen Puls herunterzuregeln. Nach wenigen Augenblicken schien sie sich endlich wieder gefangen zu haben, auch wenn die Farbe ihres Gesichts etwas anderes verriet, als sie Emma wieder ansah.

„Es war nur ein Bier, vielleicht auch zwei und ein Kurzer. Aber das war gestern Abend und ich war privat unterwegs. Das Dorf meines Freundes, äh, meines Verlobten feiert gerade Frühlingsfest mit Eierschießen, Bullenreiten und Spargelwasserwetttrinken. Und sonntags ist der Umzug. Den darf man nicht verpassen. Das ist nur einmal im Jahr, und da ist es eben etwas später geworden."

„Du hast auch noch durchgemacht?" Klinge ich wirklich schon so spießig, fragte sich Emma. Doch die Frage stand bereits im Raum.

Linda nickte nur. „Ich hatte es nicht vor ... Ich hätte sonst Urlaub genommen. Aber irgendwie habe ich völlig die Zeit vergessen. Und als es dann kurz vor sechs war, da dachte ich, jetzt brauchst du dich auch nicht mehr hinzulegen. Also habe ich mich nur schnell umgezogen und bin dann losgefahren." Linda lächelte, dann hauchte sie in ihre Hände. Sie verzog angewidert das Gesicht, als sie die Innenseiten direkt vor ihre Nase hielt. „Bah, ist das eklig. Dabei habe ich mir heute Morgen dreimal die Zähne geputzt. Tja, wirklich geholfen hat es anscheinend nicht. Ich rieche immer noch wie eine Dorfkneipe bei der Fasnacht."

„Willst du nicht lieber nach Hause gehen?", fragte Emma, die immer noch nicht wusste, was Linda überhaupt im Kommissariat machte.

„Nein, das geht nicht ... Ich brauche eine gute Bewertung von Hellmann."

„Von Hellmann?"

„Ja, nach deinem Ausfall ... ähm, sorry ... Also das K11 war ja unterbesetzt, und so hat Hellmann beim KDD angefragt, ob ich sein Team unterstützen kann, bis du wieder da bist."

„Du warst schon beim Kriminaldauerdienst?", fragte Emma und schaute ihr Gegenüber noch ungläubiger an, als sie es eigentlich vorgehabt hatte. Die gibt ja ganz schön Gas, dachte Emma und erinnerte sich, wie sie selbst damals als Jahrgangsbeste bereits in Ermittlungen einbezogen wurde, obwohl ihr dafür eigentlich noch die Erfahrung gefehlt hatte. Auch Emma war es damals möglich gewesen, ihre Zeit bei der Bereitschaftspolizei und auf Streife deutlich zu verkürzen. Ein knappes Jahr vor dem eigentlichen Ausbildungsende hatte sie schon beim Kriminaldauerdienst angefangen, der letzten Abteilung vor dem K11. Nach nur einem weiteren Jahr hatte Hellmann sie dann ins Team geholt, was einer Adelung gleichkam. Alle, die zur Mordkommission wollten, mussten sich normalerweise auf einen langwierigen Bewerbungsprozess einstellen. Und dann musste überhaupt erst mal eine Planstelle im Kommissariat für Kapitalverbrechen frei werden.

Linda nickte erneut. „Ja, seit einem halben Jahr. Im K11 bin ich jetzt seit dem 1. Januar."

„Also ist heute hier dein letzter Tag?", fragte Emma und versuchte krampfhaft, ein Lächeln zu unterdrücken.

„Nein." Linda schüttelte so energisch ihren Kopf, dass ihre Haare hin- und herflogen. „Hellmann hat eine weitere Planstelle bewilligt bekommen, auf die ich mich bewerben will. Daher brauche ich ja auch eine sehr gute Beurteilung – und nicht nur von ihm", sagte Linda und lächelte Emma milde an, die ihre junge Kollegin mit großen Augen anstarrte. „Du willst hier *was*?"

„Ich dachte, du wüsstest davon ..."

„Nein, niemand hat mir etwas gesagt." Warum auch? Vielleicht haben sie ja wirklich nicht mehr mit mir gerechnet, dachte Emma, und sie spürte, wie langsam der Groll in ihr hochstieg. Dabei hatte sie sich so fest vorgenommen, sich nicht schon bei der erstbesten Gelegenheit über absolut unwichtige Dinge aufzuregen. Auch das hatte sie in der Klinik gelernt. Erkennen, was wirklich wichtig war und was nicht. Und der Tatbestand ihrer Unkenntnis über Lindas Karriereplanung fiel eindeutig unter Letzteres. Zumindest theoretisch.

„Komisch ..."

„Alles gut, Linda, herzlich willkommen", sagte Emma und sie merkte, wie frostig ihre Worte nachklangen, während sich der Druck, der in den vergangenen Minuten auf ihr Herz ausgeübt worden war, so langsam löste. Linda hatte also nicht vor, ihren Platz einzunehmen! Das war schon mal eine beruhigende Nachricht! Nicht mehr und nicht weniger. Denn Emma ahnte, dass da noch was kommen sollte.

„Danke, trotzdem wundert es mich, weil du dich ja um mich kümmern sollst, solange ich mich hier bewähren soll."

Sie sollte *was*? Das wurde ja immer schöner! So hatte Emma sich ihren ersten Tag nun wirklich nicht vorgestellt. Sie musste dringend mit Hellmann reden. Aber den Begrüßungsteil würde sie direkt überspringen.

„Weißt du zufällig, ob Joachim noch telefoniert?"

Linda zuckte nur mit den Schultern. „Aber du verrätst mich doch nicht, oder?"

Und da war er wieder, der Blick, der gestandene Männer wie Butter in der Sonne dahinschmelzen lassen konnte. Aber nicht mit mir, dachte Emma und setzte sich demonstrativ auf ihren Bürostuhl. Der herzzerreißende Augenaufschlag, für den so mancher Mann alles stehen und liegen ließ, konnte sie nicht erweichen. Für sie hatte es damals auch keinen Welpenschutz gegeben. Warum sollte man für Linda da eine Ausnahme machen?

„Oh, sorry, die habe ich noch nicht weggeräumt." Linda war Emma gefolgt und nahm nun die Glasvase vom Schreibtisch. „In Landau habe ich als Neuling jedenfalls keine Blumen für einen erfolgreichen Ermittlungsabschluss geschenkt bekommen." Linda lächelte Emma an. „Bei euch könnte es mir wirklich gut gefallen."

„Ich glaube, die brauchen wir noch." Emma hatte auch dieses Mal nicht vor, Lindas Bemerkung zu kommentieren, und zeigte stattdessen auf die Vase.

„Wirklich? Matthias meinte, du hättest es nicht so mit Blumen, und daher habe ich Annegret gesagt, sie bräuchte keinen Strauß für dich zu bestellen. Wäre ja schade um die Blumen, oder?"

Seit wann übernahm eine Hauptkommissaranwärterin nun schon die Blumenbestellung?

„Ich habe vielleicht kein besonderes Händchen für Pflanzen, aber ich freue mich auch über einen ...", unterbrach sich Emma selbst mitten im Satz. Sie hatte nicht vor, sich Linda gegenüber irgendwie zu rechtfertigen oder gar den Eindruck zu erwecken, sie sei enttäuscht oder sauer. Noch war Emma von Joachim Hellmann nicht offiziell begrüßt worden. Und wenn es so weit war, dann würde Annegret Bender dem Chef wie auf Stichwort den Blumenstrauß reichen, den Hellmann dann Emma in die Hand drücken würde, verziert mit ein paar warmen Worten zur Begrüßung. Schließlich war Annegret Bender nicht umsonst die gute Seele des gesamten Kommissariats, die die Truppe mit kleinen Aufmerksamkeiten bei Laune hielt. So besorgte sie die Glückwunschkarten, wenn jemand Geburtstag hatte oder Kinder getauft wurden oder ein Kollege nach längerer Krankheit wieder zurück im Dienst war. Annegret Bender ließ dann einen Briefumschlag herumgehen, in den jeder ganz nach Belieben ein paar Münzen oder einen Schein hineinlegen konnte.

„Und wo ist Matthias? Musste er auch schon los?", wechselte Emma abrupt das Thema.

„Nein, Matthias hat heute frei." Linda machte eine Pause. „Er ist bei seiner Frau in der Klinik, wie mir der Chef ..."

Weiter kam sie nicht, denn Emma war längst aus dem Büro gestürzt und platzte jetzt mitten in Hellmanns Telefongespräch. Eine Träne kullerte über ihre Wange, während sie ihn giftig anfunkelte. „Warum hast du mir nicht gesagt, dass Isabell tot ist? *Ich* bin doch seine Partnerin!"

Kapitel 4

Kieselsteine spritzten gegen die Innenseite der Radkästen, als Jürgen Renner den grünen Geländewagen mit einer harten Vollbremsung auf dem Vorhof des Tabakschobers zum Stehen brachte.

Der morsche und durch die Witterung verfallene Schober, in dem bis vor zwei Jahrzehnten noch der in der Pfalz angebaute Tabak getrocknet worden war, war vor drei Jahren unter den Auflagen des Denkmalschutzes kernsaniert worden. Die morschen Außenwände aus Holz waren durch neue und robustere ersetzt und mit Rigips-Wänden von innen verstärkt worden, ohne ihnen jedoch den ursprünglichen Charme einer alten Scheune zu nehmen. Mit einer Sondergenehmigung war es den Architekten erlaubt worden, an ausgewiesenen Stellen Fenster in die Holzwände einzulassen. Auch im Inneren war der Tabakschober nicht mehr wiederzuerkennen. Die alten, ebenfalls durchgefaulten Trockengestänge, an denen früher der Tabak zum Trocknen hing, waren einem großen und lichtdurchfluteten Saal mit Bühne gewichen, der durch einen Toilettenbereich, einen kleinen Lagerraum sowie eine hochmoderne Küche ergänzt wurde. Damit war aus dem ehemals winddurchlässigen Schober ein vollwertiges Gebäude geworden, das nun für Fasnachtsveranstaltungen, Gemeinderatssitzungen oder andere besondere Anlässe genutzt wurde.

Umrahmt von sattgelb leuchtenden Rapsfeldern stand der alte Tabakschober etwas außerhalb des Dorfes Sickfeld, das so klein war, dass man die wenigen Gehöfte und Häuser, die sich hinter den dichten Blätterkleidern der Linden und Kastanien versteckten, fast übersah, wenn man die Landstraße von Westheim kommend nach Bellheim weiterfuhr. In der Ortschaft gab es weder eine Kirche noch ein Geschäft oder einen Kiosk. Einzig eine Bushaltestelle gab den Durchreisenden das Gefühl, dass es sich bei dieser losen Ansammlung von Häusern nicht um ein landwirtschaftliches Freilichtmuseum handelte.

„Schön, dass du es dann auch einrichten konntest, Renner", wurde Jürgen Renner von Bodo Vieweg begrüßt, nachdem er aus seinem Wagen ausgestiegen war. Der Kies knirschte unter seinen Füßen, als er auf Bodo Vieweg zuging. Renner verzog genervt sein Gesicht, als er neben Vieweg Ralf Grimm, den Vorsitzenden des Vereins „Lebensritter", erkannte, der wie Vieweg ebenfalls seit einer geschlagenen halben Stunde auf ihn gewartet hatte.

„Sei froh, dass ich überhaupt gekommen bin! Und ich habe auch nicht viel Zeit - also fass dich kurz!"

„Wir haben alle was zu tun", erwiderte Bodo Vieweg, dem die Verärgerung über die Warterei allerdings nicht anzumerken war. Er klopfte Jürgen Renner gefällig auf die Schulter. „Aber je kooperativer du bist, desto schneller sind wir hier auch fertig." Bodo Vieweg lächelte verschmitzt. „Du kennst Ralf Grimm?", schob er hinterher und wollte die beiden Männer gerade miteinander bekannt machen, als Renner ihm ins Wort fiel: „Wer kennt *den* nicht? Genau so ein Gutmensch wie du!", erwiderte Jürgen Renner und sah von Vieweg zu Grimm hinüber, den er mit einem finsteren Blick bedachte.

Jürgen Renner war kein Mann der öffentlich gezeigten Zuneigung. Sein Blick war düster, fast boshaft. Selbst wenn er sich freute oder zu einem Lächeln ansetzte, verfinsterten sich seine Gesichtszüge. Er hatte große Hände, die eher an Bärenpranken erinnerten. Sein kurzes, leicht gewelltes Haar war genauso graumeliert wie sein getrimmter Vollbart. Doch am markantesten waren seine kalten, stahlblauen Augen, die seinem ganzen Wesen einen psychopathischen Zug gaben.

Bodo Vieweg und Ralf Grimm waren das genaue Gegenteil von Jürgen Renner. Während Viewegs Gesicht rundlicher modelliert war, waren Grimms Gesichtszüge etwas feiner geschnitten. Seine Augen standen enger zusammen als bei Vieweg, dafür war seine Lippenpartie deutlich schmaler ausgefallen. Viewegs Lippen waren fleischig. Er hatte einen großen Mund und noch einige kleine Krater auf den Wangen, die von einer nicht ganz verheilten Akne aus der Jugend herrührten. Grimm hatte kurz geschnittenes dunkelblondes Haar, und am Hinterkopf entstand langsam eine Tonsur, die von Jahr zu Jahr immer größer wurde, während Bodo Vieweg auch an diesem Morgen seine wenigen verbliebenen Haare komplett wegrasiert hatte.

So unterschiedlich die drei Männer auch waren, eines verband alle drei miteinander – ihr kräftiger, teilweise muskulöser Körperbau, der stark an die Form eines austrainierten Rugbyspielers erinnerte.

„So nennst du uns also! Gutmensch! Aus deinem Munde klingt das ja fast schon originell, oder Grimm?", bemerkte Bodo Vieweg und öffnete die Eingangstür, an deren Scheibe das bunte Plakat eines anstehenden Schlager-Festivals hing.

„Von dir lass' ich mich nicht provozieren, Vieweg. Und jetzt los, denn wie gesagt, ich habe noch was zu erledigen." Jürgen Renner taxierte Bodo Vieweg für einen kurzen, aber vielsagenden Augenblick, dann folgte er Ralf Grimm ins Foyer des Tabakschobers.

Die drei Männer liefen durch das weiß gekachelte und mit einem Linoleum-Boden in Laminat-Optik ausgelegte Foyer geradewegs auf die beiden großen Schwingtüren zu, hinter denen sich der Hauptsaal der Scheune anschloss. Auf der linken Seite hing die schwere Garderobenstange, an der eine vergessene Strickjacke ein einsames Dasein fristete. Auf der anderen Seite ging ein kleiner Nebengang ab, der zu den Toiletten führte.

„Was ist denn *hier* passiert?", brüllte Jürgen Renner verärgert, nachdem er als Erster den großen Saal betreten hatte. Wo sonst Tische mit den dazu eingerückten Stühlen in U-Form standen, waren nun unzählige und dicht an dicht stehende Feldbetten – manche davon doppelstöckig – aufgestellt worden. Handwerker waren gerade dabei, Zwischenwände aus Spanholzplatten einzuziehen. Im vorderen Bereich trennten bereits an schweren Aufstellern befestigte Militärdecken als Sichtschutz die einzelnen kleinen Kabinen voneinander ab, in denen nun zwei, vier oder gar sechs Feldbetten standen. Am anderen Ende der Halle hoben zwei Gemeindearbeiter einen Kühlschrank auf die kleine, knapp einen Meter hohe Bühne, auf der bereits einige mit Papierhussen überzogene Tische standen.

„Du weißt doch genau, was hier passiert", erwiderte Bodo Vieweg, der Jürgen Renners entsetztem Blick gefolgt war.

„Aber ich oder *wir* wollten das nie. Niemals!"

„Tja, aber leider bist du nur der Ortsvorsteher und nicht der liebe Gott, oder Grimm?", wandte sich Bodo Vieweg nun mit einem feisten Grinsen an Ralf Grimm, der jedoch nicht auf Bodos Bemerkung einging, als er erklärte: „Dort oben werden wir die Essenausgabe einrichten. Es fehlen jetzt nur noch die Kochplatten, die sind aber bereits bestellt und müssen nur noch beim Elektromarkt in Speyer abgeholt werden."

„Und wie lange soll das so bleiben?", fragte Jürgen Renner scharf. „Hier tanzt unsere Line-Dance-Gruppe, im Nebenraum hat unsere Musikkapelle ihre teuren Instrumente untergebracht, und unsere Ortsvereine treffen sich hier regelmäßig zu ihren Mitgliederversammlungen und Vorstandssitzungen ..."

„... die man auch bei uns in der Mühle abhalten kann." Bodo Vieweg schüttelte verständnislos den Kopf. „Jetzt hab dich doch nicht so, Renner. Zur Abwechslung tust du auch mal was Gutes."

„Wir wissen doch beide, warum *du* das tust", gab Jürgen Renner zurück. Die Zornesfalten hatten sich mittlerweile tief zwischen seine Augen gegraben. Die Vene an seinem Hals pochte bedrohlich, und seine Gesichtsfarbe glich sich immer mehr der Farbe seiner Nase an.

„Bloß kein Neid, alter Knabe", grinste Bodo Vieweg Jürgen Renner kurz, aber vielsagend an, ehe die beiden Männer Ralf Grimm durch den Saal folgten.

„Dank der herausfahrbaren Wand konnten wir einen weiteren, etwas kleineren Raum schaffen, in dem dann die alleinreisenden Frauen und Kinder bis zwölf Jahre untergebracht werden."

„*Reisende?* Wir reden hier wohl kaum von Urlaub und Erholung. Diese Menschen sind geduldet und machen keine Ferien auf Staatskosten", schnaubte Jürgen Renner, dem es immer schwerer fiel, Haltung zu bewahren.

„Aber du willst ja wohl nicht allen Ernstes die Frauen mit den erwachsenen Männern zusammen unterbringen, Renner?"

„Nein, Bodo, um diese Zielgruppe kümmerst du dich schon lieber höchstpersönlich selbst", bellte Jürgen Renner angewidert zurück.

„Und hier werden heute und morgen noch weitere Toiletten angeschlossen. Die Klohäuschen sind schon angeliefert worden, wie ihr seht", unterbrach Ralf Grimm die Unterhaltung, indem er auf die fünf blauen Dixi-Klos zeigte, die gleich neben dem seitlichen Notausgang aufgestellt worden waren.

„Und wie lange werden unsere *Gäste* bleiben?", giftete Jürgen Renner zur Abwechslung jetzt Ralf Grimm an.

„Sicherlich einige Monate. Die Flüchtlingswelle geht ja jetzt erst los."

„*Monate?* Ich glaub', ich spinne!" Jürgen Renner war außer sich.

„Es ist für alle eine Chance ...", versuchte Ralf Grimm, ruhig zu bleiben.

„Ich geb' dir gleich Chance, du widerlicher ..." Jürgen Renner wollte sich gerade auf Ralf Grimm stürzen, als Bodo Vieweg vehement dazwischenging und Renner, der gerade zu einem Würgegriff ansetzen wollte, zurückhalten konnte. „Na na na, Renner, wir wollen doch nicht ..."

„Ihr werdet noch sehen, wohin das führt, wenn unsere Sozialkassen erst mal geplündert sind. Von mir bekommt ihr kein Geld, wenn nichts mehr da ist", brüllte Renner, ehe er Vieweg mit einem kräftigen Schubs von sich wegstieß.

„Jürgen, das Land Rheinland-Pfalz hat Sickfeld nach dem aktuellen Verteilungsschlüssel zur Unterbringung der Flüchtlinge ..."

„Papperlapapp!", fiel Jürgen Renner Ralf Grimm erneut ins Wort. „Das sind doch alles wieder nur

Grimms Märchen. Wie treffend!" Jetzt war es Jürgen Renner, der feist grinste. „Was ich Gutmenschen wie euch hasse! Immer müsst ihr euch wichtig machen. Hast du sonst nichts zu tun? Oder bekommst du zu wenig Aufmerksamkeit?"

„Früher oder später wäre Sickfeld sowieso an der Reihe gewesen ...", rechtfertigte sich Ralf Grimm, ehe er ein weiteres Mal von Jürgen Renner unterbrochen wurde.

„Das glaubst aber auch nur du! Niemand will eure Flüchtlinge. Auch wir nicht!" Renners Augen funkelten. „Wie viele Flüchtlinge sollen denn überhaupt kommen? Das sieht mir nach mehr Betten aus als für 30 ..."

„60 syrische Flüchtlinge ..."

„60?"

„Ja, diese Zahl kommt vom Innenministerium. Wusstest du das nicht? ", erklärte Ralf Grimm und sah Jürgen Renner dabei erstaunt an.

„In Sickfeld leben 100 Menschen, und ihr wollt diesen anständigen und fleißigen Leuten *60 Flüchtlinge* aufs Auge drücken?"

„Du meinst wohl diesen anständigen, fleißigen und *deutschen* Leuten", mischte sich jetzt wieder Bodo Vieweg in das Gespräch ein.

„Warum nimmst du sie als Gutmensch denn dann nicht einfach in deiner Mühle auf, wenn du schon so dummes Zeug daherschwätzt, Vieweg?", kläffte Jürgen Renner Bodo Vieweg barsch an.

„Weil ich bei mir in der Mühle keinen Platz für sie habe. Daher habe ich ja die Kulturscheune als Unterbringungsort vorgeschlagen ..."

„*... die ich ja damals umgebaut und der Gemeinde zur freien Nutzung zur Verfügung gestellt habe* ... blablabla.

Vieweg, wir kennen alle deine psalmenhaften und perfekt auswendig gelernten Worte. Und du wirst sicherlich eines Tages dafür noch einen Orden bekommen. Aber eins verspreche ich euch: Wir werden das nicht einfach so hinnehmen. 60 Flüchtlinge bei 100 Menschen, die hier in Sickfeld leben. Das geht eindeutig zu weit!"

„Tja, jetzt werden sie aber kommen, Renner. Ob du und dein komischer Haufen es wollt oder nicht."

Die drei Männer hatten den großen Saal mittlerweile verlassen und standen nun wieder vor dem Eingangsbereich der Tabakscheune, die sich mächtig hinter ihnen auftürmte. Außer den Geräuschen der Handwerksarbeiten, die gedämpft aus dem Inneren der Halle nach außen drangen, störte nichts die friedliche Ruhe. Hin und wieder fuhr ein Auto die Landstraße entlang, die jetzt sonnenüberflutet direkt hinter dem Parkplatz lag. Ein Eichhörnchen sprang, nachdem es sich anscheinend von den Männern gestört fühlte, quer über den Kies und kletterte den Stamm einer Kastanie hoch, die mit ihrem weit ausladenden Blätterkleid majestätisch erhaben auf der linken Seite des Parkplatzes stand und den unter ihr parkenden Fahrzeugen so genügend Schatten spendete.

„Dir wird dein dämliches Grinsen noch vergehen, Vieweg. Das schwöre ich dir!"

„Du solltest nichts versprechen, was du nicht halten kannst, Renner."

„Warten wir's ab. Aber jetzt kümmere ich mich erst mal um unsere neuen *Gäste*. Und dann kommst du dran, Vieweg. Versprochen!"

Kapitel 5

Auf der Pflegeintensivstation der Klinik *Residenz Nova Vita* in Mannheim herrschte eine ungewöhnlich rege Betriebsamkeit, als Matthias Roth den Gang entlanglief. Selten hatte er hier Gespräche vernommen, was vor allem daran lag, dass in dieser Abteilung die Patienten ausschließlich von Maschinen am Leben gehalten wurden oder auf dem besten Wege waren, in eine andere Welt hinüberzugleiten.

Ein Malermeister und sein Geselle waren gerade dabei, die Wände abzukleben, um ihnen einen frischen Anstrich zu verpassen. Eine Schwester versuchte mit Händen und Füßen, einem Angehörigen, der offenbar kein Deutsch sprach, in gebrochenem Englisch zu erklären, welche Untersuchungen der Patient zu erwarten hatte und dass diese nicht den komatösen Zustand des Patienten in einer negativen Art und Weise beeinträchtigen würden. Ein junges Mädchen tippte im Wartebereich mit Kopfhörern im Ohr gelangweilt auf seinem Handy herum. Neben ihr saß, wie Matthias mit einem flüchtigen Blick erkennen konnte, während er weiter den Stationsflur entlanglief, eine ältere Frau, die in beiden Händen jeweils ein Taschentuch hielt, das eine aus Stoff, das andere aus Papier, und abwechselnd in das eine oder in das andere schniefte. Matthias wollte gerade seinen Blick von der Frau abwenden, für die er größtes Mitgefühl empfand, als er fast mit einem jungen Arzt zusammengestoßen wäre, der wild gestikulierend telefonierte und Matthias nicht gesehen hatte, als er aus dem Ärztezimmer angestürmt kam. Er nickte

Matthias mit einer entschuldigenden Geste kurz zu, ehe er dann den Flur in die Richtung weiterjagte, aus der Matthias gerade gekommen war.

Auch Matthias fühlte sich wie in einem Geschoss, das in einem luftleeren Raum herumgeschleudert wurde. Dabei nahm die Geschwindigkeit immer weiter zu, je öfter sich das Geschoss um die eigene Achse drehte, um noch schneller zu werden und sich so noch weiter vom Ausgangspunkt zu entfernen. Und das alles, ohne dass Matthias bremsen, die Flugbahn ändern oder gar den Schleudersitz benutzen konnte. Er konnte es einfach nur geschehen lassen.

Dabei lag das Gespräch mit Dr. Rolf Behrlau, dem Arzt seiner Frau Isabell, das ihn ins Nichts hatte stürzen lassen, fast schon 24 Stunden zurück – für Matthias normalerweise eine Ewigkeit, um Dinge, die nicht mehr zu ändern waren, auch als eben diese unabänderbaren Tatsachen zu akzeptieren.

Es war gestern kurz nach 11 Uhr gewesen. Matthias war gerade über die Landesgartenschau in Landau gelaufen, in der Hoffnung, so vielleicht einen klaren Gedanken fassen zu können. Denn bei all den Sorgen, die er um seine Frau und ihren Gesundheitszustand hatte – der heutige Montag hatte eigentlich vorgehabt, sein inneres Chaos noch weiter zu verstärken.

Es war nicht nur die Tatsache, dass ein Sozialgericht heute um 8.30 Uhr eigentlich hätte verkünden sollen, wie man mit seiner Frau Isabell weiter verfahren sollte. Seit einem missglückten Selbstmordversuch vor fast drei Jahren lag sie im Koma. Fast jeden Tag hatte Matthias seither an Isabells Krankenbett gewacht, hatte gebangt und gehofft, dass seine Frau wieder erwachen würde.

Doch Isabells Eltern hatten die Hoffnung längst aufgegeben. Nun wollten sie mit einer gerichtlichen Verfügung Isabell in die Niederlande bringen lassen, um sie dort mithilfe eines Arztes und der Möglichkeit der aktiven Sterbehilfe sterben zu lassen.

Es gab noch etwas anderes, das Matthias seit Tagen nicht mehr ruhig schlafen ließ. Emmas Rückkehr nach gut neun Monaten Klinikaufenthalt hatte ihn stärker aus der Bahn geworfen, als er sich je eingestanden hätte. Körperlich wie emotional.

Er hatte zweifelsohne Verständnis für Emmas Situation. Sie brauchte Ruhe und musste wieder zu sich finden, nach allem, was sie durchgemacht hatte. Aber dennoch war Matthias zugleich traurig und auch tief verletzt, dass sie sich nie bei ihm gemeldet hatte. Keine Nachricht hatte sie beantwortet, überhaupt kein Lebenszeichen hatte sie von sich gegeben. Er hatte es immer wieder versucht. Nur eine kurze Nachricht hatten sie erhalten, kurz vor den Feiertagen, von Joachim Hellmann, ihrem Chef. Eine kurze, emotionslose Zwischenmeldung, knapp vorgetragen auf der Weihnachtsfeier des Kommissariats. Emma würde es den Umständen entsprechend gut gehen, hatte es geheißen. Das war alles gewesen. Und dann hatte er nichts mehr gehört, bis zu Hellmanns Ankündigung vor wenigen Wochen, dass Emma am heutigen 4. Mai zurückkehren würde. Das waren die einzigen Anzeichen, dass Emma immer noch ein Mitglied der Abteilung war. Und als seine Partnerin überhaupt existierte. Seit jener Ankündigung war er sich absolut nicht sicher, wie er auf Emmas Rückkehr reagieren sollte. Waren sie eigentlich noch ein Team? Vertraute sie ihm denn überhaupt noch? Und wie stand es mit seinem Vertrauen ihr gegenüber?

Er hatte überlegt, sich den heutigen Tag freizunehmen. Aber das erschien ihm irgendwie unprofessionell und kindisch. Fast so, als würde er Emma bewusst ignorieren, damit sie auf ihn zukommt und sich vielleicht sogar bei ihm entschuldigt. Aber wofür eigentlich?

Genau darüber hatte er auch gestern wieder nachgedacht, während er auf einer Bank im Blumengarten am Bachlauf gesessen und einer Hummel zugeschaut hatte, wie sie trotz ihrer Figur fast schwerelos durch die Lüfte glitt, als plötzlich sein Handy geklingelt und ihn aus seinen Gedanken gerissen hatte.

„Hier ist Doktor Behrlau." Der Oberarzt der Pflege- und Reha-Klinik klang ungewohnt hektisch, fast schon außer Atem. „Herr Roth, es geht um Ihre Frau. Ich glaube, Sie brauchen kein Gerichtsurteil mehr." In der Stimme des Arztes schwang eine unüberhörbare Freude mit, als er sagte: „Ihre Frau ist vor wenigen Minuten erwacht."

„Was?" Die Mitglieder einer Reisegruppe, die gerade an Matthias vorbeiflanierten, drehten sich erschrocken um, weil er ins Telefon gebrüllt hatte, während ihm die Tränen nur so die Wangen herunterliefen. Ihm war heiß und kalt zugleich gewesen, und auch jetzt zitterte er noch bei dem Gedanken an das Gefühl, das diesen zarten Keim der Hoffnung in ihm ausgelöst hatte.

„Ja, Ihre Frau hat vor wenigen Minuten zum ersten Mal die Augen geöffnet. Sie war ansprechbar ... also, sie reagierte auf unsere Worte, folgte den ersten neurologischen Untersuchungen und versuchte, sich zu verständigen. Es scheint, dass das Medikament doch endlich angeschlagen hat."

Behrlaus Worte drangen wie durch einen Filter an Matthias' Ohr. Er war wie weggetreten. Sein Organismus fuhr gerade einen Looping nach dem anderen mit ihm, während er sein eigenes Herz immer lauter schlagen hören konnte. Er hatte das Gefühl, er würde schweben - ein Zustand, der sich so unendlich schön anfühlte und der auch jetzt, 24 Stunden später, immer noch anhielt.

„Herr Roth, sind Sie noch dran?", hatte der Oberarzt besorgt ins Telefon gefragt. Doch zu mehr als zu einem kurzen Durchatmen war Matthias nicht imstande gewesen. Er war immer noch vom Glück berauscht, während der Doktor weiter ausführte: „Wir müssen aber leider auch davon ausgehen, dass es vielleicht nur ein letztes ..." Matthias erinnerte sich, wie Behrlau kurz gestockt hatte, ehe er dann noch mal neu angesetzt hatte - als würde er seine Worte noch wohlüberlegter wählen wollen als sonst: „Viele Patienten erleben oftmals noch ein letztmaliges Aufbäumen ihres bereits entschwundenen Geistes ..."

„... ehe sie sterben. Das wollten Sie sagen?", hatte Matthias den Satz ganz unverblümt vervollständigt.

„Ja!"

„Isabell ist aber nicht eine von vielen, Doktor Behrlau. Sie wird es schaffen!" Schneller als erwartet war Matthias ins Hier und Jetzt zurückgekehrt. Für ihn kam es einfach nicht infrage, dass Isabell auch sterben könnte. Er wollte, er durfte sie einfach nicht gehen lassen. Auch wenn das Leben, das sie führten, nicht immer so gewesen war, wie er es sich vorgestellt hatte. Vor allem zuletzt nicht. Ihre Depressionen waren immer schlimmer geworden. So schlimm, dass Isabell eine Psychose entwickelt hatte. Sie hatte eine unglaubliche Angst vor dem Schönen. Verbunden mit einer Panik, dass das Schöne zerstört werden könnte. Und so hatte sie es lieber selbst zerstört und sich vor einen einfahrenden Zug gestürzt.

Auch jetzt noch hatte Matthias Behrlaus verständnisloses Seufzen im Ohr. Der Doktor war einfach viel zu rational, fast schon chronisch pessimistisch, um an die Möglichkeit eines vollständigen Gesundwerdens zu glauben. „Die nächsten Tage werden zeigen, wie sich der Gesundheitszustand Ihrer Frau weiter entwickeln wird."

„Das sagen Sie schon seit drei Jahren!"

„Ich möchte keine falschen Hoffnungen erzeugen, Herr Roth." Erst jetzt in der Rückbesinnung fiel Matthias auf, dass der Oberarzt und er nie zum Du gewechselt waren. Dabei hatte er über die vergangenen drei Jahre fast mehr Zeit mit Dr. Behrlau verbracht als mit seinen zwei besten Freunden zusammen. Von den vielen philosophischen Diskussionen über die Ungerechtigkeit in der Welt und der endlosen, sinnlosen Suche nach der Antwort auf die Frage nach dem Warum mal ganz abgesehen. „Auf jeden Fall kann es nicht schaden, wenn Sie jetzt bei Ihrer Frau sind."

So war Matthias dann unter Missachtung aller Verkehrsregeln nach Mannheim gerast. Isabell hatte wie sonst auch mit geschlossenen Augen dagelegen und kaum merklich geatmet, als er endlich in der Klinik angekommen war. Stundenlang hatte er dann an ihrem Bett gewacht, aber Isabell machte keine Anstalten, erneut aus ihrem komatösen Zustand zu erwachen und ihre Umwelt und damit Matthias zu erkennen.

Auch jetzt lag sie wie ein schlafender Engel in ihrem Bett und atmete ruhig vor sich hin, nachdem er leise in das leicht abgedunkelte Zimmer getreten war. Wie bei jedem Besuch hatte er auch heute wieder eine weiße Kalla dabei, Isabells Lieblingsblume. Sie war genauso schlank, grazil und wunderschön wie Isabell selbst.

Er ging zum Waschbecken hinüber, an dem die Glasvase stand. Er schrak kurz zusammen, als er sich selbst im Spiegel sah. Sein Gesicht schien schneller gealtert zu sein als sein restlicher Körper, den er mit regelmäßigem Joggen, Fitness-Einheiten im Sportstudio und den Trainingsstunden des Tanzklubs fit zu halten versuchte. Tiefe Sorgenfalten hatten sich in sein Gesicht gegraben. Breite Augenringe verdunkelten seine kleinen und eigentlich strahlend blauen Augen zu zwei toten, schwarzen Punkten. Selbst wenn er lachte, verhärmten sich seine Züge und ließen sein Lächeln bisweilen unecht und kalt wirken. Dabei war er ein durch und durch gutgelaunter Mensch, der gerne lachte und das Leben normalerweise von der positiven Seite betrachtete.

Doch die Traurigkeit, die ihn seit langer Zeit ergriffen hatte, übertrug sich nicht nur auf seine körperliche Verfassung. Sein Gemütszustand war nach den sorgenvollen Monaten voll Hoffnung und Verzweiflung, Angst und Zuversicht von einer Depression nicht mehr weit entfernt, auch wenn er sich das selbst nie eingestehen würde.

Schon lange war er nicht mehr Herr über sein Leben. Er wurde gelebt, und das von Tag zu Tag mehr. Und das Schlimmste daran war, dass er nicht wirklich wusste, was er dagegen tun konnte. Wie er sich selbst von dieser Fessel befreien konnte.

Das hatte er auch bei Emma nicht gewusst. Emma! Schon wieder hatte sich der Name in seine Gedanken gedrängt. Als gehörte er dahin. Denn sie waren mehr als nur Partner. Sie verband eindeutig mehr, als beide es zugeben wollten.

Auch sie war gefangen in einem Leben, das sie nicht selbst gestaltet hatte. Das man von außen einfach über sie gestülpt hatte. Und jetzt musste sie das Beste daraus machen. Irgendwie. Ganz ohne Bedienungsanleitung oder Notrufnummer für den Ernstfall.

Wie oft war er schon im Kopf das *Was wäre wenn?* durchgegangen. Diese eine Hypothese, die alles aus den Angeln hob, nur um sich für einen kurzen Augenblick einem schwachen Moment hinzugeben. Einem Gedanken, der so verwerflich war, dass man ihn nicht einmal denken durfte.

Wie ich sie vermisst habe, dachte er und schaltete sein Handy an, in der Hoffnung, dass Emma vielleicht heute, an ihrem ersten Tag nach ihrer Rückkehr, etwas von sich hatte hören lassen, während er mit dem Anflug eines schlechten Gewissens zu seiner Frau hinüberschaute. Dabei hatte er eigentlich vorgehabt, Emma aus seinen Gedanken zu drängen. Denn anscheinend hatte sie diese besondere Seelenverwandtschaft, diese zarten Bande des gemeinsamen Schicksals durchtrennt, als sie sich nicht mehr bei ihm gemeldet hatte.

Vor Anspannung schlug sein Herz schneller, als seine Mailbox ihm mitteilte, dass er gleich fünf Anrufe in Abwesenheit hatte. Alle von Emma und erst eine knappe Stunde her. Sie ist wieder zurück, freute er sich, als plötzlich eine WhatsApp aufploppte, die vor einer guten halben Stunde und zeitgleich zum letzten vergeblichen Versuch, ihn telefonisch zu erreichen, von Emma abgeschickt worden war. „Warum hast du es mir nicht gesagt?“, waren die einzigen Worte, die in der Nachricht zu lesen waren. Kein „Hi Matthias“ als Anrede. Kein „LG Emma“ am Ende. Nicht mal die selten auf wahrhaftigem Interesse beruhende Floskel „Wie geht's dir?“ hatte sie für ihn übrig.

Matthias starrte blickleer auf die Nachricht, und er spürte, wie sich der Vorwurf in ihrer Frage zu einer

Faust zusammenballte, ehe sie krachend in seinen Magen donnerte. Überraschend. Blitzschnell. Eiskalt.

„Ma ...tthi ... as?“

Matthias hätte fast sein Handy fallen gelassen, als er zum ersten Mal nach fast drei Jahren Isabells Stimme vernahm.

„Ja, ich bin hier“, antwortete er, dann nahm er die Hand seiner Frau und legte sie auf seine Wange. Er spürte die Zerbrechlichkeit, die ihre zarten, dünnen Finger ausstrahlten, während er inständig hoffte, dass Isabell nicht nur die Wärme seiner Wange, sondern auch seine Dankbarkeit fühlen konnte, dass man ihm seine Frau ein zweites Mal geschenkt hatte.

Er wusste, Isabell würde ihn jetzt brauchen, so wie er sie brauchen würde. Mehr denn je. Und seine Aufgabe war es nun, das, was er für Emma hätte empfinden können, für alle Zeiten auszulöschen. Ja, er musste sie aus seinen Gedanken verbannen. Und nicht nur von dort.

Kapitel 6

Der Mann atmete schwer, als er sich durch die letzten Büsche schlug, die ihn noch von seinem Ziel trennten. Doch die halbhoch gewachsene Kirschlorbeerhecke, die die beiden weitläufigen Anwesen als natürliche Grenze voneinander trennte, schien an diesem Morgen das kleinste Hindernis zu sein.

Zwei Grundstücke zuvor hatte ihn der Ast einer rosa blühenden Bougainvillea am Kopf erwischt, als er versucht hatte, den unzähligen Dornen auszuweichen, die ihn am Durchlass hindern wollten. Jetzt zog sich ein beißender Schmerz über seine Stirn, und Blut lief ihm die Schläfe herunter, wie er seinem rechten Handgelenk entnehmen konnte, mit dem er sich eigentlich den Schweiß hatte wegwischen wollen.

Nur wenige Meter weiter hatte er sich an einer verwitterten und mit Efeu zugewucherten Sandsteinmauer den großen Zeh seines rechten Fußes angeschlagen, der wie der linke schutzlos in Trekking-Sandalen steckte. Und an seinen Schienbeinen und Unterarmen kribbelten die feinen Härchen der Brennnessel, und er wusste nicht, wo er zuerst kratzen sollte, so plagten ihn die blasenartigen Quaddeln, die sich wie eine Echsenhaut über seine Gliedmaßen gelegt hatten.

Er war gerade dabei gewesen, über einen Zaun zu klettern, als ein Schäferhund ihn hinterrücks angefallen hatte. Mit einem unkontrollierten Satz zurück auf die andere Seite des Zauns war er in das grüne Bett gefallen, das ihn nur für einen kurzen Augenblick willkommen hieß. Schon bei der ersten Hautberührung hatte er geahnt, dass er von seinem heutigen Vorhaben noch länger etwas haben würde. Es dauerte nicht lange und er spürte, wie seine Arme und Beine brannten, als würden sie lichterloh in Flammen stehen.

Aber auch darum hatte er sich in dem Moment keine weiteren Gedanken machen können, denn der Hund hinter dem verwitterten Maschendrahtzaun fletschte immer noch die Zähne und sprang unentwegt am Zaun hoch.

So hatte er sich blitzschnell wieder aufgerappelt und war weiter in geduckter Haltung durch das Grün gehastet. Der Hund hatte immer noch ohne Unterlass gebellt, während er durch die blickdichte Schutzmauer aus Ginsterbüschen und wilden Brombeersträuchern entschwunden war.

Aber was waren schon brennende Hautaufschürfungen und immer stärker anschwellende Pusteln, undurchlässige Wildsträucher oder hinter ihm herjagende Hunde? Für sein Unterfangen brauchte es schon mehr, wollte man ihn aufhalten. Dafür hatte er eindeutig zu viel in Kauf genommen, als dass er sich von solchen Banalitäten abbringen lassen würde.

Sein Leben hing davon ab. Und nicht nur seins.

Keine Frage, auch er war vom Glück abhängig. Mehr denn je. Gerade in seiner Situation. Aber seine Beharrlichkeit, niemals aufzugeben, und ein glücklicher Umstand hatten dazu geführt, dass er den alles entscheidenden Tipp bekommen hatte, wo er suchen sollte.

Er hätte auch einfach die Straße entlanglaufen können. Aber dann hätte er seinen Besuch auch gleich telefonisch ankündigen können. Nein, er musste den beschwerlicheren Weg durch die Hintergärten nehmen. Er wollte unter keinen Umständen auffallen. Als er das letzte Haus der Ortschaft hinter sich gelassen und anschließend noch zwei Rapsfelder durchquert hatte, war er endlich an seinem Ziel angekommen.

Das Gehöft lag am Ende des Dorfes, dessen wenige Häuser wie an einer Perlenkette aufgezogen an der Landstraße lagen und sich nun in der Frühlingssonne sonnten. Saftiger Raps umrahmte den Hof wie ein Passepartout, die Felder hatten ihr leuchtendes Gelb bis weit in den Horizont hinein gegossen. Weiter Richtung Süden schloss sich der Bellheimer Wald an, der selbst an diesem frühlingshaften Tag düster, fast bedrohlich wirkte. Direkt hinter dem Hof verlief parallel zur Landstraße ein landwirtschaftlicher Nutzweg, der aus dem Wald herausführte und kurz vor dem Ortsschild wieder auf die Hauptstraße mündete. Streuobstbäume säumten den Schotterweg, der das Anwesen von den Rapsfeldern teilte.

Eine gespenstische Ruhe lag über dem Anwesen, als er sich langsam vorwagte. Er wusste, dass er hier mit keinem Überraschungsangriff eines Hundes oder dem Aufheulen einer Alarmanlage zu rechnen hatte.

Irgendwo brummte ein Traktor in den Feldern auf der anderen Seite der Straße. Ein Kolkrabe flog laut krächzend über ihn hinweg, ehe er sich auf das Hauptdach setzte und argwöhnisch die Umgebung taxierte. Hin und wieder raste ein Auto die Landstraße entlang, die nahezu kerzengrade von Westheim nach Bellheim führte und von den Einheimischen gerne als Rennstrecke genutzt wurde.

Der Spargelhof war nicht sonderlich groß. Er bestand aus einem Haupthaus mit einem angebauten Hofladen und einem etwas kleineren Nebengebäude, das früher einmal als Scheune gedient hatte. Doch wo früher die Tiere untergebracht waren, standen nun zwei Zugmaschinen, eine ausrangierte Spargelschälmaschine sowie eine Spargelspinne.

Obwohl es bereits kurz nach 10 Uhr war, wirkte der Hof wie ausgestorben. Als würden seine Bewohner noch schlafen. Wie man ihm mitgeteilt hatte, öffnete der Hofladen montags immer erst am Nachmittag, da am Morgen die Großhändler, Gemüsemärkte und Discounter der Umgebung mit frischem Spargel beliefert wurden.

Als er aus dem Schatten zwischen Nebengebäude und Haupthaus heraustrat, sah er, dass die klappbaren Fensterläden im Obergeschoss ebenso verschlossen waren wie die Rollläden im Erdgeschoss. Und in der geöffneten Garage stand der graue Geländewagen des Besitzers.

Anders als erwartet war der Spargelbauer anscheinend doch zu Hause. Dabei wäre es sicherlich für alle Beteiligten besser und gesünder, wenn dem nicht so wäre. Diese neue Erkenntnis würde sein Vorhaben vielleicht etwas erschweren, an der geplanten Umsetzung aber nichts ändern. Denn auch darauf war er vorbereitet, was das Messer, das im Gürtelhalfter seiner Hose steckte, ohne jeden Zweifel unterstrich. Und vielleicht musste es ja auch gar nicht zum Äußersten kommen, wenn er erst einmal das gefunden hatte, wonach er so intensiv suchte.

Eigentlich war er davon ausgegangen, dass sein Ziel außerhalb des Hofgebäudes lag. Da er jedoch keinen außenliegenden Treppenabgang finden konnte, vermutete er die Kellertreppe innerhalb des Hauses. Vorsichtig schlich er den Weg zurück, den er gekommen war. Immer noch war alles still und friedlich, als hätte sich das Leben von diesem Flecken Erde verabschiedet.

Auch hinter dem Haus bewegte sich nichts, was nicht nur an der Windstille lag. Der Garten sah verwildert ist. Die Wäschespinne stand windschief inmitten des Gartens, doch ihrer vorgesehenen Aufgabe schien sie schon seit Längerem nicht mehr nachgekommen zu sein, denn die Leinen hingen ausgeleiert und verblasst zwischen den Streben.

Langsam und vorsichtig näherte er sich der Terrasse, die mit Mischbetonplatten ausgelegt war und ebenfalls noch im Schatten lag, da es die Sonne zu dieser Uhrzeit noch nicht ganz bis auf die Südseite des Hauses geschafft hatte. Moos und Löwenzahn hatten die Fugen als neuen Lebensraum gefunden, und an einer der Platten war ein großes, eckiges Stück herausgebrochen.

Erst jetzt sah er das dunkle Loch, das in der Hauswand klaffte. Wie das Tor zu einer düsteren Welt. Die Terrassentür stand sperrangelweit offen. Die Scheibe war eingeschlagen. Tausende kleinerer und größerer Glasscherben und Splitter verteilten sich über die Türschwelle, über die Mischbetonplatten davor wie auch großflächig über die Fliesen des Raums, der sich innerhalb des Hauses anschloss und anscheinend die Küche war.

Zum ersten Mal an diesem Tag spürte er ein Gefühl von Panik. Aber es war nicht die Angst vor dem, was im Haus auf ihn warten könnte. Er fürchtete sich nicht vor einem gewalttätigen Einbrecher, der auf frischer Tat ertappt wurde. Und er hatte auch keine Angst davor, dass der Besitzer vielleicht längst die Polizei verständigt hatte, die ihn für einen Einbrecher halten könnte. Etwas anderes war der Grund dafür, warum er sein Herz auf einmal laut und nachhallend schlagen hören konnte, während sich sein Magen zuschnürte und sich das Gefühl immer mehr verstärkte, keine Luft mehr zu bekommen.

Es war die Angst, zu spät gekommen zu sein, die ihn körperlich lähmte. Sie schien seinen sonst so hellwachen Geist aufzufressen, als wäre er nie imstande gewesen, auch nur einen klaren Gedanken zu fassen. Oder als wäre sein Verstand diese Scheibe, die jetzt in tausend Teilen zersplittert auf der Erde lag.

Aber wenn es so war, wer konnte ihm zuvorgekommen sein? Wer hatte das gleiche Ziel? Und woher wusste derjenige, dass man genau hier zu suchen hatte? Doch zum Nachdenken blieb ihm keine Zeit. Plötzlich hörte er, wie ein Wagen langsam den Feldweg entlangrollte, den man von dieser Seite des Hauses aus zwischen den Bäumen erspähen konnte.

Schnell huschte er durch die Terrassentür ins Innere des Hauses. Er hatte kaum den Raum betreten, da roch er schon den bestialischen Gestank, der ihm entgegenwehte.

Ein Geruch, der ihn an die Schächtung eines Tieres erinnerte. Eines, dessen Körper man vergessen hatte, wieder vom Haken zu nehmen, nachdem man den todbringenden Kehlschnitt angesetzt hatte.

Seine Augen brauchten einige Momente, dann realisierten sie, was der Lichtunterschied zwischen drinnen und draußen verborgen gehalten hatte. Und was sich sein Gehirn längst in den grausamsten Bildern ausgemalt hatte.

Wie angewurzelt stand er, gegen die aufkommende Übelkeit ankämpfend, in der Küche, seine Füße umgeben von den Glasscherben der zerbrochenen Scheibe, und starrte den toten Mann an, der blutüberströmt auf dem Küchenstuhl saß. Der Kopf des Mannes, oder zumindest das, was davon übrig war, hing tief im Nacken, als wäre er abgeknickt worden. Der kräftige Mann war übersät mit dunkelrot gefärbtem Sand, der über seinen Mund und über seine Kleidung bis auf den Boden gerieselt war. Unzählige Fliegen und Mücken stoben um ihn herum, während die ersten Insekten bereits dabei waren, ihre Eier in den offenen Wunden im Gesicht des Mannes abzulegen.

Er hatte schon einiges an Grausamkeiten gesehen in seinem Leben. Doch dieser Anblick war zu viel. Er schaffte es gerade noch, den Messbecher aus dem Spülbecken zu heben und auf den Ablauf zu stellen, ehe er sich in der Spüle erbrach.

Er spülte seinen Mund mit Wasser aus und nahm dann einige hastig geschlürfte Schlucke, als er merkte, dass er nicht mehr alleine war. Aus den Augenwinkeln sah er, wie ein Schatten in der Küchentür aufgetaucht war. Er schaute zur Tür hinüber, in der plötzlich ein Mann stand und ihn anstarrte.

Regungslos verharrten beide in ihrer jeweiligen Position, als wären ihre Körper eingefroren. Ihre Augen tasteten sich gegenseitig ab. Doch der Verstand schien die Fähigkeit verloren zu haben, das Bild, das die Augen gerade lieferten, zu verarbeiten. Als hätten die Augen zum allerersten Mal etwas Neues und Unbekanntes erblickt. Etwas, von dem man nicht abschätzen konnte, wie es auf diese unvorhergesehene Entdeckung reagieren würde. Und welche weitreichenden Konsequenzen damit einhergingen.

Doch anscheinend schien sein Gegenüber schneller begriffen zu haben, wen er da vor sich hatte, denn der Mann kam langsam, aber zielsicher auf ihn zu. Die Augen des Mannes ruhten auf ihm, und er meinte, die Blicke würden tief unter seine Haut kriechen, als würden sie das Innerste aus ihm herauslesen.

Er versuchte, dem Blick standzuhalten, während er wie in Zeitlupe den Wasserhahn abdrehte.

Und dann rannte er um sein Leben.

Kapitel 7

Bornholm, in der Nähe von Gudhjem

Jette Jensen hatte Angst. Sehr viel Angst. Auch wenn sie nicht genau erklären konnte, woran sie dieses beklemmende Gefühl festmachen oder wie sie es näher beschreiben sollte. Die Angst war einfach da, und sie verfolgte sie bereits ihr halbes Leben lang. Wenn nicht sogar schon viel länger.

Auch heute hatte die Angst wieder völligen Besitz von ihr genommen. Schon beim Aufstehen hatte sie gespürt, dass sich ihre Gliedmaßen schwer und unbeweglich anfühlten. Als sei ihr gesamter Körper gelähmt und nicht imstande, den Befehlen des Gehirns zu gehorchen und die Traktionen der Muskeln auszuführen.

Sie war so starr vor Angst gewesen, dass sie Mühe gehabt hatte, überhaupt aufzustehen. An solchen Tagen brauchte sie immer viel länger, um in die Gänge zu kommen. Wenn sie es überhaupt schaffte. Denn normalerweise verkroch sie sich dann in ihrem Bett, zog die Decke über ihren Kopf und versuchte, wieder einzuschlafen, nur um wenigstens in ihren Träumen jener Angst zu entfliehen, die bisher nur ihr tägliches Leben bestimmte. Zumindest noch.

Auch dieser Tag war auf dem besten Wege, ein verlorener Tag zu werden. Ein Tag, den man am besten aus dem Kalender strich. Als hätte es ihn einfach nie gegeben.

Es war bereits Mittag, und sie war immer noch nicht geduscht, angezogen und bereit, diesen Tag sinnvoll zu gestalten. Das Beste aus ihm zu machen.

Sie stand barfüßig und nur mit ihrem Nachthemd bekleidet am Fenster und schaute mit leerem Blick auf die Ostsee hinaus, auf der weiße Krönchen sanft auf und ab wogten. In ihrer Hand hielt sie ihren Lieblingsbecher, in dem sich noch der kalte und abgestandene grüne Tee vom Vortag befand.

Die Angst war schon so bestimmend geworden, dass sie auch an diesem Montagmorgen nicht in der Lage war, die normalsten Dinge der Welt zu erledigen. Zähne putzen, sich anziehen oder eine frische Tasse Tee aufbrühen - Jette Jensen hasste sich dafür, und doch wusste sie, dass sie nichts dagegen tun konnte.

Vielleicht war es ja doch ein Fehler gewesen, dieses einsame und weit abgelegene Gut zu kaufen, dachte sie, während ihr Blick einer Seeschwalbe folgte, die sich vom Wind federleicht durch die Seeluft tragen ließ, ehe sie als immer kleiner werdender Punkt im sattblauen Horizont aus Meer und Himmel verschwand.

Jette Jensen liebte es, wenn der Himmel ins Meer hineinlief, als würden sie sich küssen wie ein frisch verliebtes Paar. Sie liebte die changierenden Blautöne des Wassers, die jeden Tag anders aussahen. Die Wellen, die sanft dahinglitten, nur um sich wenige Stunden später wild tosend an den Klippen zu brechen. Das Rauschen, Gurgeln und Brummen des Meeres, als würde die Ostsee singen. Mal laut und donnernd, mal flüsternd und leise.

Für Jette war das Meer über die vielen Jahre, die sie jetzt hier lebte, zu einem wahren Freund geworden. Auf das Meer konnte sie sich verlassen. Wie ein treuer Gefährte, der nie von ihrer Seite wich. Es gab ihr die Sicherheit, nie wirklich allein zu sein. Das Meer war eben immer da. Sommer wie Winter. Tag und Nacht.

Genau wie ihre Angst.

Jette lebte allein auf dem Anwesen, das hoch über den Klippen und auf einem etwas vorgelagerten Plateau stand. Zu dem Hof gehörten das weiß getünchte Fachwerkhaus mit den schwarzen, markanten Holzbalken, eine kleine Scheune, auf deren Ziegeldach ein klobiger Schornstein thronte, und ein etwas abseits stehender Schafstall, dessen terrakottafarbene Ziegel seines flachen Satteldachs jetzt im Sonnenlicht schimmerten.

Wie sie wusste, hatte das Gehöft vor Urzeiten mal einer alten Bornholmer Familie gehört, die hier Schafe gezüchtet hatte. Bis Mitte der 1980er-Jahre hatte der Bauer versucht, den landwirtschaftlichen Betrieb aufrechtzuerhalten. Doch nachdem auch auf Bornholm die Landwirtschaft ihren Niedergang erlebt hatte, war der Hof von den Besitzern verlassen worden. Und das, nachdem auch dieser entlegene Winkel der Insel wenige Monate zuvor endlich an das Stromnetz und an die Kanalisation angeschlossen worden war.

Der Hof lag abgelegen von der Hauptstraße versteckt hinter einem Hain aus Bergahorn und Ulmen. Schon bei der ersten Besichtigung hatte sie sich in dieses Fleckchen Erde und in das alte, schon etwas verfallene Anwesen verliebt. Ein perfekter Rückzugsort. Niemand sollte wissen, dass sie hier lebte. Das verwitterte Schild der Vorbesitzer an der Straße, von der der Schotterweg zu ihrem Haus abging, hatte sie noch vor ihrem Einzug entfernt. Genau wie den Briefkasten, der in schwedenroter Farbe lackiert auf einem dicken Holzpfosten direkt am Straßenrand gestanden hatte. Für jeden schon von Weitem gut sichtbar. Mit dem Postboten hatte sie ausgemacht, dass sie ihre Post im kleinen Amt in Gudhjem einmal die Woche selbst abholen kommen würde. Und das Telefon, das auf einer kleinen Anrichte im Flur stand, war mehr Zierde als Gebrauchsgegenstand. Ihre Nummer hatte sie sowieso niemandem gegeben. Sie hasste den Kontakt zu Menschen. Sie störten sie nur bei ihrer Arbeit.

Seit jeher war sie eine Einzelgängerin gewesen. Wobei das für die meisten Künstler zutraf, weswegen sich auch niemand wirklich ernsthaft Sorgen um sie gemacht hatte, als sie sich komplett aus der Öffentlichkeit zurückgezogen hatte.

Auch das war eigentlich nur die halbe Wahrheit. Denn wenn sie ehrlich, dann hatte sie mit diesem abgelegenen, alten Bauernhof auf der nordöstlichen Seite der Insel die Hoffnung verbunden, dass die Angst sie nicht finden würde. Dass sie der Angst endlich entfliehen könnte. Doch die Angst ließ sich nicht abschütteln, sie war wie im Gleichnis von Hase und Igel einfach immer schon da und wartete auf sie. Und sie hatte sich sogar noch verstärkt, seit Jette hier eingezogen war.

Hätte sie Kinder gehabt, dann hätte sie sich vielleicht ihnen anvertrauen können. Doch so musste sie mit diesem alles beherrschenden Gefühl ganz alleine fertigwerden. Sich einem Psychologen zu öffnen, in einer Gruppentherapie mit anderen über ihre Angst zu sprechen oder als Atheistin gar zu einem Priester zu gehen, das kam für sie nicht infrage. Es ging die anderen Menschen schlichtweg nichts an, was Jette gerade umtrieb oder wovor sie sich fürchtete. Vor ihrer Angst konnte sie sowieso niemand schützen, also war es auch nicht nötig, einem Außenstehenden davon zu erzählen. Am Ende würde man sie nur für verrückt halten. Dabei reichte es vollkommen aus, dass Jette das schon selbst oft genug tat.

Längst hatte sie sich damit abgefunden, dass die Angst wie ein inoperabler Tumor war, der immer weiter wucherte und sich hemmungslos in ihr ausbreitete. Und die einzige Aufgabe bestand darin, damit so gut es ging umzugehen und irgendwie weiterzuleben. Denn eine Heilung war ausgeschlossen.

Vielleicht muss man die Angst einfach nur als das ansehen, was sie ist, nämlich ein Gefühl, das rational nicht zu erklären ist - nicht mehr und nicht weniger, dachte Jette, während sie ein weiteres Mal an ihrer Tasse nippte. Wie ein ständiger Wegbegleiter. So wie es Tinnitus und Diabetes für andere Menschen waren. Oder wie das Meer, das unter dem Fenster rauschte. Heute war es ruhiger als sonst, denn es sollte wieder ein sonniger und warmer Frühlingstag werden, hatten sie bei P4 gesagt, dem Bornholmer Radiosender.

Und dennoch war die Angst längst mehr als ein vertrauter Weggefährte, der einem nicht mehr von der Seite wich. Die Angst hatte Jette längst alle Schönheit genommen, wie sie ihrem Spiegelbild in der Fensterscheibe entnehmen konnte. Eine Schönheit, für die sie in ihrer Jugend von den Jungs umgarnt und von den Mädchen bewundert, manchmal gar beneidet worden war.

Jetzt sah sie verhärmt aus, andere würden verbittert sagen. Ihre Haut war fahl und matt, was nicht nur daran lag, dass sie weder Gesichtspflege noch Makeup benutzte. Hals und Dekolleté waren gerötet und trocken. Ihr grauer, geflochtener und vom Schlafen zerzauster Zopf hing in ihrem Rücken wie ein verfilztes Schiffstau im Hafen von Gudhjem. Ja, Jette war schon lange nicht mehr die Frau, die sie gewesen war, bevor sie alles hinter sich gelassen hatte.

Sie schrie auf, als das Klingeln des Telefons plötzlich ihre Gedanken durchschnitt, während die Tasse mit einem klirrenden Geräusch auf den Boden krachte und in unzählige Stücke zersprang.

Wer ist das, fragte sie sich, während ihr Herz immer lauter schlug. Sie musste sich an der Fensterbank festhalten, als ihr plötzlich schwindelig wurde und sie meinte, jeden Moment umzukippen. Sie schloss die Augen und versuchte, mit kontrolliertem Ein- und Ausatmen ihren Puls zu beruhigen. Als sie sich nach dem ersten Schreck wieder einigermaßen gefangen hatte, überlegte sie für einen kurzen Moment, zum immer noch klingelnden Telefon zu gehen und den Hörer abzunehmen. Doch das Zittern ihres Körpers hinderte sie daran, auch nur einen Schritt zu tun. Fassungslos starrte sie das Telefon an, bis das für sie völlig unerwartete und fremde Geräusch nach weiteren zehn Sekunden endgültig verstummte.

Es war das zweite Mal, dass sie angerufen worden war. Bereits gestern und nahezu zur gleichen Uhrzeit hatte sie das Klingeln so sehr erschreckt, dass sie sich beim Zwiebelnschneiden in den Finger geschnitten hatte. Und nun war ihre Lieblingstasse ihrem schreckhaften Verhalten zum Opfer gefallen.

Wer kann nur meine Nummer haben, dachte Jette, die nicht merkte, dass sie mittlerweile inmitten einer grünlich schimmernden Teelache stand. Aber auch das war ihr jetzt völlig egal. Denn das Einzige, was jetzt zählte, war die Frage, wer sie angerufen hatte. Es gab nur einen Menschen, dem sie ihre Nummer gegeben hatte. Er war der Einzige, dem sie von diesem beklemmenden Gefühl, das mit in dieses Haus eingezogen war, erzählt hatte. Und er war auch der Einzige, der sie verstand. Oder es wenigstens versuchte.

Wie immer war es kurz nach 22 Uhr gewesen, als sie ihn gestern angerufen hatte. Er hätte sie dann, so hatten sie es damals vereinbart, zurückrufen sollen. Aber das hatte er nicht getan. Und schon am Tag zuvor war er nicht ans Telefon gegangen.

Sie hatte es anders als sonst länger klingeln lassen und es sogar eine knappe Stunde später erneut probiert. Aber das Klingeln war ins Leere gelaufen. Als wäre die Person unter dieser Nummer einfach nicht mehr zu erreichen.

Jette versuchte, weiter ruhig und gleichmäßig zu atmen, während ihr Körper immer stärker zu frösteln begann.

Ja, Jette Jensen hatte Angst. Todesangst sogar.

Kapitel 8

„Kann ich dich gleich noch mal zurückrufen?", fragte Joachim Hellmann mit versteinerter Miene seinen Gesprächspartner am anderen Ende der Leitung, ehe er das Telefonat nach einem „Okay, bis gleich!" beendete und den Hörer lauter als gewöhnlich auflegte.

„Ich freue mich auch, dass du wieder da bist, Emma." Der Leiter der Zentralen Kriminalinspektion im Ludwigshafener Polizeipräsidium zwang sich zu einem ernst gemeinten Lächeln. „Ich wusste nur nicht, dass du es so eilig hast, mich wiederzusehen. Aber ich bin sicher, der Staatsanwalt wartet gerne", ergänzte er mit einer kurzen Kopfbewegung Richtung Telefon. „Also willkommen zurück!"

Joachim Hellmann wippte in seinem Bürostuhl und taxierte sie mit düsterem Blick. Er fragte sich, welche Erklärung ihm jetzt wohl serviert werden würde. Doch Emma hatte nicht vor, auf die kleine Spitze ihres Chefs einzugehen. Sie war ohne anzuklopfen in sein Büro gerauscht und stand nun mit aufgestützten Armen vor seinem Schreibtisch und fauchte ihn an: „Warum hast du mir nicht gesagt, dass Isabell tot ist?", wiederholte sie, während der ersten Träne eine weitere folgte. Nur dieses Mal nicht vor Trauer.

„Emma!", wurde Joachim Hellmann lauter.

„Ich bin seine Partnerin", wiederholte sie, und ihre Worte klangen noch bestimmter als beim ersten Mal.

„Können wir uns jetzt bitte erst mal wieder beruhigen? Du bist ja ganz außer dir!", sagte Joachim Hellmann mit Nachdruck, während er sich aus seinem Bürostuhl erhob und um den Schreibtisch herumging.

Auch wenn Joachim Hellmann nicht dazu neigte, einen Konflikt laut oder gar ausfallend auszufechten, so schien es manchmal doch zu helfen, wenn man seine Stimme etwas erhob, um mehr Respekt und vor allem mehr Autorität beim Gegenüber einzufordern.

Nun stand er neben Emma und sah sie noch eindringlicher an als wenige Augenblicke zuvor. Emma spürte, wie er innerlich mit sich rang, ob er sie zur Begrüßung umarmen sollte oder nicht. Aber Hellmann machte keine Anstalten, sie in den Arm zu nehmen. Er war immer noch mehr als verärgert und er schien nicht vorzuhaben, die Dinge für sich stehen zu lassen.

„Emma, ich weiß wirklich nicht, warum du dich so aufspielst. Was ist denn los?"

„Joachim, ich spiele mich nicht auf. Ich bin einfach nur enttäuscht, oder wie würdest du dich fühlen, wenn die Frau deines langjährigen Partners stirbt, aber niemand es für nötig hält, dir das mitzuteilen?"

„Wie, Isabell und tot? Wovon sprichst du denn?" Joachim Hellmann schaute Emma fragend an.

„Chef, vielleicht kann ich was dazu sagen?" Emma und Hellmann drehten sich beide zur Tür, die Emma bei ihrer hektischen Kaperung des Büros offen stehen gelassen hatte und in der jetzt Linda und zwei weitere Kollegen aufgetaucht waren, die die beiden mit einem kurzen Kopfnicken begrüßten.

„Linda, bitte! Das ist eine Angelegenheit zwischen …"

„Ja, Linda?" Jetzt war es Hellmann, der Emma überging und dafür einen bösen Blick erntete.

„Isabell, also Matthias' Frau, ist nicht tot, Emma. Sie ist gestern aufgewacht, und Matthias ist heute bei ihr."

„Sie ist was?" Emma schaute ungläubig und wie in Zeitlupe von Linda zu Hellmann, während ihre Gedanken gerade wie ein Silvesterfeuerwerk explodierten. Isabell ist gar nicht tot? Was ist mit ihr passiert? Wie geht es Matthias? Und warum hat er mir nichts davon gesagt? So lauteten die ersten Fragen, die leuchtend hell in ihre dunkle Gedankenwelt knallten.

„Sorry, Chef!" Linda machte ein zerknirschtes Gesicht. „Ich wollte noch hinter Emma herrufen, aber sie ist so schnell aus dem Büro gestürzt, da konnte ich nichts mehr machen", wurde Emma von Linda wieder ins Hier und Jetzt geholt.

„Linda, danke, aber ich kann das mit Joachim schon selbst klären." Emma lächelte Linda vielsagend an, ehe sie sich wieder - und jetzt in ruhigerem Ton - ihrem Chef zuwandte. „Isabell ist aufgewacht?"

„Ja, gestern. Das Medikament hat wohl endlich angeschlagen, auch wenn die Ärzte Matthias natürlich nicht zu viel Hoffnung machen wollen."

„Weil ..."

„Na, weil das auch rein gar nichts mit dem Medikament zu tun haben kann", antwortete Joachim Hellmann mit einem leichten Seufzer. „Bei vielen Koma-Patienten bäumt sich der Körper noch ein letztes Mal auf, ehe sie dann ihre letzte Reise antreten. So war es auch bei der Tante meiner Frau. Sie hat sogar noch mit uns gesprochen und gelacht, ehe sie dann von uns gegangen ist. Als hätte sie sich so noch von uns verabschieden wollen."

„Und warum hast du mir das nicht erzählt?", fragte Emma, um sich im selben Moment zu ärgern, diese Frage überhaupt gestellt zu haben. Denn die Antwort darauf hätte sie sich gleich selbst geben können. Auch wenn sie hoffte, dass Hellmann die Frage vielleicht nicht ganz mitbekommen hatte, da gerade in dem Augenblick eine Horde Grundschulkinder auf dem Bürgersteig entlanglief, deren ausgelassenes Kichern und Gegackere bis in den zweiten Stock des Präsidiums hinaufschallte.

Doch ihr Chef schien jedes Wort eindeutig gehört zu haben. „Emma, bitte, ich weiß es doch auch erst seit gestern Abend, und außerdem ..." Joachim Hellmann war mittlerweile hinter seinen Schreibtisch zurückgekehrt und schloss nun genervt das gekippte Fenster.

„Ja?"

„Und außerdem wollte ich dich auch nicht gleich am ersten Tag überfordern. Ich meine, nach allem, was du erlebt hast, dachte ich, dass das vielleicht alles etwas viel auf einmal wäre. Ich wollte dich nicht gleich mit dieser Nachricht überfallen."

„Mit einer erfreulichen Nachricht kann man mich überfordern?" Emma sah ihren Chef verständnislos an.

„Emma, jetzt leg doch nicht gleich jedes Wort auf die Goldwaage."

Mittlerweile war Hellmanns Büro gut gefüllt. Immer mehr Kollegen, die meisten von der Nachbarabteilung, die die Unterhaltung über den angrenzenden Flur mitgehört hatten, drängten sich in den eigentlich luftigen Raum, um der Szenerie beizuwohnen.

„Komm doch erst mal in aller Ruhe hier an." Joachim Hellmanns Worte klangen jetzt beschwichtigend, fast sakral. Als würde er jeden Sonntag von der Kanzel aus predigen, legte er nach: „Sosehr wir es uns auch wünschen, aber die Zeit kennt keine Stoppuhr. Das Leben hier ist weitergegangen."

„Ohne auf mich zu warten ... Ich versteh' schon."

„Mensch Emma, immer kriegst du alles in den falschen Hals. Du warst doch früher nicht so!", echauffierte sich Joachim Hellmann, dem Emma sein sich etwas zu übertriebenes Aufregen auch nach der langen

Zeit nicht abnahm. Hellmann schien sich in den vergangenen neun Monaten wirklich nicht verändert zu haben. Als ausgewiesener Stoiker war Joachim Hellmann eher besonnen und in sich ruhend als hektisch und aufgeregt. Er ließ sich lieber von Argumenten und Tatsachen überzeugen, als von Emotionen und persönlichen Befindlichkeiten leiten.

Auch äußerlich war er sich treu geblieben. Wie nahezu jeden Tag trug er auch heute ein kurzärmeliges, blau-weiß kariertes Hemd, eine dunkle Jeans und halbhohe, schwarze Schnürschuhe. Auf den ersten Blick hatte er weder ab- noch zugenommen, wie Emma feststellte. Den kleinen Bauch, der bei seiner normalen Statur und einer Körpergröße von 1,80 Metern aber kaum auffiel, hatte er bereits im vergangenen Jahr gehabt. Selbst seine Frisur, mittellang und nach hinten gekämmt, war noch die gleiche. Einzig die Schläfen waren über die vergangenen Monate etwas gräulicher geworden.

Er ist eben immer noch der Alte, bemerkte sie mit dem Anflug eines leichten Grinsens. Doch ihr Lächeln sollte nicht lange anhalten.

„Emma, wir brauchen dich hier im Innendienst."

„Im Innendienst? Joachim, das ist ja wohl ein Scherz!" Jetzt war es Emma, die außer sich war.

„Nein, Emma, ich meine es ernst. Du sollst dich um Linda kümmern, die uns vielleicht bald verstärken wird", entgegnete Hellmann und lächelte der jungen Hauptkommissaranwärterin wohlwollend zu.

„Wie soll ich denn Linda im Innendienst einarbeiten? Soll ich ihr zeigen, wie man Akten richtig locht?"

„Emma, bitte! Du weißt doch selbst, dass du nach der langen Zeit und dem Trauma, das du erlitten hast, noch nicht voll belastbar bist." Hellmann nahm einen Schluck aus seinem Kaffeebecher, auf dem in großen Buchstaben sein Spitzname „Purzel" stand, nur um ihn im gleichen Augenblick angewidert wieder zurück auf den Schreibtisch zu stellen.

„Joachim, können wir das bitte nicht vor Publikum besprechen, oder soll ich meine Krankenakte direkt ans Schwarze Brett hängen?"

„Da ist aber jemand dünnhäutig", flüsterte einer der Kollegen, als plötzlich Annegret Bender den Flur entlanggerannt kam.

„Joachim, Joachim", japste die 49-jährige Abteilungssekretärin, die immer noch in ihrem Sommermantel steckte und den Schlüsselbund mit der Einlasskarte für den Eingang in der einen, die rucksackartige Ledertasche mit den langen Griffen in der anderen Hand hielt.

„Warum geht denn hier niemand ans Telefon?", keuchte Annegret Bender mit puterrotem Gesicht, nachdem sie sich durch die kleine Menschentraube, die in Hellmanns Bürotür stand, gekämpft hatte und plötzlich einen schrillen Schrei losließ. „Emma!"

Mit Tränen in den Augen drückte sie Emma an sich. „Was ist das schön, dass du wieder da bist. Was hab' ich dich vermisst", schnaufte sie, und Emma fragte sich, ob das Keuchen immer noch vom Lauf durch den langen Flur oder von der Freude des Wiedersehens herrührte.

Annegret Bender hielt Emma immer noch fest im Arm, während sie mit ihrer Hand über Emmas Kopf strich, als Hellmann plötzlich zum zweiten Mal an diesem Tag lauter wurde.

„Was ist denn heute nur los? Gaga Monday würden jetzt meine Kinder sagen! Vielleicht sollten sich jetzt alle wieder an die Arbeit machen! Und nun zu dir, Annegret. Was gibt es denn so Wichtiges?"

„Ein Toter ...", stammelte sie immer noch schwer atmend, während sie Emma endlich freiließ und ihr die Bluse wieder zurechtzupfte, die ein wenig unter dem körperlichen Überfall der Abteilungssekretärin gelitten hatte. Auch Emmas Haare, die sie eher untypisch heute offen trug, waren jetzt zerzaust. Doch ehe Annegret auch hier Hand anlegen konnte, wuschelte sich Emma lieber selbst durch ihre blonde Mähne, bis sie die Strähnen wieder einigermaßen gebändigt hatte.

„Ein Toter, und weiter?", versuchte Hellmann seiner Sekretärin auf die Sprünge zu helfen.

Doch die kostete den Moment der alleinigen Aufmerksamkeit vollständig aus, ehe sie sich dezent räusperte, um ihren begonnenen Satz endlich und in einem Rutsch zu beenden, während alle Anwesenden gespannt an ihren Lippen hingen: „Die Streife aus Germersheim rief gerade an. Sie haben einen toten Bauern in Sickfeld gefunden. Erstickt mit Sand. Mit sehr viel Sand."

Kapitel 9

Ronald Lehmann wurde so langsam ungeduldig. Er hatte noch zu viel zu tun und dafür wie immer zu wenig Zeit, um sich auch noch um Angelegenheiten zu scheren, die ihn eigentlich überhaupt nichts angingen. Und der Transporter, der in seiner Einfahrt stand, war genau so eine.

Dabei war er natürlich äußerst dankbar, dass er sich den Wagen für seine Fahrten immer mal wieder ausleihen durfte. Sicher, er hätte sich ohne Weiteres einen eigenen Transporter anschaffen können. Doch die wenigen Einsätze, für die er einen größeren Wagen benötigte, rechtfertigten nicht den Kauf eines solchen Gefährts. Zumal er mit seinem Kastenwagen eines französischen Herstellers und dem großen Allrad-Kombi bereits zwei Wagen sein Eigen nennen konnte. Beide Fahrzeuge waren vollkommen ausreichend für seine alltäglichen Geschäfte, weshalb er auch bisher nicht einen einzigen Gedanken daran verschwendet hatte, seinen Fuhrpark zu vergrößern.

Mit seiner kleinen Gemüse-Vertriebs-Agentur war Ronald Lehmann der Zwischenhändler für gastronomische Betriebe wie Restaurants und Hotels, für Biogeschäfte in den Städten und die Discounter vor Ort auf der einen und den Gemüse-Erzeugern, Biobauern und Hofgutsbesitzern auf der anderen Seite.

In Zeiten, in denen immer mehr Ressourcen und vor allem Mitarbeiter eingespart wurden und ein Koch oder der Filialleiter eines Supermarkts nicht mehr selbst auf den Gemüsegroßmarkt gehen konnten, um neue Gemüsesorten zu kosten, Frische und Qualität zu testen oder Preise zu verhandeln, hatte Ronald Lehmann die ideale Nische für seine Dienstleistung gefunden. Er führte nun die Gespräche mit allen Beteiligten, feilschte um ein besseres Angebot zwischen Produzent und Abnehmer, gab Bestellungen auf und kontrollierte diese, nahm Beschwerden entgegen, verwaltete die Buchungen, schrieb Mahnungen und versuchte, neue Märkte zu erschließen. Er hatte sich in der gesamten Region einen Namen gemacht, und mittlerweile vertrauten eine große Hotelkette und ein regionaler Supermarkt-Filialist genauso auf seine Dienste wie die landwirtschaftliche Genossenschaft für alle Großbetriebe oder der kleine Biobauer im Nachbarort.

Und man konnte sich auch auf ihn verlassen. Aber das war sowieso das Wichtigste an seinem Job. Nur ein schlechtes Feedback, nur eine negative Reaktion, und er wäre weg vom Fenster. Sein Name für alle Zeit verbrannt. Dabei hatte er sich hier gerade sein kleines Paradies in Schwegenheim aufgebaut, in dem Ort, in dem er schon so viele Jahrzehnte lebte. Mit eigener Villa im mediterranen Stil, einem großen Pool im Garten und finnischer Sauna im Keller. Ein Paradies, aus dem er nicht mehr vertrieben werden wollte.

Wo bleibt er nur, fragte er sich, während er erneut auf seine Armbanduhr schaute. Der Wagen hätte spätestens gegen sieben Uhr abgeholt werden sollen. Jetzt war es schon weit nach zehn, und der Transporter stand immer noch vor seiner Garage.

Er hätte auch rüberfahren, den Wagen abstellen und dann wieder zurücklaufen können. Aber es war schon ein Stück zu laufen, und dazu hatte er weder Lust noch Zeit. Und sein Fahrrad hatte schon seit ewigen Zeiten einen Platten, sodass auch diese Möglichkeit nicht in Betracht kam.

Aber irgendetwas musste er tun. Er konnte den Transporter hier nicht länger stehen lassen. Das war klar.

Mensch, warum gehst du nicht ran, ärgerte er sich, als sein Klingeln erneut ins Leere lief. Es war bereits das dritte Mal, dass er zum Hörer gegriffen und versucht hatte, den Besitzer des Transporters zu erreichen. Aber es wurde am anderen Ende einfach nicht abgenommen.

„Scheiße!" Mit voller Wucht donnerte er den schnurlosen Telefonhörer auf die Ladestation, der bei der heftigen Erschütterung nicht einrastete und nun von der Station über das Sideboard hüpfte und anschließend auf den gefliesten Boden knallte.

Heutzutage kannst du dich aber auf wirklich niemanden mehr verlassen, dachte er, während er sich an der Anrichte festhaltend bückte, um nicht aus der Balance zu geraten, und den Telefonhörer, die herausgesprungenen Batterien sowie die Verschlusskappe einsammelte. Als er wieder stand, baute er den Hörer geschwind zusammen und stellte ihn jetzt mit mehr Bedacht auf die Station, die sich dafür mit einem Dauerblinken des grünen Lade-Lichts bei ihm bedankte.

Wenigstens auf seine DoKo-Jungs war Verlass. Jeden Mittwochabend spielten sie Doppelkopf zusammen. Und einmal im Jahr fuhren sie gemeinsam auf Männerurlaub. Dieses Jahr würden sie zum Wandern ins Allgäu fahren. Viel Bewegung, gutes Essen und das ein oder andere Hefeweizen - so ein Wochenende ohne Frauen und mit ausgeschalteten Handys konnte wirklich herrlich sein.

Wobei er, was eine feste Partnerin oder gar Ehefrau betraf, die geringsten Probleme hatte, da er seit Jahren überzeugter Single war. Ja, das Leben als Junggeselle hatte wirklich nur Vorzüge!

Er hörte, wie sein Magen grummelte. Er brauchte dringend ein zweites Frühstück. Dabei hätte das, was er bereits am frühen Morgen verspeist hatte, für eine halbe Fußballmannschaft gereicht. Und trotzdem hatte er jetzt schon wieder Hunger.

Seit er nicht mehr so viel Sport trieb und viel mehr im Auto saß, hatte er ordentlich zugelegt. 20 Kilogramm mehr, als gut für ihn waren, hatte er jetzt sicherlich an den Hüften, auf den Rippen und vor allem am Bauch, der immer mehr Platz für sich beanspruchte. Zu viel Wein und zu fettiges Essen hinterließen eben sichtbare Spuren. Aber jeder sollte ruhig sehen, dass er ein Genussmensch war - und das in allen Belangen.

Dabei war sein Oberkörper weder schwabbelig oder gar fett, sondern von körperlicher Arbeit und dem in seiner Jugend exzessiv betriebenen Leistungssport breit und kantig geformt, Arme und Beine waren immer noch muskulös.

Obwohl die meisten Menschen, denen er von seiner Tätigkeit erzählte, davon ausgingen, dass er einen Bürojob in Anzug, Krawatte und feingeschnittenem Schnürschuh ausübte, musste er bei seinen Kunden selbst mit anpacken. Und das in Jeans, Oberhemd und festem Schuhwerk. Ob Kisten heben und schleppen, Paletten umsetzen und neu stapeln oder frische Ware verpacken und vakuumieren - er war den ganzen Tag über körperlich aktiv, weshalb er seine Mitgliedschaft im Schwegenheimer Sportstudio schon vor Jahren gekündigt hatte.

Den Mitesser, wie er seinen Bauch vor Freunden gerne nannte, bekam man sowieso nicht durch Sit-ups oder Fitnessübungen weg. Und dennoch spürte Ronald Lehmann, dass auch sein Körper mit 52 intensiv gelebten Jahren den Zenit so langsam erreicht hatte.

Während er noch vor einigen Jahren im Akkord einen Lieferwagen leer geräumt oder mehrere Tonnen Ware verstaut hatte, brauchte sein Körper mittlerweile viel häufiger eine Verschnaufpause. Doch seine Kurzatmigkeit war nur die eine Sache. Viel schlimmer war sein Puls, der von seinem Herz so gejagt wurde, als hätte er gerade einen Marathon im Sprint gelaufen. Und auch beim Wasserlassen kündigten sich bereits die ersten Beschwerden an, was seine DoKo-Jungs aber niemals erfahren durften.

Erst vor einer Woche hatte ihn ein Kunde auf seinen roten Kopf, die Atemnot und das Herzrasen angesprochen und ihm geraten, dringend mal den Hausarzt zu konsultieren. „Nicht, dass Sie uns hier noch zusammenklappen", hatte der Leiter eines großen Supermarkts in Speyer mit einem Augenzwinkern bemerkt.

Aber selbst dafür hatte Ronald Lehmann momentan keine Zeit. Und erst recht nicht den Kopf frei. Um den Doc kann ich mich immer noch kümmern, dachte er, als das Klingeln des Telefons in seine Gedanken drang.

„Endlich meldest du dich!", brüllte er in den Hörer, nachdem er das Telefonat angenommen hatte, ohne jedoch vorher auf die Nummer zu achten, die im Display angezeigt worden war.

„Gemach, gemach, alter Knabe!"

„Ach, du bist's!", konnte Ronald Lehmann seine Enttäuschung nicht verhehlen. „Was gibt's?", schob er hinterher. Er hätte jetzt mit jedem lieber ein Schwätzchen gehalten als mit Bodo Vieweg, der unangefochten sein schwierigster Kunde war. Schwierig, dreist und unverschämt. Nie konnte man es dem Besitzer der Vieweger Mühle auch nur annähernd recht machen. Immer hatte er etwas zu beanstanden. Der Spargel zu holzig, die Salatblätter zu klein, der Kohlrabi zu teuer. Und wenn ihm etwas nicht passte oder er meinte, schlechte Ware erhalten zu haben oder gar übers Ohr gehauen worden zu sein, nahm er die Geschäfte gern auch mal selbst in die Hand, und dann natürlich hinter Ronalds Rücken. Ronald Lehmann konnte von Glück sagen, dass sein Ruf immer noch tadellos war und die Kunden weiterhin auf ihn setzten, weil die meisten aus eigener Erfahrung wussten, dass Bodo Vieweg alles andere als ein einfacher Zeitgenosse war. Gerichtsprozesse um Grundstücksgrenzen und -größen, Zahlungsverzug bei Festlichkeiten in der Mühle oder Erbstreitigkeiten mit entfernten Verwandten – mit vielen Nachbarn, Kollegen vom Deutschen Hotel- und Gaststättenverband und auch Familienmitgliedern lag er im Clinch. Bodo Vieweg hatte immer recht.

Und wenn er mal nicht recht hatte, dann wusste er, wie er es bekam. Er hatte das nötige Kleingeld, jede Auseinandersetzung über sämtliche Instanzen zu führen, und vor allem das Selbstbewusstsein, unverwundbar zu sein. Denn in der gesamten Region kam man an ihm und der Mühle, dem mit Abstand besten Haus weit und breit, nicht vorbei, wenn man an einem schönen Ort feiern oder sich kulinarisch verwöhnen lassen wollte. Vieweg genoss hohes Ansehen in der Gegend. Sein Einsatz für syrische Flüchtlinge, sein Engagement für die Kunst, aber auch seine sehr guten Beziehungen zu einflussreichen Persönlichkeiten wie Politikern oder den Vorständen großer Unternehmen hatten ihn über die Landesgrenzen hinaus bekannt und beliebt gemacht. Auch wenn Vieweg dabei nicht immer mit ganz sauberen Mitteln operierte, wie Ronald Lehmann aus sicherer Quelle wusste.

„Ist die neue Ware schon eingetroffen?", wollte Bodo Vieweg am anderen Ende wissen.

„Ja."

„Und, welche Qualität verspricht sie?"

„Du weißt doch, was ich dir anbiete, ist immer nur das Beste vom Besten!"

„Hast du sie geprüft?"

„Nein!" Ronald Lehmann klang empört, während er durchs Fenster schaute und hoffte, dass der Besitzer des Transporters nun endlich seinen Wagen abholen kommen würde.

„Wann kann ich sie holen kommen? Ich erwarte heute einige wichtige Gäste in der Mühle."

„Ich habe sie dir schon längst gebracht und auch verladen. Du musst nur noch auswählen."

„Sehr gut! Dann werde ich deine Lieferung mal begutachten! Und Lehmann, wenn ich nur die kleinste Schramme finde, dann ..."

„Willst du mir drohen?", schrie Ronald Lehmann ins Telefon.

„Wir wollen doch nicht gleich laut werden. Ich möchte dich doch nur darauf aufmerksam machen, Lehmann. Wir wollen doch keine Klagen von den Gästen hören, oder? Weil sonst wissen wir ja, an wem es liegt, nicht wahr, alter Knabe?"

Ronald Lehmann konnte Bodo Viewegs feistes Grinsen förmlich durchs Telefon sehen, selbst dann noch, nachdem dieser längst grußlos aufgelegt hatte. Am liebsten würde ich diesem selbstgefälligen Kerl einmal so richtig in die Fresse schlagen, dachte Ronald Lehmann, und er spürte, wie sich sein Magen verkrampfte. Sein Hunger war schlagartig verflogen, dafür hatte sich nun dort der blanke Hass festgesetzt. Wie ein nicht zu heilendes Geschwür.

Er hatte sich schon lange genug von Vieweg gängeln lassen. Immer und immer wieder. Nie kann man es ihm recht machen, dachte Ronald Lehmann. Das war schon damals so gewesen, als er Bodo Vieweg zum ersten Mal begegnet war. Er fühlte sich wie ein dressiertes Äffchen, doch damit musste jetzt ein für alle Mal Schluss sein.

Er würde es ihm schon zeigen. Und er wusste auch schon wie.

Ronald Lehmann lachte kurz auf, als sich der bittersüße Gedanke immer fester in seinem Kopf manifestierte. Es gab nur eine Sache, mit der man Bodo Vieweg so richtig eins auswischen konnte. Denn eins hatte er in seinen knapp zehn Jahren gelernt, in denen er nun als Agent Obst und Gemüse zwischen den Produzenten und den Kunden vermittelte: Das Beste behielt man immer für sich. Und auch bei dieser Ware würde er an diesem Prinzip nichts ändern.

Doch zuvor musste jetzt dringend der Transporter aus seiner Auffahrt verschwinden, erst dann konnte er sich mit anderen, wenngleich auch viel schöneren Dingen beschäftigen.

Was für ein Scheiß!, dachte er, während er nach den Autoschlüsseln, dem Handy und seiner Jeansjacke griff, die auf einem Barhocker in der Küche lag, und das Haus verließ. Um alles musste man sich immer selbst kümmern!

Kapitel 10

„Meine erste eigene Ermittlung! Hammer!", frohlockte Linda Meyer, während sie den silbergrauen Dienstwagen über die Bundesstraße B9 lenkte, die sich parallel zum Rhein durch den Gemüsegarten der Pfalz schlängelte. „Und du assistierst ... äh, unterstützt mich ... Was Besseres kann mir doch gar nicht passieren, oder?", verbesserte sie sich schnell, als sie Emmas entgeistertes Gesicht sah.

Emma saß neben Linda auf dem Beifahrersitz und traute ihren Ohren nicht. Ganz schön hochmütig, dachte Emma, die Lindas Worte am liebsten mit der Bemerkung „Na, wenn da mal nicht jemand zu tief ins Glas geschaut hat" gekontert hätte. Doch sie hatte keine Lust auf eine Zickerei unter Frauen, die vielleicht dann noch eskalieren würde. Also beließ sie es bei einer milderen Antwort. „Da hat aber jemand ganz schön viel Selbstbewusstsein", entgegnete sie und quälte sich zu einem Lächeln.

Schließlich war es Joachim Hellmann selbst gewesen, der noch im Präsidium die Leitplanken, innerhalb derer Emma sich zu bewegen hatte, klar und deutlich abgesteckt hatte. Notgedrungen und nur äußerst widerwillig hatte Hellmann Emma sein Okay gegeben, „der Ermittlungsarbeit vor Ort beizuwohnen", wie er es etwas steif formuliert hatte. Wie Emma wusste, hatte ihr Chef allerdings auch nicht wirklich eine Alternative gehabt. Die anderen diensthabenden Kollegen befanden sich gerade im Einsatz, während die übrigen gerade im Urlaub waren, sich am Morgen krankgemeldet hatten oder schon länger krankheitsbedingt ausfielen. Es gab einfach nicht genügend Beamte, die Hellmann in diesen Einsatz hätte schicken können, um - wie ursprünglich geplant - Emma im Innendienst zu belassen. „Aber nach der Tatortbesichtigung und den ersten Befragungen ist Dienstschluss. Hast du mich verstanden, Emma?", hatte er ihr unmissverständlich klargemacht, nachdem Linda bereits das Büro verlassen hatte. „Du bist in der Wiedereingliederung. Und nach Hamburger Modell beträgt deine tägliche Arbeitszeit in der ersten Woche zwei Stunden und keine Minute länger. Ich habe eine Fürsorgepflicht meinen Mitarbeitern gegenüber, Emma, und ich werde auch bei dir keine Ausnahme machen."

Für einen Moment hatte sie überlegt, Hellmann von Lindas Fahne und dem Schlafmangel nach einer durchgefeierten Nacht zu erzählen. Auf der einen Seite war sie eigentlich aus dienstlichen Gründen dazu verpflichtet, ihm Lindas Verfassung zu schildern. Auf der anderen Seite war sie keine Petze und erst recht kein Kollegenschwein. Und auch wenn sie mit Linda nicht so richtig warm wurde, so hatte sie nicht vor, zum ersten Mal gegen ihre Prinzipien zu verstoßen und Linda in den Rücken zu fallen. Aber dennoch hallte die Frage unüberhörbar nach: Eine junge Kommissarin mit Restalkohol und eine Wiedereinsteigerin nach neun Monaten Pause - konnte das wirklich gut gehen? Galt Hellmanns verantwortungsbewusster Maßstab nicht im Besonderen auch für diese Konstellation? Und wie würde er reagieren, wenn vor Ort etwas schieflief oder eine Situation aus den Fugen geriet - mit nicht vorhersehbaren Konsequenzen, die sogar seine Kompetenz als Führungskraft infrage stellen könnte?

Vielleicht ist ihm diese Tragweite gar nicht bewusst, überlegte Emma. Hellmann hatte als Leiter des Kommissariats für Kapitalverbrechen in der Vergangenheit selbst schon genügend Einsätze geleitet. Aber hätte sie ihn gefragt, ob er sie und Linda begleiten würde, dann hätte sie ihm quasi durch ihre Frage den Beweis geliefert, dass sie noch nicht so weit war. Sie musste kein Prophet sein, um zu erahnen, dass sie dadurch in den nächsten Wochen und Monaten einen noch schwereren Stand im Team, bei ihrem Partner Matthias und eben vor allem bei ihrem Chef haben würde. Und das wollte und konnte sie sich unter keinen Umständen erlauben.

Zumal anscheinend niemand außer ihr Lindas Fahne bemerkt hatte. Auch jetzt im Wagen konnte Emma noch intensiv den Alkohol aus Lindas Poren riechen. Dabei hatte die 26-Jährige im Büro eine Lakritz-Pastille nach der anderen gelutscht und ununterbrochen an ihrem Kaffee genippt, nur um diesen lästigen Geruch loszuwerden, der mindestens eine Abmahnung und unter Umständen bereits eine Dienstaufsichtsbeschwerde nach sich gezogen hätte, wenn ihr Vergehen entdeckt worden wäre.

So hatte Joachim Hellmann, dem Lindas Fahne ebenfalls nicht aufgefallen war, darauf bestanden, dass die Hauptkommissaranwärterin den Dienstwagen fuhr und auch die Ermittlungen führte, bis Matthias voraussichtlich morgen dann den Fall übernehmen würde. Emma sollte derweil Linda zur Seite stehen, sie unterstützen und die Befragungen von Zeugen in die richtige Richtung lenken, sollte Linda möglicherweise mal nicht weiterkommen oder keine zielführenden Antworten erhalten.

„Wie stellst du dir das vor, Joachim? Soll ich ihr soufflieren oder Fragen schon vorformulieren? Sie ist doch keine Anfängerin mehr!“

„Emma, kannst du bitte mal auf dem Teppich bleiben und dich nur mal für einen kurzen Augenblick an deine Anfangszeit hier bei uns zurückerinnern?" Das hatte gesessen.

Aber Emma wäre nicht Emma, wenn sie das Feld einfach so kampflos geräumt hätte. Denn auch wenn Linda allem Anschein nach nicht dabei war, Emmas Platz einzunehmen, so hatte Emma nicht vor, sich von Linda den Rang ablaufen zu lassen. Erst recht nicht unter den erschwerten Bedingungen, denen sie durch ihre Wiedereingliederung aktuell ausgesetzt war.

Emma schloss für einen kurzen Moment ihre Augen und versuchte, das Gespräch, das noch keine 30 Minuten zurücklag, aber gedanklich auf der Rückbank des Wagens Platz genommen hatte, zur Seite zu schieben. Als sie ihre Augen wieder öffnete, flogen rechts und links die Kohl-, Salat- und Radieschen-Felder vorbei, für die dieser Teil der Pfalz deutschlandweit bekannt war. Unter schwarzen Planen wuchs der Spargel, der auf anderen Feldern bereits von unzähligen Erntehelfern und Saisonarbeitern gestochen wurde, die im Akkord Stange für Stange aus dem Boden zogen. Im Radio lief „Year of the cat" von Al Stewart.

„Wie ist es für dich, nach so langer Zeit wieder ein Mordopfer zu sehen?", wurde Emma von Linda aus ihren Gedanken gerissen.

„Noch wissen wir ja gar nicht, ob er überhaupt ermordet wurde."

Boah, was klinge ich altklug und doof, ärgerte sich Emma, die Lindas Frage ziemlich gerechtfertigt fand. Sie wusste – genau wie ihre junge Kollegin –, dass die Wahrscheinlichkeit bei null lag, dass der Bauer in seiner Küche rein zufällig unter eine tödliche Ladung Sand geraten war.

„Aber ich weiß, was du meinst", versuchte Emma, die angespannte Situation zu retten. „Ich hatte aber Gott sei Dank noch nie wirklich Probleme damit, einen Toten oder Blut zu sehen. Dafür mache ich das wohl schon zu lange."

„Und wie fühlst du dich nach der langen Auszeit? Glaubst du, du bist wieder ganz die Alte, also die Emma, die du vor diesem schrecklichen Ereignis warst? Ich stelle mir das alles ziemlich schwer vor", wechselte Linda plötzlich das Thema, und Emma fragte sich, ob sie nur die gemeinsame Fahrzeit bis zu ihrer Ankunft in Sickfeld überbrücken wollte oder ob sie ein echtes Interesse an ihr und ihrer körperlichen und seelischen Verfassung hatte.

„Alles okay! Ich fühle mich wirklich gut", antwortete Emma und schenkte Linda ein ernst gemeintes Lächeln, auch wenn sie sich nicht ganz sicher war, ob sie ihren eigenen Worten Glauben schenken durfte.

„Und wie geht es deinem Sohn? Ich meine, jetzt, wo du ihn wieder viel seltener siehst?", fragte Linda so unerwartet, dass sich Emma fast an ihrer Cola Light verschluckt hätte, die sie sich noch schnell vor der Abfahrt aus dem Automaten gezogen hatte. Was geht dich das an, dachte Emma, die ahnte, worauf Linda mit ihrer fürsorglich gestellten Frage anspielte.

„Ich bewundere dich wirklich, wie du das alles unter einen Hut bekommst, Job und Kind. Ich wär' da völlig überfordert. Aber manche Frauen scheinen eben alles zu können. Oder sie denken es zumindest. Wenn mir so etwas passieren würde, dann würde ich nicht einen Moment zögern und den Job Job sein lassen, nur um mich hundertprozentig um mein Kind zu kümmern."

Emma war immer noch völlig perplex, als sie den Spargelhof erreichten, der wenige Hundert Meter hinter dem Ort Sickfeld idyllisch eingerahmt von gelben Rapsfeldern in der Maisonne lag.

Was nahm sich Linda eigentlich raus? War sie wirklich so engstirnig in ihrer Ansicht und in ihrem Frauenbild, dass Mütter Mütter zu sein hatten und die Karriere der Kinder, deren Erziehung und dem Haushalt wegen hintenanzustehen hatte, wenn nicht sogar dafür zu opfern war? Und musste Emma wirklich ein schlechtes Gewissen haben, nur weil sie nicht in jeder Minute ihres Daseins an ihren Sohn Luiz dachte? Wie automatisch flogen die Namen ihrer Freundin Rike Köhler und deren kleiner Tochter Amelie in ihr Bewusstsein. Und jetzt fühlte sie sich wirklich schuldig, hatte sie sich doch schon so lange nicht mehr bei Rike gemeldet und sich bei ihr erkundigt, wie es ihr eigentlich gerade so erging. Zuletzt hatte sie in der Klinik über Rike gesprochen, die nie ein Kind haben wollte und, selbst als Amelie auf der Welt war, ihre Tochter immer als Ballast angesehen hatte. Als hätte Amelie sie ihrer Freiheit beraubt, weshalb sie Amelie so oft es ging in die Obhut anderer Menschen gegeben hatte, damit diese sich um ihre Tochter kümmerten. Und doch hatte sie ihr Kind, ihr eigen Fleisch und Blut, verloren, weil Emma nicht auf Amelie aufgepasst hatte, als Rike sie genau darum gebeten hatte.

Emma hatte den Traumatherapeuten in der Klinik stellvertretend für Rike, aber eigentlich hauptsächlich für sich selbst, gefragt, wie man am besten mit einem so schmerzvollen Verlust umgehen sollte. Mit einem Verlust, den sie immer noch sehr oft selbst spürte und der sie gerade dann am stärksten heimsuchte, wenn sie am wenigsten damit rechnete. Niemals hätte sie sich ausmalen können, wenn anstelle von Amelie ihr Sohn Luiz im Eiswoog ertrunken wäre.

Die Antwort des Therapeuten war so eindeutig wie einleuchtend gewesen: sich für die Trauer Zeit nehmen. Den Verlust des Kindes nachempfinden, den Rike zweifelsohne spürte, wenn sie gerade aufwachte oder einzuschlafen versuchte, beim Duschen genauso wie beim Haarefönen, wenn sie etwas aß oder trank und vielleicht sogar in fröhlichen und ausgelassenen Momenten. Sich aber nicht von diesen Emotionen beherrschen oder gar gefangen nehmen lassen. Denn genau das würde dazu führen, dass man wie gelähmt wäre, nicht imstande, die alltäglichsten Dinge zu erledigen und das Leben zu bewältigen. Und mit der Trauer war es wie mit den Schuldgefühlen. „Es ist niemandem geholfen, wenn Sie daran selbst zugrunde gehen", hatte der Therapeut ihr noch mit auf den Weg gegeben. „Weder Ihrer Freundin Rike noch Ihrem Sohn Luiz oder Ihren Kollegen auf dem Kommissariat. Und am allerwenigsten Ihnen selbst."

Ihren Gedanken nachhängend folgte Emma Linda, die aus dem Auto gesprungen war und nun schnurstracks auf das rot-weiße Absperrband zulief, das nahezu um das gesamte Haupthaus gezogen worden war und jetzt den Tatort unverkennbar markierte. Ein Tatort, der idyllischer nicht hätte sein können. Über dem Anwesen trieben leichte Böen Schäfchenwolken vor sich her, während sich sanfte Windzüge in den Blättern der Linden verfingen und zu einem melodischen Rauschen anstimmten. Zwei Amseln pickten im Kies nach Würmern und Käfern, und die Geranien in den Blumenkästen an den vorderen Fenstern streckten sich der Sonne entgegen und öffneten ihre Blüten für die Bienen und Insekten.

Und doch wurde das friedvolle Bild gestört. Von den blau-weißen Streifenwagen und den silbergrauen

Limousinen, den hektisch umhereilenden Menschen – die meisten davon in weißen Schutzanzügen und mit ernsten Mienen – und einer gedrückten, unheimlich anmutenden Stimmung, die sich wie ein unsichtbarer Sarkophag über den Hof gelegt hatte.

„Da seid ihr ja!", hörte Emma die Stimme von Dr. Bertram Jung, der mit den Kollegen von der Spurensicherung und den Kriminaltechnikern bereits vor den beiden Kommissarinnen am Tatort eingetroffen war. „Hallo Emma, schön, dich wiederzusehen. Gut, dass du wieder da bist!" Bertram Jung strahlte übers ganze Gesicht.

„Hej Bertram", begrüßte Emma den Rechtsmediziner mit einem Strahlen, als sie ihn erreicht hatte. Sie freute sich, Bertram Jung nach so langer Zeit, wenn auch zu einem weniger schönen Anlass, wiederzusehen.

Emma arbeitete gern mit ihm zusammen. Der 53-Jährige war sehr kompetent, über die Maßen genau, wenn nicht gar pedantisch und hatte ihr wie den Kollegen schon sehr häufig neue Denkanstöße gegeben, die die Ermittlungen in den meisten Fällen auch tatsächlich weitergebracht hatten. Und mit seinen doppeldeutigen Bemerkungen und seinem schwarzen Humor schaffte er es immer wieder, auch emotional festgefahrene Situationen aufzulockern oder missmutige Menschen mit einem Lacher aus ihrer Übellaunigkeit zu holen. Doch sie schätzte nicht nur seine kollegiale Art und das gute Miteinander, sie liebte auch seinen eigenwilligen und extravaganten Kleidungsstil. Auch heute war er wieder gekleidet, als wäre er von Vivienne Westwood höchstpersönlich ausstaffiert worden. Als hätte er gewusst, von Rapsfeldern umgeben zu sein, trug er zu seinem cremefarbenen Anzug, der unter dem weißen Schutzoverall immer mal wieder kurz zu sehen war, ein sattblau leuchtendes Oberhemd und dazu eine knallgelbe Fliege. Einstecktuch und Socken in der gleichen Farbe, während der Gürtel und der Schnürschuh aus Veloursleder farblich perfekt mit dem Hemd harmonierten.

Bertram Jung war zwischen den Einheitsuniformträgern der Streifenpolizei und den eher konservativ und manchmal langweilig gekleideten Kollegen vom Kommissariat der Paradiesvogel. Wobei sich niemand getraut hätte, das auch nur ansatzweise laut auszusprechen. Wobei das, und dessen war sich Emma sicher, Bertram Jung selbst auch absolut egal gewesen wäre. Er hatte ein gesundes Selbstbewusstsein, und er liebte seinen Job. Für den Rechtsmediziner war sein Beruf mehr als Berufung, wie Emma aus unzähligen Gesprächen mit ihm wusste. Es war seine Passion. Vor allem, nachdem seine Frau ihn kurz vor der Silberhochzeit verlassen hatte, wie er Emma in einem ruhigen Moment in der Rechtsmedizin anvertraut hatte.

Bertram Jung war ein besonderer Kollege, und Emma hatte sich auf ihn und weitere gemeinsame Ermittlungen gefreut, als der Klinikarzt ihr vor gut zwei Monaten die Fähigkeit attestiert hatte, dass sie wieder in ihren alten Beruf zurückkehren konnte.

„Hallo Linda! Wo habt ihr denn Matthias gelassen?", fragte Bertram Jung, nachdem er Emma fest an sich gedrückt hatte.

„Oh, weißt du es noch gar nicht? Seine Frau ist gestern aufgewacht, und er hat sich heute einen Tag freigenommen, um bei ihr zu sein."

„Es gibt also doch noch Wunder", freute sich Jung, und seine Erleichterung war unüberhörbar. „Nur leider braucht unser Opfer auf keins mehr zu hoffen", bemerkte er fast schon entschuldigend und zeigte dabei mit einer flüchtigen Kopfbewegung in Richtung Haus. „Aber seht es euch selbst an. In der Küche. Ich hoffe, ihr habt gefrühstückt."

Die drei waren mittlerweile um die Hausecke gebogen und aus dem Schatten wieder in die Sonne getreten. Vor ihnen lag nun die mit Mischbetonplatten ausgelegte Terrasse, die in einen verwilderten Garten überging und komplett von der Sonne geflutet wurde. Hausseitig führte eine Tür ins Hauptgebäude, die offen stand, als würde sie die fremden Gäste begrüßen wollen.

„Ich noch nicht - oder zumindest nicht so richtig", entgegnete Linda, die fast auf Bertram Jung aufgelaufen wäre, als dieser abrupt stehen blieb. Die Betonplatten vor der Terrassentür waren übersät mit Glasscherben. Dem weißen Staub auf den Bruchstücken war zu entnehmen, dass die Kollegen der Spurensicherung hier bereits erste Hinweise gesammelt und mögliche Fingerabdrücke gesichert hatten, um diese dann später im Labor zu analysieren und auszuwerten.

„Das ist die hintere Küchentür, die, wie ihr seht, zur Terrasse führt und über die die Täter ins Haus gelangten", erklärte Bertram Jung, ehe er den beiden Frauen zwei weiße Schutzanzüge und blaue Überzieher für die Schuhe reichte.

„Was riecht denn hier so?", fragte Linda, nachdem sie sich den Overall übergestreift hatte. Sie war schon fertig, als Emma immer noch mit den Überziehern für ihre Stiefel kämpfte. Doch ohne eine Antwort abzuwarten, sprang Linda mit einem großen Satz von der Terrasse auf die Türschwelle und verschwand im Dunkel der Küche.

Emma und der Rechtsmediziner folgten Linda ins Haus, die jetzt wie angewurzelt und schwer atmend im Türbereich stand und die ersten Würgegeräusche von sich gab.

„Ich habe wirklich schon sehr viel erlebt und mir manches ausgemalt. Aber so etwas habe selbst ich noch nie gesehen", sagte Bertram Jung, der nun auch Emma neben sich schlucken hören konnte.

Mitten in der Küche, angestrahlt von der Deckenlampe über ihm, saß ein Mann auf einem Stuhl. Seine Arme waren hinter der Rückenlehne des Stuhls verschränkt, die Hände an den Gelenken mit Kabelbindern fest zusammengeschnürt.

Er sah übel zugerichtet aus. Sein Gesicht war völlig entstellt, als hätte jemand immer und immer wieder darauf eingeschlagen. Hemmungslos, mit brachialer Gewalt und mit dem einzigen Ziel, nichts mehr von dem übrig zu lassen, was einmal ein Gesicht gewesen war. Das linke Auge war zugeschwollen. Im rechten Auge war die Pupille weit aufgerissen, die weiße Lederhaut blutunterlaufen.

Sein Kopf hing tief im Nacken, der Mundraum war weit geöffnet und mit Sand gefüllt. Auch auf seinen Schlafanzug und die Küchenfliesen war der Sand gerieselt, und hin und wieder fielen weitere Sandkörner zu Boden.

Die offenen und blutenden Wunden im Gesicht des Toten waren übersät mit Fliegen. Überall krabbelten und schwirrten die Insekten herum, kämpften um die beste Position oder paarten sich, um kurz darauf auseinanderzustieben, wenn eine Schmeißfliege ihr Territorium beanspruchte. Die ersten Stubenfliegen waren bereits dabei, ihre stiftförmigen Eier in den Nasenlöchern oder unter den Lidhäuten abzulegen.

„Ist das widerlich", sagte Emma und schüttelte sich, während sie unentwegt dabei war, mit hektischen Handbewegungen die im Raum herumfliegenden Insekten von sich fernzuhalten.

„Entschuldigt", stieß Linda noch aus, ehe sie aus der Küche ins Freie stürzte.

„Dieser Mann hat einen bleibenden Eindruck hinterlassen. Aber ich musste euch das zeigen, ehe die Jungs ihn jetzt zu mir in die Rechtsmedizin bringen", sagte Bertram Jung und wandte sich wieder dem Toten zu, während sich die junge Hauptkommissaranwärterin in einem Blumenbeet etwas abseits der Terrasse erbrach, wie Emma mit einem kurzen Blick aus dem Küchenfenster erhaschte.

Bei dem Toten handelte es sich um Achim Jahn, einen 52-jährigen Bauern, der mit dem Anbau von Gemüse, hauptsächlich von Spargel, sein Geld verdiente. Er lebte allein, war weder verheiratet noch geschieden oder verwitwet, und auch bei der Polizei war er nicht aktenkundig. Selbst als Verkehrssünder war er bisher nicht in Erscheinung getreten, da auch kein Eintrag beim Kraftfahrtbundesamt in Flensburg vorlag, wie Annegret Bender den beiden Kommissarinnen noch im Präsidium mitgeteilt hatte.

„Wodurch ist er gestorben?", fragte Emma, der für einen kurzen Augenblick ebenfalls übel geworden war. Aber sosehr sie Fliegen auch ekelten - sie hatte nicht vor, dem immer wieder aufkommenden Brechreiz nachzugeben und vor Linda und Bertram die Kontrolle zu verlieren. „Durch die Schläge oder ist er erstickt?"

„Ich gehe davon aus, dass er am Sand erstickt ist. Näheres kann ich aber erst im Institut sagen. Auf jeden Fall ein grausamer Tod."

„Und wie lange ist er schon tot?"

„Länger! Die Fäulnis setzt bereits ein, wie du an der lindgrünen Verfärbung sehen kannst." Bertram Jung verjagte die Fliegen, die wütend um seinen Kopf herumsurrten, als er an den Toten herantrat, dann hob er das Pyjamaoberteil leicht an und zeigte auf den Unterbauch.

„Kannst du es zeitlich etwas konkretisieren?"

„Mindestens 24 Stunden. Die Totenflecken sind nicht mehr wegdrückbar." Der Rechtsmediziner war in die Hocke gegangen und hatte mit einem Messer die Kabelbinder durchtrennt, mit denen die Knöchel des Mannes an den beiden vorderen Stuhlbeinen festgebunden waren. So fest, dass sie sich ebenfalls in beide Beine geschnitten hatten. Auch in diesen tiefen Wunden lagen bereits die ersten reiskornartigen Fliegeneier, wie Emma angewidert erkennen konnte, während der Rechtsmediziner den rechten Fuß des Mannes anhob und mit seinem rechten Daumen auf die violett-bläuliche Stelle drückte, die aussah wie ein Hämatom.

„Vielleicht sogar eher zwischen 36 und 48 Stunden. Genauer weiß ich das, wenn ich gleich seine Rektaltemperatur gemessen habe. Der Raum ist eher kühl, von daher kann die Körpertemperatur etwas schneller abgesunken sein als normal."

„Das hieße also in der Nacht von Samstag auf Sonntag?"

„Und das passt wiederum zu den Öffnungszeiten des Hofladens", sagte Linda, die einer Antwort des Rechtsmediziners zuvorkam. Ihr Magen schien sich anscheinend wieder etwas beruhigt zu haben, auch wenn ihr Gesicht noch etwas anderes aussagte. „Sonntags hat der nämlich geschlossen, weshalb er auch nicht früher gefunden worden ist."

„Wir sind mitten in der Spargelsaison, und da hat der Hofladen am Sonntag geschlossen?“, wunderte sich Emma.

„Der Hofladen ja. Ich meine, wer fährt sonntags schon hierhin, wenn überall die mobilen Verkaufsstellen stehen. Neben dem Bäcker in Westheim oder am Lindenplatz in Schwegenheim.“

„Du kennst dich hier aber gut aus“, sagte Bertram Jung und zog anerkennend die Augenbrauen hoch.

„Ich komme aus dem Nachbarort. Aus Schwegenheim.“

„War da nicht Frühlingsfest am Wochenende? Ich habe Plakate gesehen, als ich durch den Ort gefahren bin.“

Linda nickte leicht mit dem Kopf, ehe sie Jungs Blick auswich und in ihrer Handtasche angestrengt nach etwas suchte.

„Wer kann jemanden so zurichten?“, fragte Emma, die Linda Meyer vor einer weiteren Befragung retten wollte, auch wenn sie wusste, dass Bertram Jung ebenfalls keinen Kollegen in die Pfanne hauen würde – solange dieser seine Arbeit pflichtbewusst ausübte.

„Jemand, der unglaublich viel Hass in sich tragen muss“, entgegnete der Rechtsmediziner und holte das Messgerät aus dem Tatortkoffer. „Und jemand, der uns mit diesem Mord etwas sagen will.“

„Etwas sagen will?“, hakte Emma nach, die nicht genau wusste, worauf Bertram Jung hinauswollte.

„Ja, er hat uns etwas hinterlassen. Oder besser gesagt euch.“ Bertram Jung schob sich den Koffer heran und holte einen kleinen Klarsichtbeutel heraus, in dem sich eine durch Sand und Blut verschmutzte Muschel befand. „Die hat unser Opfer in der Hand gehalten.“ Er reichte Emma den Beutel, während er fortfuhr: „Ich wollte nachsehen, ob er auch Verletzungen in den Innenflächen seiner Hände hat, die möglicherweise auf einen Kampf hindeuten könnten. Und als ich die Totenstarre gelöst habe, da ist ihm die Muschel aus der Hand gefallen."

„Du denkst an einen Ritualmord?", fragte Emma mehr sich selbst als Bertram Jung, wusste sie doch, dass der Rechtsmediziner ausschließlich die Sprache der Toten sprach und sich nur äußerst selten zu einer Mutmaßung oder Hypothese verleiten ließ. „Auf jeden Fall sieht die Muschel für mich als Laien-Biologin ziemlich echt aus."

„Ja, sie ist auch echt. Das kann ich zweifelsfrei sagen."

„Gibt es im Rhein Muscheln?", fragte jetzt Linda.

„Oh ja, vor allem die Körbchenmuschel hat sich hier bei uns breitgemacht und die heimischen Muschelarten fast vollständig verdrängt", sagte Bertram Jung und erntete dafür einen anerkennenden Blick. „Und man kann sie sogar essen. Eine Delikatesse."

„Ich hasse dieses glibberige Zeug", erwiderte Linda und schüttelte sich.

„Der Täter hat Achim Jahn also die Muschel in die Hand gelegt, nachdem er sein Werk vollendet hat?"

Bertram nickte. „Ja! Kurz bevor die Muskeln sich versteift haben. Sonst wäre die Muschel natürlich schon viel früher aus der Hand gefallen."

„Vielleicht haben sich Täter und Opfer ja sogar gekannt. Dabei sieht mir das ja hier alles viel mehr nach einem Einbruch aus, als hätte der Täter sein Opfer eben willkürlich ausgesucht." Linda wies auf die zerschlagene Türscheibe, als sie anscheinend endlich das gefunden hatte, was sie so intensiv gesucht hatte, und nun ihr Mobiltelefon aus ihrer Tasche zog.

„Das ist jetzt euer Job!“, freute sich Jung über die Aufgabe, die er den beiden Kommissarinnen mit auf den Weg geben würde. „Aber das Niederschlagsbild der Blutspritzer hat eindeutig ergeben, dass die Täter erst die Tür eingeschlagen haben und dann ins Haus eingestiegen sind.“

„Vielleicht sollen wir ja gerade denken, dass sich Täter und Opfer nicht gekannt haben. Also ein Ablenkungsmanöver!“

„Versteh' ich nicht! Es muss doch jedem klar sein, dass wir die Muschel bei ihm finden würden“, sagte Linda und sah Emma mit einem großen Fragezeichen im Gesicht an, ehe sie mit einem hörbaren Plopp ihr Telefon entriegelte.

„Ja, Linda, nur anscheinend haben wir es hier mit einem von sich absolut überzeugten Täter zu tun. Er denkt, dass wir das, was die beiden miteinander verbindet, nie herausbekommen werden, weshalb er die Muschel als Zeichen seiner Überlegenheit in der Hand seines Opfers platzierte - quasi als geheime Botschaft zwischen sich und dem Opfer“, sprach Emma ihre junge Kollegin direkt an, die aber keine Anstalten machte, von ihrem Handy aufzuschauen.

„Du meinst wohl die Täter“, sagte jetzt Bertram Jung, der kurz die Küche verlassen hatte und nun mit einem Kriminaltechniker im Schlepptau zurückkehrte.

„Die Täter?“ Linda schaute von ihrem Smartphone auf, mit dem sie zuvor mit schnellen Fingerbewegungen eine Nachricht geschrieben hatte, und sah Bertram Jung gespannt an.

Was kann denn jetzt so wichtig sein, ärgerte sich Emma, die Lindas Verhalten gerade wenig professionell fand und sich sicher war, dass Bertram Jung das ganz genauso sah. Der Rechtsmediziner wandte sich wieder dem Opfer zu, um seine Untersuchungen vor Ort endlich abzuschließen, ehe der Kampf mit den Insekten, deren Zahl von Minute zu Minute immer weiter anstieg, absehbar schwieriger werden würde.

„Bei drei hebst du ihn an, damit ich die Temperatur messen kann", sagte er zu dem Beamten, der einen ähnlichen Körperbau aufwies wie das Opfer.

„Bertram?", fragte Emma, die sich pietätvoll abwandte, als der Kriminaltechniker Achim Jahn aus seiner Position erhob, während Bertram Jung versuchte, die Schlafanzughose des Toten herunterzuziehen.

„So etwas kann jemand unmöglich alleine gemacht haben", schnaufte Jung. „Es sei denn, er oder sie hatte übernatürliche Kräfte."

Kapitel 11

„Matthias, wir entscheiden, wie es mit Isabell weitergeht", sagte Iris Wirtz entschlossen, als sie die Bank erreicht hatte, auf der Matthias Roth gesessen und gewartet hatte, während seine Schwiegereltern ihre Tochter in ihrem Zimmer in der Klinik Residenz Nova Vita besuchten. Wie immer allein und ohne ihn. Aber daran hatte er sich längst gewöhnt. Es gehörte wie so viele Mosaiksteine zum Gesamtkunstwerk, das die Beziehung zwischen ihm und seinen Schwiegereltern symbolisierte. Noch auf dem Weg zur Klinik hatte er gestern Isabells Eltern angerufen und ihnen von der freudigen Nachricht berichtet, dass Isabell endlich aus dem Koma erwacht war.

„Das haben wir bereits von Doktor Behrlau erfahren, mit dem wir morgen die weiteren Schritte besprechen werden", hatte Iris Wirtz geantwortet, ehe sie den Hörer dann ohne einen Gruß des Abschieds einfach aufgelegt hatte.

Fast eine Stunde waren Iris und Bernd Wirtz bei ihrer Tochter Isabell gewesen, die aber auch während dieser Zeit nicht wieder aufgewacht war. An Isabells Zustand hatte sich nichts mehr geändert, seit sie vor knapp drei Stunden für einen kurzen Moment aufgewacht und Matthias' Namen gerufen hatte, ehe sie wieder in einen engelsgleichen Schlaf gefallen war.

„Aber wir werden dich natürlich in Kenntnis setzen, wie wir uns entschieden haben", fügte Iris Wirtz an, ehe sie sich an ihren Mann wandte: „Komm, Bernd, ich möchte jetzt gehen. Dieser Ort bedrückt mich."

„Iris, Isabell ist meine Frau!" Matthias war mittlerweile von der Bank aufgestanden und hatte sich jetzt demonstrativ vor seinen Schwiegereltern aufgebaut. Widerstandslos wollte er sich seinem Schicksal nicht ergeben. Es war höchste Zeit, die Dinge zurechtzurücken. Er wusste, Isabell würde das ganz genauso sehen. Nur leider musste er sie in ihrer jetzigen Verfassung als Verbündete ausschließen.

„Und unsere Tochter, um die du dich ja nie wirklich gekümmert hast, seitdem sie hier so liegt!"

„Iris!" Bernd Wirtz fuhr seine Frau an, doch die schien immun zu sein gegen jegliche Form von Protest.

„Nein, Bernd, man kann nicht beides haben wollen, und er hat sich gegen unsere Tochter entschieden!"

Sosehr es ihn auch schmerzte und sich das Gefühl, als Ehemann versagt zu haben, tief in sein Herz bohrte, so sehr musste er sich eingestehen, dass seine Schwiegermutter recht hatte mit ihrer Einschätzung.

Es war nicht so, dass ihm eine mögliche Karriere wirklich wichtiger gewesen wäre. Dafür hatte er seine Frau zu sehr geliebt und tat es immer noch. Es war eher das fehlende Verständnis für Isabells Träume, eine Charakterschauspielerin zu werden, das jetzt an seinem Gewissen nagte. Er hatte nie wirklich einen Zugang zu ihren Träumen gefunden. Sosehr er es auch versucht hatte, er fand nie die richtigen Worte, sie aufzubauen, ihr in ihren Sehnsüchten nahe zu sein. Gemeinsam zu träumen. Ihre Welt war einfach eine ganz andere als seine. Eine Traumwelt, in der Schein und Sein ineinanderflossen. Ganz im Gegensatz zu seiner täglichen Realität als Kommissar, die meist düster und kaltblütig war. Was für eine Ironie, dass durch ihren Freitodversuch Isabells Welt zu seiner geworden war. Erbarmungslos und grausam.

„Wollen wir vielleicht den Arzt befragen, was seiner Meinung nach das Beste für sie ist?“, meldete sich jetzt Isabells Vater zu Wort.

„Danke, Bernd.“ Matthias nickte Bernd Wirtz aufmunternd zu, die sich beide viel näher standen, als Iris Wirtz das ahnte.

„Unsere Tochter jemandem ausliefern, der nur darauf aus ist, finanziell das meiste aus ihr rauszuholen? Möchtest du wirklich, dass deine Isabell zu einem Versuchskaninchen der Pharmaindustrie verkommt? Möchtest du das wirklich?“ Iris' Stimme erstarb. Sie kämpfte mit den Tränen. „Es war auch nie ihr Wille, so leben zu müssen. Ich werde das nicht zulassen. Dafür liebe ich sie viel zu sehr.“

Wie wir alle, ergänzte Matthias in Gedanken und war kurz versucht, seine Schwiegermutter zu trösten. Aber als bereits Bernd Wirtz den Arm um seine Frau gelegt hatte, beließ es Matthias bei dem guten Willen, es zumindest vorgehabt zu haben.

„Ich wollte sowieso noch kurz mit dem Arzt sprechen“, versuchte Matthias das Gespräch wieder zur Ursprungsfrage zurückzulenken. „Doktor Behrlaus Zimmer ist den Gang runter gleich auf der linken Seite.“

„Ich will jetzt gehen“, schluchzte Iris Wirtz, die Matthias mit einem bösen Blick bedachte, ehe sie sich wieder tiefer in den Arm ihres Mannes schmiegte.

„Ich finde, Matthias hat recht. Und wo wir doch auch schon mal da sind“, ermutigte Bernd Wirtz seine Frau, Matthias, der bereits einige Schritte vorausgegangen war, zu folgen.

Dr. Rolf Behrlau saß über eine Akte gebeugt und studierte gerade einen Laborbericht, als die Eheleute Wirtz und Matthias das Arztzimmer betraten. Iris Wirtz hatte noch auf den letzten Metern versucht, ihren Mann von der Idee abzubringen, Isabells behandelnden Arzt aufzusuchen. Doch eingehakt unter seinen starken Arm und von verständnisvollen Worten umhüllt, hatte sie sich letztendlich doch geschlagen geben müssen. Jedoch nicht ohne darauf zu bestehen, dass sie das Gespräch jederzeit abbrechen würde, „wenn ich wieder nur an der Nase herumgeführt werde und wir wieder nichts Neues erfahren".

Im Gegensatz zu den anderen Räumlichkeiten der Klinik wie den Patientenzimmern oder den Aufenthaltsräumen für die Schwestern und Pfleger war das Arztzimmer relativ schmucklos. Selbst die cremefarben gestrichenen Gänge und mit Bildern und Skulpturen ausgestatteten Treppenhäuser strahlten mehr Lebensfreude und Behaglichkeit aus.

Die Wände von Behrlaus Zimmer waren kahl wie ein Baum im Winter. Kein Bild, nicht mal ein Kalender oder eine Wanduhr hingen über der Raufasertapete. Zwei große schwarze Metallschränke, an jeder Außenwand einer, und ein unauffälliger Schreibtisch dominierten den Raum. Die Lamellen des Vorhangs in seinem Rücken waren in ihrem dezenten Grauton der einzige wirkliche Farbtupfer im gesamten Raum. Hin und wieder bewegten sie sich leicht im Zugwind, der durch das geöffnete Fenster in den Raum wehte.

Neben seinem Monitor stand ein Familienporträt, das seine Frau und seine beiden Söhne zeigte, wie Matthias von den vielen Gesprächen, die in diesem Zimmer stattgefunden hatten, wusste. Ansonsten war die Tischplatte genauso leer wie die Ablageflächen der Schränke oder die Fensterbank, die immer mal wieder zum Vorschein kam, je nachdem, wie stark der Wind die Lamellen wie die Saiten einer Gitarre umspielte.

Entweder war Rolf Behrlau kein Anhänger von irgendwelchen Staubfängern, oder der Innenarchitekt hatte diesen Raum bei der Planung schlichtweg vergessen.

„Frau Wirtz, Herr Wirtz, Herr Roth, was kann ich für Sie tun?", begrüßte der Oberarzt per Handschlag seine Gäste, ehe er ihnen die drei freien Stühle anbot, die vor seinem Schreibtisch standen.

„Wie steht es um unsere Tochter? Wird sie wieder aufwachen?", platzte es aus Iris Wirtz heraus, die den Oberarzt mit einem stechenden Blick fokussierte.

„Das können wir zum jetzigen Zeitpunkt leider noch nicht sagen ... Wie ich Ihnen bereits gestern mitgeteilt habe, ist der Körper Ihrer Tochter sehr geschwächt und er hat heute, im Gegensatz zu gestern, kaum auf Reflexe reagiert."

„Oh mein Gott", wimmerte Iris Wirtz, während sie die Hand ihres Mannes noch stärker umklammerte.

„Das ist aber normal in diesem Zustand. Die nächsten Tage werden entscheiden, ob dieses Aufwachen nur ein letztmaliges Aufbäumen war oder Isabell wieder zu uns zurückkehrt."

„Wird sie bleibende Schäden davontragen?", fragte jetzt Bernd Wirtz. Eine Frage, die sich Matthias zwar schon selbst oft genug, aber nie dem Arzt gestellt hatte, da er nicht wusste, wie er mit der Antwort umgehen sollte.

„Eine Antwort meinerseits würde nur einen spekulativen Charakter besitzen, daher möchte und kann ich dazu nichts sagen."

„Siehst du, Bernd, wie ich es gesagt habe, wieder nur ein Rumgeeiere. Ich kann einfach nicht mehr."

„Isabell will leben. Das weiß ich, und das habe ich gestern gespürt, als sie meinen Namen gerufen hat."

Jetzt war es Matthias, der um Fassung rang. Eigentlich war er kein Mensch, der nahe am Wasser gebaut war. Aber auch an ihm waren die Jahre des Hoffens und Bangens nicht spurlos vorübergegangen. Er liebte seine Frau und wollte endlich wieder das Leben leben, das sie sich beide ausgemalt hatten.

„Sie hat es nie gewollt, an Maschinen angeschlossen zu sein und den lieben langen Tag an die Decke zu starren", überging Iris Wirtz Matthias' Einwurf und wandte sich direkt wieder dem Arzt zu.

„Noch schläft sie, und wir sollten Isabell jetzt auch nicht unnötig in Aufregung versetzen. Komapatienten haben feine Sensoren und spüren jede Emotion."

Und ich bin sicher, sie hat gefühlt, wie sehr ich sie liebe, dachte Matthias an den gestrigen Moment zurück, als plötzlich das Mobiltelefon in seiner Hosentasche den Eingang einer WhatsApp-Nachricht ankündigte.

„Bernd, wie ich es gesagt habe! Immer ist ihm alles wichtiger als seine Frau!"

„Ich bin im Dienst, tut mir leid", entschuldigte sich Matthias, der sich gleichzeitig ärgerte, den Klingelton seines Handys nicht ausgestellt zu haben. Schon wieder hatte er seiner Schwiegermutter eine Steilvorlage gegeben, und er war sich sicher, dass sie diese gnadenlos ausnutzen würde.

„Frau Wirtz, Ihr Schwiegersohn macht alles richtig. Er lenkt sich ab. Das ist das einzig Richtige, denn er kann im Moment sowieso nichts für sie tun. Isabell ist bei uns in den besten Händen. Daher kann ich Ihnen nur den Tipp geben, es Herrn Roth gleichzutun und sich ebenfalls abzulenken. Gehen Sie spazieren, etwas einkaufen, ins Kino. Wir melden uns bei Ihnen, wenn es irgendeine Neuigkeit gibt."

Matthias dankte Dr. Behrlau mit einem kurzen Kopfnicken für dessen Worte, dann las er, was als WhatsApp auf dem Display stand. „Bauer mit Sand ermordet in Sickfeld. Emma und ich vor Ort. LG Linda"

„Haben Sie noch Fragen oder kann ich sonst noch etwas für Sie tun?"

„Sie rufen uns sofort an, wenn Isabell wieder die Augen öffnet. Und zwar uns zuerst. Wir entscheiden ..."

„... zusammen, was das Beste für Ihre Tochter und Matthias' Frau ist. Das ist eine sehr gute Entscheidung von Ihnen, Frau Wirtz", sagte Dr. Behrlau, dann erhob er sich von seinem Stuhl und verabschiedete sich von Isabells Eltern, die mittlerweile ebenfalls aufgestanden waren.

Ganz schön raffiniert, der Herr Doktor, dachte Matthias anerkennend, dann folgte er, nachdem er sich ebenfalls von Dr. Behrlau verabschiedet hatte, seinen Schwiegereltern nach draußen.

„Ich danke euch für euer Kommen", sagte Matthias, als sie wieder auf dem Gang standen, der um diese Uhrzeit menschenleer war. „Ich muss jetzt leider zu einer Mordermittlung, aber heute Abend bin ich wieder hier und wache an ihrem Bett."

„Nix da! Du wirst die Situation und deinen guten Draht zu diesem Arzt nicht ausnutzen", zischte Iris. „Aufgeschoben ist nicht aufgehoben! Das gilt auch für die aktuelle Lage."

„Iris, jetzt ..."

„Das letzte Wort ist noch nicht gesprochen, das verspreche ich dir, Matthias!", fiel Iris Wirtz mit tränenerstickter Stimme ihrem Mann erneut ins Wort. „Wenn Isabell dich nicht kennengelernt hätte, dann würde sie jetzt hier nicht liegen!"

Kapitel 12

„Also konzentrieren wir uns auf mehrere Täter?“, fragte Emma, die nur schwer fassen konnte, dass ein Mensch, egal ob als Einzeltäter oder zu mehreren, dazu fähig sein konnte, einen anderen Menschen so zu quälen.

Was gibt es nur für kranke Kreaturen da draußen, dachte sie, und wieder überkam sie ein Schauer des Ekels, während sie sich aus ihrem weißen Schutzanzug schälte.

Emma, Linda und Dr. Jung hatten mittlerweile die Küche und das Haus verlassen und standen nun wieder auf dem Hof, der ebenfalls sonnenüberflutet war.

Achim Jahn schien kein Mann gewesen zu sein, der wirklich Wert auf Statussymbole gelegt hatte. Ähnlich wie das Küchenmobiliar stammten auch die Möbelstücke in den anderen Räumen aus weit zurückliegenden Zeiten, wie Emma bei ihrem kurzen Gang durch die Räume im Erdgeschoss festgestellt hatte. Eine schwere, dunkle Wohnzimmerwand aus Eiche, eine mit grünem Samt bezogene Sofagarnitur und verspielte Perserteppiche, die als Läufer im Wohn- und Esszimmer sowie im Flur den PVC-Boden in Fliesenoptik bedeckten, waren der eindeutige Beweis.

Emma war sich sicher, entweder hatte Achim Jahn das gesamte Inventar beim Hauskauf mit übernommen oder ihm war es schlichtweg nicht wichtig gewesen, wie seine eigenen vier Wände eingerichtet waren. Vielleicht, weil er sein Geld lieber für andere Dinge ausgab, mutmaßte sie, während sie jetzt in ihrem

Shopper kramte und das Etui mit ihrer Sonnenbrille hervorholte.

„Ich würde meine Ermittlungen darauf ausrichten." Dr. Bertram Jung nickte mit seinem Kopf, ehe er ergänzte: „Aber ich bin nicht vom Fach. Ich beherrsche nur die Sprache der Toten. Übersetzen müsst ihr sie."

„Das hast du aber schön gesagt, Bertram." Linda Meyer, die ihr Smartphone wieder in ihre Tasche gesteckt hatte, schenkte dem Rechtsmediziner ein strahlendes Lächeln.

„Danke", erwiderte Bertram Jung mit einem vielsagenden Augenzwinkern.

Das hast du aber schön gesagt, äffte Emma ihre junge Kollegin in Gedanken nach, die mal wieder versuchte, einem Mann schöne Augen zu machen, nur um ihr besagtes Opfer, in diesem Falle Bertram Jung, für welchen Gefallen auch immer um den Finger zu wickeln. Wie berechnend viele Frauen doch sind und wie leicht sich Männer davon verführen lassen, dachte Emma, während sie sich ihre Sonnenbrille aufsetzte, als Linda sich zur ihr umdrehte.

„Du glaubst doch auch, dass die Täter das Opfer gekannt haben, oder warum würde man sich sonst solche Mühe machen, einen Menschen derart zuzurichten?"

„Vielleicht war es ja auch die Spargel-Mafia", warf Bertram Jung ein, ehe er zwei Kollegen von der Spurensicherung, die gerade Achim Jahns Wagen näher untersucht hatten, ein Zeichen gab, mit ihm ins Haus zu kommen. „Preiskämpfe, Dumping-Löhne für die Erntearbeiter und falsche Etikettierung für ausländischen Spargel, der als deutscher verkauft wird - erst am Wochenende konnte man in der FAZ wieder einen interessanten Artikel darüber lesen."

„Noch was, Bertram." Dieses Mal war es Emma, die das Thema abrupt wechselte. „Ich habe dich zwar schon nach den Verletzungen gefragt und ob diese zum Tode geführt haben oder das Opfer durch den Sand erstickt ist. Mich würde aber noch interessieren, ob die Täter ihn auch noch weiter misshandelt haben, als er bereits längst tot war?"

„Du meinst, ob man ihm manche Verletzungen auch post mortem zugefügt hat?"

Emma nickte zustimmend.

„Das kann ich dir leider erst später im Institut sagen. Seine Verletzungen - ich würde hier schon von Verstümmelungen sprechen - sind so ausgeprägt, dass ich ihn dafür auf dem Tisch liegen haben muss. Die ersten Untersuchungen hier reichen dafür nun wirklich nicht aus." Bertram Jung verabschiedete sich mit einem „Bis später!", dann folgte er den beiden Kollegen, die bereits um die Hausecke verschwunden waren.

„Du hast doch erzählt, dass du aus dem Nachbarort kommst, richtig? Ist dir der Name Achim Jahn schon mal über den Weg gelaufen oder bist du ihm sogar vielleicht schon mal begegnet?", wandte sich Emma nun an ihre junge Kollegin, die mittlerweile auch ihren Notizblock gezückt hatte und eifrig dabei war, die ersten Stichwörter zu notieren. „Irgendeine Kleinigkeit, die uns mehr über Achim Jahn erzählt?"

„Nein, leider nicht." Linda schüttelte den Kopf. „Ich habe noch nie etwas von ihm gehört. Aber ich esse auch nicht so gerne Spargel, vielleicht liegt es daran." Sie zuckte gefällig mit den Schultern. „Aber ich schau mich noch mal im Haus um. Vielleicht finde ich ja etwas über seine Hobbys, ein Haustier oder andere Hinweise, die uns weiterbringen", sagte sie, ehe sie über den Hof zum Haus hinüberlief. Anders als beim ersten Mal wählte sie für ihren zweiten Besuch den Vordereingang, der sie nicht direkt an der Küche vorbeiführen würde.

Annegret Benders Infos waren nicht wirklich ausführlich gewesen. Was nicht daran lag, dass Annegret keine gute Arbeit geleistet hätte. Anscheinend war Achim Jahn über die ganzen Jahre, die er auf diesem Hof gelebt hatte, nicht weiter aufgefallen. Aber von solchen Menschen gab es viele, und Emma fragte sich, ob diese Menschen wirklich ein unspektakuläres Leben führten, weil sie für die Gesellschaft einfach zu normal, gar langweilig waren, oder ob sie bewusst nicht viel von sich preisgaben und alles dafür taten, bloß nicht aufzufallen, aus Angst, man würde etwas über sie erfahren, das sie in ein ganz anderes Licht rücken würde. Etwas, das so schlimm war, dass niemand mehr etwas mit dieser Person zu tun haben wollte. Oder für das jemand sogar töten musste.

Gerade die Menschen, von denen man es am wenigsten vermutet, tragen ein schreckliches Geheimnis in sich, dachte Emma, als sie bemerkte, wie ein weißer Transporter von der Landstraße auf den Hof fuhr. Der Fahrer bremste, als er die vielen Streifenwagen und zivilen Einsatzfahrzeuge der Polizei auf dem Hof parken sah, dann gab er wieder etwas Gas und parkte den Lieferwagen abseitig vor der Garage, in der Achim Jahns Geländewagen stand und die von der Spurensicherung wieder freigegeben worden war.

„Was ist denn hier los?", fragte der Mann harsch, während er mit großen Schritten auf Emma zulief, die mittlerweile ganz allein auf dem Hof stand. Sie nahm ihre Sonnenbrille ab und steckte sie ins Haar, als der Mann sie erreicht hatte.

„Und wer sind Sie?"

„Ronald Lehmann! Und Sie?“ Sein Tonfall war immer noch ruppig, aber Emma war die Letzte, die sich von so etwas aus der Ruhe bringen ließ.

„Kripo Ludwigshafen. Kriminalhauptkommissarin Emma Hansen!“ Emma zeigte ihm ihren Ausweis, den sie zuvor aus der rechten Hosentasche gezogen hatte.

„Die Kripo?“ Ronald Lehmann schaute Emma ungläubig an. „Was ist denn passiert? Hat jemand Spargel geklaut?“

„Wir ermitteln in einem Tötungsdelikt“, sagte Emma.

„Was?“, schrie Ronald Lehmann. „Ein Mord? Ich glaube Ihnen kein Wort. Das kann nicht sein! Wo ist er?“

„Wo ist wer, Herr Lehmann?“ Emma wurde langsam ungeduldig.

„Achim Jahn, der Besitzer des Spargelhofes. Wir waren verabredet“, sagte Lehmann und wollte an Emma vorbei, die sich ihm in den Weg stellte.

„Sie können da jetzt nicht rein, die Kollegen sind noch dabei, die Spuren zu sichern“, versuchte Emma den kräftigen, aber auch durchtrainierten Mann, der fast einen Kopf größer war als sie, zurückzuhalten. „Das ist ein Tatort, Herr Lehmann. Und Ihr Termin wird nicht stattfinden.“ Ronald Lehmann trug eine dunkle Jeans, darüber ein weißes Hemd, dessen zwei obere Knöpfe offen standen, eine Jeansjacke und modische weiße Sneaker. An seinem Hals baumelte ein silbernes Kreuz an einem Lederband. Obwohl er auf den ersten Blick ein gepflegter, stattlicher Mann mit einem kompakten Körperbau war, so hatte Ronald Lehmann etwas Unangenehmes, gar Widerliches an sich, das Emma gerne als hautunsympathisch bezeichnete. Ein Mann, der, wäre er Wasser, an einer teflonbeschichteten Pfanne abperlen würde, ohne auch nur einen bleibenden Eindruck in Form eines Tropfens zu hinterlassen.

„Was wollten Sie von Achim Jahn? Wie gut kannten Sie ihn?“, setzte sie nach, um die Aufmerksamkeit des Mannes wieder vom Haus wegzulenken.

„Wir sind Geschäftspartner“, sagte der Mann, der immer noch zum Haus hinüberstarrte.

„Welches Geschäft führen Sie beide denn?“, wurde Emma hellhörig, die von Annegret Bender wusste, dass Achim Jahn der alleinige Besitzer des Spargelhofs gewesen war. Von einem weiteren Eigentümer war nichts bekannt.

„Ich betreibe eine kleine Vertriebsagentur für Obst und Gemüse hier in der Vorderpfalz, und Achim Jahn gehört zu meinen Lieferanten. Oder gehörte.“

„Wann haben Sie Achim Jahn zuletzt gesehen?“

„Muss ich etwas dazu sagen? Sie denken ja wohl nicht ... Wer sind Sie eigentlich, dass Sie mich so etwas fragen? Ich habe einen guten Ruf zu verlieren.“ Die Augen des Mannes funkelten angriffslustig.

„Ich führe die Ermittlungen, Herr Lehmann. Aber natürlich müssen Sie nichts sagen, wenn Sie nicht wollen. Dann können wir die Unterhaltung gerne im Präsidium in Ludwigshafen fortsetzen, wenn Ihnen das lieber ist ...“

„Schon gut, schon gut. Ich weiß nicht, wann ich ihn zuletzt gesehen habe. Freitag vielleicht oder Samstag.“

„Bitte denken Sie genau nach, das könnte sehr wichtig sein, um den genauen Todeszeitpunkt zu bestimmen.“

„Das wissen Sie noch gar nicht? Wie ist er eigentlich erm... Ich kann das immer noch nicht fassen.“ Ronald Lehmann fuhr sich mit der rechten Hand durchs Haar, während er tief Luft holte, um diese anschließend mit aufgeblähten Wangen wieder auszuatmen.

„Was haben Sie denn an der Hand gemacht?“, fragte Emma, die die blutigen Abschürfungen auf seinen oberen Fingerknöcheln sah.

„Was?“, raunzte er, während er sich seine Hand ansah. „Ach, das meinen Sie. Das muss vor ein paar Tagen gewesen sein. Ich habe bei einem Kunden die Gemüseboxen ins Lager eingeräumt, und da muss ich wohl mit meinen Händen gegen die Steine gestoßen sein.“

Jetzt war es Emma, die ihr Gegenüber ungläubig fixierte: „Tragen Sie keine Handschuhe, wenn Sie Kisten schleppen?“

„Sie wollen nicht wissen, wie die Handschuhe danach ausgesehen haben.“

„Also vor ein paar Tagen?“, hakte sie nach. Die Wunden sahen noch sehr frisch aus, und an einigen Stellen hatten sie erst vor Kurzem noch geblutet, wie Emma feststellte.

„Samstag war's! Und da habe ich auch Achim zuletzt gesehen. Er hatte gerade den Laden zugemacht und wollte zu seinen Feldern.“

„Um welche Uhrzeit?“

„Gegen 15 Uhr, vielleicht auch etwas früher. Was wollen Sie denn von mir? Meinen Sie, ich hätte ihn getötet?“ Ronald Lehmann brach in schallendes Gelächter aus.

„Der Tod Ihres Geschäftspartners scheint Sie ja sehr zu amüsieren, Herr Lehmann.“ Emma zog die Augenbraue hoch.

Lehmann hörte schlagartig auf zu lachen.

„Hatte Achim Jahn mit irgendjemandem Streit?“

„Achim hatte mit niemandem Streit, und wenn, dann wüsste ich nicht, wer ihm so etwas antun würde!“, erwiderte Ronald Lehmann.

„Und doch hat jemand es getan! Gab es denn Menschen, die mit ihm noch eine Rechnung zu begleichen hatten? Die ihm gar gedroht haben?"

„Sie glauben doch nicht das, was in dieser Lügenpresse steht von wegen Ausbeutung der Erntehelfer und verschimmelter Ware im Supermarkt? Verklagen sollte man dieses Pack, das unsere Arbeit niedermachen will ..."

„Herr Lehmann, hatte Achim Jahn Feinde?" Emma ließ nicht locker und schaute den Gemüse-Agenten eindringlich an.

„Keine Ahnung, woher soll ich das wissen? Wir waren keine Freunde. Achim war eher verschlossen, hat nicht viel erzählt. Vielleicht wissen die anderen Spargelbauern ja mehr. Fragen Sie die doch!"

„Das werden wir tun, danke", sagte Emma, dann öffnete sie ihre Handtasche, zog eine Visitenkarte heraus und streckte sie Ronald Lehmann entgegen. „Aber wenn Ihnen noch irgendetwas einfallen sollte, dann melden Sie sich bei uns."

„Ich war es auf jeden Fall nicht", sagte Ronald Lehmann und nahm die Karte entgegen, die er, ohne sie sich überhaupt anzusehen, in die Brusttasche seines Hemdes steckte.

„Und wo kann man Sie finden?"

„Ich wohne in Schwegenheim." Er steckte Emma seine Karte zu. „Aber ich muss jetzt auch weiter!"

Ronald Lehmann war schon fast an der Straße, als Emma ihm hinterherrief: „Wollen Sie zu Fuß laufen?"

„Ach ja, richtig", sagte Ronald Lehmann, dessen Lächeln gequält wirkte. Er bedachte Emma mit einem Kopfnicken, dann lief er zum Transporter rüber, bestieg den Fahrersitz und startete den Motor. Anders als bei seiner Ankunft musste er jetzt einen größeren

Bogen fahren, um aus dem Hof wieder auf die Straße zurückzukehren, da ihm ein anderer Wagen entgegenkam.

Emma wollte gerade zum Haus zurücklaufen, als sie den schwarzen BMW erkannte, der in ihren Augenwinkeln aufgetaucht war.

„Hej", rief sie, als Matthias Roth ausstieg und auf sie zukam. Er wirkte ähnlich verunsichert wie sie.

„Hallo und willkommen zurück", sagte er und lächelte sie an. „Wie geht's dir?"

Anstatt sie in den Arm zu nehmen, wie Emma erwartet und wie sie es sich auch gewünscht hatte, gab er ihr die Hand. Er drückte sie fester und länger, als Hellmann es am Vormittag getan hatte, aber dennoch wurde ihr bereits zum zweiten Mal an diesem Tag eine Geste der Zuneigung verwehrt.

„Ich bin wieder da", sagte sie daher dann auch kühler als gewohnt. Zu einem Lächeln konnte sie sich genauso wenig aufraffen wie zu einer Umarmung ihrerseits. Noch nie in ihrem Leben hatte sie sich so unverstanden gefühlt. Unverstanden und allein.

Dass Linda sie auszubooten versuchte und Hellmann sie an der kurzen Leine hielt, damit konnte sie irgendwie umgehen. Womit sie aber nicht klarkam, war Matthias und die Art, wie er sie behandelte. Erst hatte er ihr nichts davon erzählt, dass seine Frau Isabell nach jahrelangem Koma endlich aufgewacht war. Und jetzt stand er ihr hier, auf dieser Hofeinfahrt eines Spargelbauern mitten in der Pfalz gegenüber und tat so, als wäre nichts gewesen.

Sie war traurig. Nein, eigentlich fühlte sie sich sogar zutiefst verletzt. Und sie hatte die Befürchtung, dass Matthias ihre Enttäuschung vielleicht noch nicht einmal verstehen konnte.

„Gut siehst du aus", erwiderte er so unbeschwert wie möglich, und doch spürte Emma die Distanz, die sich zwischen ihnen aufgebaut hatte.

Matthias selbst sah müde und ausgelaugt aus. Die Ringe um seine Augen hatten sich noch tiefer in sein Gesicht gebrannt. Er schien abgenommen zu haben. Jeans und T-Shirt schlackerten an seinem Körper, dessen einst vitale Farbe einem grauen Schleier gewichen war. Auch sein Haar wirkte kraftlos, und es schien den Kampf mit der immer weiter vorrückenden Stirn endgültig verloren zu haben. Wie tiefe Schluchten gruben sich die Geheimratsecken in seinen Kurzhaarschnitt, der ebenfalls an Fülle verloren hatte.

„Matthias! Lass dieses Blabla. Warum hast du mir nicht gesagt, dass deine Frau aufgewacht ist?" Emma wusste, dass Angriff, vor allem ein giftiger, nicht immer die beste Verteidigung war. Aber sie musste es ihm sagen, sonst würden sich ihre Enttäuschung und ihre Traurigkeit tief in sie hineinfressen.

Doch Matthias hatte nicht vor, auf dieses Gespräch näher einzugehen. Geschweige denn, es fortzuführen. Er atmete lediglich tief durch und schloss für einen kurzen Moment die Augen. Als er sie wieder öffnete, sah er in ein finsteres Gesicht, das den Tränen nahe war. Vor Wut und Verzweiflung.

„Ich bin deine Partnerin, und wir haben in den vergangenen zwei Jahren so viel gemeistert, so viel durchgestanden. Ist das jetzt der Dank dafür?" Emma erschrak, noch während sie das letzte Wort herausgepresst hatte. Sie hörte sich an wie ein keifendes Waschweib, das seinen Mann zweimal die Woche mit dem Teppichklopfer vermöbelte.

„Emma, lass gut sein." Mit diesen Worten ließ Matthias Emma einfach stehen.

„Matthias? War's das jetzt einfach so?" Emma fühlte sich wie vor den Kopf gestoßen und sah Matthias irritiert hinterher.

„Emma!" Jetzt war es Matthias' Stimme, die die Stille des frühen Mittags schrill durchschnitt, während er sich noch einmal zu ihr umdrehte. „Ich will jetzt nicht darüber reden. Ich habe mich bis jetzt zusammengerissen, habe nichts gesagt, alles geschluckt. Aber ich würde am liebsten explodieren! Aber, Emma, glaube mir, das wünschst du dir nicht. Und jetzt Schluss, wir sind im Dienst!"

„Matthias!", schrie Emma hinterher, der es völlig egal war, dass sie plötzlich nicht mehr alleine auf der Hofeinfahrt standen.

„Hey ihr zwei, wenn ihr dann mal wieder erwachsen geworden seid, dann bräuchte ich mal eure ganze Aufmerksamkeit", sagte Bertram Jung, und Emma konnte in seinem Gesicht ablesen, was er von der gerade miterlebten Szene hielt. „Ich hab' da was gefunden", ergänzte er, während sein genervter Gesichtsausdruck allmählich einem strahlenden Lächeln wich.

„Hallo Bertram! Und was hast du für uns?", fragte Matthias, nachdem sich die beiden Männer zur Begrüßung die Hand gegeben hatten.

„Ich habe in der Küche und an der Spüle noch mehr Blut gefunden."

„Noch mehr Blut?", fragte Emma, die mit ihrer Nachfrage die angespannte Situation genauso galant überspielen wollte wie Matthias. Es war das erste Mal, dass sie sich in der Öffentlichkeit so hatten gehen lassen, und es war ihr äußerst peinlich, dass Bertram Jung das mitbekommen hatte. Gerade beruflich war ihr ein professionelles Verhalten so enorm wichtig, und sie wollte sich einfach nicht angreifbar machen. Sie wusste, dass sie seit ihrer Rückkehr an diesem Morgen unter Beobachtung stand. Sie fühlte sich wie ein Täter, den man nach seiner Freilassung ebenfalls mit Argusaugen beobachtete. Und der seine Freiheit nur auf Bewährung wiederbekommen hatte.

„Ja", bestätigte Bertram Jung und schaute in zwei erwartungsvolle Gesichter. „Aber es gehört eindeutig nicht zu unserem Toten."

Kapitel 13

Obwohl es in dem Raum nicht kalt, sondern sogar eher angenehm kühl war, zitterte die Frau am ganzen Körper. Wenn ihr vor Hunger, Durst und tiefster Hoffnungslosigkeit ausgemergelter Körper überhaupt noch zittern konnte. Es war eher ein Klappern ihrer Knochen, die viel zu jung waren, um nur von Haut und Sehnen überzogen zu sein.

Man hatte ihr etwas zu essen hingestellt und ebenso eine Flasche Wasser. Aber die beiden Scheiben Brot mit Käse und den geviertelten Apfel hatte sie bis jetzt nicht angerührt. Die Käsescheiben wellten sich bereits am Rand, und das Fruchtfleisch der Apfelstücke war braun und verschrumpelt.

Den letzten Tropfen Wasser hatte sie schon vor Stunden getrunken. Jetzt war die Flasche leer und ihr Mund trocken und staubig. Ihr Rachen fühlte sich an wie grobes Schmirgelpapier.

Wie schon im Transporter war sie an die Kette gelegt worden wie ein Tier. Man hatte sie mit einer Handschelle an einem Rohr angekettet. Nur mit dem rechten Handgelenk, damit sie mit der anderen Hand nach dem Essen und der Wasserflasche greifen konnte.

Sie wusste nicht, wo sie war und wer sie hierhin gebracht hatte.

Sie hatte geschrien und sich gewehrt, geschlagen und getreten und versucht, die beiden Männer zu beißen, die sie an der Grenze zwischen Griechenland und Mazedonien gefangen und in den Transporter verladen hatten. Wie ein Stück Vieh.

Dabei hatte sie nur schnell hinter einem Gebüsch verschwinden und sich erleichtern wollen, da die wenigen Toiletten am Bahnhof völlig überfüllt und dreckig dazu waren. Doch so weit war sie nicht gekommen, als die beiden Männer aus der Wand aus Menschen herausgetreten waren und sie geschnappt hatten. Warum habe ich nur niemandem Bescheid gesagt, wo ich gerade bin, dachte sie, und bei dem Gedanken an ihre Verschleppung konnte sie den Drang, der sie bereits seit Stunden erfüllt hatte, nicht mehr länger zurückhalten. Im Nu durchtränkte ihr Urin ihre zerschlissene Jeans.

Sie riss an der Schelle, doch weder das Metall der Fessel um ihre Hand noch das dicke Rohr ließen sich auch nur einen Millimeter bewegen. Sie wollte schreien, doch ihre Stimme krächzte, ehe sie in einen heftigen Hustenanfall überging. Sie hatte längst keine Tränen mehr, die sie vergießen konnte.

War da wer? Ein Mensch? Sie klapperte noch heftiger mit ihrer Handschelle, doch es dauerte nicht lange, und die Kraft war genauso schnell aus ihrem Körper gewichen, wie sich ihre Fessel erneut tief in ihr Handgelenk gerieben hatte. Am liebsten hätte sie das Rinnsal aus Blut aufgeleckt und an der Wunde genuckelt, bis diese mit ihrer Spucke endlich versiegt wäre. Aber sie durfte ihrem inneren Reflex nicht nachgeben, da sie keinen Tropfen Wasser mehr übrig hatte, um ihren Mund danach auszuspülen.

Erschlafft und mit taubem Arm glitt sie weiter am Rohr hinunter. Sie war viel zu müde, um aufzustehen. Wobei – wirklich stehen konnte sie nicht, da das Rohr genau in der Mitte der Wand mit einer Halterung fest verankert war und man sie im unteren Bereich angekettet hatte.

Nachdem sie endgültig aufgegeben hatte, hörte sie in die Stille hinein. Doch ihr Unterbewusstsein hatte sie mal wieder nur getäuscht. Oder sie beschützen wollen. Sie hatte längst vergessen, wie es klang, wenn die Vögel sangen, Kinder lachten oder ihre Mama ihren Namen rief. In den vergangenen Wochen hatten die heulenden Sirenen ihr Leben bestimmt. Sie hatten sie in den Schlaf gewiegt und sie aufgeweckt. Das Explodieren der Bomben und das Schreien von zerrissenen Leibern waren das Einzige, was sie hörte, selbst wenn alles um sie herum still war. Totenstill. Immer noch. So wie jetzt.

Auch deswegen hatten sie nur noch weggewollt aus Rakka. Ihr Bruder hatte etwas von einem Schleuser gehört, der einen sicher über die Grenze und dann weiter nach Deutschland oder Schweden bringen würde. Für umgerechnet 4000 Dollar bekam man einen Platz auf einer Fähre nach Griechenland, für 8000 Dollar sogar einen persönlichen Shuttle, der einen direkt zu Verwandten in das jeweilige Land gebracht hätte.

Doch sie hatten keine Angehörigen, die in Deutschland oder Skandinavien lebten. Und erst recht kein Geld. Selbst als sie den Schmuck ihrer Mutter und die zwei Goldzähne ihres Vaters verkauften, reichte es mal gerade für den Transport von Syrien bis zur türkischen Hafenstadt Ayvalik, um von dort mit einem Schlauchboot zur griechischen Insel Lesbos überzusetzen.

Sie erinnerte sich, wie ihr Bruder und sie leise gesungen hatten, als sie endlich das griechische Festland erreicht hatten und dann dem Treck der Menschen weiter Richtung Mitteleuropa gefolgt waren. Der Freiheit und vor allem dem Frieden entgegen. Viele Flüchtlinge hatten nicht so viel Glück gehabt, und sie hatte jetzt noch das Bild einer wehklagenden Mutter vor Augen, die unter Tränen zusammengebrochen war, als ihr Kind leblos aus dem Wasser gezogen wurde, nachdem das überfüllte Schlauchboot in der aufkommenden See vor Lesbos gekentert war.

Auch wenn sie eigentlich hätte dankbar sein müssen, dass sie noch am Leben war, sosehr wünschte sie sich, sie wäre der kleine Junge, den man nur noch tot aus dem Meer hatte bergen können.

Es gab keinen Tag, keine verdammte Stunde ihres Daseins, an dem sie sich nicht fragte, was eigentlich schlimmer war: wirklich tot zu sein oder wie sie, lebendig gefangen, von der Außenwelt abgeschnitten und ohne Aussicht auf Rettung?

Ja, sie hatte längst den Glauben verloren, dass man sie noch finden und aus den Klauen ihrer Entführer befreien würde. Ihren Bruder hatte sie nicht mehr gesehen, seitdem sie verschleppt worden war. Vielleicht war er längst tot. Umgekommen bei dem Versuch, sie zu beschützen. Als sie den entschlossenen Blick der Männer gesehen hatte, da hatte sie gewusst, dass sie zu allem fähig waren. Männer, die nichts und niemand aufhalten konnte und die auch nicht davor haltmachen würden, einen namenlosen Flüchtling, den sowieso niemand vermissen würde, zu töten, falls er ihnen in die Quere kam.

Wer sollte sie also jetzt noch befreien und sie retten? Sie musste würgen, als ein Heulkrampf den nächsten jagte und ihren zerbrechlichen Körper erschütterte. Doch ihre Tränen waren längst versiegt, und sie musste erneut prusten, als sie versuchte, ohne Spucke den abgestandenen Geschmack nach Verzweiflung und Hilflosigkeit in ihrem Mund herunterzuschlucken.

Gott, wo bist du? Bitte hilf mir, flehte sie, als plötzlich die schwere Eisentür aufgeschlagen wurde und ein Mann im Türrahmen stand.

„Und das Blut gehört nicht zu unserem Toten?“, fragte jetzt Linda, die ihre Runde durch Achim Jahns Haus und damit durch das Leben des Spargelbauers beendet hatte und sich jetzt zu Emma, Matthias und Dr. Jung gesellte. „Hi Matthias, dann hat dich meine WhatsApp also erreicht?“

„Ja, danke Linda.“ Matthias erwiderte Lindas Strahlen mit einem angestrengten Lächeln.

„Ich wusste nicht, ob die Nachricht überhaupt rausgeht. Der Empfang hier ist fürchterlich.“

Deswegen hat sie also auf ihrem Handy rumgetippt, dachte Emma, die sich jetzt ein klein wenig schuldig fühlte. Sosehr sie auf der einen Seite immer noch der Meinung war, dass es sich einfach nicht gehörte, Bertrams Ausführungen über den Zustand eines Opfers mit etwas so Banalem wie einer WhatsApp zu stören, so sehr freute sie sich, dass sie dank Lindas Nachricht Matthias nun doch schon viel früher wiedersehen konnte. Auch wenn ihre erste Begegnung seit fast neun Monaten ein klassischer Fehlstart gewesen war.

„Ohne jeden Zweifel! Und wie ich immer sage: Es gibt keinen Tatort, an dem man nicht eine Spur des Täters findet – ob ein Haar, eine Hautschuppe oder eben Blut.“

„Und jetzt müssen wir nur herausfinden, wer die Täter waren und warum sie ihr Opfer so gequält haben“, erwiderte Linda und schaute von Bertram zu Matthias und wieder zurück. Beide Männer quittierten ihre Schlussfolgerung mit einem wohlwollenden

Kopfnicken, während Emma leicht genervt die Augen verdrehte.

„Unser Opfer ist nicht nur gequält, sondern auch gefoltert worden. Das lässt das Erscheinungsbild eindeutig erkennen." Bertram Jung schaltete die Kamera ein und zeigte Matthias auf dem Display die Fotos vom Opfer, die er für seine Unterlagen und für die Ermittlungsakten der Kommissare geschossen hatte.

Emma wandte sich an Matthias: „Kurz bevor du gekommen bist, ist ein Geschäftspartner des Opfers, ein Ronald Lehmann, hier aufgetaucht. Er hatte angeblich eine Verabredung mit Jahn. Wobei, Freunde waren die beiden seiner Aussage nach nicht, seine Reaktion darauf, dass Jahn getötet wurde, war auch etwas merkwürdig. Und er hatte Blut an seiner rechten Hand", sagte Emma.

„Woher hat er denn die Verletzung?" fragte jetzt Linda, während sie ein Blatt ihres Notizblocks umschlug.

„Die will er sich vor einigen Tagen zugezogen haben, als er für Kunden Kisten einsortierte und dabei mit der Hand an der Wand entlanggeschürft ist", erläuterte Emma, die sah, wie sich Linda die Worte Ronald und Blut an Schlaghand in Druckbuchstaben in ihren Block notierte.

„Wie gesagt, ich glaube, ihr solltet euch auf mindestens zwei Täter konzentrieren. Einer allein wird das kaum bewerkstelligt haben", warf Bertram Jung ein.

„Ronald Lehmann ist ein kräftiger Mann, der ordentlich anpacken und vielleicht auch zuschlagen kann."

„Mag sein, Emma. Ich stelle nur fest, die Schlussfolgerungen daraus ziehen müsst ihr! Ich bin dann noch mal in der Küche, die Jungs vom Bestattungsinstitut warten. Wir sehen uns heute Nachmittag im Institut. Dann kann ich euch mehr über die Todesursache sagen.", verabschiedete sich Bertram Jung und ging eiligen Schrittes zurück zur Rückseite des Hauses.

„Ich glaube nicht, dass das zwangsläufig mehrere Täter gewesen sein müssen", wandte sich Emma jetzt Linda und Matthias zu.

„Wir kümmern uns darum, Emma! Und ich finde schon, dass man sich auf Bertrams Einschätzung verlassen kann, nicht wahr, Matthias?"

Da war es wieder, dieses berechnende Lächeln, das Männer wie Eis in der Sonne dahinschmelzen ließ! Gott sei Dank ist Matthias nicht so ein Mann, dachte Emma und freute sich auf Matthias' Reaktion. Doch zum zweiten Mal binnen weniger Minuten wurde sie enttäuscht.

„Jepp, das denke ich auch. Kennst du eigentlich den Toten und sein Umfeld? Du bist doch hier aus der Gegend, oder?"

Das hatten wir schon alles, dachte Emma, die immer noch nicht fassen konnte, wie leicht sich Matthias von Lindas Augenaufschlag beeinflussen lassen konnte. Obwohl sie nur neun Monate weg gewesen war, gewann Emma mehr und mehr den Eindruck, dass sie sich Lichtjahre voneinander entfernt hatten. Als wären sie zwei ganz andere Menschen als noch vor dem tragischen Unglück am Eiswoog. Und das Schlimmste war, dass aus einem nur vagen Gefühl längst eine unabänderbare Tatsache geworden zu sein schien.

„Achim Jahn kannte ich nicht. Aber vielleicht kann uns ja Bodo Vieweg ein bisschen mehr über ihn erzählen."

„Wer ist Bodo Vieweg?", hakte Matthias nach, während Emma fast die Gesichtszüge entglitten wären.

Das kann doch wohl nicht wahr sein! Ich habe Linda eben noch gefragt, ob sie jemanden kennt, der uns etwas über Achim Jahn erzählen kann, und ihr fällt niemand ein. Kaum stellt ein Mann diese Frage, sprudelt sie wie ein Wasserfall, dachte Emma, und sie spürte, wie ihr Puls immer schneller schlug. Sie wäre am liebsten geplatzt, jedoch nicht ohne vorher Linda einen gehörigen Einlauf zu verpassen. Doch da sie keine Lust darauf hatte, als zickig oder beleidigt abgestempelt zu werden oder erneut Kommentare wie „Jetzt hab dich doch nicht so" oder „Da ist aber jemand besonders empfindlich" hören zu müssen, schluckte sie ihre giftige Bemerkung einfach herunter. Aber viel länger würde sie sich dieses Verhalten nicht mehr gefallen lassen. „Bodo Vieweg gehört die Vieweger Mühle und irgendwie auch die halbe Region. Er hat nach der Tschernobyl-Katastrophe, als hier niemand mehr etwas anpflanzen wollte, viel Land gekauft, das die Biobauern nun für ihn bewirtschaften. So hat es mir mein Vater erklärt. Ohne den Bodo läuft hier nichts."

„Der Name sagt mir auch was", stimmte Matthias zu, während er weitergrübelte, in welchem Zusammenhang er den Namen schon gehört hatte.

„Vielleicht wegen der Flüchtlinge."

„Flüchtlinge?", hakte Emma nach, die sich mittlerweile etwas beruhigt hatte, auch wenn sie Linda immer noch mehr als argwöhnisch fokussierte.

„Ja, er setzt sich sehr stark für die syrischen Flüchtlinge ein. Er hat die Kulturscheune, das ist der alte Tabakschober hier in Sickfeld, umbauen lassen, damit dort am kommenden Wochenende die ersten Flüchtlinge einziehen können."

„Es gibt also noch anständige Leute, die ihr Geld für das wirklich Wichtige im Leben ausgeben!" Matthias war schwer beeindruckt. „Ich find's klasse, wenn sich jemand für die einsetzt, die alles verloren haben. Da habe ich allergrößten Respekt und Hochachtung! So wie er sollten sich viel mehr Menschen engagieren."

„Ja, die Zeitungen sind voll von ihm und seinem Engagement. Er war schon öfters deswegen im Radio und im Fernsehen."

„Mir waren solche Menschen, die das nur wegen des Beifalls und der Aufmerksamkeit tun, schon immer etwas suspekt. Wenn ich so etwas mache, dann mache ich auch kein Aufheben darum", warf Emma ein.

„Wenigstens tut er etwas", erwiderte Matthias. „Die meisten anderen labern nur wichtigtuerisch rum und machen dann nichts!"

„Ich bin sicher, dass Bodo unseren Toten kannte", klang Linda ziemlich überzeugt.

„Gut, dann statten wir Herrn Vieweg mal einen Besuch ab", sagte Matthias. Er freute sich wirklich, Bodo Vieweg kennenzulernen.

„Dann fahr mir einfach hinterher", schlug Linda vor, während sie den Notizblock wieder in ihre Handtasche steckte.

„Ich dachte, du fährst mit mir und zeigst mir den Weg."

„Ja, nur dann müssen wir wieder hierhin zurückkommen, weil mein Dienstwagen ja noch hier steht." Linda zeigte auf den silbergrauen Kombi.

„Nein, nein, fahrt ihr ruhig zusammen. Ich habe meinen Wagen ja noch am Präsidium stehen. Also fahre ich den Wagen zurück nach Ludwigshafen. Wir sehen uns dann später bei Bertram", sagte Emma mit einem Lächeln, das schneller erfror, als sie geahnt hatte.

„Hat dich Joachim nicht für den Innendienst eingeteilt, sobald Matthias wieder da ist?", fragte Linda. Doch Emma nahm ihrer jungen Kollegin die gespielte Unwissenheit nicht ab.

„Du im Innendienst?" Matthias schob die Augenbraue nach oben. Im Gegensatz zu Linda klang er überrascht. Als hätte er gerade zum allerersten Mal von Emmas interner Versetzung erfahren.

„Ja, Hellmann will mich schonen. Nach dem Hamburger Modell soll ich langsam wieder an die Stundenzahl einer Vollzeitstelle herangeführt werden. Daher beginne ich in den ersten zwei Wochen mit zwei Stunden pro Tag. Dann vier Stunden, dann sechs und so weiter. Und die seien am besten im Innendienst zu absolvieren - und um Linda einzuarbeiten. So seine Worte."

„Du sollst Linda einarbeiten? In was? Wie man eine Befragung führt oder ein Protokoll schreibt?"

„Genau das habe ich ihn auch gefragt. Zumal Linda ja keine Anfängerin mehr ist, nicht wahr?", entgegnete Emma, die mit purer Absicht Lindas gleiche Floskel am Ende einer Frage nutzte.

Doch die überging Emmas Spitze einfach. „Ich habe ihm auch gesagt, dass das nicht nötig sei. Aber er wollte sich einfach nicht davon abbringen lassen. Und irgendwie freue ich mich auf unsere Zusammenarbeit."

Und wie ich mich erst freue, antwortete Emma in Gedanken, ehe sie dann an Matthias gerichtet anschloss: „Vorher hole ich meinen Sohn noch schnell vom Kindergarten ab und bringe ihn dann zur Tagesmutter."

Meinen Sohn abholen! Wie sich das anhörte. Bisher hatte Emma es irgendwie immer geschafft, nur von

Luiz zu sprechen. Was vor allem daran lag, dass sie nicht genau wusste, wie sie ihn bezeichnen sollte. Mein Pflegesohn klang irgendwie so distanziert, als hätte sie sich aus einem Gefühl des Mitleids heraus eines fremden Kindes angenommen. Aber die Worte „mein Sohn" hatte sie bisher auch noch nie wirklich gesagt, denn eigentlich war der kleine Racker nicht ihr Sohn, sondern ihr Halbbruder, der Sohn ihres Vaters, den er vor gut drei Jahren mit seiner Freundin gezeugt hatte. Doch Luciana hatte sich nach Knut Hansens Tod von heute auf morgen und ohne Vorwarnung aus dem Staub gemacht. Den kleinen Luiz, der damals erst wenige Monate alt war, hatte sie vor ihrem überstürzten Untertauchen einfach im Polizeipräsidium abgegeben. Als Erinnerung an Emmas toten Vater. Und als Emmas neue Lebensaufgabe, da sie sich nun ganz allein um ihren Halbbruder kümmern musste. Mit allem, was dazugehörte.

„Dann bis später!" Matthias nickte Emma zum ersten Mal seit ihrem Wiedersehen wohlwollend zu.

„Und ich bin wirklich gespannt, was Bodo Vieweg euch über unseren Toten alles erzählen wird."

Kapitel 15

Der Landgasthof Vieweger Mühle lag friedlich in der Mittagssonne, als Matthias den Wagen auf den Parkplatz lenkte. Direkt neben dem Eingang stand ein einziges Auto älteren Baujahrs, ansonsten war alles verwaist. Auch hinter den abgedunkelten Fenstern war kein Licht zu sehen. Es war eben Montag, und auch die Vieweger Mühle hatte anscheinend heute Ruhetag, wie er mit einem Blick über das weitläufige Areal bemerkte, während er aus dem Wagen stieg.

„Was weißt du eigentlich über Bodo Vieweg?", fragte Matthias, als Linda an ihn herangetreten war. Noch im Wagen hatte sie sich ihre Mähne zu einem lockeren Dutt gebunden. Zwei Strähnen hatten sich aus ihrer Fessel gelöst und hingen ihr jetzt ins Gesicht.

„Er ist 54 Jahre alt, geschieden, keine Kinder. Ein Hüne, fast zwei Meter groß. Er war Olympiasieger im Rudern. 1988 in Seoul", fasste sie das, was sie über Bodo Vieweg wusste, kurz zusammen, während sie sich die beiden Haarsträhnen hinters Ohr steckte.

„Da hat sich aber jemand gut informiert", sagte Matthias anerkennend.

„Das weiß ich von meinem Papa", antwortete Linda mit einem Lächeln. Sie hatte ein kleines Plastikdöschen mit Lutschpastillen aus ihrer Handtasche gefischt und schob sich nun ein Pfefferminzdragee in den Mund, ehe sie Matthias die Verpackung anbot. „Und er ist ein Frauenheld. Das sagt zumindest meine Mama." Linda hätte sich fast an ihrem Bonbon verschluckt vor Lachen, als sie Matthias' Grimasse sah. „Um Gottes willen! Du könntest ihn mir nackt um den Bauch binden, da würde nichts passieren", prustete sie los. „Aber ich bin sicher, dass er bei den Frauen um die 40 auf jeden Fall gut ankommt. Er ist charmant, hat gute Manieren und ist alles andere als geizig."

„Na ja, er will ja auch etwas, oder?"

„So einfach lassen sich Frauen nicht rumkriegen. Frauen wollen erobert werden."

„Gut zu wissen", sagte Matthias. Er spürte, wie sich sein Herz verkrampfte, als würde es jemand zerquetschen. Auch er hatte Isabell umgarnt, hatte ihr Blumen geschickt und war mit ihr zu langen und redeintensiven Spaziergängen aufgebrochen, um so ihr Herz zu gewinnen. Es war eine Zeit gewesen, in der sie unbeschwert und so voller Glück waren und durch das Leben schwebten wie mit Helium gefüllte Luftballons, die immer höher und höher stiegen, um mit den Wolken zu kuscheln. Doch leider hatte niemand ihm gesagt, dass diese Ballons auch platzen konnten, um dann als zerrissene Fetzen vom Himmel zu stürzen. Knallhart. Bodenlos. Und ohne Sicherheitsnetz.

„Auf jeden Fall ist Bodo Vieweg jemand, der gerne polarisiert und vielleicht auch provoziert."

„Wie meinst du das?", fragte Matthias.

„Na, er hat sich mit seinem Engagement für Flüchtlinge nicht nur Freunde gemacht. Für die Freie Pfalz, diesen Pegida-Verschnitt für Arme, ist er das Feindbild schlechthin."

„Wen haben die nicht zum Feindbild?"

„Das ist aber noch nicht alles. Angeblich soll er sich auch schon mal mit gehörnten Ehemännern geprügelt haben. Oder die mit ihm. Ich habe Annegret gebeten, mal nachzuschauen, ob etwas gegen ihn vorliegt. Körperverletzung oder so. Ein kräftiger Schläger könnte ja auch zu unserem Täter passen."

„Aber Achim Jahn war doch Junggeselle", stutzte Matthias, als die beiden die doppelseitige Holztür erreicht hatten.

„Vielleicht hat Bodo ihm ja die Frau ausgespannt."

„Dann müsste aber doch Achim Bodo töten und nicht umgekehrt."

„Okay ... Aber vielleicht kam es zu einem Streit, der eskaliert ist, oder aber Achim Jahn hatte etwas gegen Bodo in der Hand, weshalb er sterben musste", meinte Linda und zog die Achseln hoch, dann folgte sie Matthias ins dunkle Foyer.

„Dass sie montags überhaupt geöffnet haben", flüsterte Linda, die ihre Stimme dem gesamten Ambiente angepasst hatte. Die goldeingefassten Lampen an den Wänden waren gedimmt worden, im Hintergrund lief dezent Lounge-Musik, und das Feuer im Deko-Kamin an der Wand prasselte gemütlich vor sich hin.

„Aber anscheinend ist jemand da", entgegnete Matthias und schlug leicht auf die Klingel, deren schellender Klang die friedliche Ruhe des Hauses durchschnitt.

„Ich komme", rief eine Stimme aus dem hinteren Teil des Gasthofs, und wenige Augenblicke später erschien eine gut gelaunte, aber leicht abgekämpfte Frau im Foyer.

„Warten Sie schon lange?", entschuldigte sie sich zur Begrüßung. „Ich war hinten in der Küche und habe das Essen für heute Abend vorbereitet. Eigentlich haben wir ja montags geschlossen. Aber wir erwarten heute eine größere Gesellschaft. Eine Wirtschaftsdelegation aus Übersee, und wir wollen sie mit bester deutscher Kulinarik verwöhnen. Spargelauflauf, Tafelspitz, Kohlgratin." Die Frau schnaufte kurz durch, dann strich sie sich ihren Pony etwas aus dem Gesicht, während sie mit einer leichten Berührung der Maus den Computer wieder aus seinem Standby-Modus erwachen ließ.

Ganz schön hergerichtet, um Gemüse zu schnippeln, dachte Matthias, als er die Frau etwas genauer betrachtete. Sie trug Korkschnürschuhe mit Plateau, dazu weiße Leggings und eine weiße Bluse mit Fransen, die Matthias schon häufiger beim Durchzappen in den Verkaufssendern im Fernsehen gesehen hatte. Ihre Fußnägel waren genau wie die Fingernägel rosa lackiert, während ihr Gesicht weniger auffallend, fast schon dezent geschminkt war. Ihr Haar war vor nicht allzu langer Zeit aufwendig toupiert und mit blonden Strähnen aufgefüllt worden. Sie hatte ein adrettes Erscheinungsbild für ihr Alter, wenn auch von allem etwas zu viel für seinen Geschmack.

„Ach so, Biggi Vieweg", sagte sie und trocknete sich ihre Finger an der schwarzen Schürze ab, die sie sich umgebunden hatte, ehe sie den beiden Kommissaren über den Tresen die Hand reichte. „Wie kann ich weiterhelfen?"

„Ich bin Kriminalhauptkommissar Matthias Roth, und das ist meine Kollegin, Kriminalkommissarin Linda Meyer, Kripo Ludwigshafen. Ist Ihr Mann zu sprechen?"

„Mein Exmann. Wir sind schon lange geschieden. Aber ich trage immer noch seinen Namen. Er ist quasi ein Gütesiegel hier in der Region." Sie lächelte Matthias an.

„Ist Ihr Exmann denn da?", hakte Linda nach.

„Nein, er ist unterwegs. Er hat viele Termine, muss allein diese Woche noch zweimal ins Ausland. Aber was wollen Sie denn eigentlich von ihm?"

„Kennen Sie Achim Jahn aus Sickfeld?", überging Matthias die Frage.

„Ja klar, wer kennt ihn nicht. Von ihm beziehen wir den Spargel. Wir und die ganze Region."

„Wissen Sie, wann Ihr Exmann wiederkommt?"

„Halt! Stopp! Jetzt sagen Sie mir bitte endlich, was los ist! Ist Bodo etwas passiert? Oder Achim?"

„Wir ermitteln in einem Tötungsdelikt, Frau Vieweg. Achim Jahn ist heute tot aufgefunden worden", antwortete Linda. Die dafür einen ernsten Blick von Matthias zugeworfen bekam.

„Achim ist tot? Ermordet?" Biggi Vieweg sah die beiden Kommissare aus leeren Augen heraus an, dann setzte sie sich zeitlupenartig in den lederbezogenen Drehstuhl, den sie zuvor vom Schreibtisch weggerollt hatte.

„Wie, ich meine, wer hat ihn ermordet?", stammelte Biggi Vieweg, deren Make-up chancenlos war gegen das Weiß, das sich nun über ihr Gesicht gelegt hatte.

„Das können wir noch nicht sagen. Wir stehen noch ganz am Anfang unserer Ermittlungen. Aber wie wir wissen, hat Ihr Exmann Achim Jahn sehr gut gekannt." Matthias vermied es, bei Achim Jahn von einem Opfer zu sprechen oder gar auf weitere Einzelheiten seines Todes einzugehen, selbst wenn dies aus ermittlungstaktischen Gründen notwendig gewesen wäre. Die Frau stand sowieso schon kurz vor einem Nervenzusammenbruch.

„Soll ich Ihnen ein Glas Wasser holen?", fragte er, als er sah, dass sie in immer kürzeren Schüben ein- und ausatmete.

„Alles gut", winkte sie ab, während sie versuchte, ihren Atem wieder etwas zu beruhigen. „Aber wer macht so was? Wer bringt den armen Achim um?"

„Kannten Sie das Opfer gut?", fragte Linda, die anscheinend Matthias' Blick nicht richtig gedeutet hatte.

„Ja, ich meine nein. Also, er war unser Spargelbauer. Nicht mehr und nicht weniger."

„Und Ihr Mann, also Ihr Exmann?"

„Hören Sie, Sie wollen doch nicht sagen, dass Bodo irgendetwas mit Achims Tod zu tun hat." Biggi Vieweg hatte sich schneller erholt als vermutet. Sie erhob sich aus dem Bürostuhl und baute sich vor den beiden Kommissaren auf. Soweit das hinter der Rezeption überhaupt möglich war.

„Wir wollen lediglich wissen, ob Ihr Exmann und Achim Jahn sich besser kannten und ob er uns etwas über Achims Leben erzählen kann. Der Mann schien ein sehr unauffälliges Leben geführt zu haben", versuchte Matthias die Situation etwas zu entspannen.

„Das müssen Sie ihn schon selbst fragen. Ich arbeite hier. Nicht mehr und nicht weniger. Ich weiß nicht, mit wem er privat verkehrt. Er kennt eine Menge Leute und ist eben immer viel unterwegs. So und so." Biggi Viewegs Lächeln war kühler geworden, fast eisig, wie Matthias bemerkte. „Ich halte hier nur die Stellung, wenn er nicht da ist. Ich bin jetzt sein Mädchen für alles. Zumindest für die Mühle."

„Nicht viele Menschen schaffen es, sich nach einer Scheidung noch so gut zu verstehen. Das ehrt Sie. Und ihn."

„Als wir geheiratet haben, waren wir leider noch nicht reif genug für die Ehe. Jetzt sind wir es. Aber die Zeit lässt sich nicht mehr zurückdrehen."

„Hast du ihre Andeutungen gehört? Ich bin jetzt sein Mädchen für alles. Zumindest für die Mühle", sagte Linda, während sie aus ihrer Tasche einen Lipgloss fischte.

„Ja, aber wir ermitteln in einem Mordfall und nicht, warum die Ehe der Viewegs zerbrochen ist. Das geht uns nichts an", erwiderte Matthias. „Noch nicht", schob er schnell hinterher, denn man wusste nie, wohin eine Mordermittlung führen konnte. Und in welche menschlichen Abgründe man als Ermittler blicken musste.

„Ich finde das aber nicht unwichtig. Und du hättest mich ihr ruhig als Kriminalhauptkommissarin vorstellen können." Linda boxte Matthias, der wieder am Steuer saß, in die rechte Seite, dann klappte sie den Frontspiegel herunter und zog sich ihre Lippen nach.

Wir wollen mal nichts überstürzen, dachte Matthias, während er den silbergrauen Kombi weiter durch den Ort lenkte. Enttäuscht, nicht wirklich weitergekommen zu sein und eine Unterredung mit Bodo Vieweg wohl oder übel auf den nächsten Tag verschieben zu müssen, hatten Linda und er sich darauf verständigt, noch einmal zu Achim Jahns Haus zurückzufahren. Auch wenn Achim Jahn anscheinend kein Mensch gewesen war, der sich bewusst Ärger eingehandelt hatte, so musste es etwas geben, wofür er hatte sterben müssen. Niemand würde einen Menschen so grausam zurichten und quälen, wenn man dafür nicht einen triftigen Grund hatte. Und er würde ihn finden. Den Grund und den Mörder, dessen war sich Matthias absolut sicher.

„Halt mal eben an", rief Linda plötzlich laut aus, als sie Westheim hinter sich gelassen hatten und von Rapsfeldern auf der linken und Spargelfeldern auf der rechten Seite eingerahmt wurden. „Hier sind Achims Spargelfelder."

„Woher weißt du das?", fragte Matthias, und er kam nicht umhin, seiner Kollegin ein weiteres Mal einen gewissen Respekt zu zollen.

Kreativität, Fantasie und das gewisse Um-die-Ecke-Denken gehörten dazu, um ein guter Kriminalhauptkommissar zu werden. Und Linda war auf dem besten Weg dazu.

„Wenn man hier wohnt ..." Wieder lächelte Linda, und Matthias fragte sich, ob seine Kollegin auch mal schlecht gelaunt sein konnte. Bisher hatte er sie immer nur mit einem Grinsen im Gesicht erlebt. Selbst wenn sie jemandem ihr Beileid aussprechen musste, sich mit dem Finger am Papier schnitt oder ihren Kaffeebecher umstieß - ihre einzige Geste war ein strahlendes, wenn auch manchmal unnatürlich oder gar übertrieben wirkendes Lächeln. Und er fragte sich, ob dieses Strahlen aufgesetzt war und sie damit ihre eigene Unsicherheit überspielte oder ob sie wirklich ein aus ihrem tiefsten Inneren heraus grundglücklicher Mensch war, der einfach nur die Sonnenseite des Lebens sah. Auch er war mal so gewesen. Durch und durch positiv. Bis das Leben ihm verdeutlicht hatte, dass es sogar schon ein glücklicher Umstand war, wenn überhaupt die Sonne aufging.

„Und was willst du hier ...? Ah, ich verstehe", fügte Matthias an, als er sich seine Frage selbst beantwortet hatte. „Seine Mitarbeiter! Sehr gut, Linda." Matthias lenkte den Kombi in den Feldweg hinein und parkte den Wagen direkt am Wegrand.

Als sie ausgestiegen waren, sahen sie, wie vier Arbeiter hinter einer Spargelspinne hinterherliefen und nach und nach den reifen Spargel aus der Erde zogen. Am Ende des Feldes bewegte sich eine weitere Erntemaschine über einen Damm, gefolgt von weiteren vier Arbeitern.

„Interessantes Teil", sagte Matthias mehr zu sich selbst als zu Linda und sah der vollautomatischen Erntehilfsmaschine zu, die langsam über den Spargelkamm fuhr und dabei die Plastikfolie anhob, um sie nach knapp zwei Metern wieder auf den Damm zurückzulegen.

„Hey, Polizei, können Sie mal bitte die Maschine abstellen", schrie Linda gegen den Lärm des Motors an, während sich ein Arbeiter aus seiner gebückten Position erhob, den Seilzug betätigte und so die Spargelspinne ausschaltete. Schüchtern schauten die vier Erntehelfer auf, als Linda und Matthias die kleine Gruppe erreicht hatten.

Erst jetzt sahen sie, dass drei der vier Arbeiter weiblich waren. Die junge Frau, die die Maschine bedient hatte, nahm ihr gebundenes Kopftuch ab und rieb es sich über das verschwitzte Gesicht. Sie war noch sehr jung, kaum älter als Linda, hatte große braune Rehaugen, dunkles Haar, das wild um ihren Kopf flatterte, als eine Böe über das Feld wehte, und sie war zart gebaut. Fast schon mager. Die Frauen schauten verängstigt, als Linda ihren Dienstausweis zeigte.

„Steck den weg!", sagte Matthias und bedachte seine junge und mal wieder etwas übermotivierte Kollegin mit einem ernsten Blick.

An ihrem Feingefühl muss sie noch arbeiten, dachte er und wandte sich nun der jungen Frau mit den schönen Augen zu, die ihn in ihrer ganzen Erscheinung an Isabell erinnerte.

„Hallo, ich bin Matthias, Matthias Roth." Er sprach ruhig und langsam und versuchte sich auch mit seinen Händen zu verständigen, da er ahnte, dass diese Frauen keine Deutschen waren. Wenn sie überhaupt ein Wort Deutsch verstanden. „Wir sind von der Polizei und würden gerne etwas über Achim Jahn erfahren." Matthias wurde von vier Augenpaaren angestarrt, die ihm signalisierten, nicht ein Wort von dem, was er da gerade gesagt hatte, auch begriffen zu haben. „Achim Jahn? Spargelbauer? Euer Chef?", versuchte er es erneut, als ein Jeep den Feldweg entlangbretterte und mit einer Vollbremsung neben dem Wagen der Kommissare zum Stehen kam.

„Was wollen Sie hier? Lassen Sie die Leute in Ruhe! Die müssen hier arbeiten", rief der Mann und sprintete ihnen mit großen Schritten entgegen. Er war ein Koloss von einem Mann, mindestens 1,90 Meter groß und breit gebaut. Seine stahlblauen Augen funkelten giftig, als er an die Kommissare herantrat. Er war trotz der Meter, die er im Spurt absolviert hatte, kaum außer Atem, was von einer trainierten Kondition und einer guten körperlichen Verfassung zeugte.

„Und Sie sind?", fragte Matthias, der aus den Augenwinkeln sah, wie die Erntehelferinnen zusammenzuckten, als der Mann sie mit einer ausholenden Handbewegung aufforderte, weiterzuarbeiten.

„Jürgen Renner! Und jetzt runter von meinem Land ..." Jürgen Renner senkte seinen Tonfall, als er den Ausweis sah, den ihm Matthias unter die Nase hielt.

„Matthias Roth und Linda Meyer, Kriminalpolizei Ludwigshafen."

„Tach!", schnaubte Renner. „Kommt jetzt schon die Kripo, um Spargeldiebe dingfest zu machen?" Er lachte verächtlich.

„Sie sagten, das sei Ihr Land?", hakte Linda nach. „Ich dachte, es gehört Achim Jahn."

„Wir sind Geschäftspartner. Das Land gehört ihm. Aber es sind meine polnischen Saisonkräfte, die für ihn arbeiten. Und sie haben alle Papiere, eine Arbeitserlaubnis und Gesundheitszeugnisse. Was sagen Sie jetzt, Herr Kommissar?" Jürgen Renner grinste feist.

„Und wo wohnen Ihre polnischen Angestellten?" Matthias blieb ruhig. Er hatte nicht vor, sich von so einem Kerl aus der Fassung bringen zu lassen.

„Bei uns natürlich! Wir haben die alte Scheune auf unserem Hof in ein Wohnhaus umgebaut. Zwei Arbeiter teilen sich ein Zimmer, es gibt mehrere Waschräume und Duschen und eine große Gemeinschaftsküche für alle", fühlte sich Jürgen Renner überlegen, auch wenn Matthias dem Gemüsebauer die frohlockenden Worte nicht ganz abnehmen wollte.

„Und das sind alles Ihre Saisonarbeiter?" Matthias zeigte mit einer kurzen Kopfbewegung auf die Spargelspinne auf der anderen Seite des Feldes.

„Ja! Wem sollen die sonst gehören? Das habe ich doch schon gesagt. Achim und ich arbeiten zusammen. Ihm gehören die Felder, mir die Arbeitskräfte. Das nennt man Symbiose. Wir profitieren beide davon. Und dieses Modell habe ich mit vielen Bauern hier in der Region. Aber ich habe natürlich auch eigene Felder, die ich bewirtschafte. Vor allem Kohl und Rettich. Daher nennt man mich hier auch nur den Rettich-Renner." Jürgen Renner hatte sich vor Matthias mit verschränkten Armen aufgebaut und sah ihn mit einem provozierenden Lächeln an, das Matthias an das Grinsen des Jokers bei Batman erinnerte.

„Ach ja, und meine Geschäfte sind alle ganz sauber und legal."

„Wo waren Sie in der Nacht von Samstag auf Sonntag?"

„Muss ich das ohne Anwalt beantworten, und warum wollen Sie das eigentlich wissen?"

„Wir ermitteln in einem Mordfall. Ihr Partner Achim Jahn ist ermordet worden."

„Was?“, schrie Jürgen Renner, und sein Gesicht nahm mehr und mehr die Farbe seiner Nase an, die rötlich mäandert war. Was der Sprint nicht geschafft hatte, bewirkte nun Matthias' Aussage, und Jürgen Renner schnappte nach Luft, während er sichtbar bemüht war, die gerade gehörten Worte zu verarbeiten.

„Das kann nicht sein. Ich hab' noch am Samstag mit ihm gesprochen!“

„Und am Sonntag wurde er tot aufgefunden.“

„Und Sie glauben, ich habe ihn ermordet?“

„Das haben Sie gesagt!“ Jetzt war es Matthias, der überlegen lächelte. Er hatte wirklich Spaß daran, Jürgen Renner ein wenig zappeln zu lassen.

„Warum sollte ich jemanden umbringen, mit dem ich gute Geschäfte mache, he?“ Jürgen Renner sah von Matthias zu Linda hinüber, ehe er sich wieder an den Kommissar wandte. „Und ich war Samstagnacht mit meiner Frau zusammen. Sie können sie gerne fragen, ob es ihr genauso viel Spaß gemacht hat wie mir.“ Jürgen Renner klopfte Matthias wohlwollend auf die Schulter, ehe er mit einem Kopfnicken die beiden Kommissare zum Gehen aufforderte.

„Wir werden den oder die Täter kriegen, Herr Renner. Das verspreche ich Ihnen! Und wir wissen ja, wo wir Sie finden“, verabschiedete sich Matthias, jedoch nicht ohne vorher der jungen Frau noch kurz zuzuzwinkern, die für einen kurzen Augenblick aufgeschaut hatte.

„Was für ein schmieriger Typ“, sagte Linda, als sie wieder in ihrem Wagen saßen und Matthias mit durchgedrehten Reifen zurücksetzte und den Weg Richtung Landstraße herunterfuhr. „Ich würde mich nicht wundern, wenn der seine Arbeiter auch noch schlägt, damit sie pro Minute noch mehr Spargelstangen aus dem Boden ziehen." Linda schüttelte sich, während sie sich noch einmal zum Spargeldamm umdrehte. Sie sah, dass Jürgen Renner ihnen mit zusammengekniffenen Augen nachblickte. Er wandte seinen Blick erst von ihnen ab, als Matthias auf die Hauptstraße setzte und der Gemüsebauer aus ihrem Blickwinkel verschwand.

„Ich möchte jetzt nicht in der Haut der Erntehelfer stecken."

Linda seufzte, dann wechselte sie das Thema: „Ich dachte, Polen würden eher slawisch aussehen ..."

„Wie sieht ein Slawe denn aus?"

„Also hellerer Hauttyp, dunkelblonde Haare, kräftigerer Körperbau, so in der Art ... Aber diese Erntehelfer sahen irgendwie alle eher arabisch aus. Wie aus tausendundeiner Nacht."

„Waren das nicht persische Märchen? Und es lebe das Klischee!"

„Du weißt doch, was ich meine."

Matthias nickte schwach. „Ja, wie Polen sahen sie wirklich nicht aus", sagte er mehr zu sich selbst als zu Linda. „Und es waren fast nur junge Frauen."

Kapitel 16

Es war kurz vor 18 Uhr, als Emma das Institut für Pathologie des Städtischen Klinikums Ludwigshafen betrat. Der Empfang war nicht mehr besetzt, und in den dunklen Fluren war schon die Notbeleuchtung angeschaltet worden. Um diese Uhrzeit hatten die meisten Angestellten bereits Dienstschluss und genossen den Feierabend im Biergarten, jäteten das erste Unkraut in den heimischen Beeten oder schlenderten mit einem Eis in der Hand am Rhein entlang. Auch am Abend war es draußen noch angenehm warm und man spürte, dass der Sommer mit großen Schritten nahte.

Emma hatte, nachdem sie am Präsidium den Dienstwagen gegen ihren Mini getauscht hatte, Luiz vom Kindergarten abgeholt und war dann für eine gute Stunde mit ihm auf den Spielplatz gegangen. Es war ihr ein inneres Bedürfnis, die schrecklichen Bilder des Vormittags irgendwie zu verdrängen und sie gegen fröhliches Kinderlachen einzutauschen. Danach hatte sie den Kleinen zur Tagesmutter gebracht, war einkaufen gefahren und hatte ihr Auto in der Waschanlage reinigen lassen, ehe sie sich wieder auf den Weg nach Ludwigshafen gemacht hatte.

Noch auf dem Spielplatz - Luiz turnte gerade mit einem anderen Kind auf der Wippe herum - hatte sie Hellmann angerufen und sich von ihm grünes Licht geben lassen, dass sie am Abend nach der Obduktion des Opfers in die Rechtsmedizin fahren würde, um dort mit Matthias und Linda den aktuellen Ermittlungsstand zu besprechen. Da sich beide nicht bei ihr gemeldet hatten, hatte sie sich, während sie auf ihr

Auto vor der Waschanlage gewartet hatte, im Institut erkundigt, für wann die Obduktionsbesprechung angesetzt war. Auch in der Wiedereingliederung und mit reduzierter Stundenzahl war sie ein vollwertiges Mitglied der eingesetzten Sonderkommission, die noch keinen Namen hatte. Und sie war mehr als entschlossen, ihren Teil zum Ermittlungserfolg beizutragen, selbst wenn sie nur für den Innendienst eingeteilt war. Es gab sicherlich Spannenderes, als Ordner anzulegen, Akten zu führen und eingehende Hinweise zu priorisieren, um die Ermittlung für die Staatsanwaltschaft aufzubereiten. Aber auch das gehörte zum Berufsbild einer Kriminalhauptkommissarin, und sie wusste, dass sie gerade damit bei Hellmann glänzen konnte.

„Wenn du dir das antun willst, bitte. Ich kann dich nicht daran hindern. Aber nach der Besprechung mit Bertram ist dann Feierabend für heute. Wir sehen uns dann morgen im Büro." Mit diesen Worten hatte Hellmann ihr die Erlaubnis erteilt, und sie hatte nicht vor, ihn zu enttäuschen. Sie wusste, dass sie sich nach ihrem letzten Einsatz, als jemand einen schwachen und unprofessionellen Moment ihrerseits ausgenutzt hatte, der einem kleinen Kind auf tragische Weise das Leben gekostet hatte, einen solchen Fehler nicht mehr leisten durfte. Eine weitere Chance würde sie nicht mehr bekommen.

Sie hatte das mit schwarzen Marmorplatten ausgelegte Foyer fast durchgequert, als sie am Treppenabsatz zum Untergeschoss, in dem sich Bertram Jungs Heiligtum befand, Matthias stehen sah, der mit sorgenvoller Miene eine Nachricht auf seinem Handy las.

„Hej, alles in Ordnung?", fragte Emma, die sich bereits auf das Schlimmste gefasst machte.

„Ja!“ Matthias nickte nur.

„Das sieht aber nicht so aus ...“

„Ach Emma.“ Matthias zuckte mit den Achseln, ohne den Blick von seinem Telefon zu nehmen.

„Matthias, was? Darf ich nicht mehr fragen, wie es dir geht?“

„Hast du mir denn geantwortet, als ich dich das gefragt habe? Wenigstens nur einmal? In den ganzen neun Monaten?“

Daher weht also der Wind, dachte Emma, die Matthias' Worte aber nicht mit verletzter Eitelkeit zu erklären versuchte. Es war einzig und allein ihrer Unfähigkeit geschuldet gewesen, nicht zu wissen, wie sie sich richtig hätte verhalten sollen, weswegen sie nie auf seine Nachrichten oder Anrufe reagiert hatte. Und während sie die eingestellte Kommunikation für sich anfangs noch mit der Anordnung der Ärzte und Therapeuten begründet hatte, alle Störfaktoren von außen zu ignorieren, so war es gegen Ende ihrer Therapie einfach ihre Mutlosigkeit gewesen, die sie daran gehindert hatte, zum Hörer zu greifen und sich bei Matthias zu melden.

„Ich brauchte die Zeit eben für mich“, sagte sie, auch wenn das genau die falsche Antwort war.

„Aha ... Und was ist, wenn ich jetzt gerade etwas mehr an mich denken muss?“, entgegnete Matthias kraftlos.

„Du hast absolut recht. Es tut mir leid“, antwortete sie schuldbewusst, und sie konnte seine Enttäuschung regelrecht spüren. „Ich möchte nur, dass du weißt, dass ich immer für dich da bin. Auch wegen Isabell“, schob sie schnell hinterher. Sie war versucht, ihn in den Arm zu nehmen, traute sich dann aber doch nicht, aus Angst, vielleicht sogar von ihm weggeschoben zu werden, weil er ihre Nähe gerade schlichtweg nicht ertragen konnte.

„Hast du nicht schon längst Feierabend?", fragte er, ohne auf ihre Worte auch nur ansatzweise einzugehen.

„Na, das hat ja schnell die Runde gemacht."

„Linda hat es mir kurz im Auto erzählt."

Linda, wer auch sonst, dachte Emma und verdrehte die Augen.

„Und sie hat auch von eurem Wiedersehen erzählt, das wohl etwas, wie hat sie es formuliert, unterkühlt gewesen sein soll."

„Hat sie? Aber ich würde nicht unterkühlt sagen. Sie hat mich wohl auf dem völlig falschen Fuß erwischt. Da kommt man nach langer Zeit zurück und findet irgendwie alles verändert vor. Ich fühlte mich heute Morgen einfach völlig überfahren."

„Emma, du hast dich verändert!", erwiderte Matthias, ehe er an ihr vorbeiging und die Treppen hinunterlief.

Mit aufgerissenen Augen sah ihm Emma hinterher. Natürlich hatte sie sich verändert! Aber galt das nicht für ihn genauso wie für Joachim Hellmann, Linda oder Bertram Jung? Neun Monate waren eine verdammt lange Zeit, in der so viel geschehen konnte und in der augenscheinlich auch viel passiert war. Was hatte er also genau damit gemeint? Und warum klangen seine Worte so final? Irgendwie entfernten sie sich immer mehr voneinander. „Matthias!" Ein zweites Mal an diesem Tag rief sie ihm hinterher. Doch sein Name verhallte im leeren, dunklen Treppenhaus, und sie hörte nur noch, wie die Tür im Untergeschoss mit einem Klacken ins Schloss fiel.

Immer noch kopfschüttelnd rannte sie ihm nach und erreichte nur wenige Augenblicke später den hell erleuchteten Obduktionssaal. Bertram Jung stand an seinem Tisch, vor ihm aufgebahrt lag Achim Jahn unter einem weißen Leichentuch, das bis zum Bauchnabel aufgeschlagen war. Links und rechts schauten die Unterarme bis zu den Händen und am unteren Ende des Tisches auch die Füße bis zu den Knöcheln heraus.

„Wo hast du denn Linda gelassen?“, fragte Bertram Jung, nachdem er Emmas Ankunft mit einem kurzen Kopfnicken registriert hatte. Matthias stand etwas abseits gegen einen anderen Seziertisch gelehnt und tippte erneut angestrengt auf seinem Handy herum.

„Dass du hier unten überhaupt Empfang hast“, bemerkte Bertram und schaute über seine Brille zu Matthias hinüber, der ihn aber nicht beachtete. Zu beschäftigt schien er mit dem zu sein, was das Display seines Telefons ihm da gerade anzeigte.

Wenn er wenigstens sagen würde, was los ist, dachte Emma, die Bertrams Blick gefolgt war. Auch vor neun Monaten waren Matthias’ Gedanken stets um seine Frau Isabell und deren Gesundheitszustand gekreist. Und auch damals war sein Telefon immer eingeschaltet gewesen, falls der Arzt aus der Klinik ihn dringend hätte erreichen müssen. Doch während einer Obduktionsbesprechung, in Teamrunden oder beim Mittagessen in der Kantine hatte er sein Handy immer weggesteckt, um seinem Gegenüber die ganze Aufmerksamkeit zu schenken und jedem Gespräch einhundertprozentig und voll konzentriert zu folgen.

Warum auch immer hatte Matthias nicht vor, an seinen Prinzipien festzuhalten! Auch er hat sich also verändert, und vielleicht mehr, als er es selbst weiß, grübelte Emma und wandte sich wieder Bertram zu.

„Hast du dich etwa umgezogen?“, fragte sie, als sie sah, dass der Rechtsmediziner unter seinem Arztkittel einen dunkelblauen Anzug trug. Sein Oberkörper steckte in einem himbeerfarbenen Hemd, das mit einer kermitgrünen Fliege gekrönt wurde.

„Sag jetzt bitte nicht, dass der Overall nur den Tatort schützt, aber nicht uns?!" In Emmas Worten schwang ein gewisses Entsetzen mit, während sie ihre Hose nach möglichen Tatortspuren absuchte. Im Gegensatz zu ihm trug sie immer noch das gleiche Outfit wie am Morgen.

„Meinst du, ich würde euch Anzüge geben, die undicht sind?", grantelte Bertram Jung und untersuchte die Abschürfungen an den Fingerkuppen und die eingerissenen Fingernägel des Opfers.

Danke für das Gespräch, dachte Emma, die gerade nicht mehr so sicher war, ob es wirklich eine so gute Idee gewesen war, ins Institut zu fahren.

Sie hätte sich den Obduktionsbericht auch morgen im Büro in aller Ruhe anschauen können, ohne von Matthias ignoriert oder von Bertram blöd angefahren zu werden. Papier war nicht nur nicht launisch, sondern glücklicherweise auch stumm.

„Sollen wir auf Linda warten?", fragte Emma, da Matthias auf Bertrams Anmerkung immer noch nicht reagiert hatte.

„Sie kommt nicht", brummelte Matthias, ehe er das Handy mit einem gut hörbaren Klick sperrte und in seine Hosentasche steckte. „Heute demonstriert doch wieder diese Bürgerwehr Freie Pfalz vor dem Rathaus in Lingenfeld, und da muss sie als Bepo-Kollegin aushelfen."

„Ich wusste nicht, dass sich die Bereitschaftspolizei jetzt auch schon um lokale Demos kümmern muss", sagte Emma, die sich nicht daran erinnern konnte, dass das zur ihrer Zeit so gewesen war.

„Man weiß ja nie, was da so alles passieren kann. Zumal sich angeblich übers Internet gewaltbereite Schläger - Links- wie Rechtsextreme - angekündigt haben, um die Mahnwache wie auch die Gegendemo der toleranten und weltoffenen Lingenfelder Bürger vor der Flüchtlingsunterkunft zu stören."

„Dieser alte Tabakschober?", fragte Emma nach. Sie hatte auf der Fahrt von Freinsheim nach Ludwigshafen einen interessanten Radiobeitrag gehört, der wertfrei versucht hatte, das Für und Wider des neuen Flüchtlingsheims von allen Seiten zu beleuchten und auszuloten. Dabei waren verschiedene Bürger zu Wort gekommen, die ihre Ängste und Sorgen, Perspektiven und Ansichten darstellten und erläuterten.

„Ja! Diese Bekloppten fahren dann mit ihren Treckern vom Rathaus in Lingenfeld im Schneckentempo nach Sickfeld, während die Anhänger der Bürgerinitiative mit Fackeln, Fahnen und Gesängen durch die Felder nach Sickfeld laufen."

„Und die Traktoren fahren über die Bundesstraße?"

„Nein, über die Landstraße. Aber vor zwei Wochen hätten sie fast einen Erntehelfer auf seinem Fahrrad über den Haufen gefahren, diese Idioten! Von wegen ‚Die Pfalz ist weiß und nicht braun'. Die sind scheißbraun!"

Der Slogan war in seiner Aussage ziemlich eindeutig. Und er hatte bei den Menschen, die im Radio interviewt wurden, zum Teil heftige Reaktionen hervorgerufen.

„Wo wären denn die ganzen Bauern ohne ihre rumänischen, polnischen oder ukrainischen Erntehelfer? Die finden doch seit Jahren keinen Deutschen mehr, der sich für einen Hungerlohn ausbeuten und sich durch harte körperliche Arbeit dann auch noch seine Gesundheit ruinieren lässt!"

„Gilt der Mindestlohn nicht auch für die Gemüsebauern und deren Saisonkräfte?"

„Doch, aber wenn die Saisonarbeitskräfte davon Miete, Strom, Wasser, Kleidung und die Verpflegung in ihren Unterkünften selbst zahlen müssen, dann bleibt nicht mehr viel übrig von 8 Euro 50."

„Da ist jemand aber mit Leidenschaft dabei", schaltete sich jetzt Bertram Jung ins Gespräch ein.

„Ich hasse diese Doppelmoral! Ausländer raus, aber wenn sie mir meinen Arsch retten, dann sind sie gut genug. Aaarrggg", schrie Matthias und knallte mit der rechten Faust auf einen leeren Seziertisch.

„Wenn Sie erlauben, würde ich jetzt gerne zu unserem Opfer zurückkommen, Robin Hood!"

„Das ist nicht witzig!", knurrte Matthias, während er sich neben Emma stellte, die immer noch leicht angetan war. Selten hatte sie ihren Partner so leidenschaftlich und engagiert erlebt. Man konnte auch nach der langen Zeit immer wieder etwas Neues an ihm entdecken. Und nicht nur das gefiel Emma außerordentlich gut.

„Wie ich bereits am Tatort vermutet habe, ist unser Opfer erstickt. Aber nicht wegen Sauerstoffmangels, wie man das ja bei Erstickungsopfern immer glaubt, sondern weil sein Körper das Kohlendioxid nicht mehr ausatmen konnte."

Der Rechtsmediziner sah in zwei fragende Gesichter.

„Na, dann erklär ich euch das mal!" Bertram Jung hatte seine Brille mittlerweile wieder abgesetzt und stand nun am Kopf des Toten. „Ihr seid doch beide schon mal im Schwimmbad unter Wasser getaucht und habt die Luft angehalten, oder? Und was ist dann passiert? Richtig, wenn euer Körper keine Luft mehr bekam, dann musstest ihr schnellstens wieder auftauchen und nach Luft schnappen. Der Grund dafür ist, dass unsere Atmung automatisch funktioniert. Wir können nicht nicht einatmen und auch nicht nicht ausatmen. Das Atmen wird durch einen Reflex gesteuert. Bei unserem Opfer war ja bereits eingeatmeter Sauerstoff im Körper, der aber natürlich auch wieder als Kohlendioxid ausgeatmet werden musste. Ihr könnt mir folgen?" Bertram Jung sah die beiden Kommissare an, die gespannt seinen Ausführungen lauschten, auch wenn Emma noch nicht ganz genau wusste, worauf der Rechtsmediziner eigentlich hinauswollte.

„Aber da man ihm die Nase zugedrückt und ihn über den Mundraum mit Sand abgefüllt hat, wurde der Körper unseres Opfers daran gehindert, den verbrauchten Sauerstoff auszuatmen. Dadurch hat sich in seinem Körper so ein Druck aufgebaut, dass unser Opfer quasi implodiert ist, um es mit den Worten eines Laien auszudrücken. Deshalb sind auch die Kapillargefäße geplatzt, wie ihr an den stecknadelgroßen Einblutungen in der Bindehaut erkennen könnt."

„Wer macht so etwas?" Emma war immer noch geschockt, während sie erneut gegen eine aufsteigende Übelkeit ankämpfte, die aber weniger von Bertrams Erläuterungen oder dem grausam zugerichteten Leichnam, sondern vielmehr von einem enormen Hungergefühl herrührte. Sie hatte zuletzt von der Banane abgebissen, die Luiz auf dem Spielplatz gewollt hatte. Ihre letzte richtige Mahlzeit in Form einer Scheibe Brot mit Käse hatte sie zum Frühstück gehabt, und das war nun schon fast zwölf Stunden her.

„Wir sind noch nicht fertig! Des Weiteren ist unser Opfer noch vor seinem Tode schwer zugerichtet worden. Zwei Rippen sind gebrochen, mehrere Finger auch. Dazu ist sein Unterkiefer genauso zertrümmert worden wie seine Nase. Und er scheint sich gewehrt zu haben, was die Verletzungen an den Innenseiten der Finger zeigen. Und die tiefen Einschnitte durch die Fesseln an den Handgelenken und den Fußknöcheln. So stark, dass er sich manche Sehnen durchtrennt hat in seinem Todeskampf." Der Rechtsmediziner deutete auf die angesprochenen Körperstellen, in die die Kabelbinder tiefe Wunden geritzt hatten.

„Die Täter müssen dann aber von ihrem Opfer abgelassen haben, denn post mortem konnte ich keine Verletzungen feststellen. Aber der Abend wird noch lang." Bertram Jung seufzte. „Den finalen Obduktionsbericht habt ihr morgen auf eurem Tisch liegen. Die Spurenanalyse der Kriminaltechnik wird auch bis morgen Mittag da sein."

„Bleibst du bei deiner Angabe hinsichtlich des Todeszeitpunkts?", wollte Matthias wissen, während er nach einer Fliege schlug, die bereits seit geraumer Zeit um den Tisch flog.

„Anscheinend haben wir noch nicht alle Eier gefunden." Bertram Jung hob entschuldigend die Achseln. „Die Fliegen waren gerade dabei, ihn zu bevölkern. Er war der perfekte Wirt. Denn für ein eierablegendes Insekt gibt es nichts Besseres als einen noch warmen menschlichen Körper, der sich nicht wehrt."

Danke Bertram, dachte Emma, während sie ein leichtes Grummeln aus der Bauchgegend vernahm. Auch wenn ihr Magen etwas anderes signalisierte, ihr Hungergefühl war für diesen Moment wie weggeflogen.

„Seine Nasenlöcher, Lidhäute und die offenen Wunden waren bereits gut gefüllt. Wie ihr seht, haben wir den Sand komplett abgetragen, denn auch dort haben die Fliegen bereits Eier abgelegt. Wäre es noch wärmer in dem Raum gewesen oder hätten wir ihn erst Tage später gefunden, dann wäre er voll von Fliegen gewesen. So waren es keine hundert. Und auch deshalb bleibe ich bei meiner Einschätzung, dass er höchstens 36 Stunden tot ist."

„Was ist mit seinem Kopf?", fragte Emma und zeigte auf die unnatürliche Einbuchtung im Nacken.

„Sein Genick ist gebrochen. Das scheint die einzige Verletzung zu sein, die er sich nach seinem Tode zugezogen hat. Das Gewicht des Sandes war irgendwann einfach zu schwer, zumal der Kopf über Stunden über den natürlichen Grad hinaus nach hinten gestreckt wurde."

„Hat die zweite Blutprobe, die du am Tatort gefunden hast, irgendetwas ergeben?" Emma hatte sich das Stichwort „fremdes Blut" direkt neben den Namen Ronald Lehmann notiert. Sie war sich immer noch sicher, dass der Gemüseagent, wie er sich selbst laut Visitenkarte bezeichnete, mehr mit Achim Jahn zu tun hatte, als er zugab. Und vielleicht sogar auch mit dessen Tod.

„Da muss ich euch leider enttäuschen, aber in der Datenbank gab es keinen Treffer. Das LKA hat die Probe aber bereits zum BKA weitergegeben. Vielleicht wohnt unser Mann, so viel kann ich zumindest sagen, ja in einem anderen Bundesland."

Das Blut stammt also von einem Mann, dachte Emma, und sie konnte förmlich spüren, wie sich die Schlinge um Ronald Lehmann immer fester zuzog.

„Und was ist mit der Muschel?", fragte Matthias, der sah, wie sich die Stubenfliege auf das Leichentuch gesetzt hatte. Er hatte das Bedürfnis, einmal kräftig zuzuschlagen, traute sich aber nicht, seinem Drang nachzugeben. Er erschrak, als wie aus dem Nichts Bertram

Jung mit einem zusammengefalteten Leinentuch als Waffe ausholte und die Fliege erschlug.

„Die Muschel wird noch analysiert. Wir haben sie ins Landeskriminalamt geschickt. Aber so viel steht fest ..." Er packte die zerdrückte Fliege zwischen Daumen und Zeigefinger und warf sie in den Mülleimer, der unter dem Waschbecken stand. „... es ist keine künstliche Muschel aus dem Dekoladen."

„Das würde ja unsere Vermutung bestärken, dass das Opfer nicht willkürlich ausgesucht worden ist", schlussfolgerte Matthias. „Und dass er wohl wieder zuschlagen wird."

„Ich bin sicher, er will uns mit der Muschel etwas sagen", ergänzte Emma. „Vielleicht liefert uns ja der Ort, von dem die Muschel stammt, einen ersten Hinweis auf den Täter."

„Du meinst wohl die Täter", verbesserte Bertram.

„Warum kann es nicht ein Täter gewesen sein? Ronald Lehmann zum Beispiel. Er ist groß, kräftig, mit einem breiten Kreuz und starken Oberarmen. Und er hatte Blut an seiner Hand."

„Viel wichtiger ist doch das Motiv. Der oder die Täter wollten ihn bewusst quälen. Sie wollten, dass er leidet. Und genau das müssen Linda und ich jetzt herausfinden."

Matthias' Worte trafen Emma wie eine Ohrfeige. Völlig unerwartet und eiskalt. Hatte er das wirklich gerade gesagt? Linda und ich? Warum hatte er es so betont? Wollte er sie etwa nicht mehr dabeihaben, weil sie nur für zwei Stunden am Tag als Kollegin zur Verfügung stand? Oder war das die Retourkutsche, weil immer noch gekränkt war und nicht anders damit umgehen konnte, als sie - soweit es ging - auszuschließen?

Sie wollte gerade gehen, als Bertram Jung sie zurückhielt.

„Das Wichtigste habe ich euch ja noch gar nicht gesagt." Er machte eine dramatische Pause. So, wie es auch Annegret Bender gerne tat, um sicher zu sein, dass die Aufmerksamkeit aller Beteiligten einzig und allein ihr gehörte.

„Ich habe den Sand in unserem Labor analysieren lassen, bevor ich eine Probe zum LKA geschickt habe. Ich habe da nämlich so meine Beziehungen. Auf jeden Fall hat man die Probe dort ausgewertet und mit unserer Datenbank abgeglichen. Und es hat einen Treffer gegeben."

„Bausand ist eben nicht so selten als Spurenelement einer Ermittlung", meinte Matthias, den die Hinhaltetaktik mehr und mehr zu nerven schien.

„Es ist eben kein Bausand, mein Lieber. Und auch kein Sand vom Altrhein oder vom Baggersee Binshof bei Speyer."

„Sondern?" Jetzt war es Emma, die mit ihrer Nachfrage Bertram ein wenig auf die Sprünge helfen wollte, da ihr Hungergefühl in den vergangenen Minuten wieder etwas stärker geworden war.

„Ich wollte es auch erst nicht glauben. Aber dieser Sand ist Ostseesand."

Kapitel 17

Die Dämmerung hatte sich mittlerweile über das Land gelegt und streckte gierig ihre Hände nach der letzten Helligkeit des frühlingshaften Maitages aus. So warm und sonnig die ersten Frühlingstage bereits waren, in den Nächten fielen die Temperaturen immer noch deutlich unter 10 Grad Celsius, und heute kroch mit der herannahenden Nacht - in ein Kleid aus Nebelschwaden gewandet - auch eine unangenehme Feuchte über die Felder und Dörfer der Vorderpfalz.

Trotz seines Dauerlaufs von Westheim nach Sickfeld fror der Mann, was nicht nur an der Kühle lag, als er sein Ziel endlich erreicht hatte. Nachdem er am Morgen den grausam zugerichteten Bauern entdeckt hatte und dann auch noch dieser Mann plötzlich in der Küche des Spargelhofs aufgetaucht war, hatte er sich eigentlich vorgenommen, nie mehr an diesen Ort zurückzukehren. Aber man hatte ihm gesagt, dass er eventuell hier endlich fündig werden würde.

Der Tabakschober stand trutzig inmitten der Rapsfelder. Erhaben und majestätisch. Seine Größe flößte dem Mann Respekt ein, als er sich dem Gebäude langsam näherte. Die Bauarbeiter, die seit Tagen hier werkelten, um aus der Kulturscheune eine Flüchtlingsunterkunft zu machen, waren verschwunden. Er hätte also die ganze Nacht Zeit, so hatte man ihm gesagt, ehe man ihn mit dem Rat, gut auf sich aufzupassen, weggeschickt hatte.

Er musste sie einfach finden! Eine andere Möglichkeit gab es nicht, auch wenn ihm so langsam die Ideen ausgingen, wo er überhaupt noch suchen konnte. Allmählich kam er sich wie ein Versager vor. Doch er durfte nicht zulassen, dass diese Gefühle mehr und mehr die Oberhand gewannen. Schließlich ging es nicht um einen verlegten Schlüssel, den man dringend finden musste. Es ging um ein Leben, und er betete inständig zum Himmel, dass es noch nicht zu spät war!

Der alte Schober hatte durch die Umbaumaßnahmen nicht nur einen neuen Eingangsbereich, sondern auch einen Notausgang am hinteren Ende bekommen. Er wollte es zuerst an der Haupttüre probieren. Es war nicht selten, dass die Handwerker vergaßen, Fenster zu schließen oder Türen zu verriegeln. Er huschte am Gebäude vorbei die drei Stufen hoch und zog fest am Metallgriff, der als Längsstrebe an der Holztür montiert worden war. Doch die Tür ließ sich nicht einen Millimeter bewegen. Er versuchte, etwas durch die vom Baustaub erblindete Glasscheibe zu sehen, während er ein Taschenmesser aus der Hosentasche seiner Jeans fischte. Doch alles, was sich hinter der Tür verbarg, verschwand im endlosen Schwarz des Raums.

Immer und immer wieder probierte er, mit der Messerspitze zwischen die beiden Flügeltüren und an den Riegel zu gelangen. Doch er konnte das Messer so viel hin und her bewegen, wie er wollte, der Riegel wollte einfach nicht aufschnappen.

Er erschrak, als er plötzlich ein knatterndes Motorengeräusch hörte, das sich mit Rufen und Stimmen, Klängen von Trommeln und lauten Trillerpfeifen vermischte. Und dann sah er, wie ein Traktor von der Landstraße auf den Vorplatz einbog, gefolgt von weiteren Treckern und einigen Dutzend Menschen mit Fackeln, Spruchbändern und Pappschildern in der Hand, die die Fahrzeuge begleiteten.

Er duckte sich reflexartig, als die Scheinwerfer auf der Vorderseite des Tabakschobers entlangtanzten. Durch die Öffnung des Handlaufs glitt er vom Eingangsplateau hinunter und lief die Wand entlang, bis er um die Ecke des Gebäudes und damit aus dem Sichtfeld der eintreffenden Menschen entschwunden war.

Er huschte im Schutz der dunklen, fast schwarzen Holzwände am Gebäude entlang. Nur noch wenige Meter, dann hatte er endlich die Rückseite des künftigen Flüchtlingsheims erreicht. Es war nicht mehr weit bis zu den Rapsfeldern und Streuobstwiesen, die ihm ausreichend Schutz bieten würden, um unerkannt zu entfliehen.

Obwohl sein Herz raste, atmete er erleichtert durch. Auch dieser Versuch war missglückt, aber er würde sich einen neuen Schlachtplan ausdenken. Er würde sie finden, das stand fest. Und wenn er dafür jeden Stein umdrehen musste. Aufgeben und sie ihrem Schicksal einfach so überlassen war einfach keine Option. Lieber würde er sterben.

Er konnte bereits das in der Dämmerung gelblichgrün schimmernde Meer der Rapsblumen sehen, als plötzlich eine Gestalt aus dem Nichts auftauchte und sich breit und mächtig vor ihm aufbaute.

„Hey, wen haben wir denn hier?" Der Mann trug eine Fackel in seiner Hand, und die Lichtschatten der knisternden Flamme entstellten sein grobes Gesicht zu einer unheimlichen Fratze mit riesigen Zähnen und lüsternen Augen. Er grinste feist, überlegen, als würde er sein Gegenüber auslachen.

Immer noch völlig überrumpelt starrte er den Mann an, als dieser plötzlich die Fackel in den Boden rammte, ihn am Kragen packte und zu sich heranzog.

Er versuchte, sich zu wehren, doch sein Angreifer schien übermächtige Kräfte zu haben. Er wusste, es gab nur noch eine Möglichkeit, seinem Gegner zu entkommen, als er ausholte und mit aller Kraft seine Faust in den Bauch des Mannes donnerte.

Mit einem lauten Schrei ließ ihn sein Gegner los, während er instinktiv einen Schritt zurücksprang. Dabei stieß er gegen die Fackel, die die Wucht des Stoßes nicht abfangen konnte und gegen die Außenwand des Tabakschobers geschleudert wurde, ehe er ein zweites Mal an diesem Tag um sein Leben rannte.

Kapitel 18

Wenn Ronald Lehmann geahnt hätte, dass ihm die letzten Stunden seines Lebens bevorstanden, dann hätte er den Abend sicherlich anders geplant. Er hätte sich seine Lieblingshose angezogen, eine Markenjeans für mehr als 400 Euro, und die leichte Lederjacke, die er sich von der letzten USA-Reise mitgebracht hatte, übergestreift und wäre gut essen gegangen. Vielleicht hätte er sich in der Südpfalz-Therme auch eine Sauna-Nacht mit verschiedenen Aufgüssen gegönnt, die seinen Körper entgiften und Geist und Seele in Einklang bringen sollten. Oder er hätte noch einmal so richtig die Sau rausgelassen – mit allem, was dazugehörte.

So saß er nach einem anstrengenden Tag auf seiner weißen Luxus-Couch und freute sich auf einen gemütlichen Feierabend. Von der geöffneten Terrassentür zog eine leichte Brise ins Wohnzimmer. Vor ihm stand ein Bier, im Fernseher lief ein alter „Tatort" mit Lena Odenthal, und mit seinem Handy verfolgte er gerade die aktuellen Sportwetten.

Bis zum heutigen Tag hatte er sich nie Gedanken über seinen eigenen Tod gemacht. Warum auch, über das Sterben nachzudenken war seiner Meinung nach weder männlich noch wirklich zielführend. Irgendwann war eben jeder einmal an der Reihe. Der eine krepierte an Krebs, der andere stürzte mit dem Fallschirm ab, oder man brach nach dem Einkaufen in der Küche tot zusammen.

Achim Jahn war anscheinend einem perfiden Killer zum Opfer gefallen, der an ihm nur seine kranken und perversen Fantasien ausleben wollte oder mit Achim noch eine Rechnung offen hatte.

In ihrem Geschäft konnte man leicht jemandem auf die Füße treten und sich schnell Feinde machen. Achim gehörte zu denjenigen, die sich nichts gefallen ließen und ihre Position gerne mal tatkräftig untermauerten. So wie er eben auch. Das war das Leben. Mal gewann der eine, mal der andere. Es musste ja nicht gleich immer so enden wie bei Achim.

Und dennoch hatte der bestialische Mord an Achim Jahn auch seine Gedankenwelt in Gang gesetzt. Hatte ihn stärker mitgenommen, als er sich das je eingestanden hätte. Er hatte deswegen heute einfach nichts auf die Reihe bekommen. In einem Verbrauchermarkt in Maikammer hatte er die Scheibe einer neu aufgestellten Kühltheke zerstört, als er drei Körbe mit Weißkohl urplötzlich fallen gelassen hatte, nur weil eine Kundin nach ihrem Mann Achim gerufen hatte. Einem Produzenten hatte er anstatt einer Lieferbescheinigung das Angebot des direkten Konkurrenten aufs Fax gelegt, und den Transporter hatte er an der Tankstelle beinahe mit Benzin anstatt mit Diesel betankt.

Völlig entnervt hatte er dann früher Feierabend gemacht. Er war nach Germersheim gefahren, um seinen Kopf freizubekommen und sich ordentlich abzureagieren. Aber selbst dieses Patentrezept hatte heute keine Wirkung bei ihm gezeigt. Er war überhaupt nicht bei der Sache gewesen und hatte alles schneller beendet, als er es eigentlich vorgehabt hatte. Aber gerade das schien die einzige erfolgreiche Leistung des Tages gewesen zu sein, hatte er doch dem selbstgerechten und blasierten Vieweg wenigstens so noch eins auswischen können.

Bodo Vieweg! Wenn er den Namen schon hörte, wurde ihm schlecht. Als ob es nicht gereicht hätte, dass Vieweg ihn am Morgen genervt hatte. Nein, er hatte ihn noch auf dem Rathausplatz in Lingenfeld, kurz bevor sich die Demonstranten in Richtung der neuen Flüchtlingsunterkunft nach Sickfeld aufgemacht hatten, abgefangen und ihn rundmachen wollen.

„Wo ist meine Ware?“, hatte er ihn angeraunzt.

„Welche Ware?“

„Halt mich nicht für blöd, Lehmann. Du weißt genau, von welcher Ware ich spreche!“

„Jetzt mach mal halblang. Warum soll ich deine Ware entwendet haben?“ Er hatte die Frage gerade vollendet, da hatte Bodo Vieweg sich auf ihn gestürzt und ihn am Kragen gepackt.

„Weil es dein Job ist, mir die Ware in einwandfreiem Zustand zu liefern!“

„Ich weiß nicht, wovon du sprichst. Aber ich schaue gerne noch mal die Lieferscheine durch“, hatte er geantwortet, ehe er Bodo weggestoßen hatte.

„Lehmann, morgen ist die Ware da! Ist das klar?“

„Du weißt, dass ich das bis morgen nicht schaffe.“

„Dann lass dir was einfallen, oder soll dir etwa das Gleiche passieren wie dem alten Jahn?“ Mit dieser Drohung hatte Bodo Vieweg dann von ihm abgelassen, ehe er den Rathausplatz verlassen hatte, zu seinem Wagen gegangen und mit durchdrehenden Reifen davongefahren war.

Was für ein Schwätzer, dachte Ronald Lehmann an die kurze, aber heftige Auseinandersetzung mit Bodo Vieweg zurück, die noch keine vier Stunden zurücklag. Auch wenn er die Drohung alles andere als ernst nahm, augenblicklich stahl sich der Mord an Achim Jahn wieder in seine Gedanken zurück.

Er selbst hatte zwar nicht gesehen, wie Achim Jahn zugerichtet worden war. Und die Kommissarin hatte natürlich nichts erzählt. Aber im Dorf wurde viel geredet. Der Mord an Achim war natürlich das Gesprächsthema Nummer eins. Und er konnte sich bildhaft ausmalen, wie Achim ausgesehen haben musste. Und wie er hatte leiden müssen.

Aber was ist, wenn hinter dem grausamen Mord doch mehr steckt? Wenn Achim nicht einfach zufällig ausgesucht worden ist, sondern der Killer damit etwas sagen will? Und wenn Achim nicht das einzige Opfer bleibt, dachte er, und spürte, wie ein eisiger Hauch vom Steiß hochzog und über sein breites Kreuz huschte.

Ronald, spinn nicht rum, schalt er sich selbst und nahm sein Handy in die Hand, als die Sportwetten-Ergebnisse der Premier League auf dem Display aufploppten.

Ein Serienkiller in der Pfalz! Wie idiotisch! Er musste sich unbedingt von diesem Gedanken lösen. Er war ein Hüne von einem Kerl, überragte die meisten anderen Männer um mindestens einen halben Kopf. Allein das war für die meisten schon Grund genug, ihn überhaupt erst gar nicht anzusprechen. Dazu war er auch mit Anfang fünfzig immer noch gut in Form, hatte Oberarme, die bei anderen mal gerade für Oberschenkel reichten, und eine gute Kondition. Er kannte niemanden, der es mit ihm aufnehmen konnte. Wer würde ihn da also schon überrumpeln und ähnlich zurichten können, wie man es bei Achim Jahn getan hatte?

Er stand mitten im Leben, hatte noch so viel vor. Aktuell die Spargelernte, dann waren die Kohlsorten und der Spinat dran, ehe es mit Salat, Rettich und Erdbeeren weiterging. Nach der Kürbis- und Apfelernte im

Herbst würde es so langsam ruhiger werden. Dann stand die Büroarbeit auf dem Programm. Wie jedes Jahr würde er auch diesmal im November alles auf Vordermann bringen, sich um neue Erntehelfer und Saisonarbeiter fürs nächste Jahr kümmern, neue Verträge mit den Gemüsebauern und Lieferanten aushandeln und Kundenakquise betreiben. Und kurz vor Weihnachten würde er sich für drei Wochen nach Teneriffa aufmachen, um dort zu wandern, lange zu schlafen, sich kulinarisch verwöhnen zu lassen, Sonne zu tanken und das schöne Leben zu genießen.

Nein, er war noch lange nicht dran. Und erst recht nicht so wie Achim, dachte er, als es an der Tür klingelte.

Wer wollte denn zu dieser Uhrzeit noch etwas von ihm?

Er konnte sich schon denken, wer da vor der Tür stand und mit ihm sprechen wollte. Ich werde ihm seine Ware ja noch ausliefern, dachte Ronald Lehmann, dann schaltete er den Fernseher aus, erhob sich von seinem Sofa und ging durch den erleuchteten Flur Richtung Haustür. Manchmal gab es eben Lieferschwierigkeiten, wenn die Nachfrage deutlich größer war als das Angebot. Das hatte er ihm ja auch schon vorhin klarmachen wollen, aber Bodo hatte einfach nicht mit sich reden lassen. Wie so oft war er mal wieder viel zu borniert, um für Argumente offen zu sein oder sie sich wenigstens anzuhören.

Als er an der abgedunkelten Küche vorbeikam, sah er, wie die Digitaluhr der Mikrowelle in leuchtend grünen Zahlen gerade 23.23 Uhr anzeigte.

Schon etwas spät für eine Entschuldigung, dachte er mit einem Grinsen, während er die Klinke hinunterdrückte. Als er die Tür öffnete, begriff er, dass er den nächsten Tag nicht mehr erleben würde.

Kapitel 19

Dienstag, 5. Mai 2015

Ralf Grimm las immer und immer wieder die Überschrift des Aufmachers auf der ersten Seite im Lokalteil der Pfälzer Nachrichten, doch die Worte wollten nicht ihre Aussagekraft verlieren: „Brand im Tabakschober/Syrische Flüchtlinge obdachlos", stand dort in großen, schwarzen Buchstaben und gab genau das wieder, was gestern Abend passiert war. Und was er unmittelbar und hautnah miterleben musste.

Es war kurz vor 20 Uhr gewesen, als das Pack, wie er die Anhänger der „Freien Pfalz" gerne nannte, und die Anhänger seines Vereins „Lebensritter" sowie hilfsbereite und engagierte Bürger als Gegendemonstranten die künftige Flüchtlingsunterkunft in Sickfeld erreicht hatten – in größerem Abstand zueinander und voneinander getrennt durch ein Großaufgebot der Polizei. Während die Anhänger der selbst ernannten Bürgerwehr in einem fort „Das Heim muss weg! Das Heim muss weg!" skandierten, hatten seine Freunde und die Bürger, die sich für Flüchtlinge einsetzten und die Gesichter der Willkommenskultur waren, gesungen und getrommelt und so – auch dank zehnfacher Stärke – die Hassklänge der Gegenseite übertönt. Mit Fackeln ausgerüstet und Plakaten und Spruchbändern in den Händen, auf denen Parolen wie „Die Pfalz ist weiß und nicht braun", „Wer soll das bezahlen, wer hat so viel Geld?" oder „Wir sind das Volk" zu lesen waren, hatten die knapp hundert

Mitglieder eine düstere, gar unheimliche Stimmung erzeugt. Angestachelt von den Gesängen hatten sie plötzlich angefangen, zu jaulen und zu grölen. Sie klangen wie ein Rudel Wölfe.

Dabei waren sich beide Gruppen vor der neuen Flüchtlingsunterkunft immer näher gekommen, bis irgendwann Fäuste und plötzlich auch die ersten Fackeln geflogen waren.

Es hatte nicht lange gedauert, bis auf einmal meterhohe Flammen in den nächtlichen Abendhimmel schossen und der alte Tabakschober lichterloh in Flammen stand.

Entsetzt hatte er dem gefräßigen Feuer, das sich wie ein verhungerndes Tier über ein Stück Fleisch hermachte, zugesehen, als es sich Quadratmeter für Quadratmeter des alten Schobers einverleibte. Die Holzscheune hatte gebrannt wie Zunder. Irgendwer hatte die Freiwillige Feuerwehr verständigt, doch als sie nur wenige Minuten später eingetroffen war, da war das neue Flüchtlingsheim bereits bis auf die Grundmauern niedergebrannt.

Fassungslos hatte er zugeschaut. Es hatte keine zwanzig Minuten gedauert, und da war ein langes, hartes und beschwerliches Jahr Arbeit, in dem er gegen Ressentiments gekämpft, Hindernisse aus dem Weg geräumt und ein nachhaltiges Flüchtlingskonzept für diesen Standort erstellt hatte, in Schutt und Asche aufgegangen.

Lass es nicht wahr sein, hatte er gefleht. Doch er ahnte, sollte es einen Gott oder ein höheres Wesen geben, dass er nicht erhört worden war. Auch mit mehr als zwölf Stunden Abstand war er sich sicher, dass er immer noch vor dem ehemaligen Flüchtlingsheim stehen, mit dem Kopf schütteln und nach dem

Warum fragen würde, hätte gestern der pöbelnde Mob nicht nach wenigen Momenten der eigenen Fassungslosigkeit angefangen, vor Freude laut zu grölen. Es hatte nicht lange gedauert, und dann hatten sich Unterkunfts-Befürworter wie -Gegner auf der Suche nach dem Schuldigen erneut geprügelt. Auch er hatte irgendwann von irgendwem in dem ganzen Tumult einen Schlag abbekommen.

Er hatte sich dann schnell zurückgezogen. Er war auf seine Gesundheit angewiesen, wollte er sich auch weiterhin für die Schwächsten der Schwachen engagieren und ihr Fürsprecher sein.

Seit genau einem Jahr war er nun bei der Verbandsgemeindeverwaltung Lingenfeld als Abteilungsleiter für Kultur, Sport, Bildung und Soziales angestellt. Wenn auch nur zu fünfzig Prozent, da ihm sein ehrenamtliches Engagement viel Zeit und Energie abverlangte. Ihm und seinem Verein „Lebensritter“ war es zu verdanken, dass auch dieser Landkreis ein größeres Kontingent an Flüchtlingen aufnahm. Menschen, um die er sich kümmern konnte und die ihm mit jedem Blick, mit jedem Lächeln und mit jedem selbst gebastelten Geschenk zeigten, was seine Arbeit wert war. Die Flüchtlingshilfe war längst zu seinem Lebensinhalt geworden, auch wenn seinem Umfeld dieser Einsatz für die gute Sache bisweilen zu viel wurde.

Aber er lebte nun mal für dieses Ehrenamt und für seinen Verein, für den er schon mehrere Auszeichnungen und Preise bekommen hatte. Er war die Lebensritter und die Lebensritter waren er.

Erneut nahm er die Zeitung in die Hand. Das Foto zeigte die verkohlten Überreste, die für sechzig Menschen ein neues Zuhause hätte werden sollen. Und für ihn die Krönung seiner aufopferungsvollen und ehrenamtlichen Arbeit. Es war seine Lebensaufgabe, die er sich von niemandem kaputt machen lassen würde. Wenigstens war kein Mensch verletzt oder gar getötet worden. Die Ermittlungen liefen, das hatte ihm die Polizei noch einmal bestätigt, die bei dieser aufgeheizten Stimmung einen rechtsextremistischen Anschlag nicht ausschließen konnte.

Mit einem Lächeln legte er die Zeitung wieder auf den Esszimmertisch. Er musste nur eins und eins zusammenzählen, um zu wissen, wer diese Katastrophe ausgelöst hatte. Und er würde diejenigen zur Verantwortung ziehen.

Kapitel 20

„Hab' dich lieb, Luiz", sagte Emma, dann drückte sie ihren zweijährigen Sohn ein letztes Mal fest an sich. „Ich hole dich heute Mittag wieder ab, und dann gehen wir ein großes Eis essen, okay?" Emma gab ihm einen Kuss, ehe Luiz sich umdrehte und zu den anderen Kindern seiner Gruppe lief, die den Namen Seepferdchen trug.

Emma sah Luiz noch lange nach, dann erhob sie sich langsam aus der Hocke und verließ den Katholischen Kindergarten St. Peter und Paul in Freinsheim.

Auch wenn sie sich mit der durch ihre Wiedereingliederung festgelegten Arbeitszeit von nur zwei Stunden alles andere als anfreunden konnte, so war es doch gerade diese reduzierte Stundenzahl, die ihr die Möglichkeit bot, mehr Zeit mit Luiz zu verbringen. Sie konnte mit ihm in aller Ruhe am Morgen frühstücken, mit ihm am Nachmittag auf dem Spielplatz herumtoben oder ihn nach dem gemeinsamen Abendbrot ins Bett bringen. Gerade nach dem dramatischen Ereignis vor neun Monaten, ihrem damit einhergehenden Nervenzusammenbruch und der anschließenden und zeitintensiven Rehabilitation war sie glücklich, dass ihr Leben endlich wieder eine feste Struktur besaß. Eine Struktur, die ihr Halt gab und an der sie sich orientieren konnte. Nach ihren Vorstellungen und noch ohne fremdbestimmt zu werden.

Es war nur eine Frage der Zeit, bis ihr Job sie wieder ganz vereinnahmen würde. Auch das gehörte zum Berufsbild einer Kriminalhauptkommissarin, und ein bisschen freute sie sich auch schon darauf. Aber jetzt war gerade Luiz-Zeit. Und das genoss sie sehr, wie sie unumwunden zugeben musste.

Die Acht-Uhr-Nachrichten waren gerade vorbei, und aus den Boxen drang die quirlige Stimme einer übermotivierten Radiomoderatorin, die ihren Zuhörern einen zauberhaften Frühlingstag wünschte, als Emma den Motor ihres Minis startete.

Der Frühling, der in der deutschen Toskana gerne früher einzog als in den anderen Regionen des Landes, zeigte sich auch an diesem Morgen von seiner blühenden Seite. In den Beeten vor dem benachbarten Pfarrhaus streckten Hyazinthen ihre buschigen Blüten, die wie Schneeflocken anmuteten, der warmen Frühlingssonne entgegen. Violettfarbene und weiße Fliederbäume duellierten sich, wer wohl die meisten nektarsammelnden Insekten anlockte. Und auf der gegenüberliegenden Seite des Kindergartens kletterten Pfingstrosen in Altrosa an der Sandsteinwand eines Hauses empor.

Emma sog diese Idylle auf wie ein Schwamm, während sie ihren Wagen langsam in Bewegung setzte. Sie wusste, dass dieses Stück heile Welt bereits jäh zerstört sein würde, wenn sie nur um die nächste Straßenecke bog. Wenn es überhaupt so lange dauern würde.

Es war der zweite Tag nach ihrer Rückkehr, und sie fuhr mit gemischten Gefühlen nach Ludwigshafen ins Polizeipräsidium. Auch wenn sie ein ungefähres Bild davon gehabt hatte, wie das Wiedersehen nach so langer Zeit ablaufen würde, so war sie doch sehr überrascht gewesen, wie kühl, zurückhaltend und teilweise distanziert ihr Chef und vor allem ihr Partner Matthias an ihrem ersten Arbeitstag auf sie reagiert hatten.

Sie hatte Joachim Hellmann gestern Mittag, als sie den Dienstwagen zurückgebracht hatte, darauf ansprechen wollen, doch der Leiter des Kommissariats war in einer Besprechung gewesen und niemand hatte ihr verlässlich sagen können, wie lange die Sitzung noch dauern würde.

So war sie schließlich nach Hause gefahren. Später wollte sie unbedingt mit Matthias sprechen. Sie brauchte, sie wollte Klarheit. Und die konnte ihr nur Matthias geben.

Doch bevor sie ihn am Abend anrufen wollte, hatte sie sich und ihrem Sohn erst noch eine heiße Schokolade zubereitet, ehe sie Luiz dann ins Bett gebracht hatte. Sie hatte ihm noch eine Gute-Nacht-Geschichte vorgelesen und eine Runde mit ihm gekuschelt, ehe seine Äuglein von einem ereignisreichen Tag im Kindergarten und auf dem Spielplatz müde zugefallen waren.

Beseelt und glücklich hatte sie leise die Tür hinter sich geschlossen und war dann zurück ins Wohnzimmer gegangen, wo das Telefon auf seiner Ladestation fröhlich blinkend auf sie wartete. Sie wollte gerade nach dem Hörer greifen, als sie der Mut schlagartig verlassen hatte und sie sich fragte, ob es wirklich eine so gute Idee war, Matthias anzurufen und ihn auf das unterkühlte Wiedersehen anzusprechen. Wie würde er wohl reagieren? Und würde er überhaupt das Gespräch annehmen und mit ihr reden wollen, wenn er ihre Nummer im Display sah?

Von Zweifeln geplagt hatte sie ihr Vorhaben verworfen und sich mit den Ermittlungsakten, die sie aus dem Büro mitgenommen hatte, beschäftigt. Sie hatte die ersten Schriftstücke gewälzt, eine Ordnerstruktur angelegt und die bisherige Ermittlung zusammengefasst, die Hellmann für die morgige Unterredung mit dem Staatsanwalt benötigen würde. Doch sie konnte sich nicht wirklich konzentrieren, weil sie genau wusste, was sie da gerade so bewegte. Als auch eine weitere Tasse heißer Schokolade ihr nicht helfen konnte, hatte sie sich erneut den Telefonhörer geschnappt und über die Kurzwahltaste Matthias angewählt. Sie musste sich endlich überwinden und ihn anrufen, wenn sie wissen wollte, woran sie war. Bereits beim zweiten Klingeln war er ans Telefon gegangen.

„Hej, hier ist Emma."

„Hallo Emma." Matthias klang müde, wie ausgelaugt.

„Stör' ich?"

„Nein, alles gut. Ich bin nur echt alle. Ich komme gerade aus der Klinik, und es war ein langer Tag."

„Und, gibt es irgendwelche Neuigkeiten?", fragte Emma vorsichtig.

„Schön, dass du fragst."

„Was ist denn nur los, Matthias? Ich versteh' das nicht! Was habe ich denn nur verbrochen?"

„Das fragst du?"

Emma atmete schuldbewusst durch. Selbst ein Tauber hätte den spitzen Unterton in seiner Bemerkung heraushören können.

„Matthias, es tut mir wirklich leid ... bitte glaub mir. Aber hinter mir liegt eine echt beschissene Zeit."

Jetzt war es Matthias, der tief seufzte.

„Neun Monate, Emma, neun! Und nicht ein Sterbenswörtchen!"

„Ich ...", wollte sich Emma rechtfertigen, aber sie wusste, dass es keine wirklich plausible Erklärung für ihr Verhalten gab, wenn man ihren Zusammenbruch mal ausklammerte. Aber genau den hatte sie permanent als Entschuldigungsgrund herangezogen, nur um sich mit gewissen Dingen nicht beschäftigen zu müssen oder Unannehmlichkeiten aus dem Weg zu gehen.

„Es tut mir wirklich leid", wiederholte sie mit gebrochener Stimme.

„Die Zeit lässt sich nicht mehr zurückdrehen, und ich habe jetzt ganz andere Sorgen."

„Ich hoffe, du weißt, dass ich ..."

„Ja!", unterbrach Matthias, und wieder atmete er schwer durchs Telefon. „Aber da muss ich leider alleine durch. Aber danke!"

„Warst du nur deshalb heute Morgen so abweisend? Weil ich mich nicht gemeldet habe? Oder gibt es da noch einen anderen ..."

„Ich war echt enttäuscht und bin es immer noch", fiel ihr Matthias ins Wort. „Dass du dich nicht meldest, ist eine Sache. Aber dass du auf meine Nachrichten nicht reagierst oder nicht zurückrufst, wenn ich darum bitte, fand ich schon heftig. Ich wollte sogar schon zu dir fahren, weil ich dachte, irgendetwas sei passiert."

„Aber ...?" Matthias' Worte rührten Emma. Mehr, als sie sich das je eingestanden hätte.

„Hellmann hat mich zurückgehalten. Du solltest erst mal wieder auf die Beine kommen. Also bin ich hiergeblieben."

„Trotzdem danke."

Matthias räusperte sich kurz, ehe er fortfuhr: „Und ich hatte hier ja auch genug zu tun. Und dann ist da ja auch noch Isabell."

„Wie geht es ihr?", fragte Emma.

„Sie schläft", sagte Matthias, dann fasste er die vergangenen ereignisarmen Monate und die letzten Tage, in denen sich die Geschehnisse schier überschlagen hatten, kurz zusammen.

„Und jetzt müssen wir abwarten. Oder besser gesagt, ich muss abwarten und mich gedulden, bis ich was aus der Klinik höre. Das ist so grausam, zum Nichtstun verdammt zu sein. Das macht mich echt noch ganz kirre. Ich bin so fertig, ich kann mich nicht mal aufs Tanzen konzentrieren, geschweige denn darauf freuen."

„Ich weiß, wovon du sprichst", sagte Emma niedergeschlagen. Ihr Körper hatte nach dem Nervenzusammenbruch auf das Programm Überleben umgeschaltet und alle anderen Funktionen heruntergefahren, um den überflüssigen Energieverbrauch einzustellen, da jede noch so tief verborgene Reserve einzig und allein für den Selbsterhaltungstrieb aufgewendet werden musste.

„Aber es kommen wieder bessere Zeiten. Und wie geht es dir?"

„Ich kämpfe mich gerade durch die Akten."

„Nein, ich meine nicht den Fall. Ich wollte wissen, wie es dir geht."

„Es ist schön, wieder zurück zu sein und eine Aufgabe zu haben. Also neben Luiz", schob Emma schnell hinterher. „Aber an die zwei Stunden muss ich mich erst noch gewöhnen." Sie lachte kurz auf, in der Hoffnung, so ihre plötzlich angeflogene Verunsicherung überspielen zu können.

„Hast du was von Rike gehört?", wechselte Matthias abrupt das Thema.

„Nein." Emma stockte. Auch diesen Anruf hatte sie bis jetzt erfolgreich aufgeschoben. Sie wollte ihr keine Nachricht auf Band hinterlassen. Und überhaupt: Worüber hätte sie mit ihr reden sollen? Was hätte sie ihr auch sagen sollen, wie hätte Emma auf Rikes berechtigte Vorwürfe reagieren sollen? Emma hätte nur unendlichfach um Entschuldigung bitten können. Aber ob Rike ihr hätte verzeihen können? Ein anderes Thema zwischen ihnen wäre kaum möglich gewesen. Und wahrscheinlich würden sie nie mehr unbefangen über etwas Alltägliches sprechen können. Emma konnte sich kaum vorstellen, dass Rike mit ihr über das Wetter, einen neuen Mann oder die nächsten Flugrouten und Einsatzpläne sprechen würde, sofern sie überhaupt noch als Stewardess arbeitete. So als wäre nie etwas geschehen. Als wäre immer noch alles beim Alten. Denn das war es nicht. Und würde es nie wieder sein.

„Hast du dich wenigstens bei ihr gemeldet?", wurde sie von Matthias aus ihren Gedanken geholt.

„Ich habe ihr damals einen Brief geschrieben. Das war Teil meiner Aufarbeitung in der Therapie. Aber ich habe nie eine Antwort darauf bekommen. Womit ich auch nicht gerechnet habe. Es ist einfach zu furchtbar ..." Emma brach erneut ab, während sie sich fragte, wie sie wohl reagiert hätte, wenn sie an Rikes Stelle gewesen wäre und andersherum.

„Hast du sie mal angerufen und dich persönlich nach ihr erkundigt?"

„Matthias ..." Emma seufzte angestrengt. Wie so oft hatte Matthias mitten ins Schwarze getroffen. Er kannte sie eben doch viel besser, als sie angenommen hatte. Und als gut für sie war.

„Emma, du musst das für dich abschließen", klang Matthias plötzlich genau wie ihre Therapeutin. „Du musst dich diesem Gespräch stellen. Sonst werden dich deine Schuldgefühle und das Gefühl, versagt zu haben, auffressen. Und das darfst du nicht zulassen, denn du hast nicht versagt. Weder als Mensch noch als Polizistin!"

„Danke", sagte Emma leise. Das war ihr Partner Matthias. Einfühlsam, verständnisvoll und warmherzig. So kannte sie ihn, und genau diesen Matthias hatte sie heute Morgen so sehnlichst vermisst.

„Also wenn du meine Hilfe brauchst ..."

„Das ist wirklich nett von dir. Aber ich glaube, da muss ich wohl ebenfalls alleine durch." Jeder hat eben sein ganz eigenes Päcklein zu tragen, erinnerte sie sich an eine der vielen Lebensweisheiten ihrer Oma Leni. Aber wie bei allen Sprüchen, die ihre Oma ihr mit auf den Weg gegeben hatte, so war auch an dieser Erkenntnis sehr viel Wahres dran, und Emma hoffte inständig, dass sie stark genug war und die nötige Ausdauer wie Disziplin besaß, dieses Paket auch schultern zu können. „Aber jetzt rufen erst einmal die Akten und die Dokumentation des Ermittlungsstands, um die mich Hellmann gebeten hat."

„Mach langsam, Emma, und setz dich nicht so unter Druck. Niemand erwartet Wunder. Hellmann nicht und erst recht nicht ich!"

Mit diesem Appell hatte Matthias das Gespräch beendet, und seine Worte klangen auch jetzt, fast zwölf Stunden später, immer noch nach. Was sollte das heißen, sich nicht unter Druck zu setzen? Bei zwei Stunden am Tag, dachte Emma und fuhr über die Autobahn 650 in Richtung Ludwigshafen. War er wirklich so fürsorglich, oder hatten Hellmann und er sich nur abgesprochen? Auch wenn sie eigentlich einen solchen Gedanken nicht mal hätte denken dürfen, so hätte ein Außenstehender bei seinen letzten Worten auch leicht den Eindruck gewinnen können, dass Matthias sie einfach nur nicht dabeihaben wollte. Vielleicht war er ja auch der Meinung, dass Emma nach diesem schlimmstmöglichen Ereignis und ihrer neuen Aufgabe als Mutter beruflich einfach etwas kürzer treten sollte. Sich neue Prioritäten setzen sollte, da es unmöglich sei, Vollzeit-Mama und gleichzeitig karriereorientierte Kommissarin sein zu können.

War Matthias wirklich so von gestern, kleinkariert und einem alten Rollenmodell nachhängend? Emma konnte und wollte das nicht glauben, und doch schaffte sie es nicht, den letzten Zweifel, den Matthias gesät hatte, auszuräumen und aus dem fruchtbaren Boden von Unsicherheit und Angst auszugraben.

Aber ich werde es euch beweisen, dass man Kind und Karriere sehr wohl unter einen Hut bekommen kann, schwor sie sich und krempelte gedanklich die Ärmel hoch. Sie würde diese Herausforderung annehmen. Sie hatte auch keine andere Wahl, und wenn sie ehrlich war, dann war es auch gerade das, was sie wollte. Was sie sich immer gewünscht hatte. Und dieser grausame Mordfall war die perfekte Möglichkeit, es zu zeigen.

Dabei war das, was sie bisher herausgefunden hatten, mehr als dürftig. Bis kurz vor ein Uhr in der Nacht hatte Emma den bisherigen Ermittlungsstand für Joachim Hellmann aufbereitet. Achim Jahn war allem Anschein nach ein ganz normaler und unauffälliger Mitbürger gewesen. Er hatte weder Frau noch Kinder, es gab auch keine anderen Angehörigen, die die Kollegen hätten befragen können, um mehr Details über sein Leben zu erfahren.

Also würden sie es am heutigen Tag über seinen Kundenstamm und die Saisonarbeiter auf den Spargelfeldern probieren und die Menschen aufsuchen, mit denen Achim mehr zu tun gehabt hatte, die sein Leben in irgendeiner Art und Weise tangiert oder die mit ihm zusammengearbeitet hatten.

So wie Ronald Lehmann! Schon gestern war ihr der hoch aufgeschossene und kräftige Mann aufgefallen. Er hatte sich merkwürdig verhalten, schien mit den Gedanken völlig abwesend gewesen zu sein und hatte ausweichend geantwortet. Als hätte er etwas zu verbergen. Oder als wüsste er mehr, als er ihr hatte sagen wollen!

Emma verlangsamte ihre Fahrt etwas, während sie aus dem braunen Shopper, den sie auf den Beifahrersitz gestellt hatte, ihr Notizbuch herauszog. Sie klappte den Einband auf und fischte vorsichtig die Visitenkarte aus dem Fach.

Ja, sie musste unbedingt noch einmal mit Ronald Lehmann sprechen. Sie hatte gespürt, dass er mehr wusste, als er ihr gestern erzählt hatte, und dass er Achim Jahn besser kannte, als er zugegeben hatte.

Und dann sind da ja auch noch die frischen Wunden an seiner rechten Hand, dachte Emma und tippte seine Adresse in das Navigationsgerät ein, während sie ihren Mini am Kreuz Ludwigshafen auf die A61 Richtung Süden lenkte.

Es war kurz vor neun, als Emma die Hofeinfahrt entlangfuhr, die nach wenigen Metern eine leichte Rechtskrümmung machte und in einen mit Kies ausgelegten Vorplatz mündete.

Der Gemüsehandel scheint sich also zu lohnen, dachte Emma, als sie aus ihrem Wagen ausstieg. Wie sie bemerkte, war die Straße, von der sie gerade gekommen war, von hier aus nicht zu sehen. Blickdichte Kirschlorbeersträucher schützten vor allzu neugierigen Blicken. Die Rabatten waren gepflegt, der englische Rasen sauber geschnitten, und an der südwestlichen Hauswand rankte sich wilder Wein empor.

Emma sah sich um. Auch wenn ihr das gesamte Anwesen zu groß, zu unpersönlich, zu perfekt vorkam, so schien es, als habe sich Ronald Lehmann hier sein ganz eigenes kleines Paradies geschaffen. Eine unberührte Idylle, die von nichts und niemandem gestört werden konnte.

Emma sah, dass die Garage, die direkt an das aus hellem Sandstein erbaute Wohnhaus angebaut worden war, verschlossen war, als sie über den Vorplatz zum Haus lief. Die Wahrscheinlichkeit, Ronald Lehmann jetzt noch anzutreffen und mit ihm über Achim Jahn, mögliche Anhaltspunkte für den grausamen Mord und vor allem seine Wunden an der Hand zu sprechen, war also gegeben.

Sie spähte durch die in der Tür eingelassenen kleinen Fenster, während sie mehrmals die Klingel drückte. Direkt hinter dem weitläufigen Foyer schloss sich der Wohnbereich an, während links eine breite und ebenfalls aus Marmor gefertigte Treppe in den ersten Stock hinaufführte. Der gesamte innere Bereich war ebenfalls mediterran gestaltet worden. Der Fußboden bot ein mit blau-, gold- und lachsfarbenen Steinen ausgelegtes Sternen-Mosaik. Große Amphoren standen in den Ecken und bewachten wie stille Wächter die Türen, die vom Foyer aus abgingen. Die Wände waren sandfarben getüncht worden und gaben dem Raum so noch mehr Weite. Goldgefasste Wandlampen und ein übermächtiger Kronleuchter rundeten das stilvolle Gesamtbild ab.

Perfekt abgestimmt bis ins kleinste Detail, dachte Emma, die sich für diese penible Genauigkeit aber nicht erwärmen konnte. Das Lehmann'sche Anwesen wirkte wie ein Musterhaus, ein steriles Vorzeigeobjekt in einem Häuserpark, aber nicht wie ein Haus, in dem auch gewohnt und gelebt wurde.

Nachdem Ronald Lehmann immer noch nicht geöffnet hatte, klingelte sie jetzt Sturm. Doch es rührte sich nichts im Inneren des Hauses. Alles war still und ruhig, als würde das gesamte Anwesen noch schlafen. Ich versuche es mal per Telefon, dachte Emma und fischte in ihrer Handtasche nach dem Notizbuch, in das sie die Visitenkarte noch während der Autofahrt wieder zurückgelegt hatte. Sie probierte es erst auf seinem Festnetzanschluss, dessen melodischer Klingelton fröhlich durchs Haus trällerte. Aber Lehmann schien wirklich nicht da zu sein, oder aber er hatte sie kommen sehen und war nicht gewillt, mit ihr zu sprechen. Nichtsdestotrotz versuchte sie es auch noch auf seinem Handy, aber auch hier antwortete ihr lediglich das gleiche monotone Freizeichen, das Ronald Lehmann aber auch dieses Mal nicht erlösen wollte.

Enttäuscht, Lehmann weder persönlich angetroffen noch ihn telefonisch erreicht zu haben, wollte Emma schon wieder zurück zu ihrem Wagen gehen, als ihr bei einem letzten Blick durch die Tür auffiel, dass die Terrassentür offen stand.

Niemand lässt die Terrassentür offen, wenn er nicht zu Hause ist, dachte Emma und lief ums Haus herum zur Rückseite der Villa. Wie der Fußweg von der Garage zum Hauseingang war auch die Terrasse in terrakottafarbenen Fliesen ausgelegt. Direkt dahinter schloss sich der Garten an, der ebenfalls nur aus einem fein getrimmten Rasen, blühenden Zierpflanzen rechts und links der Terrasse und einer fast drei Meter hohen und von Weitem fast schwarzen Rhododendronhecke bestand, die keinen Blick zu den Nachbargrundstücken erlaubte.

„Herr Lehmann?“, rief Emma, als sie die Tür erreicht hatte, die die Terrasse mit dem Wohnzimmer verband, wie sie der weißen Ledergarnitur entnahm. „Ich bin's, Emma Hansen, Kripo Ludwigshafen." Sie lauschte ins Innere des Hauses hinein, doch weiterhin war nichts zu hören.

„Ich komme jetzt rein!" Emma hörte das Blut in ihren Ohren rauschen, so still war es um sie herum. Da sie unbewaffnet war – ihre Waffe lag in ihrem Spind im Kommissariat –, hatte sie kurz überlegt, die Kollegen von der Streife zu verständigen. Aber weil sie keine Lust hatte, sich wieder irgendwelche Kommentare anhören zu müssen, verwarf sie diesen Gedanken. Es gab keinen offensichtlichen Grund, dass etwas passiert war. Ronald Lehmann hatte ihr eben einfach nur nicht die Tür geöffnet, weil er schlichtweg nicht mit ihr reden wollte, weswegen er auch nicht an sein Telefon gegangen war.

Aber er wird schon mit mir sprechen müssen, und wenn ich ihn dafür ins Kommissariat bestelle, dachte Emma, während sie das Wohnzimmer betrat. Sie wusste, dass sie gerade eigentlich einen Hausfriedensbruch beging. Aber manchmal musste man eben auch einen unkonventionellen Weg einschlagen, wenn man sein Ziel erreichen wollte. Und dieses unerlaubte Betreten konnte sie immer noch besser erklären, als wenn sie eine ganze Kavallerie anrücken ließ, die einen Ronald Lehmann unter Umständen gerade beim Rasieren, in der Dusche oder Zeitung lesend in der Küche angetroffen hätte.

Der helle und zurückhaltend eingerichtete Raum wurde von einer weißen Sofagarnitur dominiert, zu der sich eine große Hängeleuchte im Industrie-Design, ein grauer Hochflor-Teppich und ein weiß lackierter Couchtisch gesellten. Einzig die Flasche Bier und die aufgeschlagene Programmzeitschrift störten den puristischen Lounge-Charakter.

Stil scheint er ja zu haben, dachte Emma, während sie weiter durchs Wohnzimmer ging. Direkt dahinter schloss sich das Esszimmer an, das wiederum in eine offene Küche überging.

„Herr Lehmann, ich möchte nur kurz mit Ihnen sprechen", rief sie ein letztes Mal ins Haus hinein, ehe sie die Küche erreicht hatte.

Und dann sah sie ihn.

Kapitel 21

Die abgebrannte Flüchtlingsunterkunft in Sickfeld war auch im Kommissariat K11 in Ludwigshafen das Top-Thema an diesem Morgen. Doch das lag nicht allein an Annegret Bender, die jeden eintreffenden Kollegen in ein Gespräch verwickelte, in der Hoffnung, möglicherweise weitere Details oder gar neue Informationen zu bekommen. Auch die regionalen Tageszeitungen und die große Boulevard-Zeitung mit den vier Buchstaben, die Annegret demonstrativ auf ihren Schreibtisch und in den Besprechungsraum gelegt hatte, hatten den Brand auf die Titelseiten gehoben. Aufmacherfotos der schwelenden Brandruine, von löschenden Feuerwehrmännern in voller Montur oder von entsetzten, teilweise gar heulenden Menschen, die sich fassungslos in den Arm nahmen, zeigten nicht nur die gesamte Tragweite des Brands. Sie sollten auch unverkennbar die Emotionen des Zeitungslesers berühren - ganz gleich, ob man für oder gegen die Unterkunft für die syrischen Flüchtlinge war oder sich überhaupt mit dem Thema näher beschäftigte.

Anders als Annegret gehörte Matthias zu den wenigen Kollegen, die dem Brand keine größere Aufmerksamkeit schenkten, denn auch eine schwere Brandstiftung dieser Art - und davon gingen die ermittelnden Beamten laut der Zeitungsberichte bereits aus - lag im Verantwortungsbereich der Kriminalinspektion Landau. Damit hatten weder die Kollegen der Kriminalinspektion Ludwigshafen, die im Erdgeschoss ihren Dienstsitz hatten, noch die Mordkommission wirklich etwas zu tun. Schließlich war – und dieser Umstand war der einzige Punkt, der ihn wirklich interessierte – bei dem Brand kein Mensch schwer verletzt worden oder gar ums Leben gekommen.

Daher saß Matthias nun im Besprechungsraum und blätterte durch den finalen Obduktionsbericht, den Bertram Jung wie angekündigt noch in der Nacht fertiggestellt hatte. Annegret Bender, die jeden Morgen bereits gegen acht Uhr ins Präsidium kam und als erste Amtshandlung die Büros durchlüftete, dann zwei Kannen Kaffee in der Abteilungsküche aufsetzte, ehe sie die erste Post nach Wichtigkeit, Anlass und Kollege sortierte, hatte dann jedem Beamten einen Bericht ins jeweilige Fach gelegt.

Der steril wirkende Raum, in dem lediglich ein großer ovaler Tisch mit den dazugehörigen Stühlen, ein Flipchart und ein Beamer auf einem Gestell standen und für höchstens ein gutes Dutzend Kollegen wirklich Platz bot, war an diesem Morgen gut gefüllt. Joachim Hellmann, der als Erster Kriminalhauptkommissar das landläufig als Mordkommission bezeichnete Kommissariat leitete, hatte für neun Uhr eine erste Sitzung im Mordfall Achim Jahn einberufen. Sich eingeschlossen, zählte Matthias Roth insgesamt fünf Kollegen, die auf Joachim Hellmann warteten. Neben seinem Chef, der telefoniert hatte, als Matthias zum Besprechungsraum gegangen war, fehlten auch noch Emma Hansen und Linda Meyer, um das Team zu komplettieren, das Hellmann für die heute vom Staatsanwalt eingesetzte Sonderkommission ausgesucht hatte.

Während seine direkte Partnerin gern dazu neigte, es mit der Pünktlichkeit nicht immer ganz so genau zu nehmen, hatte sich Linda in den vergangenen Monaten keine Blöße gegeben. Ob kurzfristig angesetzte Besprechungen, späte Termine weit nach offiziellem Dienstschluss oder arbeitsintensive Wochenendeinsätze – Linda hatte mehr als nachdrücklich bewiesen, dass sie längst ein festes Teammitglied war und ihren Job sehr engagiert ausübte. Vielleicht manchmal sogar etwas übermotiviert, aber als Hellmanns persönlicher Zögling genoss Linda nun mal einen besonderen Status. Sehr zum Leidwesen von Emma, die gestern nach ihrer langen Auszeit eigentlich erst einmal ankommen wollte, anstatt direkt in einen teaminternen Wettbewerb um Hellmanns Gunst und den Stand im Team geworfen zu werden. Ein Duell, das sie anscheinend nur verlieren konnte, und Matthias empfand plötzlich Mitleid für seine Partnerin, auch wenn er selbst immer noch sehr enttäuscht von ihr war. Und dennoch brauchte Emma ihn jetzt mehr denn je und er würde für sie da sein. In guten wie in schlechten Zeiten, dachte Matthias und richtete seine Konzentration wieder auf Bertrams Bericht, der nüchtern und sachlich verfasst worden war.

Aber wirklich neue Erkenntnisse schien der Rechtsmediziner in seiner Nachtschicht und im Gespräch mit der Leiche, wie es Jung gerne so treffend formulierte, nicht mehr herausgefunden zu haben, wie Matthias beim Überfliegen feststellte. Achim Jahn war eindeutig erstickt worden. Der Sand hatte die Atemwege verlegt, sodass es durch den fehlenden Austausch von Sauerstoff und Kohlendioxid zu einem Atemstillstand gekommen war, in dessen Folge der Tod durch Ersticken eingetreten war. Seine Verletzungen an den gefesselten Füßen und Händen und vor allem im Gesicht wurden ihm alle ante mortem zugefügt, und sie hätten ausnahmslos nicht zum Tode geführt. Damit stand zweifelsfrei fest, dass Achim Jahn von seinen Peinigern erst gequält und dann ermordet worden war.

Matthias wunderte sich, dass Bertram Jung - anders als gestern Abend - im finalen Bericht nichts von dem von ihm analysierten Sand erwähnt hatte. Auch über die Muschel hatte er sich nicht weiter ausgelassen.

Matthias schaute auf, als plötzlich eine Tasche in seinem Sichtfeld auftauchte und mit Schwung neben ihm auf dem Tisch abgelegt wurde.

„Sorry für die Verspätung, aber ich musste noch kurz mit dem ermittelnden Kollegen in Landau telefonieren. Ich war ja vor Ort, als der alte Schober abgebrannt ist", klang Linda abgehetzt. Sie goss sich eine Tasse Kaffee ein, dann zog sie sich den Stuhl unterm Tisch hervor und setzte sich. „Gott sei Dank ist niemand verletzt oder gar getötet worden. Aber einige haben gejubelt, als das Flüchtlingsheim lichterloh in Flammen stand. Unfassbar!"

„Der Name Sickfeld sagt doch schon alles - einfach nur krank."

„Absolut!" Linda trank einen großen Schluck Kaffee. „Ist Hellmann noch nicht da? In seinem Büro war er auch nicht."

„Vor wenigen Minuten war er noch da und hing am Telefon", antwortete Matthias, während er die Starttaste seines Handys drückte, das er vor sich auf den Tisch gelegt hatte. Doch außer dem lächelnden Porträt seiner Frau Isabell zeigte das Display nichts an - weder einen verpassten Anruf noch eine eingegangene Nachricht.

„Puh, da hab' ich ja Glück gehabt."

„So wie gestern." Linda hätte sich fast an ihrem heißen Kaffee verschluckt. Sie sah Matthias völlig entgeistert an, doch der schaute nicht auf.

„Hat Emma mich also doch verpfiffen. Das hätte ich nicht gedacht", flüsterte Linda, während sie sich umsah, ob ein anderer Beamter ihr Gespräch mitverfolgte. Ihr war es immer noch peinlich, dass ausgerechnet Emma ihren Fauxpas mitbekommen hatte, und sie hatte kein Interesse daran, dass ihre durchfeierte Nacht und der – wenn auch aus ihrer Sicht – maßvolle Alkoholkonsum weitere Kreise im Kommissariat zogen. Doch die vier Kollegen saßen am anderen Ende des Tisches, unterhielten sich angeregt oder tippten gedankenvertieft auf ihren Mobiltelefonen herum und schienen nicht ein Wort ihrer Unterhaltung mitbekommen zu haben.

„Emma hat nichts gesagt. Das brauchte sie aber auch nicht. Man musste dich nur beobachten. Ich sage nur Bonbons."

„Es war echt nur das eine Mal, und es kommt auch nicht wieder vor. Versprochen!", sagte Linda mit einem schuldbewussten Zwinkern. „Schickes Hemd übrigens! Sehr körperbetont."

„Danke!", sagte Matthias kurz. Er erinnerte sich, wie froh er am Morgen gewesen war, das blau-weiß-rot karierte Hemd gefunden zu haben, das etwas versteckt zwischen seinem Skianzug und einem Karnevalskostüm gehangen hatte. Es war eins seiner Lieblingshemden, aber er hatte es schon lange nicht mehr angezogen, da er seit Wochen nicht mehr gebügelt hatte und auch dieses Hemd mehr Knitterfalten aufwies, als er mit einem „Used-Look" hätte erklären können. Zudem fehlte ein Knopf an der Manschette, weswegen er beide Ärmel lässig umgeschlagen hatte. Er hatte momentan einfach nicht die Muße, sich den fehlenden Knopf wieder anzunähen, die Wäscheberge zu bügeln oder sein Bett abzuziehen, in das er allabendlich todmüde hineinfiel.

„Entschuldigt meine Verspätung!“ Joachim Hellmann stürmte ins Besprechungszimmer und stellte sich an die vordere Kopfseite, an der Matthias und Linda saßen, und bat die Kollegen mit einem Kopfnicken, ihm nun ihre volle Aufmerksamkeit zu schenken. „So, ich habe gerade mit den Kollegen vom LKA gesprochen. Sie haben die Muschel und den Sand analysiert und ausgewertet, und beides stammt mit nahezu einhundertprozentiger Sicherheit von der Ostsee.“

„So wie es Bertram bereits vermutet hat“, sagte Matthias mehr zu sich als zu seinem Chef, doch der fühlte sich angesprochen.

„Bertram? Ich wusste nicht, dass er auch solche Analysen erstellen kann. Und auch darf!“

„Er wollte uns ein paar Stunden Vorsprung für die Ermittlungen geben, ehe dann die offiziellen Auswertungen aus Mainz kommen“, versuchte Matthias, die Situation zu retten, da Bertram Jung in der Tat nicht befugt war, selbst zu analysieren oder wie in seinem Fall eine ihm nahestehende Labor-Mitarbeiterin um eine Auswertung zu bitten. Alles musste seinen fest vorgeschrieben Weg gehen, da sich weder Hellmann noch der Staatsanwalt durch Ermittlungsfehler wie eine unerlaubte Laboranalyse vor Gericht oder in der Presse angreifbar machen wollten.

„Und, wie sieht der aktuelle Ermittlungsstand aus?“, fragte Joachim Hellmann und hörte den Ausführungen zu, die Matthias kurz für ihn zusammenfasste.

„Na, das ist aber noch ganz schön dünn. Aber wir stehen ja auch erst am Anfang unserer Arbeit. Der finale Obduktionsbericht liegt euch ja vor. Ich habe gerade mit dem Staatsanwalt gesprochen, er wird eine Sonderkommission einsetzen, für die ich euch eingeteilt habe." Hellmann reichte einen Mappenstapel durch, von dem sich jedes SoKo-Mitglied einen Ordner wegnehmen sollte. „Annegret hat eure Aufgabenbereiche zusammengestellt. Matthias wird die Ermittlungen leiten und an mich direkt berichten. Aber wir treffen uns natürlich trotzdem noch jeden Morgen hier um neun."

„Was ist eigentlich mit dem Brand im Flüchtlingsheim?", fragte Linda und erntete einen missbilligenden Blick. Doch die junge Kriminalhauptkommissaranwärterin ließ sich davon nicht beirren. „Erst wird der Spargelbauer in Sickfeld ermordet, und dann brennt dort das Flüchtlingsheim ab."

„Das sind zwei verschiedene Ermittlungen, Linda. Ihr konzentriert euch auf den Mordfall Achim Jahn, und die Kollegen aus Landau kümmern sich um die Brandstiftung, da nach den ersten Erkenntnissen der Brandermittler und der Feuerwehr niemand zu Schaden gekommen ist."

„Aber ...", wollte Linda intervenieren, als ihr Hellmann ungewohnt scharf ins Wort fiel. „Ich habe dem leitenden Kollegen in Landau gesagt, dass wir uns eng austauschen, sollte sich doch eine Verbindung zwischen den beiden Fällen auftun. Matthias, die Telefonnummer des verantwortlichen Kollegen sowie den derzeitigen Stand der Ermittlung hat Annegret für dich zusammengestellt", sprach Joachim Hellmann den 38-Jährigen direkt an, ehe er sich wieder Linda zuwandte. „Und danke, Linda." Hellmann nickte der jungen Kollegin wohlwollend zu. „Kannst du dich noch mal intensiver mit Achim Jahn beschäftigen? Vielleicht bekommst du ja noch etwas mehr über ihn heraus – Familie, Geschäftsbeziehungen, Hobbys, Exfreundinnen und Mitbewerber. Emma wird dann die Dokumentation der Ermittlung übernehmen und die Akten für den Staatsanwalt aufbereiten. Wo ist sie eigentlich?", fragte er, als das eindringliche Klingeln eines Mobiltelefons anstatt eines Kollegen seine Frage beantwortete. Mit grimmiger Miene schaute Joachim Hellmann in die Runde, wer wohl dieses Mal gegen das strikte Handyverbot während der Teamsitzung verstoßen hatte. Für Hellmann gab es nichts Schlimmeres und Respektloseres, als wenn eine Besprechung vom Klingeln eines Handys oder der Melodie einer eingehenden Kurznachricht gestört wurde. Dann konnte er äußerst grantig werden, und es kam nicht selten vor, dass er dem betreffenden Kollegen vor versammelter Mannschaft einen Einlauf verpasste. Die zwanzig Minuten an jedem Morgen gehörten Hellmann, und er hatte nicht vor, sich diese Zeit mit der mobilen Technik zu teilen.

Doch heute entspannten sich Hellmanns Gesichtszüge, als er sah, wie Matthias nach seinem Handy griff und mit einer wischenden Fingerbewegung den Anruf entgegennahm. Matthias war der Einzige, der während einer Besprechung auf sein Telefon schauen und einen Anruf annehmen durfte, da es jederzeit die Klinik sein konnte, die dringend mit ihm sprechen musste. Und Hellmann wie die Kollegen, die um diese Sondererlaubnis wussten, hofften immer, dass der Mensch am anderen Ende der Leitung nur positive Nachrichten für Matthias hatte. Dabei wusste jeder, dass die dringendsten Anrufe nie etwas Gutes bedeuteten.

„Und?" Hellmann schaute Matthias jetzt erwartungsvoll an, nachdem dieser das kurze Gespräch beendet hatte.

„Das war Emma."

„Und wo steckt sie?", fragte Hellmann etwas ungehalten, denn Unpünktlichkeit hasste er genauso. Erst recht, wenn man sich nicht abmeldete oder bei Annegret Bender zumindest kurz Bescheid sagte, warum man sich verspätete.

„Ronald Lehmann ist ermordet worden."

„Was?"

„Ja." Matthias nickte zeitlupenartig, während er versuchte, das gerade Gehörte zu verarbeiten. „Erstickt mit Sand."

Kapitel 22

Jette Jensen fühlte sich beobachtet. Und das nicht erst seit heute. Schon seit Langem hatte sie das Gefühl, jemand sei hinter ihr her, verfolge sie auf Schritt und Tritt und wüsste ganz genau, wann sie was im Ort Gudhjem oder in der Inselhauptstadt Rönne erledigte.

Auch deshalb fuhr sie - wenn überhaupt - nur noch höchstens einmal die Woche und nie am gleichen Tag in die Stadt, parkte beim Nachbarn, um den letzten Kilometer nach Hause zu laufen, und besuchte weder Ausstellungen oder Konzerte noch ein Café oder ein Restaurant. Obwohl sie früher ein so geselliger Mensch gewesen war, der nur selten eine Einladung ausgeschlagen hatte.

Doch seit sie hier auf diesem abgelegenen Hof wohnte, hatte sie sich völlig vom Leben und aus der Öffentlichkeit zurückgezogen. Niemand sollte wissen, wo sie wohnte oder was sie gerade machte. Ja, dass sie überhaupt existierte.

So hatte sie Freundschaften einschlafen lassen, weil sie sich einfach bei niemandem mehr gemeldet hatte. Aufträge waren weggebrochen, weil sie für keinen Geschäftspartner mehr zu erreichen war. Selbst mit ihrem direkten Nachbarn hatte sie kaum ein Wort gewechselt, seitdem sie hier oberhalb der Klippen lebte, nur um sicherzugehen, dass man sie nicht finden würde.

Und das alles nur wegen dieser schier immer größer werdenden Angst, die sie von Tag zu Tag mehr gefangen nahm. Eine Angst, die längst ihr Leben bestimmte und sich immer tiefer in ihre Seele fraß.

Aber heute war aus diesem bisher immer nur äußerst vagen und meist befremdlichen Gefühl eine unumstößliche Gewissheit geworden, die sich fest in ihr Unterbewusstsein gegraben hatte.

Sie war entdeckt worden, trotz bester Tarnung und größtmöglicher Vorsichtsmaßnahmen. Und nun saß sie allein in ihrer abgedunkelten Küche, umgeben von toten, augenlosen Gegenständen. Ausgezehrt, kraftlos und fröstelnd.

Auch jetzt, knapp 90 Minuten, nachdem sie den Hof erreicht und alle Türen und Fenster verbarrikadiert hatte, war sie sich immer noch einhundertprozentig sicher, dass ihr jemand am Morgen zur Post nach Gudhjem gefolgt war und dort im Auto auf der gegenüberliegenden Straßenseite auf sie gewartet hatte. Sie hatte gesehen, wie sich der Wagen erst dann in Bewegung gesetzt hatte, nachdem sie ihr Auto aus der Parkbucht auf die Straße gelenkt hatte. Ihr Verfolger war ihr dann bis zur Abzweigung nachgefahren, die von der Hauptstraße zum Hof ihres Nachbarn führte. Während sie in den von hohem Gras dicht gesäumten Weg abgebogen war, hatte der andere Wagen seine Geschwindigkeit gedrosselt und war langsam an der Einfahrt vorbeigefahren. Das konnte sie im Rückspiegel beobachten. Sie wusste immer noch nicht, wie sie es danach noch geschafft hatte, ihren Wagen die knapp zwei Kilometer über den holprigen Weg zum benachbarten Anwesen zu manövrieren und ihn dort neben der Scheune abzustellen. Von Angst getrieben war sie dann mit ihren Einkäufen und der Post über den Klippenkamm nach Hause gerannt, ohne sich nur ein einziges Mal umzudrehen.

Sie war froh gewesen, dass ihr Nachbar nicht zu Hause gewesen war. Auch wenn sie nur selten ein

Wort miteinander wechselten, so war er wohl der Einzige, der sie wirklich verstand. Oder der es zumindest versuchte. Ansonsten gab es sicherlich nicht wenige Menschen, die sie für verrückt hielten.

Aber niemand kannte sie und ihre Geschichte wirklich. Was sich hinter den von Wind und Wetter umwitterten Wänden ihres einst weiß getünchten kleinen Fachwerkhauses an der rauen Nordostküste Bornholms abspielte, konnte keiner erahnen. Und wer noch in den alten Bauernhof mit eingezogen war. Vielleicht hätten die Menschen sie dann anders angesehen, wenn sie es gewusst hätten.

So musste sie allein mit dem Ungeheuer fertigwerden, das sich Angst nannte und das wie ein Kind über die Jahre immer größer geworden war. Größer und hungriger. Es war so unersättlich und übermächtig geworden, dass Jette es nicht einmal mehr schaffte, der Glasbläserei nachzugehen.

Dabei liebte sie ihre Kunst, wenn sich Quarzsand, Pottasche und Kalk in ihrem kleinen Ofen zu einer weichen und kochendheißen Masse vermischten, um von ihr zu den außergewöhnlichsten Glasformen geblasen zu werden. Doch die kleine Werkstatt, in der der vorherige Besitzer seine Fische geräuchert hatte und die sie nur liebevoll ihr Paradies nannte, war schon lange nicht mehr von ihr betreten worden. Auch hier hatte die Angst ganze Arbeit bei ihr geleistet.

Dabei war die alte Räucherkammer der Hauptgrund gewesen, warum sie das Anwesen damals überhaupt gekauft hatte. Die Werkstatt war ihr Rückzugsort. Hier war sie frei und konnte das tun, was sie so sehr liebte. Einfach eins sein mit den Materialien, die ihr die Natur schenkte und aus denen sie - mit ein wenig industrieller Unterstützung - die schönsten Formen erzeugen konnte. Glas in seiner reinsten und puristischsten Schönheit.

Doch der Anruf ihres Bruders vor einem Jahr hatte alles verändert. Es war ein Dienstag im Mai gewesen, daran erinnerte sie sich auch heute noch ganz genau, und ihr Bruder hatte damals aufgeregt geklungen und nervös.

Eine lautes Geräusch riss sie aus ihren Erinnerungen und ließ sie zusammenfahren. Aufbrausende Windböen von der Ostsee fegten über ihr Anwesen hinweg und spielten wie kleine Kinder ausgelassen und schreiend Fangen.

Noch ist es nicht zu spät, dachte sie und erhob sich langsam von ihrem Stuhl, der krächzend über die ausgetretenen Küchenfliesen rutschte. Sie musste ihren Bruder erreichen. Unbedingt! Er war der Einzige, der noch alles aufhalten konnte.

Schwerfällig tappte sie von der Küche in den kleinen Flur hinüber, in dem auf einer schmalen Anrichte mit integrierter Bank ihr Telefon stand. Sie wollte gerade den Hörer von der Gabel nehmen und seine Nummer wählen, als ihr Blick auf die Post fiel, die sie vom kleinen Amt in Gudhjem mitgebracht hatte. Zwischen den Rechnungen, der ganzen Werbung und den Katalogen von Einrichtungshäusern war ein braunes, etwas dickeres Kuvert herausgerutscht.

Mit zittrigen Händen zog sie den Umschlag hervor. Als sie links oben las, wer der Absender war, wusste sie genau, was sich in diesem Kuvert befand. Am liebsten hätte sie das kleine Päckchen fallen gelassen und wäre schnell davongelaufen. Doch es hätte nichts genützt.

Langsam fuhr sie mit dem Zeigefinger die Umrisse des Inhalts ab. Das Kuvert und vor allem sein Inhalt waren der finale und unauslöschbare Beweis, dass sie damals eine falsche Entscheidung getroffen hatte. Zum zweiten Mal in ihrem Leben.

Und beim ersten Mal hatte dafür jemand mit seinem Leben bezahlt.

Kapitel 23

„Sein Gesicht erinnert mich an verkochtes Ratatouille. Ziemlich zermatscht und noch schlimmer als bei Achim Jahn", sagte Matthias Roth und verzog angewidert das Gesicht, nachdem er und seine Kollegin Linda Meyer die Küche der im mediterranen Stil erbauten Villa von Ronald Lehmann betreten hatten. „Was gibt es da draußen nur für kranke Menschen? Einfach widerlich." Linda hielt sich etwas im Hintergrund und kämpfte erneut gegen den Ekel an.

Matthias und Linda hatten keine zwölf Minuten gebraucht, um vom Ludwigshafener Polizeipräsidium nach Schwegenheim zu fahren. Nun stand er – ebenfalls mit einem weißen Schutzanzug bekleidet – neben Emma, die Dr. Bertram Jung gebannt und entsetzt zugleich bei seinen Untersuchungen zuschaute, und deutete auf Ronald Lehmann, der gefesselt, blutverschmiert und mit Sand überschüttet tot auf einem Stuhl saß. Wie Achim Jahn am Tag zuvor.

Der Rechtsmediziner war zusammen mit den Kollegen von der Spurensicherung nur wenige Augenblicke vor den beiden Kommissaren eingetroffen. Anders als es die dienstlichen Bestimmungen eigentlich vorschrieben, hatte Emma davon abgesehen, zuerst den Notarzt zu verständigen. Es war sehr offensichtlich gewesen, dass kein Arzt der Welt Ronald Lehmann mehr ins Leben zurückholen konnte.

So hatte sie zuerst Matthias und danach direkt Bertram Jung angerufen, ehe sie dann die Streife aus Germersheim informiert hatte, damit die Kollegen von der nächstgelegenen Dienststelle den Tatort weiträumig absperren konnten.

„Ja, in der Tat hat man wirklich nicht viel von ihm übrig gelassen", erwiderte Jung an Emma und Matthias gerichtet, ehe die drei sich dann zu Linda umdrehten, die nach einem hastigen Sprung nach draußen jetzt kopfüber in den Büschen hing und gerade dabei war, wie bereits gestern den Kampf gegen die plötzlich aufsteigende Übelkeit zu verlieren.

„Sie wird sich irgendwann auch noch an diesen Anblick gewöhnen." Matthias schob verständnisvoll die Achseln hoch, während Bertram Jung seine rechtsmedizinischen Untersuchungen fortsetzte.

Aber an solche Bilder müsste sie doch längst gewöhnt sein, dachte Emma weit weniger nachsichtig und schaute erneut zu ihrer jungen Kollegin hinüber, die heftige Würgelaute von sich gab, ehe sie sich erneut in die Hortensien erbrach. Als Bereitschaftspolizistin hatte man es immer wieder mit einem durch einen Kopfschuss hingerichteten Opfer eines Bandenstreits oder mit misshandelten Prostituierten nach einer Bordellrazzia zu tun, und auch auf Streife sah man nahezu wöchentlich zerquetschte Menschen oder abgetrennte Gliedmaßen nach einem schweren Verkehrsunfall. Selbst bei ihrem letzten gemeinsamen Einsatz vor knapp einem Jahr in Landau hatte Linda nicht solche Anzeichen erkennen lassen. Sie hatte immer die starke und toughe Kommissarin gegeben, der ein solcher Anblick nichts auszumachen schien.

„Es sei denn ...", überlegte Emma, als Bertram Jung sie aus ihren Gedanken riss.

„Euer Täter hat erneut zugeschlagen. Und zwar im allerwörtlichsten Sinn. Dasselbe Bild, dieselbe Vorgehensweise wie bei Achim Jahn. Kiefer und Nase sind gebrochen, Weichteile im Gesicht verletzt, und man hat ihn ebenfalls über einen längeren Zeitraum schwer misshandelt und gefoltert."

„Sieht für mich aus wie ein Racheakt. Und zwar ein ziemlicher grausamer", unterbrach Matthias Jungs Ausführungen und kassierte dafür einen bösen Blick, denn der Rechtsmediziner hasste nichts mehr, als während seiner Erläuterungen durch Einwürfe jeglicher Art gestört zu werden.

„Dann müssen sie viel Hass auf ihn gehabt haben. Das eine Auge ist eingedrückt, zerquetscht, und hier ...", Bertram Jung hob einen Hautlappen am Kopf hoch, an dem mehr Blut und menschliches Gewebe hing als Haare, „... hat man ihn fast skalpiert."

Matthias schüttelte sich, dann fuhr er sich mit gespreizten Fingern unbewusst und doch demonstrativ durch sein Haar, das an den beiden vorderen Stirnecken bereits lichter wurde.

„Und natürlich nicht den Sand zu vergessen. Das Opfer hatte keine Chance. Er ist quasi innerlich explodiert, als sein Körper nicht mehr ausatmen konnte, weil die Atemwege durch die Unmengen an Sand blockiert worden sind", beendete Jung seine knappe Zusammenfassung. „Auch er war bei vollem Bewusstsein, als man ihn mit Sand abgefüllt hat. Wie Achim Jahn. So viel kann ich jetzt schon mal sagen. Weitere Details dann im Institut."

„Todesursache also wieder Ersticken?"

„Wenn du es als Laie so ausdrücken willst", bekräftigte der Rechtsmediziner Matthias' Vermutung. „Aber wie gesagt, nach der Obduktion weiß ich mehr."

„Was mich wundert: Warum hat sich Ronald Lehmann nicht gewehrt, bevor man ihn auf den Stuhl gesetzt und gefesselt hat? Ich meine, schaut ihn euch an, er ist fast ein Hüne, gut 1,90 Meter lang, schwerer Körperbau und gut in Form", sagte Emma und ging etwas näher an das Opfer heran, von dem immer noch leise der Sand rieselte. Ronald Lehmann war ebenfalls mit Kabelbindern an den Stuhl gefesselt worden, die der Rechtsmediziner aber bereits durchtrennt hatte. Wie schon Achim Jahn, so schien auch Lehmann sich zumindest in seinem Todeskampf gewehrt zu haben, denn seine Fesseln hatten sich bis auf die Knochen ins Fleisch gerieben. Sein Kopf hing tief im Nacken. Seine Mundhöhle war gefüllt mit Sand. Auch sein Gesicht und sein von einem T-Shirt verdeckter Oberkörper waren damit bedeckt. Der Sand war bis auf den Boden gerieselt und hatte sich nun mit Lehmanns Blut vollgesogen, das über die vielen Stunden den Weg nach unten gefunden und eine Lache unterhalb des Stuhls hinterlassen hatte.

„Wenn ich vermuten darf, dann ist er von hinten attackiert worden, als man gemeinsam am Tisch saß", schaltete sich jetzt wieder Matthias in das Gespräch ein.

„Dann muss er den Täter gekannt haben."

„Davon würde ich ausgehen." Matthias nickte.

„Emma, es sind wohl eher *die* Täter. Plural. Das kann nie und nimmer nur einer getan haben. Der Mann ist ein Schrank. Breites Kreuz und kräftige Schulterpartie. Seine Anatomie erinnert mich sehr stark an einen Leistungssportler. Vielleicht hat er in jungen Jahren mal geboxt. Oder gerudert. "

„Das hast du gestern schon gesagt, Bertram. Aber leider gibt es keinen Beweis für zwei oder mehrere Täter, oder hast du wie gestern wieder fremde Blutspuren in der Küche oder im Haus gefunden?"

„Nein, aber ich habe auch gerade erst angefangen, und die Jungs der SpuSi sind auch eben erst eingetroffen. Aber wie du schon richtigerweise bemerkt hast, Ronald Lehmann ist kein Typ, der sich leicht überrumpeln lässt. Und er ist in noch besserer körperlicher Verfassung als Achim Jahn, und der war schon kräftig und gut gebaut."

„Wie lange ist er schon tot?", fragte Matthias und sah sich ein wenig in der Küche um, die von ihrem Design perfekt in die Toskana gepasst hätte. Sie war aus Sandstein erbaut, mit Arbeitsflächen aus Terrakotta und einem auf alt getrimmten weißen Gasherd, über dem an einem drehbaren Rondell Töpfe und Pfannen hingen. Die Küche hatte einen gemütlichen Charme, schien jedoch nicht wirklich häufig genutzt worden zu sein. Dafür glänzten die Töpfe zu stark. Auch die Arbeitsplatte vorm Fenster war fast makellos und nahezu frei von Kratzern oder Gebrauchsspuren.

„Ich habe noch keine Rektaltemperatur gemessen. Aber auf den ersten Blick würde ich sagen zwischen acht und zehn Stunden", erwiderte Bertram, der heute einen hellblauen Anzug trug, wie Emma durch den nicht ganz blickdichten Schutzoverall erkennen konnte. Der Rechtsmediziner war mittlerweile in die Hocke gegangen und hob jetzt den linken Fuß des Opfers an, den er zuvor von der über ihn gestreiften schwarzen Socke befreit hatte, und drückte auf einen dunkelvioletten Punkt in Höhe der Ferse. „Die Totenflecken sind sehr gut wegdrückbar, wie ihr seht. Und die Fliegen hatten auch noch keine Zeit, sich einen neuen Wirt zu suchen, obwohl die Bedingungen wie Zimmertemperatur, Blutmenge und die vielen offenen Wunden ideal dafür sind." Der Rechtsmediziner hatte den Fuß wieder abgestellt und nahm nun Lehmanns linken Arm hoch, der seitlich am Körper des Toten herabhing. Anders als bei Achim Jahn waren

Lehmanns Arme nicht hinter der Rückenlehne des Stuhls an den Handgelenken zusammengebunden worden. Der oder die Täter hatten dieses Mal die Hände und die Füße des Opfers jeweils einzeln an die Stuhlbeine gefesselt, wieder mit einem schwarzen Kabelbinder. Es knackte kurz, als Bertram den Arm zu sich drehte und die Totenstarre löste. „Die Leichenstarre ist schon vollkommen ausgeprägt." Es knackte erneut, als er nun auch die Finger aus ihrem Todesschlaf erweckte. „Ah, hab ich's doch gewusst", sagte er und zeigte auf die verschmutzte und ebenfalls mit Sand und Blut verklebte Herzmuschel, die Ronald Lehmann in seiner Hand hielt. „Wie bei unserem gestrigen Opfer! Auch bei Achim Jahn steckte die Muschel in der Hand."

„Der Muschelmörder hat also wieder zugeschlagen", bemerkte Matthias und wollte nach der Muschel greifen.

„Na na na, wo sind deine Handschuhe?!", ermahnte ihn Bertram. „Hier wird nichts angefasst, wenn ihr keine Handschuhe übergezogen habt. Niemand kontaminiert mir meinen Tatort! Auch nicht der Herr Kommissar!" Bertram schaute Matthias finster an und reichte ihm ein Paar Gummihandschuhe, die dieser sich jedoch nicht überstreifte, sondern in der linken Tasche seines Sakkos verschwinden ließ. Dann nahm er einen kleinen Plastikbeutel aus seinem Tatortkoffer und verstaute darin die Muschel, ehe er ihn wieder zurück in den Koffer legte.

„Ich werde die Muschel zum LKA schicken. Die Kollegen in Mainz werden auch sie mit höchster Priorität untersuchen und den Muschelkalk auf seinen Herkunftsort hin analysieren. Aber ich wette mit euch, dass auch diese Muschel aus der Ostsee stammt."

„Damit fällt ein Ritualmord als Motiv also aus?“, fragte Emma, die ihre Aussage aber mehr als Standpunkt denn als Frage hatte formulieren wollen, und kramte in ihrer Handtasche nach ihrem Notizbuch.

„Ich denke auch, dass die Täter das Opfer gekannt haben müssen. Denn Ronald Lehmann hat seine Mörder ja ins Haus gelassen, oder habt ihr Einbruchsspuren entdeckt?“, wandte sich Matthias an einen Kollegen der Spurensicherung, der gerade dabei war, das Opfer wie auch das direkte Tatortumfeld abzufotografieren.

„Nein, es ist keine Scheibe eingeschlagen und auch kein Fenster aufgebrochen worden“, antwortete der Mann und fotografierte weiter die Küche ab. Ein anderer Kollege, ebenfalls in einen weißen Schutzanzug gehüllt, verpackte im Wohnzimmer gerade Lehmanns Handy in einen Plastikbeutel, damit es die Kollegen der Kriminaltechnik im Präsidium auf weitere Hinweise näher untersuchen konnten.

„Nein, nach bloßer Willkür sieht das wirklich nicht aus. Aber wer hat es auf große, kräftige und alleinstehende Männer im Gemüsegarten der Pfalz abgesehen? Und vor allem warum?“, fasste Emma laut vor sich hin murmelnd zusammen und zeichnete mit ihrem Kugelschreiber gedankenverloren das Wort Muschel immer und immer wieder nach, das sie als letztes Stichwort in ihren Notizblock geschrieben hatte. Wie sie von Annegret Bender, die sie nach Matthias, Jung und den Kollegen von der Germersheimer Dienststelle angerufen hatte, erfahren hatte, war Ronald Lehmann mit 52 Jahren im gleichen Alter wie Achim Jahn. Er war ebenfalls ledig und hatte keine weiteren Angehörigen, die man zu benachrichtigen hatte oder, und das war in der aktuellen Situation sogar noch viel herausfordernder, die ihnen sachdienliche Hinweise oder gar konkrete Anhaltspunkte hätten liefern können. Doch im Gegensatz zu Achim Jahn war Ronald Lehmann alles andere als unauffällig und bei Weitem nicht so unbescholten gewesen. Wie Annegret Bender Emma am Telefon mitgeteilt hatte, tauchte der Name Ronald Lehmann gleich zweimal in den Akten auf. So soll er vor knapp zwei Jahren einen Saisonarbeiter krankenhausreif geprügelt und nur sechs Monate später eine Prostituierte vom Mannheimer Straßenstrich zum Sex gezwungen haben. Doch beide mutmaßlichen Opfer hatten ihre Anzeigen jeweils innerhalb von 24 Stunden und ohne Angabe von Gründen zurückgezogen. Und bei beiden Personen hatten die Kollegen *Adresse unbekannt* beziehungsweise *unbekannt verzogen* als Vermerk notiert, weswegen auch hier keine weiteren Nachfragen mehr möglich gewesen waren.

„Ich hab' hier was gefunden!", rief plötzlich Linda, die sich anscheinend wieder gefangen hatte und nun im Arbeitszimmer stand, das als erster Raum von der Küche aus gesehen im lichtdurchfluteten Foyer nach rechts abging.

Matthias und Linda verabschiedeten sich kurz von Bertram Jung, dann liefen sie – Emma vorneweg – durch den Essbereich und das Wohnzimmer und erreichten nach wenigen Augenblicken den Vorraum, der mit seinen als Mosaik ausgelegten Fliesen, dem zurückhaltenden Licht in den goldenen Wandleuchtern und den großen, sandsteinfarbenen Amphoren eher an ein römisches Badehaus als an das Foyer eines Einfamilienhauses in der Pfalz erinnerte.

Emma sah zu Linda hinüber, die sich im kleinen Arbeitszimmer, dessen Rollladen heruntergelassen worden war, durch unzählige Dokumente und Schriftstücke kämpfte. Erst jetzt fiel ihr auf, dass Linda sich – warum auch immer – regelrecht aufgebretzelt hatte. Als würde sie eher zu einem Date gehen, als einer Tatortbesichtigung beiwohnen. Emma, die in einer verwaschenen Jeans und einem Top steckte, dessen Weiß etwas angelaufen war, und sich schnell noch ihren schwarzen und leicht zerknitterten Blazer, der für Notfälle immer auf der Rückbank ihres Minis lag, übergestreift hatte, fühlte sich plötzlich unwohl, als sie Linda so in ihrem floralen Sommerkleid sah, das ihre schlanke Silhouette elegant umspielte. Auch heute war Linda übertrieben geschminkt, während die gewählten Farben anders als gestern ihren Teint aber besser betonten. Emma dagegen hatte wie immer nur leichtes Rouge aufgelegt, sich etwas abgepudert und einen Lipgloss aufgetragen, den man kaum sah. Ihre blonden, schulterlangen Haare hatte sie zu einem losen Pferdeschwanz gebunden, während Linda ihre mit Extensions aufgefüllte Mähne auch an diesem Morgen wieder offen trug.

„Geht's dir wieder besser?", fragte Matthias und drückte den Schalter des elektronischen Rollladens, der sich fast lautlos in Bewegung setzte. Es dauerte nicht lange, und das Tageslicht hatte den nach abgestandener Luft, alten Druckerpatronen und billigem Klebemittel müffelnden Raum geflutet. „Was hast du für uns?", ergänzte er und kippte das Fenster, während Linda kurz von den Papierstücken aufsah und ihn anlächelte.

„Wenn das Bertram gesehen hätte!", sagte Emma mit einem Augenzwinkern, die wie ihre beiden Kollegen immer noch im Schutzoverall steckte, es aber Matthias gleichgetan und sich beim Gang durchs Haus jetzt ebenfalls von den Überzieh-Handschuhen getrennt hatte.

„Ihr werdet mich schon nicht verpetzen. Außerdem werden wir hier sicherlich keine Spuren unseres Täters finden."

„Jetzt auf alle Fälle nicht mehr." Emma knuffte Matthias in die Seite, ehe sich beide Linda zuwandten.

„Also ich bin mal die ganzen Unterlagen hier durchgegangen, und dabei ist mir aufgefallen, dass Herr Lehmann ganz schön über seine Verhältnisse gelebt hat. Hier allein ...", Linda zeigte auf einen dicken Stapel, „... unzählige nicht bezahlte Rechnungen, auch von Handwerkern. Und Mahnungen, teilweise Kleinstbeträge, teilweise gehen die geforderten Summen aber in die Tausende. Dazu kommen immense Spielschulden in der Bad Dürkheimer Spielbank. Und er hat noch einige Außenstände bei den Renners." Wieder lächelte Linda, die immer noch ein wenig blass um die Nase war, ausschließlich Matthias an.

Emma verdrehte die Augen, ehe sie sagte: „Okay, aber das allein ist ja noch keine heiße Spur."

„Das vielleicht nicht, aber ich bin gespannt, was Jürgen Renner dazu sagen wird, oder Matthias?"

„Wir sollten ihm auf jeden Fall einen Besuch abstatten", pflichtete Matthias bei und nickte.

„Aber das ist noch nicht alles." Linda machte eine dramatische Pause. „Viel interessanter ist die Tatsache, dass Ronald Lehmann nicht nur als Gemüse-Agent tätig war."

Sondern auch als Modelagent, vollendete Emma in Gedanken Lindas angefangenen Satz. Auch wenn ihre Reaktion übertrieben schien, sie konnte es einfach nicht leiden, wenn jemand sie mit neuen Erkenntnissen auf die Folter spannte, nur um damit alle Aufmerksamkeit auf sich zu ziehen. Um keinen Streit vom Zaun zu brechen, beließ sie es bei einem nachdrücklichen „*Linda?*"

„Er hat auch die Saisonarbeiter angeworben, die auf den Höfen, unter anderem bei den Renners, arbeiten."

„Und was ist daran jetzt so spannend?" Emma, die bisher am Türrahmen gelehnt und Lindas Suche nach dem entscheidenden Hinweis interessiert verfolgt hatte, trat nun ins Arbeitszimmer und sah sich in dem kleinen Raum um, in dem ein heilloses Durcheinander herrschte. Überall standen Umzugskartons herum, der Schreibtisch war übersät mit Papieren und Schriftstücken, und in den unzähligen Ablagefächern stapelten sich leere Klarsichthüllen, Abrechnungen und Vertragsdokumente mit Kaufoptionen, wie Emma mit einem Blick auf die obersten Schreiben erspähen konnte, die Linda bereits gesichtet hatte. Selbst die Tastatur wurde als Ablageort genutzt, denn hier lag die Post vom gestrigen Tag. Ronald Lehmann hatte sie hier noch abgelegt, jedoch war er nicht mehr dazu gekommen, sie auch zu öffnen. Emma nahm den kleinen Stapel, der aus Werbeblättern, einem abonnierten Magazin, einem braunen Kuvert mit einem Absender in Dänemark sowie dem Schreiben einer Versicherung bestand. Auf den ersten Blick nichts Spannendes, dachte Emma, die Kollegen würden sich aber auch diese Unterlagen noch genauer ansehen. Schade, dachte Emma und legte die Post wieder zurück auf den Schreibtisch.

„Emma, bei der Post habe ich schon nachgeschaut, hab' aber nichts gefunden", sagte Linda. „Auf jeden Fall waren wir gestern auf dem Spargelfeld, und es waren fast ausschließlich arabisch aussehende Arbeitskräfte im Einsatz. Junge Frauen."

„Vielleicht sind sie ja noch billiger als ...", wollte Emma antworten, als sie von Linda unterbrochen wurde. „Ja, und die Listen enthalten auch nur arabische Namen. Herkunftsland der Saisonkräfte ist Syrien oder der Irak."

„Ja, Linda, aber selbst wenn das alles illegale Arbeiter sind, worauf du wohl hinauswillst, dann haben wir nichts damit zu tun. Um Delikte wie Menschenhandel kümmern sich die Kollegen vom K13."

„Aber vielleicht hat Lehmann die Renners genau damit erpresst, um so seine immensen Schulden begleichen zu können."

„Erpressung als Mordmotiv? Und was ist mit Achim Jahn? Soweit wir wissen, hatte er weder Schulden noch irgendetwas gegen die Renners in der Hand", sagte Emma, die am Abend zuvor in den Unterlagen, zu denen auch die Girokonten, Lastschriftverfahren und Daueraufträge des Toten gehört hatten, nichts entdeckt hatte, was in diese Richtung gegangen wäre.

Emma seufzte angestrengt. Es schien, als seien sie erneut auf dem Holzweg. Sie drückte den Knopf des Anrufbeantworters, der hektisch blinkte und den Eingang einer Sprachnachricht anzeigte.

„Ja, viel ist es nicht, aber irgendwo müssen wir ja anfangen", sprang Matthias seiner jungen Kollegin zur Seite.

Sie haben eine neue Nachricht, Montag, 4. Mai, 23:54 Uhr.

„Und Jürgen Renner ist uns noch so manche Antwort schuldig", ergänzte Matthias, ehe der Anrufbeantworter mit einem durchdringenden *Piep* um alleinige Aufmerksamkeit bat.

Lehmann, wo ist sie? Ich will endlich meine Lieferung! Ich breche dir jeden verdammten Knochen einzeln, wenn ich sie bis morgen nicht habe! Hörst du?

„Wer ist das denn?“, fragte Emma und schaute immer noch etwas irritiert das kleine schwarze Gerät an.

„Das war Vieweg“, antwortete Linda. „Bodo Vieweg.“

Kapitel 24

„Wir fahren dann zu den Renners. Kümmerst du dich um Bodo Vieweg? Vielleicht hast du ja mehr Glück als wir gestern", sagte Matthias, nachdem er, Emma und Linda das Haus verlassen und den Vorplatz betreten hatten. Einen weiteren entscheidenden Hinweis hatten sie in Lehmanns Arbeitszimmer nicht mehr gefunden.

Es war jetzt kurz nach halb elf, und die Sonne kletterte minütlich immer höher am hellblauen Himmel, über den wie hingehauchte Schleierwolken hinwegzogen.

„Passt das so mit deinen zwei Stunden? Sonst fahren wir noch zu ihm", erkundigte sich Matthias.

„Klar, wenn du mich nicht verpetzt." Emma zwinkerte ihm kurz zu, ehe sie wieder ernster wurde: „Wie geht's Isabell?"

„Unverändert. Man fühlt sich so hilflos. Aber unser Muschelmörder lenkt mich wenigstens ein bisschen ab, sonst würde ich, glaube ich, so langsam durchdrehen." Emma war versucht, Matthias in den Arm zu nehmen. Aber warum auch immer schaffte sie es nicht, sich zu dieser mitfühlenden Geste durchzuringen. Sie war einfach noch nicht so weit.

„Und, hast du dich bei Rike gemeldet?", fragte Matthias, während sie langsam Linda folgten, die vorausgegangen war, um den silbergrauen Dienstwagen vorzufahren.

Emma schaute Matthias irritiert an. Hatte er das jetzt gerade wirklich gefragt? Seit wann war er ihr Vater? Und seit wann verlangte er Rechenschaft für ihre

Handlungen – getätigte wie in diesem Fall immer noch unterlassene?

„Sie hat mich weggedrückt“, log sie, auch wenn das eigentlich nicht ihre Art war. Aber sie hatte gerade keinen Nerv, sich erneut rechtfertigen zu müssen. Auch wenn ihr klar war, dass sie um ein Gespräch mit Rike nicht herumkommen würde und sie es auch in der Tat nicht mehr viel länger aufschieben konnte, so stand im Moment der aktuelle Fall an oberster Stelle. Sich in die Arbeit zu stürzen war eben immer noch das beste Rezept, um zu sich selbst zu finden und so dem eigenen Leben wieder eine Struktur zu geben. Und beides hatte auch sie gerade dringend nötig.

„Du musst mit ihr reden. Sonst hört es nie auf und verfolgt dich immer weiter. Vertrau mir“, sagte Matthias, dann sah er der grauen Limousine entgegen, die von Linda in mehreren Zügen in der großen Hofeinfahrt gewendet worden war und nun langsam auf ihn und Emma zurollte.

„Dann bis morgen. Oder bis später im Institut.“ Mit diesen Worten verabschiedete sich Matthias und stieg in den Wagen ein. Linda winkte kurz von der Fahrerseite aus Emma zu, dann lenkte sie den Passat die Hofeinfahrt hinunter Richtung Straße.

Emma konnte immer noch nicht glauben, wie Matthias da gerade mit ihr gesprochen hatte. Und dennoch würde sie heute Abend Rike anrufen. Sie musste es einfach tun – und nicht nur für sich.

Aber jetzt unterhalte ich mich erst einmal mit Bodo Vieweg, dachte sie entschlossen und lief von der Hofeinfahrt in den Garten hinein, um so zum hinteren Teil des Hauses zu gelangen, da einer von ihnen aus Versehen die Haustür hinter sich zugezogen hatte, als die drei Kommissare vor wenigen Minuten das Anwesen verlassen hatten. Sie wollte sich noch schnell von Bertram verabschieden, da sie Hellmanns Wohlwollen nicht schon gleich am zweiten Tag überstrapazieren wollte und daher wohl eher darauf verzichten würde, am frühen Abend zur Obduktionsbesprechung nach Ludwigshafen zu fahren.

Emma war gerade um die Hausecke gebogen, als sie sah, wie sich an einer Stelle der Hecke plötzlich die Zweige bewegten. Als wäre gerade darin jemand verschwunden. Intuitiv lief sie geradewegs auf die ausladenden Kirschlorbeersträucher zu, die nahezu blickdicht waren. Und doch konnte sie erkennen, wie sich etwas Großes und Dunkles, das eindeutig wie ein Mann aussah, in den Sträuchern davonstahl.

„Hey, stehen bleiben! Polizei!", rief sie und spurtete die letzten Meter zu den Büschen, die gemeinsam mit einem grün lackierten Zaun das Grundstück vom Bürgersteig und der dahinterliegenden Straße trennten. Sie kämpfte sich durch das widerspenstige Dickicht, das nicht vorhatte, auch nur einen Zentimeter mehr als nötig zu weichen. Doch je weiter sie vorankam, desto schneller entfernte sich derjenige, dem sie gerade nachjagte, bis sie hörte, wie jemand auf der anderen Seite des Zauns auf die Straße sprang und davonlief.

„Stehen bleiben!", schrie sie wieder und kletterte über den Zaun, während sie dem Mann nachsah, der die Kapuze seines gelben Pullovers weit über den Kopf gezogen hatte und jetzt weiter die Straße hinunterrannte. Als sie wieder festen Boden unter den Füßen hatte, wollte sie der Gestalt hinterherlaufen und sprang mit einem großen Satz vom Bürgersteig auf die Straße. Dabei übersah sie ein Schlagloch im Asphalt und knickte mit dem rechten Fuß so unglücklich um, dass sie eine unsanfte Bauchlandung gerade noch verhindern konnte.

„Scheiße, Scheiße, Scheiße!", schrie sie laut über die Straße, während sie sich langsam wieder aufrichtete. Der Knöchel ihres rechten Beins schmerzte, und die Innenseite der rechten Hand war komplett aufgeschürft, blutete aber kaum.

„Was hast du gemacht? Alles in Ordnung mit dir?", fragte Bertram Jung, als Emma humpelnd über die Einfahrt kommend den Vorplatz erreicht hatte. Der Rechtsmediziner stand vor der Lehmann'schen Villa und sprach gerade mit den Bestattern, die den Toten ins Pathologische Institut des Städtischen Klinikums Ludwigshafen bringen sollten.

„Ich hab' da jemanden in den Büschen entdeckt. Keine Ahnung, was der wollte. Also bin ich ihm nach, durch den Kirschlorbeer ..." Emma zeigte auf die Bepflanzung an der Straßenseite des Anwesens. „... und weiter über den Zaun. Er lief die Straße runter, und ich wollte ihm gerade nachlaufen, da bin ich in ein Schlagloch getreten und mit dem rechten Fuß umgeknickt."

„Hast du ihn erkannt?"

„Er sah aus wie ein junger Araber oder junger Türke. Mit einer dunkelblauen Jeans und einem gelben Kapuzenpullover. Curryfarben oder so. Scheiße, verdammt! Warum muss ich auch hinter ihm herjagen?", fluchte Emma. Sie hielt sich mit der linken Hand an Bertrams Schulter fest, nahm das rechte Bein hoch und rieb sich das Fußgelenk. „Aber ich würde ihn wiedererkennen. Ich habe den Kollegen eine Beschreibung gegeben, aber unternehmen können sie nichts. Was auch? Er hat ja schließlich keine Straftat begangen, außer in den Büschen zu hocken und uns zu beobachten."

„Soll ich mir das nicht lieber mal anschauen?" Bertram deutete mit einem besorgten Gesichtsausdruck auf Emmas Fuß.

„Danke, ich nehm' gleich eine Schmerztablette und leg mir zu Hause ein Eispack auf den Knöchel. Dann wird das schon wieder." Emma lächelte angestrengt. „Und dein Metier sind ja auch eher die Toten." Emma hauchte Bertram Jung einen Kuss auf die Wange. Sie liebte seine fürsorgliche Art.

„Aber ich kümmere mich jetzt mal um die, die noch leben."

Kapitel 25

„Kommen Sie wegen des abgebrannten Flüchtlingsheims oder wegen Achim Jahn?“, wurde Emma von Biggi Vieweg begrüßt, als diese ihr die Tür bereits nach wenigen Augenblicken geöffnet hatte.

Emma hatte es zuerst am Haupthaus der Vieweger Mühle probiert, genauso wie Linda und Matthias am gestrigen Montag. Doch anders als am Tag zuvor war heute die schwere Flügeltür verschlossen. Auch hinter den Fenstern brannte kein Licht, und auf dem Parkplatz stand neben Emmas Mini kein weiteres Fahrzeug.

Montag und Dienstag Ruhetag las Emma auf dem Schild im kleinen Glaskasten, der direkt neben dem Treppenaufgang und dem ersten großen Fenster der Stirnseite an der weiß gestrichenen Außenwand hing. So war sie dann ums Haus herumgegangen, da sie von Linda wusste, dass Bodo Vieweg im ehemaligen Gesindehaus der Mühle wohnte, das etwas abseits stand und vom Parkplatz und dem Eingangsbereich der Mühle aus nicht zu sehen war.

„Weder noch, Frau Vieweg. Ist Ihr Exmann zu sprechen?“, fragte Emma, während sie ihren Dienstausweis wieder in der hinteren Hosentasche ihrer Jeans verschwinden ließ.

„Nein. Bodo ist heute und morgen unterwegs. Irgendwelche wichtige Termine im In- und Ausland. Was wollen Sie denn von ihm?“

„Sagt Ihnen der Name Ronald Lehmann etwas?“

Die Frau nickte mit ernstem Gesichtsausdruck. „Jetzt sagen Sie nicht, dass er auch ermordet wurde?“ Biggi Viewegs Stimme erstarb.

„Wir ermitteln in einem Tötungsdelikt."

„Wobei man sich mit Sand schwer selbst töten kann?! Er ist doch ebenfalls mit Sand erstickt worden? Wie Achim Jahn, nicht wahr?"

„Sie wissen davon ..." Emma brauchte ihren Satz nicht zu vollenden. In einem kleinen Ort wie Westheim blieb so etwas nicht lange geheim. Als ob Biggi Vieweg Emmas Gedanken hätte lesen können, sagte sie: „Hier kennt der eine den anderen und manchmal sogar besser als sich selbst, Frau Hansen."

„Und wie gut kannten Sie Herrn Lehmann?", hakte Emma nach und folgte der Frau ins Haus.

„Er war ein Freund meines Exmannes", antwortete Biggi Vieweg und räumte den Staubsauger aus dem Weg, der mitten im Flur lag. „Dienstags ist immer mein Putztag. Erst in der Mühle und dann bei Bodo."

„Ist alles in Ordnung mit Ihnen?" Erst jetzt im Esszimmer, in das sie von Biggi geführt worden war, sah Emma die geschwollenen und leicht geröteten Augen ihres Gegenübers. An beiden Seiten war der Mascara verschmiert. Insgesamt machte Biggi Vieweg einen fast schon bemitleidenswerten Eindruck. Ihre Haare waren derart zerzaust, als wäre sie gerade aufgestanden. Das schwarze T-Shirt hing ausgeleiert wie ein Zelt an ihr, und der aus Pailletten besetzte Schriftzug war kaum mehr zu lesen. Auch untenrum sah es nicht besser aus. Die Hose, die Biggi Vieweg trug, spannte an ihren Oberschenken und ließ sie in Kombination mit dem Shirt unförmiger erscheinen, als sie eigentlich war.

„Ja ja! Es geht schon." Biggi Vieweg winkte ab. „Aber was ist denn mit Ihrem Fuß? Sie humpeln ja."

„Ich bin falsch aufgetreten", sagte Emma kurz. Sie hatte nicht vor, sich das Heft des Fragens aus der Hand nehmen zu lassen, als sie nachsetzte: „Und wie kommt es, dass Sie noch für Ihren Exmann putzen? Die meisten Ehepartner, die sich scheiden lassen, wollen danach nichts mehr voneinander wissen."

„Wir sind eben anders. Heute wäre unser Hochzeitstag." Und dann gab es für Biggi Vieweg kein Halten mehr. Emma kramte in ihrer Handtasche nach einer Packung Tempos und reichte Biggi Vieweg die Taschentücher.

„Danke!" Biggi schnäuzte kräftig durch. „Ich liebe ihn eben immer noch! Irgendwie", sagte sie und wischte sich die Tränen aus ihrem Gesicht. „Dabei habe ich mir eigentlich geschworen, für diesen Mann keine Träne mehr zu vergießen. Aber manchmal überkommt es einen dann doch noch."

„Und warum tun Sie sich das dann an?"

„Er hat mir geholfen, als ich ganz unten war. Sie verstehen das nicht."

„Dann erklären Sie es mir." Kurz, schob Emma in Gedanken nach, denn eigentlich war es ihre Aufgabe, mehr über Bodo Vieweg zu erfahren als über Biggi Viewegs Gefühlsleben. Und doch hatte sie das sichere Gefühl, dass vielleicht das eine mit dem anderen irgendwie zusammenhing.

„Nach unserer Scheidung bin ich auf die falschen Männer reingefallen. Die Kerle haben mich nach Strich und Faden belogen und betrogen. Der letzte ist sogar noch mit dem Geld abgehauen, das ich durch die Scheidung von Bodo bekommen und fürs Alter zur Seite gelegt habe. Jetzt habe ich nicht nur nichts mehr für später, sondern der Mistkerl hat mich auch noch mit einem Berg Schulden sitzengelassen. Ich musste sogar unser Traumhaus verkaufen, um über die Runden zu kommen. Aber Bodo hat mir geholfen und mir diesen Job gegeben. Ich verwalte eben die Mühle, koche und putze." Sie schniefte erneut. „Ich meine, was will ich ungelernt und mit Anfang fünfzig sonst machen?" Biggi schob verächtlich die Achseln hoch. „Oh, jetzt habe ich Ihre kostbare Zeit gestohlen. Aber es tut so gut, mit jemandem darüber zu reden – wo wir doch heute 28 Jahre verheiratet wären."

„Warum ist Ihre Ehe denn in die Brüche gegangen, wenn ich so direkt fragen darf? Ihr Exmann scheint doch ein wunderbarer Mensch zu sein", erkundigte sich Emma und hoffte, mit dieser Frage nicht eine weitere Weinattacke bei Biggi Vieweg auszulösen.

„Alles gut ... Oh, ich habe Ihnen ja noch gar nichts zu trinken angeboten."

Biggi wollte schon aus dem Esszimmer stürzen, als Emma sie zurückhielt: „Vielen Dank, aber ich muss sowieso gleich wieder gehen."

„Okay!" Biggi Vieweg putzte sich die Nase. „Bodo ist ein guter Mann, aber kein guter Ehemann, Frau Hansen."

Emma schaute ihr Gegenüber fragend an. „Das heißt?"

„Er ist kein Mann für nur eine Frau. Das habe ich schon versucht, Ihren beiden Kollegen gestern zu erklären. Manche Männer sammeln Autos, um ihre Männlichkeit zu demonstrieren. Oder teure Uhren. Mein Exmann sammelt Frauen."

„Das tut mir leid", sagte Emma, die nicht wusste, was sie anderes darauf hätte sagen sollen.

„Es tut eben immer noch weh. Früher habe ich immer weggesehen, bis ich nicht mehr konnte und gegangen bin. Heute schaffe ich es nicht mehr, wegzusehen, auch wenn ich eigentlich müsste." Biggi Vieweg nahm ein neues Taschentuch aus der Packung und putzte sich erneut die Nase.

„Haben Sie eine Handynummer, unter der ich Ihren Exmann erreichen kann?", nutzte Emma die Gelegenheit, das Thema - wenn auch etwas abrupt - zu wechseln.

„Ja, ich schreibe sie Ihnen auf." Biggi notierte die Nummer auf einem Stück Zeitung, das sie zuvor abgerissen hatte. „Ich hoffe, das geht." Sie lächelte schwach, als sie Emma den Papierfetzen reichte. „Aber er ist heute den ganzen Tag in wichtigen Meetings, und dann schaltet er sein Telefon immer aus."

„Danke!", erwiderte Emma und steckte den kleinen Zettel in ihre Handtasche. „Wie war denn eigentlich die Geschäftsbeziehung zwischen Ihrem Exmann und Ronald Lehmann?"

„Soweit ich weiß, gut. Bodo konnte sich immer auf Ronald verlassen. Er hat ihm immer alles besorgt, was er brauchte. Vor allem junges Gemüse." Biggi schaute Emma plötzlich finster an.

„Also auch die Saisonkräfte?"

„Ja." Biggi Vieweg nickte schwach. „Aber warum fragen Sie? Glauben Sie, Bodo hat etwas damit zu tun?" Biggis Stimme erstarb erneut.

„Wie gesagt, wir ermitteln in alle Richtungen. Aber wir haben erfahren, dass Bodo dringend eine Lieferung erwartet, die Ronald Lehmann anscheinend nicht ausgeliefert hat, weswegen er ihm - und ich zitiere - jeden Knochen einzeln brechen würde."

„Keine Ahnung!" Biggi zuckte mit den Schultern. „Aber eigentlich hätte ich Ronald Lehmann ermorden müssen. Schließlich war er es ja, der Bodo die Frauen besorgt hat."

Kapitel 26

„Mein Mann ist nicht da!“ Anita Renner stand breitbeinig im Türrahmen. Sie war eine beeindruckende Erscheinung. Oder zumindest eine, die man nicht so schnell vergessen würde. Sie war mit 1,80 Meter fast so groß wie Matthias. Ihre langen braunen Haare hingen wie nasse, dünne Spinnweben an ihrem Kopf herunter. Sie war leicht außer Atem und wischte sich mit einem Handtuch den Schweiß von ihren Armen. Sie trug eine schwarze kurze Turnhose und ein Top mit breiten Trägern in der gleichen Farbe, das an manchen Stellen durch den vom Stoff aufgesogenen Schweiß noch dunkler war. Ihre Wangen waren eingefallen, dafür waren ihre Oberarme prall und muskulös. Und ihre Haut war so tiefbraun, dass man hätte meinen können, Anita Renner wäre unter der Sonnenbank eingeschlafen und man hätte vergessen, sie dort zu wecken.

Trotz ihrer herben Züge strahlte sie eine Weiblichkeit aus, die Matthias an eine griechische Amazone erinnerte. Nur ohne Lederbikini, Stiefel und Doppelaxt.

„Haben wir Sie gestört?“, fragte Matthias, nachdem er sich und Linda Meyer kurz vorgestellt hatte.

„Wenn Sie so fragen: Ja! Ich bin gerade beim Training, und da ist jede Störung Gift für meine Muskeln.“ Sie pustete mehrmals kräftig durch. Dabei hob und senkte sich ihr breiter Brustkorb, den das Top gerade so stützen konnte.

„Aber vielleicht können Sie uns ja weiterhelfen ...“, Matthias lächelte Anita Renner an, die keine Anstalten machte, die beiden Kommissare ins Haus zu bitten, „... wenn wir Sie schon gestört haben.“

„Sie haben Muskeln wie ein Mann. Machen Sie Bodybuilding?", fragte jetzt Linda interessiert, die ebenfalls mehr als beeindruckt war von ihrem Gegenüber.

„Ich mache Krafttraining, kein Bodybuilding, Frau ..., Frau ..., wie war noch gleich Ihr Name?"

„Meyer, Linda Meyer."

„Aber wem erklär' ich das." Anita Renner rollte genervt die Augen. Matthias war aus ihrer Sicht viel zu schmächtig für einen echten Polizisten, und Linda Meyer hatte höchstens rosafarbene und mit Sand gefüllte Gummihanteln zu Hause, die sicherlich noch nie von ihr benutzt worden waren.

„Ich trainiere für den Titel der stärksten Frau der Welt. In meiner Altersklasse bin ich bereits deutsche Meisterin", sagte Anita Renner und spannte dabei aufreizend und nicht ohne Stolz ihren Bizeps an. „Aber was kann ich für Sie tun?"

„Wann können wir denn mit Ihrem Mann sprechen?", fragte Matthias, den Anitas Muskelspiel eher abgetörnt hatte. Muskelaufbau, Krafttraining und Bodybuilding passten seiner Meinung nicht zu einem Frauenkörper.

„Er ist auf einer Messe für Biogemüse und nachhaltigen Anbau in Stuttgart und kommt erst morgen wieder. Worum geht es denn?"

„Kennen Sie Ronald Lehmann, den Gemüse-Vertriebs-Agenten aus Schwegenheim?", setzte jetzt Linda nach.

„Ja! Wobei Kennen zu viel gesagt ist. Er ist ein Geschäftspartner meines Mannes."

„Und er ist tot!"

„Tot?" Anita schaute von Matthias zu Linda und wieder zurück. „Hat der Muschelmörder wieder zugeschlagen? Ich habe das heute Morgen in der Zeitung gelesen." Joachim Hellmann hatte in der Besprechung am Morgen erwähnt, dass trotz Nachrichtensperre ausführliche Informationen und sogar wichtige Details an die Presse gelangt waren. So hatten die regionale Tageszeitung, die Pfälzischen Nachrichten, wie auch das große deutsche Boulevardblatt mit den vier Buchstaben den Muschelmörder zu ihrer Titelgeschichte erkoren, und auch die Radiosender der Region hatten in den Frühausgaben ihrer Nachrichtensendungen bereits über den spektakulären Fall berichtet.

„Wir ermitteln in alle Richtungen. Wie sah denn die Geschäftsbeziehung zwischen Ihrem Mann und Herrn Lehmann konkret aus?", fragte Matthias und fokussierte Anita Renner. „Ich meine, Herr Lehmann hatte ja einige Schulden bei Ihnen ..."

„Um die Finanzen und das Geschäft kümmert sich mein Mann", sagte Anita Renner und wischte sich erneut ihre Arme ab. „Ich kann Ihnen also nichts dazu sagen, außer, dass so etwas doch heutzutage fast schon normal ist. Wir können unsere Rechnungen auch nicht immer pünktlich zahlen, wenn von der anderen Seite noch kein Geld eingegangen ist. Und zu Ronald: Er ist ... war Gemüsehändler, hat unser produziertes Gemüse weiterverkauft."

„Mehr nicht?"

„Nein! Aber was wollen Sie denn verdammt noch mal von mir?", kläffte sie.

„Frau Renner, kein Grund, um laut zu werden", beschwichtigte Matthias in ruhigem Ton. „Aber wir haben herausgefunden, dass Ronald Lehmann Ihrem Mann nicht nur Gemüse abgekauft hat. Er hat auch die Saisonkräfte vermittelt, die bei Ihnen auf den Feldern und auf dem Hof arbeiten."

„Ja, Ronald hat uns die Saisonarbeiter beschafft. Aber ich wüsste jetzt nicht, was daran illegal oder gar kriminell sein soll. Und was Sie das überhaupt angeht?"

„Aber finden Sie es nicht komisch, dass nur junge, hübsche Frauen aus Syrien oder dem Irak für Ihren Mann arbeiten?", warf Linda ein.

„Was interessiert Sie das, oder sind Sie auch von der Steuerbehörde oder dem Zoll? Mein Mann kann Ihnen alle Papiere zeigen, Arbeitserlaubnis und Aufenthaltsgenehmigung!"

„Was meine Kollegin meint, ist, dass wir uns natürlich ein allumfassendes Bild von Ronald Lehmann machen müssen, um alles richtig einordnen zu können. Wer war er, wie lebte er ..."

„Auf unseren Feldern arbeiten Männer und Frauen, Herr Roth. Aber in der Tat durften wir feststellen, dass Frauen bisweilen produktiver sind als Männer." Anita Renner öffnete die Flasche, die sie die ganze Zeit in ihrer linken Hand gehalten hatte, und nahm zwei kräftige Schlucke, ehe sie fortfuhr: „Auf alle Fälle sind sie anspruchsloser und lassen sich besser in die Abläufe auf einem Hof wie dem unseren integrieren."

„Wir werden Herrn Lehmanns Tätigkeiten auf diesem Feld überprüfen, Frau Renner, und es wäre sehr ungünstig, wenn dahingehend Ungereimtheiten auftreten würden, die Sie und Ihren Mann betreffen", machte Matthias klar und lächelte Anita Renner vielsagend an. Doch hatte er gehofft, sein Gegenüber würde jetzt schwer schlucken, verlegen zur Seite schauen oder gar um Fassung ringen, weil man sie eines möglichen Verbrechens verdächtigt hatte, dann wurde er enttäuscht.

„Dann tun Sie das, und teilen Sie uns gerne mit, was Sie herausgefunden haben. Sonst noch was? Ich würde mich ungern erkälten, und hier zieht's doch ganz schön", sagte Anita Renner und warf sich das Handtuch über.

„Wie stehen oder standen Sie eigentlich zu Achim Jahn und Ronald Lehmann?"

„Wie schon gesagt, beide waren Geschäftspartner meines Mannes."

„Das heißt, Sie kannten die beiden nicht näher?"

„Nein!" Anita Renner schüttelte den Kopf.

„Und Sie können sich auch nicht vorstellen, wer sie getötet haben kann und warum?", übernahm jetzt wieder Linda die Gesprächsführung.

„Ist das nicht Ihre Aufgabe, dies herauszufinden?"

Anita Renner schob verächtlich die rechte Augenbraue hoch, aber Linda ließ sich davon nicht beeindrucken, als sie nachsetzte: „Der oder die Täter mussten viel Kraft aufwenden, um die beiden Männer zu überwältigen und dann zu töten."

„Ach, und das soll ich also gewesen sein, weil ich Krafttraining betreibe und die stärkste Frau der Welt werden will? Und am besten noch zusammen mit meinem Mann?" Anita Renner lachte laut los. „Merken Sie eigentlich, wie lächerlich Ihre Anschuldigungen sind? Ich muss mir das nicht länger anhören ..."

„Frau Renner, es ist ernst." Lindas Stimme hatte jetzt etwas Beschwörendes. „Wir befürchten, dass wir es mit einem Serientäter zu tun haben, dem bereits zwei enge Vertraute Ihres Mannes zum Opfer gefallen sind und der sein Werk vielleicht noch nicht vollendet hat. Also, hatten Jahn und Lehmann Feinde? Feinde, die auch Ihr Mann haben könnte?"

Anita Renner schüttelte erneut den Kopf. „Mein Mann hat keine Feinde."

„Gab es Menschen, die Achim Jahn oder Ronald Lehmann öffentlich bedroht haben? Die noch eine Rechnung mit den beiden zu begleichen hatten?“

„Nicht, dass ich wüsste. Aber was hat mein Mann damit zu tun? Und was wollen Sie von *mir*?“ Anita Renner schaute die beiden Kommissare aus finsteren Augen an. „Sie stehlen mir meine Zeit.“

„Sollte Ihnen aber doch noch etwas einfallen ...“, Matthias griff in die Innentasche seines Sakkos und reichte ihr eine Visitenkarte, „... dann können Sie mich jederzeit anrufen.“

„Ich glaube nicht, dass ...“

„Frau Renner, nehmen Sie die Karte und melden Sie sich, wenn Ihnen etwas einfällt.“ Jetzt war es Matthias, der Anita Renner mit durchdringendem Blick ansah. „Wir wollen doch nicht, dass Ihr Mann das nächste Opfer ist, oder?“

Kapitel 27

Emma steckte den Kopf in die Tür und sah, wie ihr Sohn friedlich wie ein kleiner Welpe schnarchte. Er hatte ein Grinsen im Gesicht, und am liebsten wäre sie zu ihm gegangen und hätte ihm in die Wange gekniffen, ihn fest an sich gedrückt und nie mehr losgelassen.

Aber sie wusste, wenn sie das tat, dann würde Luiz nicht wieder so schnell einschlafen, sondern die halbe Nacht wach sein, durch die Wohnung toben oder vor Übermüdung quengeln und rumschreien, was wiederum sie nicht zur Ruhe kommen ließ.

Dabei brauchte auch sie mindestens sechs, am besten sogar acht Stunden ungestörten Schlaf. In der Klinik hatte sie gelernt, wie wichtig ausreichender und regelmäßiger Schlaf war, um einen erlebnisreichen Tag zu verarbeiten, den müden Körper zu regenerieren und neue Kräfte für einen weiteren aufregenden Tag zu sammeln.

Früher war Emma mit wenigen Stunden Schlaf ausgekommen, hatte sich die Nächte um die Ohren geschlagen, um einen Fall erfolgreich abzuschließen, oder war ein ganzes Wochenende mit Freunden unterwegs gewesen, um bloß keine Party auszulassen. Der Schlaf als das notwendige Übel, um zwei Tage miteinander zu verbinden. Heute war er ihre größte Energiereserve. Vor allem seit sich die Albträume immer seltener in ihre Traumwelt schlichen, schöpfte sie aus den tiefen Schlafeinheiten die Kraft, die sie benötigte. In der Klinik hatte sie sich auch immer mal wieder tagsüber für eine Stunde hingelegt und hatte angefangen, es sogar zu genießen. Das schaffte sie so jetzt nicht mehr, da sie den freien Nachmittag lieber mit ihrem Sohn verbringen wollte.

Auch heute hatte sie ihn nach Dienstschluss wieder vom Kindergarten in Freinsheim abgeholt und war dann mit ihm ins Hallenbad gefahren. Nachdem sie dort gut drei Stunden gerutscht, geplantscht und herumgealbert hatten, waren sie nach Hause gefahren und hatten es sich in Nicky-Hose und Schlabberpulli gemütlich gemacht, Pizza gegessen, heiße Schokolade getrunken und auf dem Sofa gekuschelt, ehe der kleine Mann hundemüde mit dem Köpfchen in ihrem Schoß eingeschlafen war.

Sie hatte ihn vorsichtig ins Bett gebracht und sich leise aus seinem Kinderzimmer gestohlen. Mit einer weiteren Tasse heißem Kakao hatte sie sich dann an den Esszimmertisch gesetzt und die Unterlagen ausgebreitet, die sie nach ihrem Gespräch mit Biggi Vieweg im Präsidium geholt hatte.

Sie würde morgen früh bei der Morgenbesprechung nicht dabei sein können, da Luiz einen wichtigen Impftermin hatte, den sie nicht erneut verschieben konnte. Daher würde sie erst am Nachmittag ins Büro kommen, wie sie Annegret Bender mitgeteilt hatte, da Joachim Hellmann keine Zeit für sie gehabt hatte.

Bevor sie das Kommissariat verlassen hatte, war sie noch bei den Postfächern vorbeigegangen und hatte alle Unterlagen und Informationen zu dem Fall mitgenommen, die von den unterschiedlichen Kommissariaten und Kollegen am gestrigen Tag zusammengetragen worden waren. Emmas Aufgabe war es, diese Infos auszuwerten und zu einer aktuellen Übersicht zusammenzustellen, die sie dann noch vor der Sitzung am Morgen ins Kommissariat faxen sollte, so lautete

Hellmanns Anweisung. Die Originalunterlagen, die erst bei einer Gerichtsverhandlung als Beleg- und Beweismaterialien herangeführt werden würden, würde sie dann am Nachmittag mitbringen, um sie dann mit den neu gewonnenen Erkenntnissen der Kollegen zu aktualisieren.

Fast drei Stunden hatte sie die Unterlagen gewälzt in der Hoffnung, so ein etwas klareres Bild von einer bisher völlig undurchschaubaren Mordserie zu bekommen. Doch in den Akten fand sie keine neuen Ansätze.

Am frühen Abend hatte Emma dann noch mit Matthias telefoniert, der gerade auf dem Weg in die Klinik zu Isabell gewesen war. Er hatte erzählt, dass die mittlerweile eingesetzte Sonderkommission nicht viel weitergekommen war. Emma hatte ihm berichtet, dass sie eher Seelentrösterin für Biggi Vieweg gewesen war, als irgendetwas Entscheidendes herauszufinden, da Bodo Vieweg gerade im Ausland weilte. Er hatte bis jetzt nicht zurückgerufen, obwohl ihm Emma zwei Nachrichten auf seiner Mailbox hinterlassen hatte. Dessen ungeachtet hatte Anita Renner - so Matthias - Biggis Aussage zu den Saisonarbeitern gestützt.

Auch die Kollegen vom Kommissariat für Menschenhandel, dem K13, hatten bisher nicht weiterhelfen können, da sie bei ihren regelmäßigen Kontrollen bisher nichts Auffälliges feststellen konnten. Sollten die Arbeitskräfte gegen ihren Willen nach Deutschland gebracht worden sein, dann hatte man in der Abteilung bisher nichts davon erfahren. Es lag keine Anzeige vor, und die war Voraussetzung, um einer möglicherweise vorliegenden Straftat überhaupt nachgehen zu können.

Genauso ernüchternd sah es beim Brandanschlag auf das geplante Flüchtlingsheim aus. Aktuell gingen die Kollegen in Landau immer noch von Brandstiftung aus - ob mutwillig oder versehentlich. Und beide Gruppen beschuldigten sich gegenseitig, den Brand gelegt zu haben. Doch man hatte vor Ort weder einen Brandbeschleuniger noch einen deponierten Brandherd gefunden, der das Feuer ausgelöst haben könnte, was auch daran lag, dass es durch den aufkommenden Wind begünstigt worden war und sich rasend schnell ausgebreitet und den alten Holzschober im Nu zerstört hatte. Auch hier war man - was eine mögliche Verbindung zu den beiden toten Männern betraf - also nicht weitergekommen. Zumal die Kollegen auch einen Versicherungsbetrug immer noch nicht final ausschließen wollten.

Hellmann, so hatte Matthias erzählt, hatte nicht seinen besten Tag gehabt. Er musste die vom Staatsanwalt eiligst anberaumte Pressekonferenz abhalten, ohne wirklich echte Informationen für die Medienvertreter zu haben, die ihn dafür auch nach Ende der PK unablässig nach neuen Erkenntnissen und weiteren Details gelöchert hatten. Und wenn das schon nicht schlimm genug gewesen wäre, so saß ihm jener Staatsanwalt auch noch im Nacken, der Ergebnisse verlangte. Doch es gab einfach keine Hinweise auf den oder die Täter, und die beiden Mordopfer hatten nicht wirklich etwas gemeinsam, außer dass sie seit Jahren zusammenarbeiteten. Auch die Befragung der Männer, die mit Ronald Lehmann jeden Mittwochabend Doppelkopf spielten, hatte nichts gebracht. Sie wussten weder etwas von Lehmanns geschäftlichen Aktivitäten noch hatten sie einen Einblick in sein privates Umfeld, und sie konnten sich auch nicht vorstellen, dass er irgendwelche Feinde gehabt hatte, die so weit gehen und ihn ermorden würden. Für was auch?! So ihre Reaktion.

Selbst die Beschreibung des Mannes mit dem gelben Kapuzenpulli, der bei Ronald Lehmann im Gebüsch gesessen hatte und dann abgehauen war, hatte nichts ergeben. Irgendwie schien es wie verhext zu sein. Sie kamen einfach nicht einen Millimeter weiter.

Ich brauche eine kurze Pause, dachte Emma und gähnte. Sie war müde und fühlte sich ausgelaugt und leer. Sie kämpfte gegen die bleierne Erschöpfung an, die sie plötzlich wie aus dem Nichts heimgesucht hatte und ihre Augen schwer werden ließ. Sie konnte kaum mehr die Worte auf dem Bildschirm erkennen, so sehr flimmerten die einzelnen Buchstaben. Aber den Bericht will ich auf jeden Fall noch heute Abend fertigstellen und ins Kommissariat faxen, dachte sie entschlossen, auch wenn sie sich gerade fühlte, als wäre sie von einer Dampfwalze überrollt worden. Als Belohnung könnte sie morgen dann aber zumindest eine gute Stunde länger schlafen, wenn Luiz sie denn ließ.

Doch vorher musste sie endlich diesen einen Anruf hinter sich bringen, der längst überfällig war!

Angespannt wählte sie Rikes Handy-Nummer. Schon nach dem ersten Klingeln nahm ihre Freundin ab.

„Hallo Emma!" Wie immer klang Rike fröhlich und ausgelassen.

„Hej! Wo erwische ich dich gerade?", fragte Emma, die sich vorgenommen hatte, das Gespräch behutsam einzuleiten.

„Zu Hause. Mein nächster Flug geht erst morgen. Shanghai mit dem A380. Ich fliege jetzt für Lufthansa und bin zur Purserin aufgestiegen."

„Wie geht's dir?", überging sie Rikes Worte. Es schien Emma alles andere als passend zu sein, ihrer

Freundin zum Karrieresprung zu gratulieren. Das Gespräch hatte einen anderen Anlass.

„Fantastisch! Neuer Job, neue Wohnung - ich wohne jetzt in Frankfurt. Und verliebt bin ich auch. Thomas heißt er, und er ist, dreimal darfst du raten, Pilot. Also Co-Pilot. Es lebe das Klischee." Rike prustete los. „Aber er ist schon süß. Und richtig sexy. Aber wie geht's dir denn und wie dem kleinen Luiz? Wie alt wird er jetzt?"

„Er ist im März drei geworden ..." Emma holte tief Luft. Der Hörer in ihrer Hand zitterte leicht, als sie sagte: „Rike, es tut mir leid." Emma hörte irgendwo entfernt den Kühlschrank in der Küche brummen, im Badezimmer knackte der Heizkörper, und das Blut rauschte in ihren Ohren. Wie Wellen. Ansonsten war alles still. „Ich weiß, dass ich das, was passiert ist, nicht ungeschehen machen kann. So gerne ich es auch täte." Emma kämpfte gegen die aufsteigenden Tränen. „Aber ich wünsche mir nur ..." Sie schluckte. „... du kannst mir eines Tages verzeihen."

„Emma, es geht mir gut. Wirklich! Und du solltest auch nach vorne schauen und dich um deinen Sohn kümmern."

„Rike, ich ..."

„Du Emma, können wir das Gespräch die Tage fortsetzen? Ich habe gleich Zumba, Thomas kommt noch vorbei, hier sieht es aus, als hätte eine Bombe eingeschlagen, und packen muss ich auch noch."

„Okay ..."

„Ich melde mich, wenn ich wieder zurück bin! Okay?!"

Das ist alles, fragte sich Emma, die einfach nicht glauben wollte, dass ein so ernstes und für sie so ungemein wichtiges Gespräch von Rike mit wenigen

Worten beendet worden war. Mehr hatte sie nicht dazu zu sagen? War Rike wirklich so kalt? Gar gleichgültig und herzlos? Oder war es nur ihre Methode, mit dem Tod ihrer Tochter Amelie irgendwie fertigzuwerden, indem sie nichts an sich ranließ, was sie an den schlimmsten Tag ihres Lebens erinnerte?

Völlig aufgewühlt setzte sich Emma wieder an den Esszimmertisch. Jetzt war sie es, die sich irgendwie ablenken und einen kühlen Kopf bewahren musste. Rike war eben Rike. Man musste sie so nehmen, wie sie war, und eigentlich schätzte Emma genau das an ihrer Freundin. Und dennoch ahnte Emma, dass dieses Kapitel für sie selbst noch nicht ganz abgeschlossen war und dass da, wo auch immer und wann auch immer, noch eine Fortsetzung auf sie warten würde.

Emma nahm erneut die dünnen Aktenordner zur Hand, die ihr Annegret ins Postfach gelegt hatte. Die Mappe für Achim Jahn war gelb, die andere mit den bisher zusammengetragenen Infos über Ronald Lehmann rot. Immer und immer wieder las sie die wenigen Fakten durch, die es über die beiden Mordopfer gab, doch sie konnte einfach keine Gemeinsamkeit, kein verbindendes Element erkennen. Dabei musste da etwas sein, das beide Männer miteinander verband. Etwas, wofür sie auf grausamste Weise hatten sterben müssen.

Ja, sie waren beide im gleichen Alter, wohnten in direkter Nachbarschaft - der eine in Sickfeld, der andere im Nachbardorf Schwegenheim - und beide hatten etwas mit Gemüse zu tun. Der einzig wirklich interessante Punkt war, dass Ronald Lehmann nicht nur Gemüse vertrieb, sondern auch die Saisonarbeiter für die umliegenden Höfe vermittelte. Auch wenn Emma sich nicht vorstellen konnte, dass ein Spargelstecher oder ein Spinatpflücker als Täter infrage kam, so hatte sie von Matthias erfahren, dass zwei Kollegen gerade die Arbeitszeiten, Lebensläufe und auch Alibis der Arbeitskräfte überprüften. Ausgang offen.

Auch die Auswertungen der Computer liefen noch, wie Matthias Emma ebenfalls mitgeteilt hatte. Auch hier musste man mindestens einen weiteren Tag abwarten, um stichhaltige Ergebnisse zu erhalten.

Emma seufzte. Sosehr sie auch gehofft hatte, vielleicht den alles entscheidenden Hinweis zu finden – anscheinend musste auch sie sich der dünnen Sachlage geschlagen geben. Die beiden Männer führten ein mehr oder weniger beschauliches und unspektakuläres Leben, typisch durchschnittlich, ohne große Ausschläge zu der einen oder anderen Seite, wenn man von den zwei Einträgen über Ronald Lehmann absah.

Das kann doch nicht wahr sein, ärgerte sie sich und schlug ihren Notizblock auf. Zu beiden Männern hatte sie sich notiert, dass sie sehr groß, muskulös und von der Figur sehr kräftig waren. Hatte Bertram nicht vermutet, dass Ronald Lehmann geboxt haben musste? Oder gerudert?

Sie grübelte. Wo hatte sie das nur gelesen? Hatte Achim Jahn nicht irgendwas mit einem Ruderverein zu tun gehabt? Sie durchflog den gelben Ordner, und Bingo, Achim Jahn war Mitglied beim BRC Köpenick gewesen! Und wie sah es mit Ronald Lehmann aus? Vor Aufregung leicht angespannt, endlich erfolgreich zu sein, blätterte sie sich durch die andere Mappe und schlug die Seite auf, auf der die Hobbys und die Mitgliedschaften aufgeführt worden waren. Und tatsächlich, sie hatte eine weitere Gemeinsamkeit gefunden! Sie nahm sich vor, noch heute ihre Kollegen darüber zu informieren.

Kapitel 28

Sie fühlte sich schmutzig. Benutzt. Weggeworfen. Wie der abgeknabberte Knochen eines Hühnchens. Sie musste sich schütteln, doch ihr Körper, der selbst aussah, als hätte man ihn abgenagt, war zu schwach, jenem Gefühl nachzugeben. Und doch spürte sie, wie ihr gesamtes Inneres rebellierte, als wollte es sich reinwaschen von einer Schande, die nicht mehr zu bereinigen war. Nie mehr.

Wie sich ein Fuchs über ein Huhn hermachte - getrieben von Hunger, Gier und dem Wunsch, zu töten -, so war auch er über sie hergefallen. Als wäre es das Letzte, was er auf der Welt tun konnte.

Es war gestern gewesen, draußen war es noch oder schon wieder hell, als plötzlich die Tür erst aufgeschlossen und dann mit einem kräftigen Schwung aufgestoßen wurde. Der Lichtstrahl war so stark gewesen, dass er sie geblendet hatte, und doch hatte sie die schwarzen Umrisse des Mannes gesehen, der in der Tür stand und sich auf sie freute. Wobei sie niemals damit gerechnet hätte, für irgendjemanden eine Freude zu sein, so abgemagert, zerlumpt und verdreckt wie sie war. Sie hatte sich schon seit Tagen - oder waren es mittlerweile gar Wochen - keine Zähne mehr geputzt. Es gab keine Stelle ihres Körpers, die noch sauber war, und ihre Kleidungsstücke rochen nach Fäkalien und Urin. Ihr Büstenhalter hatte sich in ihre Haut gerieben. Dabei hatte sie, seitdem die Männer sie geschnappt und entführt hatten, deutlich an Körpergewicht verloren. Der BH war wie zu einer zweiten Haut geworden, weil sie ihn seit ihrer Flucht nicht mehr ausgezogen hatte. Bei der Flucht hatten sie nur die Kleidungsstücke mitnehmen können, die sie am Körper trugen. Mehr hatte der Schlepper im Hafen nicht erlaubt. So hatte sie sich damals drei Hemden ihres Bruders, einen dicken Pulli und zwei Jacken übergestreift. Denn sie wussten nicht, was sie erwarten würde, das Meer war unbarmherzig kalt, und man kühlte schnell aus, wenn man erst mal ins Wasser gefallen war. Dann streckte der Tod seine gierigen Hände nach den Leibern aus, die nur noch ein Spielball der Wellen waren, aber kaum mehr Hoffnung hatten, lebend aus dem Wasser geborgen zu werden.

Während der langen Flucht über den Balkan hatte sie sich der Jacken, des Pullovers und zwei der drei Hemden entledigt. In einem Flüchtlingscamp an der ungarisch-österreichischen Grenze hatte man ihr ein frisches T-Shirt und eine neue Hose gegeben. Sie wollte sich gerade hinter einem Zelt umziehen, als der Mann sie gepackt und wie ein zu verladendes Stück Vieh in den Transporter gestoßen hatte.

Jener Mann war dann in ihren Verschlag getreten, hatte sie gestern losgebunden und in einen Raum geführt. Dort konnte sie endlich und nach langer Zeit zum ersten Mal wieder duschen. Der Nachbarraum, in dem er gesessen und sie die ganze Zeit angestarrt hatte, sah aus wie eine Umkleidekabine, die sie aus einer Turnhalle in ihrer Heimatstadt Rakka kannte. Er hatte sie auch während des Duschens an einem Seil am Fußknöchel angebunden, und er musste nur ziehen und sie wäre durch die Luft geflogen und auf den gekachelten Boden geknallt. Er hatte ihr etwas zum Anziehen gegeben, was viel zu groß für ihren ausgemergelten Körper war, aber immerhin war es frisch und roch nach einer Frühlingswiese. Sie durfte sich vorm Spiegel auch etwas zurechtmachen. Er hatte ihr etwas Rouge, einen blauen Lidschatten und einen knallroten Lippenstift mitgebracht. Zum ersten Mal sah sie sich. Sie war immer noch eine hübsche junge Frau, auch wenn die Schönheit so verschüttet war wie ihr Zimmer nach dem Bombeneinschlag. Die Wangen waren eingefallen wie bei einer alten Frau, die Haare verfilzt und gebrochen, die Haut dünn, fahl und mit blauen Flecken übersät. Das Strahlen ihrer Augen war verkümmert, ihre Lippen gerissen und spröde, der Busen hing schlaff an ihrem Körper, als gehörte er eigentlich gar nicht zu ihr.

Und doch wollte dieser Mann sie unbedingt – mit allem, was dazugehörte. Sie wusste, was jetzt kommen würde, und sosehr sie sich auch hatte wehren wollen, allein die Kraft fehlte ihr, sich gegen dieses Höllenmonster zur Wehr zu setzen.

Im Nebenraum, in dem es zog und ebenfalls muffig roch, stand eine Liege. Unbequem und für sie fast zu hoch, aber für ihn hatte sie die richtige Größe. Er hatte sie aufgefordert, sich auszuziehen und hinzulegen, ehe er sie an den Handgelenken und an den Fußknöcheln an der Pritsche angebunden hatte. Auch jetzt noch erinnerte sie sich an seinen penetranten Geruch, und sie musste würgen, auch wenn das, was aus ihrem Innersten nach draußen wollte, nicht mehr war als der bittere Saft von Gallenflüssigkeit.

Sie schluckte und versuchte, die Bilder aus ihrem Kopf zu verjagen. Aber sosehr sie es auch probierte, der erlebte Film spielte sich immer und immer wieder vor ihrem geistigen Auge ab. Als würde sie jene Qual, jenes erlittene Martyrium wieder und wieder über sich ergehen lassen müssen.

Er hatte sie gestreichelt und sie küssen wollen. Aber sie hatte sich gewehrt, den Kopf nach rechts und links geschlagen und versucht, ihn zu beißen. Doch er war ihr körperlich viel zu überlegen. Sie hatte in ihrem bisherigen Leben sowieso kaum einen größeren und kräftigeren Mann gesehen als ihn.

Ohne Vorwarnung hatte er ihr dann eine so heftige Ohrfeige verpasst, dass sie jetzt noch die Sterne zählen konnte. Dann hatte er sich über ihr aufgebaut und ihr so derbe in den Schritt gefasst, dass sie aufschrie. Er hatte sie gerieben, als wolle er trockenes Holz zum Brennen bringen. Doch sie war einfach nicht feucht geworden. Sie hatte gemerkt, dass er so langsam die Lust an ihr verlor, und doch hatte er nicht vorgehabt, von ihr abzulassen. Das hatte sie in seinen Augen gelesen, als er sich dicht über sie gebeugt hatte und ihr mitten ins Gesicht rotzte. Bei dem Gedanken daran lief ihr jetzt noch seine Spucke über ihr zart geschnittenes Gesicht. Er war dann von der Liege heruntergeklettert, hatte irgendein Gel in einer Plastiktube aus einer Tüte gezogen und sie damit eingeschmiert, ehe er sie dann bestiegen hatte. Wie die Straßenarbeiter in Rakka, die mit Presslufthammern den harten Stein aufbrachen, hatte er sich in sie gebohrt. Doch anders als die Bauarbeiter, die fast einen ganzen Tag arbeiteten, hatte er nicht lange gebraucht, dann war er mit zufriedenem Grunzen von ihr heruntergestiegen. Und doch war jede Sekunde der Erniedrigung, der Schande, die sie ihrem Bruder angetan hatte, eine zu viel. Sie hatte ihre Familie entehrt und alle Vorfahren, den guten Ruf in den Dreck gezogen, und sie hoffte, dass ihr geliebter Bruder niemals davon erfahren würde.

Sie schluckte bei dem Gedanken an diese frische Erinnerung, aber ihr Mund war trocken, und sie musste husten, als sich der Staub auf ihre Luftröhre setzte. Sie wollte schreien, aber auch das konnte sie schon lange nicht mehr. Dafür fehlte ihr einfach die Kraft. So wie ihre Tränen längst versiegt waren. Ab und zu wimmerte sie und flehte nach ihrer Mama. Doch die war längst tot, und sie wünschte sich nichts sehnlicher, als ihr bald folgen zu dürfen. In eine hoffentlich bessere Welt. Das war der einzige Gedanke, der durch ihr leeres Gehirn strömte. Wie ein letzter Lebenshauch, ehe sie wieder langsam abdriftete in eine Welt zwischen Vergessen und Wissen, Erleben und Erhoffen.

In dem Raum, der seit Tagen ihr Gefängnis war, war es stickig, und es roch feucht. Modrig. Irgendwo hörte sie ab und an sanft das Wasser plätschern. Anfangs dachte sie, sie würde sich das nur einbilden oder davon träumen. Aber es konnte genauso wenig eine Einbildung sein wie das brummende Tuckern eines Motors, das sie ebenfalls immer wieder hörte und das beruhigend dahinglitt wie eine Kamelkarawane in der Wüste. Zumindest hatte man ihnen in der Schule davon erzählt. Sie selbst hatte noch nie eine Karawane gesehen.

Da, wieder dieses Tuckern! „Hello!", rief sie, doch ihre Stimme krächzte heiser, und ein heftiger Hustenanfall erschütterte sie erneut. Sie griff nach ihrer Wasserflasche und nippte daran. Eine einzige hatte er ihr dagelassen. Er würde morgen wiederkommen, dann würde er aber mehr Dankbarkeit erwarten, wenn sie mehr Wasser haben wollte, so hatte er in gebrochenem Englisch gesagt und sich dabei seinen Hosenstall hochgezogen.

Jetzt war es morgen. Oder war es noch gestern? Sie hatte längst jegliches Gefühl für Raum und Zeit verloren. So wie ihr Körper längst ihre Seele verloren hatte.

Sie schloss die Augen und träumte von den Wasserfällen. Vom Fluss Euphrat, der sich wie ein blaues Band durch den syrischen Sand schlängelte. Von ihrer Mama, die so gerne gesungen hatte. Sie hatte eine so klare Stimme gehabt, dass selbst die Vögel ihr andächtig und voller Bewunderung gelauscht hatten.

Mama, sing für mich, dachte sie und hoffte inständig, dass ihr Wunsch noch vor dem nächsten Morgengrauen endlich in Erfüllung gehen würde.

Kapitel 29

Sie wusste, sie war nicht mehr allein. Das galt nicht für ihr Haus, ihre Festung. Hier war sie geschützt. Nein, das Böse lauerte draußen auf sie in der dunklen, finsteren Nacht, die sich sanft, aber allmächtig über die Insel Bornholm gelegt hatte.

Der Wind hatte zugenommen. Er blies landwärts, mit heftigen Sturmböen von der Ostsee, die jetzt schwarz unter den Klippen lag. Es war bereits weit nach Mitternacht, und sie konnte immer noch nicht einschlafen.

Die Fensterläden klapperten gespenstisch, der Wind jaulte im alten Schornstein, und irgendwo schepperte etwas Metallisches, als würde eine vom Sturm umgestoßene Gießkanne über den Vorhof getrieben werden.

Es waren Laute, die sie kannte, an die sie sich längst gewöhnt hatte, und doch klangen die Geräusche heute anders. Lauter, penetranter, bedrohlicher. Als wüssten sie, dass sie bald nicht mehr gehört werden würden.

Die Tür der Werkstatt knarzte und schlug immer wieder mit voller Wucht gegen das schwere Eisenschloss. Dabei war sie sich sicher gewesen, die Tür vor Tagen schon fest verriegelt zu haben. Sie hatte Angst, der Wind würde wüten und ihre feinen und zerbrechlichen Glasformen zerspringen lassen. Und anders als bei Porzellan brachten Glasscherben kein Glück. Denn Gläser hatten Seelen, und man konnte sie weinen hören, wenn man seinen Finger anfeuchtete und dann mit der Kuppe über den Glasrand fuhr.

Auch wenn ihr Bauch etwas anderes sagte, sie musste nach draußen und nachsehen. Oder zumindest die Tür fest verschließen, wollte sie nicht morgen von einem bösen Scherbenhaufen überrascht werden, wenn eine Böe doch mehr zerstört hatte, als sie hoffte.

Sie konnte jemanden anrufen und um Hilfe bitten. Aber sie würde sich mit einem solchen Anruf absolut lächerlich machen, wenn ihr Nachbar extra den unbeleuchteten Klippenkamm hergelaufen käme, um für sie die Tür zu verriegeln. Am Ende würde er noch in die Ostsee stürzen, und sie wäre schuld, dass jemand ihretwegen hatte sterben müssen. Zum zweiten Mal.

Vorsichtig schloss sie die Haustür auf, an die sie gleich drei Schlösser hatte anbringen lassen.

Vor dem Haus war alles dunkel. Sie hatte schon vor Monaten die Glühbirnen aus der Fassung der Lampe neben der Haustür und aus der an der Werkstatt herausgedreht. Niemand sollte sie sehen. Nur jetzt hatte sie eben auch Mühe, ihre Umgebung zu erfassen.

Die dicken Wolken hatten den Mond zugeklebt, als erlaubten sie ihm nicht, die Erde betrachten zu dürfen. Nur langsam gewöhnten sich ihre Augen an das alles verschluckende Schwarz um sie herum. Schwach schimmerte der weiße Kies im Hof. Auch die weißen Wände ihres Fachwerkhauses hoben sich nur unmerklich von der Umgebung ab. Aber so langsam konnte sie alles erkennen. Die Bäume des kleinen Hains, in deren Blättern der immer noch kühle und teilweise stramme Ostwind rauschte. Den Klippenkamm, der sie zum Hof ihres Nachbarn führte und auf dem die Gräser und Wildkräuter jetzt ordentlich durchgekämmt wurden. Die alte Räucherkammer, die sie zu ihrer Werkstatt umgebaut hatte.

Auch jetzt wieder schlug die Tür bei jeder aufkommenden Windböe gegen den alten Holzrahmen und das schwere Eisenschloss.

Ich muss nur rüberlaufen, die Tür verschließen und wieder zum Haus spurten, ging sie in Gedanken den Ablauf ihrer nächtlichen Rettungsaktion durch. Sie erschrak, als der Wind plötzlich ein klirrendes Geräusch aus der Werkstatt zu ihr herübertrug.

Nein, bitte nicht meine Rohlinge, flehte sie gen Himmel, obwohl sie ahnte, welche filigranen Gläser da gerade zu Bruch gegangen sein mussten. Es war ihre letzte Arbeit, bevor die Angst sie zur Untätigkeit gelähmt und ihr jegliche Kreativität geraubt hatte. Es war ihr aktueller Auftrag, der schon seit gut einem Jahr ruhte, auch wenn sie sich an den weniger ängstlichen Tagen stets vornahm, ihn endlich zu vollenden.

Vielleicht kann ich meine Idee und die noch existierenden Rohlinge verkaufen, dachte Jette, und zum ersten Mal seit langer Zeit erfüllte sie ein gewisser Tatendrang. Denn wenn sie auch unentwegt Angst um ihr Leben hatte, die Angst um ihre geliebte Kunst war noch ein bisschen größer.

Sie zählte bis drei, dann huschte sie an der Wand vorbei bis zur Häuserecke. Sie schaute sich ein letztes Mal nach links und rechts um, doch niemand war zu sehen.

Gleich hab ich's geschafft, sprach sie sich Mut zu, dann lief sie das letzte kurze Stück zur Werkstatt hinüber. Mit wenigen Handgriffen hatte sie die Tür wieder verschlossen. Sie traute sich nicht, in die Werkstatt zu gehen und nach dem Rechten zu sehen.

Das kann ich immer noch am Tag machen, wenn sich der Wind etwas beruhigt hat und es wieder hell ist. Die zerbrochenen Gläser muss ich sowieso neu anfertigen, dachte sie und verschloss die letzte Hängevorrichtung.

Komisch, ich habe die Tür doch fest verschlossen, und der Schlüssel hing in meiner Küche, grübelte sie, und sie fragte sich, ob sie wirklich schon unter Wahnvorstellungen oder einfach nur unter einer altersbedingten Schusseligkeit litt, als sie plötzlich hörte, wie der Kies hinter ihr knirschte und ein Schatten in ihren Augenwinkeln auftauchte.

Und da wusste Jette, dass es ein tödlicher Fehler gewesen war, nicht auf ihr Bauchgefühl gehört zu haben.

Kapitel 30

Mittwoch, 6. Mai 2015

„Wusste ich's doch!", sagte Linda, als sie an diesem frühen Mittwochmorgen ins Besprechungszimmer des Kommissariats platzte. Sie trug eine eng anliegende, legginsartige Jeans, eine weiße, blickdichte Bluse und einen schwarzen Blazer. Wie bereits an den beiden vergangenen Tagen hatte sie auch heute ihre Haare offen gelassen. Dafür war sie kaum geschminkt. Einzig ihre langen Wimpern hatte sie getuscht, was ihre großen Augen noch imposanter wirken ließ. „Achim Jahn und Ronald Lehmann waren beide Mitglieder der Freien Pfalz." Sieben Augenpaare hatten sich auf die junge Kriminalhauptkommissaranwärterin gerichtet, die freudestrahlend mit den Computerauswertungen wedelte, ehe sie jedem Kollegen eine Mappe mit den Dokumenten austeilte. Linda war bereits kurz nach sieben ins Büro gekommen, um mit einem Kriminaltechniker und dem Webadministrator des Präsidiums die Daten der Computer der beiden Mordopfer auszuspielen und alle wesentlichen und für die Ermittlung relevanten Hinweise zusammenzutragen.

„Und das habt ihr erst jetzt und über die PC-Auswertungen herausgefunden?", fragte Joachim Hellmann, und die Empörung, die in seinen Worten mitschwang, war deutlich herauszuhören.

„Na ja, solche Leute sind nur in der Gruppe stark, wenn sie im Kollektiv aufgehen und unter ihresgleichen sind", rechtfertigte sich Linda, und ihre Stimme klang jetzt weit weniger euphorisch. „Man gibt ja in der Öffentlichkeit nicht gerne zu, dass man Mitglied einer solchen Gruppierung ist."

„Trotzdem darf uns so etwas nicht noch einmal durchrutschen", bekräftigte Joachim Hellmann seinen Unmut über die aus seiner Sicht zu lasche Ermittlungsarbeit. Als ob er den Schuldigen dafür gefunden hätte, schaute er Matthias düster an, ehe er weiter leidenschaftslos durch die Unterlagen blätterte, die Linda noch extra für diese Sitzung angefertigt hatte.

„Aber das Beste kommt noch!" Lindas Stimme hatte sich wieder gefangen. Erneut schauten alle anwesenden Kollegen Linda gespannt an. „Denn wisst ihr, wer Sprecher der Freien Pfalz ist? Jürgen Renner!"

„Dieser Rettich-Renner?" Joachim Hellmann hob ungläubig seine rechte Augenbraue, als hätte er sich da gerade verhört. Dabei hatte er sich schon in der gestrigen Dienstbesprechung über den Beinamen des Gemüsebauers amüsiert. „Aber wie bringt uns das jetzt weiter?"

Der Kommissariatsleiter war auch an diesem Morgen äußerst schlecht gelaunt, was sonst eigentlich nicht so häufig vorkam. Griesgrämig schaute er in die Runde, bis er jeden Beamten einmal durchdringend fixiert hatte. „Leute, wir brauchen Ergebnisse!" Hellmann klang angespannt und nervös. Auch Matthias konnte den Druck spüren, dem sein Chef ausgesetzt war. Die Tageszeitungen - Annegret Bender hatte auch heute Morgen wieder eine Auswahl der wichtigsten lokalen und überregionalen Medien auf den Tischen des Besprechungsraums ausgebreitet - schürten auch in ihren aktuellen Ausgaben die Angst vor dem Muschelmörder. Reißerisch fragten sie: *Wer ist der Nächste?* Seit gestern Mittag stand Annegrets Telefon nicht mehr still, weil sich beunruhigte Bürger über Personenschutz informieren, völlig nebensächliche oder gar falsche Hinweise zu Protokoll geben oder unliebsame Zeitgenossen zu potenziellen Tatverdächtigen deklarieren wollten, da einem die Nachbarn sowieso noch nie ganz koscher vorgekommen waren und sie darüber hinaus auch noch auffallend häufig ans Meer fuhren.

„Es ist ein Ansatz", erwiderte Linda und setzte sich neben Matthias.

„Ja, nur leider ein sehr schwacher." Womit Hellmann nicht ganz unrecht hat, dachte Matthias und sortierte gedanklich die wenigen Anhaltspunkte, die sie bisher gesammelt hatten, die sie aber bisher nicht einen entscheidenden Schritt weitergebracht hatten.

Natürlich hatten sie noch im Laufe des gestrigen Tages Anitas Angaben zu Aufenthaltsort und zeitlicher Abfolge ihres Mannes hinsichtlich seines Besuches der Messe in Stuttgart überprüft. Und tatsächlich weilte Jürgen Renner in Stuttgart, war als Besucher bei der Messegesellschaft akkreditiert und hatte sein Hotel gegen 21.30 Uhr betreten und erst am nächsten Morgen gegen 7.30 Uhr wieder verlassen. Er fiel als Täter - was den Mord an Ronald Lehmann betraf - genauso aus wie Bodo Vieweg, den Matthias dann am Abend endlich telefonisch erreicht hatte. Matthias hatte Viewegs Telefonnummer von Emma direkt nach deren Gespräch bei Biggi Vieweg erhalten, und nach dem gefühlt zehnten Versuch hatte er endlich Erfolg gehabt. Bodo Vieweg war gerade zu einem Termin nach Kopenhagen gereist und würde erst am morgigen Donnerstag nach Westheim zurückkehren. Matthias und er hatten sich mittags für ein Gespräch verabredet, da Bodo Vieweg seine weiteren Termine nicht absagen konnte oder wollte und dem Staatsanwalt die Sachlage zu dünn erschien, um ihn ins Präsidium vorzuladen.

Auch wenn er ihn noch nicht persönlich vernommen hatte und Bodo Vieweg ein Alibi für die Tatzeit des Mordes an Ronald Lehmann hatte, so hatte es Matthias sich nicht nehmen lassen, den Besitzer der Vieweger Mühle nach seiner Morddrohung zu fragen, die dieser auf Ronald Lehmanns Anrufbeantworter hinterlassen hatte.

„Ich hatte eine edle Spargelsorte für meine Gäste bei ihm bestellt und mich darauf verlassen, diese auch zu bekommen. Und obwohl ich ihn mehrmals darauf angesprochen habe und er jedes Mal hoch und heilig versprochen hat, mir den Spargel persönlich vorbeizubringen, musste ich am Ende ganz gewöhnlichen Spargel für mein Menü nehmen", hatte Bodo Vieweg ihm erklärt. „Ich halte gerne meine Versprechen, Herr Roth. Daher können Sie sicherlich nachvollziehen, dass man sich dann auch mal im Ton vergreifen kann – emotional aufgeladen wie man in so einem Moment der Enttäuschung ist."

„Und wo waren Sie am Samstagabend in der Zeit zwischen 22 Uhr und 6 Uhr früh?"

„Wird das jetzt ein Verhör?"

„Wir grenzen einfach nur ein, Herr Vieweg. Und es wäre ja von Vorteil für Sie, wenn wir Sie schon einmal abhaken können."

„Da war ich mit einer Frau zusammen."

„Name?"

„Können wir das nicht vertraulich behandeln?"

„Herr Vieweg, wie heißt die Dame?", hatte Matthias nicht lockergelassen. Warum auch?

„Wir haben keine Banalitäten wie Namen, Schuhgrößen oder Hobbys ausgetauscht. So weit ist es nicht gegangen."

„Dann haben Sie auch keine Telefonnummer für mich, damit ich Ihre Angaben überprüfen kann?"

„Ich sagte doch: vertraulich."

Hin- und hergerissen, ob er Bodo Vieweg glauben sollte, hatte er dann das Telefonat beendet. Alle weiteren aufkommenden Fragen würde er ihm morgen stellen, wenn sie sich endlich und zum ersten Mal von Angesicht zu Angesicht gegenüberstehen würden. Selbstverständlich hatte er nach dem Telefonat mit Bodo Vieweg Annegret auf den 54-Jährigen angesetzt. Aber auch diese Recherche war ins Leere gelaufen. Gegen Bodo Vieweg lag nichts vor. Ganz im Gegenteil. Mit seinem Engagement für Flüchtlinge hatte er sich über die Landesgrenzen hinaus einen guten Namen verschafft. Er unterstützte mit einem Teil seines erwirtschafteten Gewinns den Verein *Lebensritter,* der sich für die Integration der ankommenden Flüchtlinge einsetzte, Deutschkurse gab und traumatisierten Menschen eine Therapie vermittelte. Die Mitglieder des Vereins übernahmen zusammen mit anderen freiwilligen Helfern als Paten Behördengänge und Arztbesuche oder waren einfach nur für die Flüchtlinge da, um den Menschen eine neue Perspektive zu ermöglichen und sie mit ihrem erlebten Leid nicht alleinzulassen.

„Wir müssen wohl noch mal von vorne anfangen. Die Reset-Taste drücken", stimmte Hellmann seine Mannschaft auf einen Neubeginn ein. „Was sagt der Obduktionsbericht? Matthias?"

Etwas überrumpelt nahm Matthias den Bericht zur Hand und blätterte schnell darin herum. Wie schon Emma, so hatte auch er es nicht mehr geschafft, bei der Obduktion dabei zu sein oder die Ergebnisse direkt vom Rechtsmediziner zu erfahren. Seine Schwiegermutter hatte ihn erneut mit Anschuldigungen genervt und versucht, ihm ein schlechtes Gewissen zu machen. Er hatte dann gestern Nachmittag noch schnell das

Protokoll des Gesprächs mit Anita Renner aufgezeichnet, jene wichtigen Telefonate geführt und war dann in die Rehaklinik zu Isabell gefahren, wo er bis weit nach Mitternacht am Bett seiner Frau gewacht hatte, die auch an diesem Abend einfach nur friedlich dagelegen hatte.

„Dasselbe Bild wie bei Achim Jahn, nur dass sein Genick noch nicht gebrochen war. Er stand kurz vor einer Leberzirrhose und hatte einen hohen Blutzuckerspiegel, wahrscheinlich als Vorstufe von Diabetes. Ansonsten war er körperlich topfit und nahezu kerngesund. Alle Anzeichen sprechen für einen ehemaligen Leistungssportler", fasste Matthias die wichtigsten Stichworte, die für alle gut lesbar auf der ersten Seite des Berichts standen, kurz zusammen.

„Ist irgendwas mit deiner Frau?", fragte Joachim Hellmann, und Matthias merkte, dass sein Chef kurz vor einer Explosion stand.

Er schüttelte leicht den Kopf und wollte fortfahren, als Hellmann ihm zuvorkam. „Ich versteh' euch nicht! Wir sind doch hier nicht auf einem Kindergeburtstag. Wir haben immer noch nichts Brauchbares in der Hand, mein SoKo-Leiter ist nicht ganz bei der Sache, und wo ist eigentlich Emma?" Joachim schnaubte wie ein Stier, der darauf wartete, sich endlich auf den Torero stürzen zu können.

„Sie hat einen Kinderarzttermin mit dem kleinen Luiz. Sie kommt erst heute Nachmittag ins Büro", sagte Annegret Bender, die wenige Augenblicke zuvor mit einer vollen Thermoskanne Kaffee ins Besprechungszimmer gekommen war.

„Ich sag' ja, Kind *und* Karriere funktioniert nicht", flüsterte Linda Matthias zu, der sie strafend anschaute.

„Linda, bitte!"

„Wie dem auch sei, der Staatsanwalt sitzt mir im Nacken. Er erwartet endlich Ermittlungserfolge. Und ich auch", bekräftigte Joachim Hellmann.

„Joachim, wir sind dran. Das LKA analysiert noch die beiden Muscheln, die die Opfer jeweils in ihrer Hand hielten, als wir sie gefunden haben. Die Ergebnisse sollen im Laufe des Tages eingehen."

„Okay."

„Dafür ist die Blutprobe, die Bertram Jung am ersten Tatort bei Achim Jahn in der Küche gefunden hat, leider auch nur ein Negativtreffer gewesen." Matthias gab nicht auf und hangelte sich weiter an Bertrams Obduktionsbericht entlang.

„Wie negativ?"

„Das Blut, das er gefunden hat, gehört zweifelsfrei nicht Ronald Lehmann. Jetzt wollen wir klären, ob es das Blut von Jürgen Renner ist. Ich habe beim Staatsanwalt bereits die Aushändigung einer DNA-Probe beantragt. Linda und ich fahren gleich noch zu ihm hin."

„Vielleicht gehört es ja auch seiner Frau", warf Linda ein, die erneut alle Blicke auf sich spürte. „Anita Renner ist professionelle Bodybuilderin."

„*Kraftsportlerin*, Linda!"

„Oh ja, Entschuldigung Matthias, wie konnte ich nur", witzelte Linda und zwinkerte Matthias zu, ehe sie sich wieder den Kollegen und Joachim Hellmann zuwandte: „Mit solchen Muckis." Linda formte mit ihrer rechten Hand imaginäre Muskelberge auf ihrem linken Oberarm. „Ich habe noch nie einen so gebräunten Menschen gesehen. Wie verbrannter Lebkuchen."

„Braun scheint wohl die bestimmende Farbe der Renners zu sein", bemerkte Matthias und verzog angewidert das Gesicht.

„Und ihr glaubt ernsthaft, eine Frau hat die beiden Männer ermordet?", fragte Joachim Hellmann.

„Vielleicht mit ihrem Mann zusammen." Linda zuckte mit den Schultern.

„Da läufst du aber gerade auf sehr dünnem Eis. Wie wir wissen, hat Jürgen Renner für den Mord an Ronald Lehmann ein Alibi. Und für die Tatzeit des ersten Mordes geben sich die Eheleute Renner gegenseitig auch eins."

„Das sagen sie! Und bei Ronald Lehmann war es vielleicht ein Nachahmer, ein Trittbrettfahrer, der es den Renners in die Schuhe schieben will."

„Und welches Motiv sollten die Renners haben?" Joachim Hellmann wurde so langsam unruhig, und Lindas stoische Ruhe verstärkte seine innere Angespanntheit.

„Na ja, Renners Saisonkräfte arbeiten doch auf Achim Jahns Feldern, die jetzt übrigens wieder an Bodo Vieweg zurückgehen, da der Pachtvertrag zwischen Jahn und Vieweg bei Tod erlischt. Aber das ist ein anderes Thema. Es kann doch gut sein, dass Renner die Arbeiter anders eingesetzt hat als vorgesehen. Das haben Jahn und Lehmann rausbekommen und ihn damit erpresst."

Joachim Hellmann schüttelte den Kopf. „Ihr verrennt euch da in etwas." Mit aufgestützten Armen erhob er sich von seinem Platz und ging zum Flipchart hinüber, dessen oberstes Blatt jungfräulich weiß erstrahlte.

Mit quietschendem Edding schrieb Hellmann das Wort *Muschelmörder* mit blauer Farbe aufs Deckblatt und unterstrich anschließend das Wort mit gleich zwei dicken Balken. „Wir müssen jeder möglichen Spur nachgehen und sie im Zweifel doppelt und dreifach gegenchecken. Wir müssen noch einmal alle Geschäftsbeziehungen von Jahn und Lehmann überprüfen. Und damit meine ich *alle* Geschäftspartner und *alle* Geschäftsbeziehungen mit- beziehungsweise untereinander. Linda, du kümmerst dich um Lehmanns Casino-Besuche in Bad Dürkheim und seine Spielschulden. Und um die nicht bezahlten Handwerkerrechnungen mit den größten Schuldsummen. Vielleicht lassen sich ja Gläubiger auftreiben, die ihr Geld nachdrücklich zurückgefordert haben."

„Was ist mit der gemeinsamen Vergangenheit der beiden?", warf Matthias ein, während Joachim Hellmann die Stichworte *Lehmann* und *Spielschulden* auf die Tafel schrieb.

„Mit dem Ruderverein? Darum soll sich Emma heute Nachmittag kümmern", erwiderte Hellmann, unterließ es aber, das Wort *Ruderverein* zu den bereits aufgeschriebenen hinzuzufügen. „Ihr ...", er zeigte auf zwei Kollegen, „... nehmt mal diese Freie Pfalz unter die Lupe. Vielleicht hat Ronald Lehmann ja deren Gelder veruntreut, und Achim Jahn hat ihn gedeckt oder ihn deswegen erpresst, oder oder oder." Die beiden angesprochenen Kollegen nickten kurz, dann packten sie ihre Sachen zusammen und erhoben sich von ihren Stühlen.

„Und ihr beide ...", jetzt sprach Joachim Hellmann Linda und Matthias direkt an, „... kümmert euch noch mal um die Saisonarbeiter. Wenn Lehmann schon einmal seine Fäuste hat sprechen lassen, vielleicht hat er es ja wieder getan, nur dass er dieses Mal an einen Stärkeren geraten ist."

„Oder an jemanden, der sich an ihm rächen wollte", ergänzte Linda und tat es ihren Kollegen gleich.

„Oder so ... Also, wir sehen uns dann heute Nachmittag wieder", sagte Hellmann und gab seinem Team ein Zeichen, dass die Sitzung damit beendet war. Wie auf Knopfdruck wich die angespannte Ruhe einer allgemeinen Aufbruchstimmung, und nun wurden überall Stuhle gerückt, Unterlagen zusammengeräumt und bereits im Hinausgehen erste Telefonate mit dem Diensthandy geführt.

„Kommst du?", fragte Linda, als plötzlich Joachim Hellmann neben den beiden auftauchte. „Matthias, kann ich dich mal kurz sprechen?", sagte er und forderte Matthias auf, ihm in sein Büro zu folgen.

Hellmanns Büro hatte wie alle Büroräume dieser Abteilung den Charakter eines offenen Raums. Die drei Wände, die das Zimmer umschlossen und es links und rechts von jeweils einem weiteren Büro und auf der Stirnseite vom Flur trennten, waren ab Boden nur zu einem Drittel gemauert worden. Glasscheiben waren auf diese Wandsockel gesetzt worden, um den Büros mehr Luftigkeit und Transparenz zu geben und das Miteinander der Kollegen zu stärken.

„Schließ bitte die Tür", sagte Hellmann, als sie sein Büro erreicht hatten. „Was ist nur los mit dir?"

„Was soll los sein, Joachim?"

„Brauchst du eine Auszeit? So wie Emma?"

„Nein!" Das Wort kam wie aus der Pistole geschossen.

Joachim Hellmann atmete angestrengt durch. „Okay! Dann werde ich dir glauben. Aber du meldest dich, wenn was ist?"

Matthias nickte. „Aber du hast mich jetzt nicht ins Büro bestellt, um mir das zu sagen ..."

„Nein! Anita Renner hat sich über dich beschwert, und sie hat damit gedroht, dich anzuzeigen, denn du hättest sie hart angegangen und sie ohne Grund beschuldigt, dass sie und ihr Mann Achim Jahn ermordet haben sollen."

„Das habe ich nie so gesagt, und das wird Linda auch genau so bestätigen können!"

Doch Hellmann schien Matthias' Worte nicht gehört zu haben. Oder er überging sie geflissentlich. „Sie war fix und alle am Telefon, weinte nach jedem zweiten Satz, und sie wäre auch schon bei ihrem Therapeuten gewesen, weil sie mit deinen Anschuldigungen nicht klarkommen würde."

„Wie bitte? Ich fass es nicht." Matthias fuhr sich mit beiden Händen kräftig durchs Haar, während er im Büro seines Chefs auf- und ablief. „Die Renners sind gegen alles, was irgendwie anders ist, fremd, ausländisch, lassen aber wehrlose syrische Flüchtlinge auf ihren Feldern schuften, nur weil diese keine Rechte haben und sich kein Mensch für diese armen Geschöpfe interessiert. Aber wehe, man sagt mal etwas gegen sie oder zieht in Betracht, dass auch sie Verbrechen begangen haben könnten, dann zeigen sie einen an und hetzen einem die Dienstaufsicht hinterher."

„So weit wird es nicht kommen, jetzt beruhig dich wieder. Aber du bist mein Leiter dieser SoKo und ich, wir dürfen uns nicht angreifbar machen. Also keine Alleingänge, keine Befragungen mehr, die an Nötigung grenzen ..."

„An Nötigung? Hat sie das etwa gesagt?" Matthias' Stimme klang plötzlich aufbrausend. „Müssen wir uns wirklich alles gefallen lassen?"

Joachim Hellmann ging erneut nicht auf Matthias' Frage ein. Dann sagte er mit gesenkter Stimme: „Matthias, ich muss mich auf deine Loyalität und Integrität verlassen können!"

„Du zweifelst an mir?"

„Nein, aber es steht viel auf dem Spiel. Sehr viel sogar! Und wir müssen uns jetzt einzig und allein auf die Klärung dieses Falles konzentrieren und verhindern, dass der Muschelmörder erneut zuschlägt!"

Kapitel 31

Rune Sargaard stand auf dem Klippenkamm und schaute mit zusammengekniffenen Augen in die Weite der Ostsee hinein. Um ihn herum fauchte ein rauer Ostwind. Sein olivgrüner Parka flatterte in den Böen wie der Mantel einer Vogelscheuche. Auch in der abgetragenen und an manchen Stellen durchgescheuerten Skihose verfing sich die steife Brise, die mal schwächer wurde, um dann wieder neuen Anlauf zu nehmen und mit einer noch höheren Geschwindigkeit über das Land zu stürmen und dabei mit seinen grauen und dünnen Haaren zu spielen, die länger waren als gewöhnlich. Wie seine Schafe, so trug auch er noch das Winterfell - auf dem Kopf und im Gesicht. Dabei kletterte die Sonne jetzt jeden Tag ein kleines Stück weiter den Himmel hinauf, und ihre Strahlen gewannen täglich mehr an Intensität und Wärme. Es war höchste Zeit, dass Mensch wie Tier geschoren wurden.

An den Klippen, die hier im Nordosten zerklüftet waren und teilweise weit ins Meer ragten und aussahen, als hätte jemand auseinandergerissene Klumpen eines Kuchenteigs in die See geworfen, tobte das Wasser. Immer wieder spritzte die Gischt nach oben, die vom landwärts wehenden Wind mitgetragen wurde und sich wie feiner Nieselregen auf die Landschaft legte. Das Wasser sah bedrohlich aus, dunkelblau, an einigen Untiefen gar tiefschwarz. Erst viel weiter am Horizont hellten sich die Farben auf, bis die Ostsee in den milchigen Himmel floss.

Es war noch relativ früh am Morgen, gerade einmal neun Uhr durch, aber er war schon seit fünf Uhr auf den Beinen. Er hatte sich einen Kaffee, gemacht, anschließend hörte ein wenig Klassik in seinem alten Radio gehört und seinen Hund mit Krauleinheiten verwöhnt, ehe er dann in den alten Stall hinübergegangen und sich um seine Schafe gekümmert hatte, die sich ebenfalls auf einen langen und satten Sommer auf den umliegenden Wiesen freuten.

Rune lebte allein auf seinem Hof, wenige Kilometer in nordöstlicher Richtung vom alten Künstlerort Gudhjem entfernt. Seine Frau hatte ihn schon vor Jahren verlassen, weil sie nicht damit klarkam, dass er keine fünfzig Worte am Tag sprach. Das Meer, seine Schafe, die er als einziger und letzter Schäfer auf der Insel hütete, und die teilweise wilde und unberührte Natur auf dieser Seite Bornholms waren alles, was er brauchte.

Es war nicht so, dass er Menschen hasste. Aber man musste ja nicht unbedingt mit ihnen reden. Zumindest nicht mehr als unbedingt nötig. Seine Frau hatte das nie verstanden.

Seine Nachbarin war da anders. Auch Jette sprach nicht viel. Eigentlich war sie fast genauso mundfaul wie er. Aber sie musste auch nicht reden. Der Blick in ihre Augen sagte bereits alles.

Und genau deswegen fühlte er sich ihr so nahe, wie verbunden, auch wenn sie ihm schon bei ihrem ersten Treffen unmissverständlich klargemacht hatte, das es keine gemeinsame Zukunft als Mann und Frau geben würde. Er wusste, es hatte nichts mit ihm zu tun. Es war ihr Herz, das eine engere Nähe nicht zuließ, weil es an etwas hing, das Jette jeden Tag betrauerte und das sich wie ein dunkler Schatten über sie und ihre Seele gelegt hatte. Was er auch versucht hatte, er hatte es bisher nicht geschafft, dieses Ungeheuer zu verjagen. Nein, es war über die Jahre sogar noch mächtiger geworden. Düsterer. Unheilvoller.

So war er dann zu ihrem großen Bruder geworden, der sie beschützte und immer für sie da war. Er hatte ihr verschlossenes Herz akzeptiert, so wie es die Klippen hinnahmen, dass sie dem Meer und seiner gefräßigen Brandung schutzlos ausgeliefert waren.

Er hatte sich damit arrangiert. Genau wie sie. Und doch kam es einer Qual gleich, mit ansehen zu müssen, wie sehr Jette unter diesem dunklen Schatten litt, der sie zu einem ganz anderen Menschen hatte werden lassen. So richtig schlimm war es vor gut einem Jahr geworden, und ausgerechnet da hatte er nicht auf sie aufpassen können. Er verließ die Insel nicht oft. Die Menschen auf dem Festland konnten die Insulaner oftmals nicht verstehen. Ihn am allerwenigsten. Und doch gab es manchmal Dinge, die man nur an Land erledigen konnte. Hätte er geahnt, welche Katastrophe über Jette hereinbrechen würde, dann wäre hier geblieben.

Dieser Mann war auf die Insel gekommen und hatte sie bedrängt, nicht zum ersten Mal, wie Jette später unter Tränen aufgelöst und am ganzen Körper zitternd erzählt hatte. Und sie hatte seinem Wunsch nachkommen müssen. Warum, wollte sie nicht verraten. Das würde doch sowieso niemand verstehen können, waren dann immer ihre Worte.

So hatte er sie in den Arm genommen und nicht weiter nachgefragt. Auch das gehörte dazu. Keine Fragen stellen, wenn alle Antworten bereits gegeben waren.

Ob er sich um ihn kümmern solle, war das Einzige, was er sie dann doch gefragt hatte. Doch Jette hatte nur mit dem Kopf geschüttelt und bitterlich geweint. „Mir kann keiner helfen."

Das war jetzt auf den Tag genau ein Jahr her, erinnerte er sich und schaute zu ihrem Hof hinüber, der zwischen den Haselnusssträuchern, Ulmen und Ahornbäumen des Hains wie in ein Vogelnest gebettet friedlich schlafend daniederlag. Die Rollläden waren geschlossen. Auch aus dem Kamin kam kein Rauch, dabei war es gerade in den Nächten noch oft unangenehm kalt, und Jette befeuerte oft noch bis weit in den Juni hinein ihren Kamin. Doch am meisten wunderte ihn die offen stehende Tür ihrer Werkstatt, die man von dieser kleinen Anhöhe des Klippenkamms aus deutlich sehen konnte.

Jette ließ nie die Tür geöffnet. Erst recht nicht bei einem so starken Wind, dachte er, und er spürte, wie das Unbehagen sich langsam in ihm ausbreitete.

„Bjarne!" Der Name seines Hundes grollte durch den Wind. Ehrfürchtig kam der Schäferhund angelaufen, der der eigentliche Hüter der Schafe war.

Mit seinem vierbeinigen Vertrauten an der Seite lief Rune den schmalen Weg entlang zu Jettes Anwesen, auf dem sich immer noch nichts rührte. Rune spürte, dass auch Bjarne plötzlich unruhig wurde, dann bellte er plötzlich laut los und lief die letzten Meter des Klippenkamms zum Hof hinunter.

„Bjarne!", schrie Rune, doch der Hund war bereits aus seinem Blickwinkel verschwunden. Er rannte ihm hinterher und erreichte keine Minute später den mit Kies ausgelegten Vorplatz, der rechts zum kleinen Wohnhaus und geradeaus weiter zur Werkstatt führte.

Bjarne stand vor dem kleinen Häuschen und wartete auf seinen Herrn, während er abwechselnd wild bellte und dann wieder angriffslustig knurrte. Doch anscheinend war niemand da, auf den sich der Hund hätte stürzen können. Auch Jette nicht, die die beiden sonst schon von Weitem kommen sah und ihnen mit einer Tasse Tee oder Kaffee entgegengelaufen kam.

„Hey, was ist?“, fragte er und packte seinen Hund mit einem festen Griff in den Nacken, als er sie sah.

Und da wusste er, er hätte Bodo Vieweg damals für das, was er ihr angetan hatte, töten sollen.

Kapitel 32

„Was, das hat Hellmann zu dir gesagt?" Linda war immer noch fassungslos, nachdem ihr Matthias kurz den Inhalt seines Gesprächs mit dem Chef geschildert hatte. Die beiden Kommissare saßen im silbergrauen Dienstwagen und waren auf dem Weg nach Sickfeld. Denn wie bereits am Vortag wollten sie Jürgen Renner und seiner Frau Anita einen Besuch abstatten. Und dieses Mal hatten sie sogar einen offiziellen Anlass, denn der Staatsanwalt hatte Matthias' Antrag stattgegeben und ihm somit die Erlaubnis erteilt, eine DNA-Probe einzuholen. Irgendwie mussten sie ja mal weiterkommen, auch wenn Hellmanns Einwand, was das eigentlich alles bringen sollte, nicht ganz unberechtigt war.

„Und jetzt sollst du dich raushalten und kein Wort mehr mit ihr wechseln?"

„So weit kommt es noch, pfff. Jetzt erst recht!"

„Aber bei den Renners kommen wir doch irgendwie nicht weiter, und der Chef hat unmissverständlich klargemacht, dass wir uns wegen der Arbeitskräfte zurückhalten sollen", sagte Linda, die die kurze Autofahrt nutzte, um noch einmal durch die Computerauswertungen zu blättern.

„Darum kümmern sich ja angeblich die Kollegen." Matthias hob verächtlich die Augenbraue. „Die haben doch noch weniger Leute als wir, ein noch viel größeres Gebiet, das sie betreuen müssen, und sind doch sowieso völlig überlastet. Aber warum soll es bei denen anders sein als bei uns. Überall wird gespart bis zum Geht-nicht-mehr."

„Da schlägt aber gerade dein Revoluzzer-Herz, was?“ Linda grinste ihn an. „Aber vielleicht finden wir ja doch was bei den Renners. Denn in einer Sache hat sie uns angelogen ...“

„Und die wäre?“

„Als ob dieser Renner keine Feinde hätte. Als Kopf dieser braunen Bande hat man doch ausgesprochen viele Feinde. Da wäre beispielsweise dieser Verein Lebensritter ...“

„Das waren die mit dem Flüchtlingsheim in Sickfeld. Auch so ein komischer Zufall, richtig“, bemerkte Matthias.

„Der Vorsitzende heißt übrigens Ralf Grimm, und der ist ganz dicke mit Bodo Vieweg. Das weiß ich von meinem Vater.“

„Interessant. Vielleicht müssen wir einfach nur noch ein bisschen mehr Staub aufwirbeln, dann kommen die Ratten schon von allein aus ihrem Loch gekrochen.“

Linda schaute Matthias erschrocken an. „Heute kriegt aber jeder sein Fett weg.“

„Mit Speck fängt man eben Mäuse.“

„Auch Ratten? Na egal. Ich habe mir eben während der Sitzung noch mal die Computeranalysen angeschaut. Es ist nicht viel, aber die Saisonkräfte, Frauen wie Männer, sind alle christlichen Glaubens.“

„Das steht da?“ Jetzt war es Matthias, der Linda mit großen Augen kurz anstarrte, ehe er sich wieder auf den Straßenverkehr konzentrierte.

„Da sind ganz viele Daten aufgeführt. Als ob sie zu jedem Erntehelfer einen eigenen Steckbrief angelegt haben. Und es sind eben fast nur Frauen. Aber das wussten wir ja schon. Ich habe die Auswertungen den Jungs vom K13 gegeben. Sie werden der Sache nochmals nachgehen.“

„Wenn sie es denn tun“, erwiderte Matthias und lenkte die silbergraue Limousine von der Landstraße in die Hofeinfahrt der Renners, deren Anwesen fast genau in der Mitte des kleinen Örtchens Sickfeld stand.

„Komische Atmosphäre. So düster. Dabei scheint die Sonne“, bemerkte Linda und folgte Matthias Richtung Haustür. „Ich fühle mich richtig beobachtet. Als ob die Fenster Augen hätten.“

„Das haben sie ja auch ... Dort wohnen die Erntehelfer.“

„Aber müssten die nicht jetzt alle auf den Feldern sein?“, fragte Linda und schaute auf die Uhr ihres Handys, die 10.15 Uhr anzeigte.

„Du weißt ja nicht, wie ihre Arbeitszeiten sind oder welche Arbeiten sie zu verrichten haben.“

„Dann bin ich also der einen Hölle entkommen, nur um in einer anderen wiedergeboren zu werden? Woah, bei dem Gedanken schüttelt's mich ...“

„*Sie* schon wieder!“, wurden sie von Anita Renner begrüßt, die bereits im Türrahmen stand und die beiden Kommissare erwartete. Auch heute trug sie Sportklamotten, doch das Trägertop und die Turnhose hatte sie gegen einen rosafarbenen Jogginganzug getauscht, der an den Armbündchen wie auch am Kragen mit Pailletten bestickt war. Die kleinen Plättchen schimmerten wie Tausende Regenbögen, je nachdem, wie sich das Licht auf ihrer glänzenden Oberfläche brach.

„Mein Mann ist immer noch auf der Messe und kommt erst im Laufe des Tages zurück. Aber das habe ich Ihnen ja schon gestern erzählt. Dafür hätten Sie nicht extra herkommen müssen“, sagte Anita Renner mit einem selbstgefälligen Grinsen im Gesicht, das ihre Züge noch verhärmter wirken ließ.

„Danke, das wissen wir." Matthias lächelte sie vielsagend an.

„Und was wollen Sie dann hier?" Auch heute hatte Anita Renner nicht vor, die beiden Kommissare ins Haus zu lassen.

„Wir verfolgen eine neue Spur", antwortete jetzt Linda.

„Eine neue Spur? Aha."

„Ja, vielleicht hat einer Ihrer Erntehelfer sich an den beiden Männern gerächt. Wie wir wissen, ist Ronald Lehmann schon einmal handgreiflich geworden", sagte Matthias, dem bewusst war, dass er die Fakten gerade sehr stark strapazierte.

„Ja, aber die Anzeige ist damals zurückgezogen worden." Anita Renner blieb ruhig.

„Sie wissen davon?"

„So etwas spricht sich hier schnell rum."

„Dieses Mal wollte derjenige anscheinend nicht so lange warten, bis Lehmann juristisch verfolgt wird, und hat das Gesetz lieber selbst in die Hand genommen."

„Und das soll also eine unserer Arbeiterinnen, äh Saisonkräfte gewesen sein?"

„Das Böse ist eben überall zu Hause ...", sagte Matthias und fokussierte sein Gegenüber scharf.

„Von wegen Willkommenskultur. Diese Flüchtlinge sind ein Plage! Wie Heuschrecken haben sie sich über unser Land ausgebreitet. Und es werden ja immer mehr."

Erschrocken schauten sich die beiden Kommissare an. Dann sagte Mattias ruhig, aber nachdrücklich: „Frau Renner, bitte achten Sie auf Ihre Wortwahl!"

„Erst die Polen, dann die Rumänen und Bulgaren, jetzt die Flüchtlinge ..."

„Schon komisch, das aus Ihrem Mund zu hören ... Dabei profitieren Sie doch am allermeisten von den billigen Arbeitskräften. Zumal ja kein guter Deutscher diese Arbeit verrichten will, Spargel stechen, Erdbeeren pflücken."

„Ja, leider. Aber die Polen gingen wenigstens immer wieder zurück. Die Rumänen waren plötzlich verschwunden. Als der Bus sie zurück nach Rumänien bringen sollte, da war plötzlich nur noch die Hälfte da. Die anderen sind einfach abgetaucht. Und diese Flüchtlinge holen wir ja sogar noch extra von der Grenze ab."

„In Ihrem Auftrag ..."

„Nein, angefangen hat damit der Grimm von diesen Lebensrittern. Ein komischer Typ. Total verbohrt. Er hat sogar noch vor der Demo am Montagabend meinen Mann bedroht. Und den Lehmann auch, glaube ich. Was uns denn einfallen würde, seine gute Sache so in den Dreck zu ziehen? Und wir sollten bloß aufpassen, damit uns nicht das Gleiche geschieht wie dem armen Jahn oder so ähnlich. Dabei haben wir uns nur hinten drangehangen."

„Was meinen Sie mit hinten drangehangen", hakte Linda nach und zückte ihren Notizblock.

„Wir dachten, wenn wir Deutschen schon die Welt retten und alle bei uns aufnehmen, dann können wir doch auch ein kleines bisschen davon profitieren. Und die Menschen haben eine Perspektive, Arbeit als Lebensinhalt. Das waren sogar Grimms Worte."

„Bei *Ihren* Worten wird mir schlecht!", sagte Matthias und verdrehte angewidert die Augen.

„Matthias!", zischte Linda, obwohl sie seine Reaktion nur zu gut nachempfinden konnte. „Ralf Grimm hat damit angefangen?", fragte sie jetzt weiter, um so die Situation ein wenig zu entspannen und Anita Renner weiter am Reden zu halten.

Anita Renner nickte und holte eine Zigarettenpackung hervor. Sie zündete sich eine Zigarette an, nahm zwei schnelle Züge, dann fuhr sie fort: „Ja, es gab und gibt Fördergelder vom Land für seinen Verein und für die Kulturscheune ... Jeder, der eine Unterkunft für Flüchtlinge zur Verfügung stellt, wird finanziell entschädigt. Von tausend Euro pro Flüchtling im Monat war die Rede. Ob erwachsener Mann oder Baby – ganz egal. Ob das stimmt, weiß ich nicht. Mein Mann kümmert sich um unsere Geldsachen." Sie zog ein letztes Mal an ihrer Kippe, dann schnippte sie die Zigarette an den Kommissaren vorbei auf den Schotter der Einfahrt und blies den blauen Dunst aus.

„Das heißt, Sie bekommen auch Unterstützung für die bei Ihnen wohnenden Flüchtlinge, die auch noch für Sie arbeiten?"

„Sie arbeiten legal und freiwillig. Sie können sie ja gerne fragen. Ich bin sicher, das Leben hier ist schöner, als im Bombenhagel zu sterben oder im Mittelmeer zu ertrinken, denken Sie nicht?"

„Diese Frau ekelt mich an ... Es reicht nicht, diese braune Kacke von sich zu geben. Diese Verbrecher schlagen sogar noch Profit aus dem Leid anderer Menschen, und wir können nichts dagegen tun", sagte Matthias und steuerte den Wagen vom Hof der Renners wieder auf die Hauptstraße zurück.

Linda blätterte derweil die Papiere durch, die Anita Renner vorsorglich kopiert und ihnen mitgegeben hatte. Als hätte sie geahnt, dass heute die Polizei bei ihr vor der Tür stehen würde.

„Was in solchen Menschen nur vorgeht? Und die finden das auch noch absolut in Ordnung, was sie da tun!"

„Aber ich finde es schon interessant, dass auch Vieweg und Grimm, diese Lebensritter, auf diese Einnahmequelle setzen", sagte Linda, die auf den ersten Blick nichts Auffälliges in Renners Unterlagen finden konnte. „Und ich glaube, nicht ganz selbstlos."

„Das werden wir Herrn Grimm später noch persönlich fragen. Bei Bodo Vieweg müssen wir uns noch bis morgen gedulden."

„Hier geht's aber nicht nach Lingenfeld", sagte Linda, die davon ausgegangen war, dass sie auf direktem Wege zu Ralf Grimm und seinem Arbeitsplatz in der Verbandsgemeindeverwaltung Lingenfeld fahren würden.

„Ich weiß. Aber bevor wir mit Ralf Grimm sprechen, will ich noch einmal auf unserem Spargelfeld vorbeischauen. Vielleicht hat uns Anita Renner ja auch hier belogen, und die jungen Frauen erledigen nur einen Teil ihrer Arbeit auch wirklich freiwillig."

„Ich bin Matthias. MA-TTHI-AS", sagte Matthias wie in Zeitlupe und deutete mit seiner rechten Hand auf seinen Oberkörper. Er schaute die beiden Frauen, die vor ihm auf dem Boden hockten und am Ende des kleinen Damms den Spargel aus der Erde stachen, eindringlich an. Es waren dieselben Frauen, die sie schon am Montag getroffen hatten.

„Ich bin Linda! LIN-DA", versuchte es Linda ihm gleichzutun, doch die beiden Frauen schauten nur kurz auf, dann senkte sich ihr verängstigter Blick wieder zu Boden.

„Du musst mit uns reden. Und du auch!", flehte Matthias. Doch er wusste, die beiden jungen Frauen verstanden nur Bahnhof. „Wir brauchen einen Dolmetscher."

„Meinst du nicht, Joachim hat recht, und wir verrennen uns da in etwas?"

„MA-TTHI-AS", wiederholte er langsam. „Sie wissen etwas. Ich weiß es ..."

„Aber selbst wenn sie uns sagen könnten, dass sie wirklich zur Prostitution gezwungen werden und von wem, dann wissen wir immer noch nicht, wer die Männer ermordet hat. Sie ...", Linda zeigte auf die Frauen, „... waren es bestimmt nicht."

„Nein, aber sie wissen, wer es war. Ganz sicher! Und vielleicht sogar warum."

„Wie bist du dir da so sicher?", fragte Linda, als sie aus den Augenwinkeln sah, wie ein großer Kastenwagen über den Feldweg geradewegs auf sie zufuhr. „Oh, wir kriegen Besuch. Schau mal, ist das nicht der weiße Transporter, mit dem Ronald Lehmann damals gefahren ist?"

„Der hat es aber eilig." Der Sprinter fuhr mit erhöhter Geschwindigkeit den unbefestigten Feldweg entlang, der zwei große Spargelfelder voneinander trennte. Der Transporter hüpfte bei jedem Schlagloch, das er mitnahm. Doch den Fahrer schien das Geruckel und Gehopse nicht zu stören. Zumindest beabsichtigte er nicht, das Tempo zu verringern. Nur noch wenige Meter, dann hatte er die kleine Gruppe erreicht.

„Was habt ihr denn?", fragte Matthias, als er sich wieder den beiden Erntehelferinnen zuwandte. Die Frauen zitterten, als lägen sie im Schüttelfrost-Fieber. Die jüngere von beiden weinte, während sich die andere plötzlich aus ihrer gehockten Position erhob, als der Wagen stehen blieb, die Tür geöffnet wurde, der Fahrer ausstieg und anschließend die Fahrertür hinter sich zuschlug.

„Wenn das nicht Jürgen Renner ist", sagte Linda und stupste Matthias an.

„Ich dachte, er kommt erst im Laufe des Tages wieder", antwortete Matthias und hob verächtlich die Augenbraue hoch.

„DJAMILA", brüllte Jürgen Renner, dann sprang er über den ersten Damm und lief den Gang zwischen den beiden Erdwällen entlang, in dem die beiden Frauen gehockt hatten. Doch Djamila war längst aufgestanden und rannte nun ihrerseits den schmalen Gang Richtung Straße hinunter, ohne jedoch dabei den Blick von ihrem Verfolger zu nehmen, der die beiden Kommissare und die andere Frau, die immer noch zitternd und zusammengekauert wie ein Häufchen Elend zwischen den beiden Dämmen hockte, fast erreicht hatte.

„Halten Sie sie fest", rief Jürgen Renner Matthias hinterher, der nun ebenfalls Djamila nachlief. Doch die junge Frau hatte bereits das Spargelfeld verlassen und lief nun direkt auf die Landstraße, den Kopf immer noch den beiden Männern zugewandt, die hinter ihr herrannten.

„DJA-MI-LA!", war das Letzte, was sie hören sollte, als das heranrasende Motorrad sie erfasste.

Kapitel 33

„Und, gibt es schon irgendwelche Neuigkeiten aus dem Krankenhaus?", fragte Joachim Hellmann, als er Emmas und Matthias' Büro betrat, in dem neben den beiden Hauptkommissaren jetzt auch Linda Meyer saß.

„Nein, leider nicht. Sie ringt mit dem Tod", antwortete Matthias und atmete schwer durch. Er und Linda waren bereits seit gut einer Stunde wieder zurück im Präsidium. Doch wirklich etwas geschafft hatten sie seitdem nicht. Zu sehr hing ihnen noch der Unfall in den Knochen, der sich trotz ihrer Profession nicht einfach so abschütteln ließ. Sie waren stärker mitgenommen, als man das von erfahrenen Polizisten vielleicht erwartet hätte. Aber dieser Fall war irgendwie anders, und das nicht nur, weil sie hautnah mit dabei gewesen waren, als Djamila von dem Motorradfahrer frontal erfasst wurde.

Matthias hatte unverzüglich versucht, über Mund-zu-Mund-Beatmung und Herzmuskelmassage Djamila im Leben zu halten. Er hatte weiter auf sie eingeredet, sanft und mit immer den gleichen Worten, auch wenn er wusste, dass sie ihn nicht verstehen würde, so war sie wenigstens in ihrem Kampf gegen den Tod nicht allein.

Linda, die nur wenige Sekunden nach Matthias den Unfallort auf der Landstraße erreicht hatte, hatte derweil den ebenfalls schwerverletzten Motorradfahrer versorgt und dann die Kollegen der Streife sowie einen Notarzt und Rettungswagen verständigt. Beide Opfer wurden ins Krankenhaus gefahren, während die ermittelnden Kollegen von der Dienststelle in Germersheim den Unfall aufnahmen und alle Zeugen befragten.

„Was wollten Sie denn von Djamila?", hatte Matthias Jürgen Renner befragt, der immer noch unter Schock stand. Zumindest was die Gesichtsfarbe betraf.

„Hä?", blaffte er und sah dem Krankenwagen nach, der die Schwerverletzte in die Germersheimer Klinik brachte. „Das könnte ich Sie ja genauso fragen?"

„Ja, nur meinetwegen ist sie nicht weggelaufen!" Matthias funkelte Jürgen Renner an. „Es ist höchste Zeit, mal endlich mit der Wahrheit rauszurücken, oder wollen Sie möglicherweise für einen weiteren Mord verantwortlich gemacht werden?"

„*Was?* Sie spinnen ja! Ich kann ja nichts dafür, wenn sie plötzlich wegläuft, auf die Straße rennt und dort von einem Motorradfahrer erfasst wird. Und mit den Mordfällen an Achim und Ronald habe ich nichts zu tun. Ich war ja gar nicht da, und das wissen Sie!"

„Matthias, wir müssen", hatte Linda versucht, die Situation zu deeskalieren, bevor sich die beiden noch an die Gurgel gesprungen wären. Zumal diese Auseinandersetzung für Matthias folgenreicher gewesen wäre – nicht nur wegen der dienstlichen Konsequenzen.

„Ich werde nicht lockerlassen, Herr Renner. Das verspreche ich Ihnen!"

Linda und Matthias hatten dann erst mal zwanzig Minuten still im Wagen gesessen und vor sich hin gestarrt, jeder mit den ganz eigenen Bildern dieses furchtbaren Unglücks, ehe Linda den Motor gestartet hatte und langsam über den Feldweg, den sie gekommen waren, zurückgefahren war.

Sie waren dann nach Lingenfeld gefahren, um mit Ralf Grimm zu sprechen, auch wenn sie dazu eigentlich nicht wirklich in der Lage waren. Aber ein aktueller Fall fragte nicht nach der Verfassung seiner Ermittler und nahm erst recht keine Rücksicht auf deren psychischen oder physischen Zustand.

Doch heute schien eine höhere Macht ihnen etwas mehr Zeit zum Durchschnaufen und sich Sammeln zu geben. Von einer freundlichen Dame am Empfang erfuhren sie, dass Ralf Grimm noch bei einem wichtigen Termin im Innenministerium in Mainz war und erst am Nachmittag wieder zurückkehren würde.

Im Präsidium hatten Linda und Matthias sich zunächst kurz etwas frisch gemacht. Wie fast alle Kollegen der Abteilung hatten sie immer Ersatzklamotten in der Schublade. Matthias trug jetzt ein hellblaues Kurzarmhemd zu seiner an einigen Stellen blutdurchtränkten, staubigen und aufgescheuerten Jeans. Linda hatte ihre weiße Bluse gegen ein Langarmshirt getauscht, das mit einem goldenen Ornamentmuster bedruckt war. Sie hatte ihren Blazer, den sie dem Motorradfahrer als Kissen unter seinen Kopf gelegt hatte, in eine große Tüte verstaut, um ihn gleich noch am Abend zur Reinigung zu bringen.

Nun saßen beide im Büro und versuchten, die Bilder in ihrem Kopf zu sortieren und irgendwie mit ihren Ermittlungen voranzukommen. Aber auch am dritten Tag traten sie immer noch auf der Stelle.

„Ich würde immer noch zu gerne wissen, was er von ihr wollte. Und warum sie so plötzlich vor ihm weggelaufen ist?“, fragte Matthias und legte den Kopf in seine aufgestützten Hände.

„Vielleicht ist sie ja gar nicht vor ihm weggelaufen, sondern irgendetwas anderes hat diesen Fluchtinstinkt bei ihr ausgelöst“, warf Emma ein und blickte von den Computer-Auswertungen auf, die Linda ihr ins Fach gelegt hatte. Sie war vor gut einer Viertelstunde ins Präsidium gekommen, nachdem sie – trotz Termins – den halben Tag beim Kinderarzt verbracht hatte, nur damit Luiz seine Impfungen bekam. Erschöpft vom Nichtstun, Rumsitzen und Warten hätte sie sich am liebsten etwas hingelegt, aber die Arbeit rief, selbst wenn trockene Büroarbeit, das Pflegen von Ermittlungsakten und Sondieren von Hinweisen, die die anderen Kollegen angebracht hatten, nicht zu ihren Lieblingsbeschäftigungen gehörten. So hatte sie Luiz in den Kindergarten gebracht und war dann auf dem schnellsten Weg nach Ludwigshafen gefahren.

„Wir sollten den Hof der Renners observieren. Ich frage mich sowieso, warum das die Kollegen vom K13 nicht schon längst getan haben."

„Weil du dich da in etwas hineinsteigerst, Matthias. Und würde ein Anfangsverdacht vorliegen, dann hätten die Kollegen längst zu solchen Maßnahmen gegriffen. Und jetzt will ich von diesem Thema nichts mehr hören", raunte Joachim Hellmann.

„Aber findest du es nicht auffällig, dass die Frauen alle Christinnen sind?", versuchte es jetzt Linda.

„Und wenn sie Buddhisten wären! Was hat das mit unserem Fall zu tun? Mir sitzt das LKA im Nacken und will mir eine Einheit schicken, wenn wir nicht endlich Ergebnisse vorweisen können."

„Eine Einheit? Die haben doch selbst kaum Personal!"

„Matthias, die meinen es ernst in Mainz!"

„Haben die denn schon unsere Muscheln untersucht?", fragte Emma, die beim Querlesen der Akten festgestellt hatte, dass die Analyse immer noch ausstand, als Annegret Bender ohne anzuklopfen die kleine Teamrunde sprengte.

„Joachim, Telefon!"

„Ist es dringend?"

„Ja", sagte Annegret, und in ihren Augen konnte man die Wichtigkeit herauslesen.

„Ihr entschuldigt mich, bin gleich wieder da."

„Hoffentlich nicht wieder diese Renner", sagte Matthias, nachdem Hellmann das Büro verlassen hatte.

„Ich glaube, der hast du ordentlich einen eingeschenkt. Die wird jetzt nicht mehr so schnell aufmucken", bemerkte Linda und lächelte Matthias mit einem zufriedenen Gesichtsausdruck zu.

„Ja, aber ich bin sicher, da kommt noch was."

„Das heißt, ich kümmere mich jetzt um den Ruderverein", lenkte Emma die Aufmerksamkeit wieder auf den Fall. Joachim Hellmann hatte ihr eine kurze Notiz in ihre Mappe gelegt, mit der Bitte versehen, ihrer selbst entdeckten Spur einmal nachzugehen.

Linda nickte zustimmend. „Und es wäre großartig, wenn du dich auch um Lehmanns nicht bezahlte Rechnungen kümmern könntest. Wir fahren jetzt zu Ralf Grimm, und aus dem Auto heraus schaffe ich es nicht."

„Doch eine neue Spur?", überging Emma Lindas Bitte, auch wenn sie von ihrem Chef eigentlich genau dafür eingesetzt worden war – Zulieferarbeiten und Hilfsdienste auszuführen. Mehr war in den knapp zwei Stunden neben der Dokumentation der Ermittlung sowieso nicht möglich.

„Mal abwarten ...", hielt sich Matthias' Euphorie in Grenzen. „Unsere beiden Opfer waren Mitglieder der Freien Pfalz, dieser braunen Kloake. Und Ralf Grimm ist Vorsitzender des Vereins Lebensritter, der sich für die Integration von Flüchtlingen einsetzt."

„Und sogar Flüchtlinge in die Pfalz gebracht hat“, ergänzte Linda.

„Als Arbeitskräfte? Ist das denn erlaubt?“, fragte Emma ungläubig.

„Es gibt wohl eine Sondergenehmigung für gewisse Arbeiten, die in den Bereich Selbstversorgung fallen. Das hat Annegret herausgefunden. Aber ob die Renners und ihre Sklavenhaltung da drunterfallen?“

Matthias schaute in ein fragendes Gesicht. Er fasste kurz zusammen, was ihnen Anita Renner am Vormittag erzählt hatte.

„Und sie haben diese Idee also bei Ralf Grimm geklaut?“

„Oder optimiert - ganz wie man will.“

„Und was ist, wenn diese Flüchtlinge nicht alle ganz freiwillig nach Deutschland gebracht worden sind?“ Emmas Gedanken sprudelten jetzt förmlich über.

„Du meinst, sie wurden entführt?“, setzte Linda nach.

„Zum Beispiel. Und jemand sucht nach diesem entführten Angehörigen, wie beispielsweise mein gelber Kapuzenmann. So lange, bis er die Kidnapper gefunden hat.“

„Du meinst Lehmann?“

„Oder Jahn. Hatte er nicht diesen weißen Transporter, mit dem man ohne Weiteres auch Menschen transportieren könnte?“

„Oh Gott!“ Matthias schaute entsetzt von Emma zu Linda und wieder zurück.

„Was ist? Alles okay?“, fragte Emma mit sorgenvoller Miene.

„Es ist der Transporter, vor dem Djamila weggelaufen ist!“

„Aber das macht sie noch lange nicht zur Mörderin ... Dazu wäre sie auch gar nicht in der Lage", warf nun Linda ein.

„Das nicht, aber vielleicht hat sie ja einen älteren, größeren und vor allem stärkeren Bruder oder Cousin, der sie rächen und - wenn ihr mit der Prostitution richtig liegt - auch die Familienehre wiederherstellen will."

„Also konzentrieren wir uns jetzt doch auf die Renners und deren Mädchenpensionat." Matthias lachte bitter. „Und vielleicht kann uns ja Ralf Grimm weiterhelfen."

„Aber ohne Emma." Die drei Kommissare schauten ihren Chef an, der plötzlich wieder in der Tür stand. „Du musst alles stehen und liegen lassen. Kannst du versuchen, den kleinen Luiz irgendwo unterzubringen? Du musst auf eine Dienstreise. Die Kollegen in Dänemark brauchen dich", bekräftigte der Kommissariatsleiter, der für alle Anwesenden völlig durch den Wind zu sein schien.

„Mich? In Dänemark? Für was?" Emma stammelte, während ihre Gedanken versuchten, die gerade gehörten Informationen irgendwie zu verarbeiten.

„Ja! Und zwar auf die Insel Bornholm. Du fliegst gleich morgen mit der ersten Maschine. Annegret kümmert sich gerade um dein Ticket."

„Joachim?", rief Emma ihrem Chef hinterher, der den Raum so schnell wieder verlassen hatte, wie er ihn zuvor betreten hatte und jetzt zu seinem Büro hinüberlief, als er mitten im Flur stehen blieb und sich zu Emma umdrehte.

„Unser Muschelmörder hat wieder zugeschlagen. Aber dieses Mal ist das Opfer eine Frau."

Kapitel 34

„Na, der Spinat scheint ja wirklich Wunder zu bewirken“, sagte Linda, als Ralf Grimm sie und Matthias kurz nach 16 Uhr in seine Dachgeschosswohnung bat. Der Abteilungsleiter für Kultur, Sport, Bildung und Soziales der Verbandsgemeindeverwaltung Lingenfeld lebte auch selbst im Ort, der idyllisch am Altrhein lag. Seine Wohnung befand sich in einem Mehrfamilienhaus, in dem insgesamt sechs Parteien wohnten. Es war ein ruhiges Neubauviertel, in dem Anwohner mit ihren Hunden Gassi gingen, Kinder auf der Straße Fußball spielten und hier und da bereits die Terrassen und Balkone für den nahenden Sommer hergerichtet wurden.

„Was meinen Sie?“, fragte Grimm und bot den beiden Kommissaren an, am Esszimmertisch Platz zu nehmen, auf dem die aktuelle Ausgabe der Pfälzischen Nachrichten aufgeschlagen lag. Doch Linda wie Matthias lehnten mit einem kurzen Kopfschütteln freundlich ab.

„Ich sage nur Popeye“, ergänzte Linda und deutete auf Ralfs Oberkörper. Sein blau-weiß kariertes Hemd spannte an den Oberarmen, seine Brust zeichnete sich wohlgeformt durch den Stoff, und sein Kreuz hatte die so typische Dreiecksform – breit oben und nach unten hin spitz zulaufend.

„Ich habe mal geboxt, bis mein Körper nicht mehr so recht wollte. Und ich bin auch mehr der Pasta- als der Spinat-Esser.“ Er klopfte sich mit einem Lächeln auf seinen nahezu nicht vorhandenen Bauch.

„Gemütlich haben Sie es hier“, bemerkte Matthias, dem die enge Zwei-Zimmer-Wohnung eindeutig zu klein war.

„Ja, ich bin ja durch meine Arbeit als Lebensritter so viel unterwegs, da brauche ich nichts Größeres. Ein Bett, eine gut ausgestattete Küche und ein großer Fernseher, um nach einem langen und anstrengenden Tag die Birne etwas freizubekommen."

„Sie haben Besuch?" Linda zeigte auf das Oberbett, das zusammengefaltet auf der Couch lag.

„Durch den Brand im Flüchtlingsheim fehlen uns im Moment die Unterbringungsmöglichkeiten für die Flüchtlinge, die im alten Tabakschober eine neue Bleibe gefunden hätten. Daher haben wir Vorstandsmitglieder beschlossen, die Flüchtlinge erst mal privat bei uns aufzunehmen, bis eine neue Unterkunft gefunden ist."

„Respekt!" Matthias war beeindruckt. „Gerade wenn man mit einem fremden Menschen aus einer anderen Kultur auf so engem Raum zusammenlebt."

„Na ja, manchmal prallen da schon verschiedene Welten aufeinander, aber man profitiert auch ungemein von einem solchen Zusammenleben und lernt viel voneinander. Dennoch brauchen wir für die Flüchtlinge natürlich eine neue Bleibe. Ich habe da auch schon was in Aussicht." Ralf Grimm lächelte vielsagend. „Deshalb war ich heute auch in Mainz und habe im Innenministerium die letzten Details geklärt."

„Das freut uns sehr."

„Haben Sie denn den Brandstifter schon geschnappt?"

„Um diesen Fall kümmern sich unsere Kollegen aus Landau. Wir ermitteln in den Mordfällen Achim Jahn und Ronald Lehmann. Kannten Sie die beiden Männer gut?"

„Wie man Menschen mit einer völlig konträren Denkweise und Weltanschauung eben so kennt. Man grüßt sich, was ich als Mitarbeiter der Gemeinde leider tun muss. Aber das war's dann auch. Seit diese Bagage um Jürgen Renner die Freie Pfalz gegründet hat und uns seit Wochen mit ihren rechten Parolen terrorisiert, gehen wir uns aus dem Weg." Matthias fiel auf, wie sich die Gesichtszüge seines Gegenübers plötzlich verfinsterten.

„Komisch, uns liegt eine Anzeige vor, in der Sie beschuldigt werden, Jürgen Renner mehrfach bedroht und sogar attackiert zu haben. Nach *sich aus dem Weg gehen* hört sich das aber nicht an!"

„Ich kann mir nicht alles gefallen lassen, Herr Roth. Sie glauben gar nicht, wie viele Morddrohungen ich in den vergangenen Wochen erhalten habe. Inklusive einer toten Ratte vor meiner Haustür."

„Aber was haben diese Menschen gegen die Flüchtlinge, wenn sie sogar selbst von ihnen profitieren?", fragte Linda und erinnerte sich an die Ausführungen der Kollegen, die sie im Auto auf der Fahrt nach Lingenfeld quergelesen und im Anschluss Matthias kurz zusammengefasst hatte.

Das K13 war trotz angespannter Personallage nicht ganz untätig gewesen, und ein Kollege aus der Projekteinheit Menschenhandel hatte Jürgen Renner in der Tat noch einmal überprüft. Dabei hatte er herausgefunden, dass einige ehemalige Saisonkräfte aus Polen und Bulgarien mehrere Jahre in Folge für Jürgen Renner gearbeitet haben, was auf ein gutes Arbeitsklima schließen ließ, wenn man von den besseren Verdienstmöglichkeiten, die die Erntehelfer hier vorfanden, mal absah.

Darüber hinaus bezahlte Jürgen Renner auch mehr als den Mindestlohn, und es lagen auch keine Beschwerden über ihn vor – weder von den Saisonkräften noch von den Bauern, an die die Erntehelfer ausgeliehen worden waren. Es schien, als strahlte Renners Weste doch weißer, als Matthias das gerne gehabt hätte.

„Für jeden Flüchtling, den man unterbringt und versorgt, gibt es Geld von der Landesregierung. Aber wie überall fließen bei solchen Maßnahmen gewisse Gelder in dunkle Kanäle, oder die falschen Leute erhalten Hilfsmittel, die gar nicht für sie bestimmt sind", erklärte Ralf Grimm ruhig und besonnen. „Als der erste Verdacht dahingehend aufkam, hatte ich Politik und Verwaltung darauf hingewiesen. Aber niemand wollte dem nachgehen. Bis heute nicht!"

„Interessant! Dabei sollen ja sogar Sie selbst Flüchtlinge an der Grenze abgeholt und zu den Renners gebracht haben!" Erneut zog Matthias die Wahrheit ein bisschen in die Länge, denn Anita Renner hatte lediglich erzählt, dass Ralf Grimm Flüchtlinge nach Deutschland geholt hatte. Aber wollten sie weiterkommen, dann mussten sie auch mal unkonventionelle Wege gehen. Hier mal eine dezent gesetzte Unterstellung, dort mal eine provokant formulierte Behauptung - Matthias hatte gelernt, das rhetorische Repertoire gekonnt einzusetzen. Es war - so hatte die Erfahrung es gezeigt - die beste Methode, das Gegenüber aus der Reserve zu locken und dafür zu sorgen, dass der andere die Maske fallen ließ. Oder einfach nur um herauszufinden, ob er oder sie log.

„Wer sagt das? Ich bringe diesen Renner noch um!"

„Mal halblang, Herr Grimm!"

„Der lügt, wenn er nur den Mund aufmacht!"

„Sie sollen dahingehend mit Bodo Vieweg kooperieren, dem ja der abgebrannte Schober gehört hat." Matthias ließ nicht locker.

„Ja! Und er hat auch die Erntehelfer für *seine* Pächter besorgt, als sie ihn darum gebeten haben. So wird ein Schuh draus. Aber das haben Ihnen die Renners sicherlich nicht erzählt."

„Darf ich mal kurz Ihre Toilette benutzen?", fragte Matthias abrupt.

„Ja klar, den kleinen Flur entlang und dann die letzte Tür auf der linken Seite", antwortete Ralf Grimm, der durch die unerwartete Frage den roten Faden verloren zu haben schien. Zumindest hatte er sich wieder etwas beruhigt.

„Haben Sie denn jetzt die Flüchtlinge geholt oder nicht?", beharrte Linda und schaute Matthias nach, wie er im Halbdunkel des Flurs Richtung Badezimmer verschwand.

„Ja! Also ein- oder zweimal. Bodo, wie soll ich sagen, braucht den Applaus wie die Motte das Licht. Er steht eben gerne im Mittelpunkt. Ist unser kleiner Sonnenkönig hier bei uns. Aber er setzt sich mindestens genauso gerne für die sozial Schwachen und benachteiligte Menschen ein. *Ich möchte gerne etwas von dem Glück, das mir zuteilwurde, zurückgeben.* So sagt er immer. Und als wir Gemeinden vom Land den Verteilschlüssel für 2015 bekamen, da ist er auf die Idee gekommen, warum irgendwelche Flüchtlinge nehmen, wenn man sich die Flüchtlinge auch aussuchen kann."

„Das klingt jetzt aber nicht wie der selbstlose Märtyrer, der sich für die anderen aufopfert ..."

„Er erwartet natürlich auch etwas für seine Hilfe! Also nicht persönlich oder für sich, weil er sich irgendwie bereichern will. Er möchte lediglich, dass die Menschen, denen er hilft, wiederum anderen helfen. Quasi ein Glückvervielfältigungsprinzip."

„Es gab also ein Casting – guter Flüchtling, schlechter Flüchtling?“

„So würde ich das nicht nennen, aber die Flüchtlinge sollten spezielle Anforderungen erfüllen: männlich, jung, am liebsten Akademiker, zumindest aber gut ausgebildet oder eine Faible für Landwirtschaft oder Gemüseanbau und natürlich sehr gerne mit Familie. Aber was hat das mit den beiden Mordopfern zu tun? Meinen Sie, einer der Flüchtlinge hat die beiden auf dem Gewissen?“

„Wie kommen Sie denn darauf?“, fragte Matthias, der plötzlich wieder neben Linda stand und Ralf Grimm jetzt interessiert musterte. Doch dessen Mimik ließ nichts erkennen.

„Sonst wären Sie ja wohl nicht hier, oder?“ Ralf Grimm schaute in zwei Gesichter, die gespannt abwarteten, was er auf Matthias' Frage antworten würde – abgesehen von der Gegenfrage, die die beiden Kommissare sicherlich nicht als vollwertige Antwort durchgehen lassen würden.

„Nein, Sie glauben doch wohl nicht etwa, dass ich die beiden Männer getötet habe? Ich kannte sie ja kaum.“

„Wo waren Sie denn in der Nacht von Samstag auf Sonntag und Montagnacht, so gegen Mitternacht?“

„Wo soll ich gewesen sein? Hier ... allein, nein, Jehad, mein syrischer Mitbewohner war natürlich da. Sie können ihn gerne fragen, wenn er wiederkommt!“

„Sie sollen aber nicht nur Jürgen Renner, sondern auch unserem zweiten Mordopfer, Ronald Lehmann, gedroht haben.“

„Das kann sein. Ich sagte ja, wir teilten nicht dieselbe Sicht der Dinge. Aber von so jemandem lasse ich mir meine Arbeit nicht zerstören.“

„Also haben Sie sich selbst darum gekümmert und die Angelegenheit final geklärt, als man Ihnen nicht die Unterstützung gegeben hat, die Sie brauchten?"

„Indem ich Ronald Lehmann ermordet habe?" Ralf Grimm lachte kurz, dann wurde er wieder ernst. „Mir sind die Flüchtlinge schon wichtig. Sehr wichtig sogar. Irgendjemand muss sich ja um diese Menschen kümmern! Aber ich würde nie für sie töten."

„Wie gut, dass ich die Gummihandschuhe nicht weggeworfen habe", sagte Matthias, als Linda und er wieder im Dienstwagen saßen, den sie etwas weiter die Straße hinunter abgestellt hatten, und präsentierte Linda nun einen Latexhandschuh, den er zuvor aus der Innentasche seines Sakkos gezogen hatte.

Linda verzog leicht angeekelt das Gesicht. „Haben wir nichts mehr zum Anziehen, oder trägst du mit Absicht dasselbe Sakko wie gestern? Quasi wochenweise? ... Oh sorry", entschuldigte sich Linda, als sie ihren Fauxpas bemerkte. Sie wusste, dass es Matthias gerade noch so schaffte, zwischen Job und Krankenhaus einkaufen zu gehen. Da blieben für andere Dinge wie Hemden bügeln, Schuhe putzen oder eben ein Sakko in die Reinigung bringen einfach keine Zeit.

Erst jetzt sah Linda, was da für ein Gegenstand im Gummihandschuh steckte. „Du hast einen Kamm mitgehen lassen?" Sie lachte laut auf. „Ich dachte, bei dir reicht ein Klecks Gel in die Hände, ab ins Haar und dann verreiben ..." Sie stockte mitten im Satz, als sie zum zweiten Mal binnen einer Minute merkte, dass sie sich gerade um Kopf und Kragen redete.

„DNA!"

„Und der Kandidat hat hundert Punkte!"

„Du weißt aber schon, dass das Diebstahl ist ..."

„Wir wollen doch nur Spuren abgleichen. Mehr nicht. Und er bekommt seinen Kamm ja wieder", rechtfertigte Matthias die etwas andere Methode, an die DNA eines möglicherweise Tatverdächtigen zu gelangen.

„Ist dir auch aufgefallen, dass Ralf Grimm neben seiner muskulösen Figur auch riesige Hände hatte? Solche Pranken hatte nicht mal mein Opa, und der war ein Bär."

„Ja, Hände, die ordentlich zupacken können ... Und wer weiß: vielleicht sogar töten."

„So langsam mache ich mir Sorgen, Jürgen. Erst Viewegs verlorene Ladung, dann diese beiden herumschnüffelnden Kommissare und jetzt noch Djamila - wir müssen aufpassen", sagte Anita Renner und drückte unter schwerem Prusten die Langhantel nach oben.

„Dann hättest du die beiden nicht aufs Feld lassen sollen", erwiderte ihr Mann, der an der Kopfseite der Bank stand und ihr jetzt half, die Hantel wieder langsam auf ihren Brustkorb zurückzusetzen.

„Was hätte ich denn machen sollen? Du warst ja nicht da." Anita Renner atmete immer noch schwer. „Außerdem konnte ich ihnen ja so den Wind aus den Segeln nehmen. Die beiden Kommissare wurden mir zu neugierig, und Geheimnistuerei hätte ihr Misstrauen nur verstärkt."

„Recht hast du, Liebling." Er beugte sich zu ihr nach unten und küsste sie zärtlich - wenn auch verkehrtherum - auf den Mund. „Mach dir keine Sorgen. Ich werde mich um alles kümmern." Er lächelte sie an. Aber du konzentrierst dich jetzt auf deinen Wettkampf am Wochenende. Da muss noch deutlich mehr gehen." Er steckte auf jede Seite der Langhantel eine weitere Fünf-Kilo-Scheibe.

„Und natürlich deine beiden Kumpels nicht zu vergessen - so langsam krieg ich es mit der Angst zu tun, wenn ich bedenke, dass da draußen so ein Irrer rumläuft ... Aaaaarrrrggggghhhhh", schrie sie und stemmte mit aller Kraft die sechzig Kilo in die Höhe.

„Ich lasse mir mein Geschäft nicht kaputt machen - und erst recht nicht von so einem Psychopathen."

Beide schreckten auf, als es plötzlich an der Tür klingelte.

„Erwartest du noch wen? Jetzt um kurz vor elf?“, fragte Anita und richtete sich auf.

„Vielleicht unsere Hausgäste ...“ Jürgen Renner lachte feist. „Vielleicht bringen sie ja schon die ersten Beileidskarten.“

„Noch ist sie nicht tot“, warf Anita ein und trank mehrere kräftige Schlucke des isotonischen Getränks.

„Noch nicht ... Ja, ich komme ja schon“, bellte Jürgen Renner, als erneut geschellt wurde. Er verließ eiligen Schrittes das vollausgestattete Sportstudio, das sich am hinteren Ende des ausgebauten Kellers befand, und hastete die Treppe ins Erdgeschoss hinauf. „Aber vielleicht ist es ja auch dieser Kommissar“, rief er seiner Frau zu, als er die Umrisse einer eindeutig männlichen Person durch das gelblich-braun schimmernde Milchglas der Haustür erkennen konnte.

„Es ist nur Grimm ...“, schrie er abermals ins Haus zurück, dann drehte er sich zu seinem Besucher um und blaffte ihn an: „Was willst du?“

„Ich wollte dir nur die frohe Botschaft höchstpersönlich überbringen.“

„Und die wäre?“

„Es hat euch nichts genützt, den alten Tabakschober anzuzünden, Renner. Denn ich habe schon eine neue Unterkunft gefunden, abgesegnet vom Landrat und dem Innenministerium.“

„Na, da gratuliere ich aber recht herzlich. Und wo wohnen jetzt deine Flüchtlinge? Etwa bei dir zu Hause?“

„Kennst du das alte Ruderzentrum in Germersheim?“

„Das hier ganz in der Nähe?“, kreischte Renner und hustete plötzlich los, als hätte er sich an seinen eigenen Worten verschluckt.

„Jetzt bist du baff!“, freute sich Ralf Grimm und wollte seinem Gegenüber wohlwollend auf die Schulter klopfen, doch Renner schlug ihm den Arm weg.

„Ach Grimm. Auch dagegen werden wir wieder Sturm laufen. Die Pfalz bleibt eben weiß und nicht bunt! So schnell geben wir nicht auf!“

„Ich auch nicht, verlass dich drauf“, sagte Ralf Grimm und ging zur Tür.

„Jetzt habe ich aber Angst!“

„Das solltest du auch besser.“ Ralf Grimm lächelte vielsagend, als er sich noch einmal zu Jürgen Renner umdrehte. „Das traurige Ableben deiner beiden Freunde müsste dir doch Warnung genug sein, oder Renner? Es wäre doch zu schade, wenn du der Nächste wärst ...“

Kapitel 36

Donnerstag, 7. Mai 2015

Emma wurde von einem strahlenden Frühlingsnachmittag begrüßt, als sie kurz vor 15 Uhr das kleine Terminal des Regionalflughafens in Rønne verließ. Annegret hatte ihr den ersten Flug um 9.25 Uhr ab Frankfurt gebucht. Mit Zwischenstopp in Kopenhagen war sie dann planmäßig um 14.35 Uhr auf Bornholm gelandet.

Wie lange ich schon nicht mehr hier war, dachte sie und setzte sich ihre Sonnenbrille auf. Die Hansens hatten früher nahezu die kompletten Sommerferien und manchmal auch die Weihnachtstage auf der Insel verbracht, ehe die Familie - Emma war gerade elf Jahre alt geworden -, wegen eines lukrativen Jobangebots des Vaters nach Ludwigshafen ausgewandert war. Nun war Knut Hansen tot, und auch Oma Leni, die der Grund für die vielen Bornholm-Besuche damals gewesen war, lag mittlerweile auf dem Friedhof der Inselhauptstadt.

Eigentlich hatte Emma immer vorgehabt, selbst dauerhaft auf die Insel zurückzukommen. Doch ihr Leben hatte eine andere Richtung eingeschlagen. Da war ihre eigene Lebensplanung, als Kommissarin für das Gute und gegen das Böse zu kämpfen. Dieses Gen hatte sie von ihrem Opa vererbt bekommen, und sie hatte ihm damals hoch und heilig versprochen, in der Stunde seines Todes, es ihm gleichzutun und in seine Fußstapfen zu treten. Sie konnte sich kaum vorstellen, dass es auf einer Insel mit gut 40.000 Einwohnern überhaupt so etwas wie eine Mordkommission gab. Die statistischen drei unnatürlichen Todesfälle würden sicherlich von Kopenhagen aus bearbeitet werden, und sosehr sie ihr Geburtsland auch liebte, in die Großstadt wollte sie nicht mehr zurück. Und dann war da ja noch Luiz, ihr Sohn, der trotz des Schicksalsschlags, ohne Vater aufwachsen zu müssen, ein anscheinend sehr glückliches Kind war, und sie hatte nicht vor, ihn aus der lieb gewonnenen und vertrauten Umgebung herauszureißen. Zumindest noch nicht.

Auch an diesem besonderen Morgen hatte sie Luiz in den Kindergarten gebracht und sich länger als gewöhnlich von ihm verabschiedet. Er würde heute bei ihrer Freundin Saskia schlafen, deren Sohn in die gleiche Gruppe ging wie Luiz, die sich darüber hinaus auch noch gut verstanden. Auch wenn sich das oftmals genauso schnell ändern konnte wie das Lieblingsspielzeug oder die meist favorisierte Eiscreme. Es war zwar nicht das erste Mal, dass sie voneinander getrennt waren, denn Luiz hatte schon öfters bei anderen Kindern übernachtet. Und doch war es das erste Mal seit ihrem Klinikaufenthalt, dass Emma so weit von ihm entfernt war und sie ihn nicht abholen konnte, wenn er Heimweh oder sie Sehnsucht nach ihrem Sohn hatte.

Morgen bin ich ja wieder zurück, dachte sie und versuchte, ihr schlechtes Gewissen ein wenig zur Seite zu schieben. Ihre Prioritäten hatten sich verschoben, seit Luiz ihr Leben bereicherte. Und doch gab es Momente, in denen die Arbeit noch vorging. Vorgehen musste, und sie war sehr dankbar, dass Joachim Hellmann ihr nach der langen Auszeit wieder so viel Verantwortung übertrug. Er hätte im Zweifel auch einen anderen Kollegen schicken können, auch wenn dieser kein Dänisch sprach. Aber nein, er wollte, dass sie flog und endlich den entscheidenden Hinweis darauf fand, was die Mordopfer miteinander verband und was der Auslöser für diese grausame Mordserie war.

Sie erinnerte sich, wie sie ihrem Chef in sein Büro gefolgt war, um weitere Informationen über die ermordete Dänin zu erhalten, während sie sich nach dem Kollegen der dänischen Polizei umsah, der sie eigentlich um 15 Uhr hier vor dem Terminal abholen sollte.

„Eine Frau?", hatte sie gefragt.

„Jette Jensen, Künstlerin, irgendwas mit Glas."

„Etwa *die* Jette Jensen?"

„Wie, *die* Jette Jensen?"

„Sie hat die Serie *Tårer af Havet* entwickelt."

„Die was?"

„Die Trinkglasserie *Tränen des Ozeans*. In den Gläsern sind Hohlräume eingelassen, die aussehen wie Tränen. Keine Ahnung, wie sie das gemacht hat. Aber jeder Däne, der was auf sich hält, hat mindestens einen kompletten Satz an Gläsern - vier kleine und vier große - bei sich zu Hause. Es gibt vier Farbsets. Sag bloß, du kennst diese Gläser nicht?"

„Emma, bin ich Däne? Außerdem interessiert es mich mehr, dass diese Frau genauso mit Sand erstickt und übelst zugerichtet worden ist wie unsere beiden männlichen Opfer hier in der Pfalz."

„Und man hat in ihrer Hand auch eine Muschel gefunden, richtig?"

„In ihrem Mund, quasi wie die Kirsche auf der Torte. Und dennoch glaube ich, wir haben es nicht mit einem Nachahmer zu tun, sondern mit dem gleichen perfiden Täter, und ich möchte, dass du herausfindest, was unsere beiden Toten und diese bekannte Künstlerin miteinander verbindet."

Deshalb war sie jetzt hier, keine 24 Stunden, weil sie bereits am morgigen Freitag um 8.30 Uhr über Kopenhagen wieder nach Frankfurt zurückfliegen würde, und dennoch war es genügend Zeit, um das alles entscheidende Puzzleteil zu finden. Das war ihre Aufgabe, und sie wollte, sie durfte Joachim Hellmann einfach nicht enttäuschen, auch wenn der Erwartungsdruck, der auf ihren Schultern lastete, von Stunde zu Stunde größer wurde.

„Hej! Emma? Emma Hansen?", fragte der Mann und lief um den schwarzen Volvo herum, den er wenige Augenblicke zuvor vor dem Terminal und direkt vor Emma zum Stehen gebracht hatte. „Nicklas Holm, Mordkommission Rønne. Entschuldigung für die Verspätung, aber ich habe noch einen dringenden Anruf abwarten müssen."

„Hej!", antwortete Emma und schaute dem Mann nach, der bereits ihren kleinen Koffer gepackt hatte und gerade dabei war, ihn in den Kofferraum zu hieven. Nicklas war etwas größer als Matthias, vielleicht so knapp an die 1,90 Meter, hatte eine athletische Figur, die sich wohlgeformt unter seinem dunkelblauen Poloshirt abzeichnete, dichtes blondes Haar und war wohl einige Jahre jünger als Matthias und damit als sie selbst, wie Emma vermutete.

„Willst du dich erst etwas frisch machen, oder sollen wir direkt zu Jettes Hof fahren?"

„Ich habe nicht so viel Zeit, also lass uns direkt dorthin fahren. Und danke, dass du mich abgeholt hast", sagte Emma in perfektem Dänisch und lächelte Nicklas an. Auch wenn sie bereits als kleines Mädchen nach Deutschland gekommen war und durch ihr direktes

Umfeld wie Freunde, Schule und Studium eigentlich immer nur Deutsch gesprochen hatte, so hatte Emma ihre Muttersprache nie ganz abgelegt. Was auch daran lag, dass die Hansens zu Hause immer Dänisch miteinander gesprochen oder einen Satz auf Deutsch begonnen und auf Dänisch beendet hatten. Hinzu kam, dass trotz des Umzugs Emmas Verwandte ja weiterhin in Dänemark lebten und man sich daher auch nur auf Dänisch richtig mit ihnen unterhalten konnte.

„Bornholm hat eine eigene Mordkommission? Ich dachte immer, hier leben nur friedvolle Menschen ..."

„Ja, wobei Kenneth, so heißt mein Partner, und ich uns auch um andere Delikte kümmern müssen. Autodiebstahl, Wohnungseinbruch, Vermisstenfälle - wir sind quasi die ganze Polizei." Nicklas lachte. Dabei blitzten seine strahlen weißen Zähne.

„Aber was macht so jemand wie du hier auf der Insel, wenn du in Kopenhagen doch sicherlich Karriere machen und vor allem die spannenderen Fälle bearbeiten könntest?"

„Ich bin wegen der Liebe nach Bornholm gekommen. Die Liebe ist gegangen, aber ich bin geblieben", sagte er und bog rechts auf die Landstraße ab, die nach Knudsker führte und die Insel einmal in der Mitte durchschnitt. „Im Handschuhfach liegt die Ermittlungsakte."

Emma öffnete das Handschuhfach, nahm die Akte heraus und schlug sie auf. Gleich das erste Foto zeigte Jette oder das, was man von ihr übrig gelassen hatte.

„Es gibt hier grausame Mythen, unheilvolle Riten und böse Steingeister. Aber so etwas ...", Nicklas deutete auf das Foto, „... haben wir hier noch nie gesehen."

„Ja, wir auch noch nicht", sagte Emma, und sie hatte den Eindruck, dass der Täter Jette noch schlimmer zugerichtet hatte als Achim Jahn und Ronald Lehmann. Als hätte er damit eine persönliche Rechnung begleichen wollen.

„Sie muss noch gelebt haben, als man sie mit Sand abgefüllt hat", sagte Nicklas, und dann führte er kurz aus, was die ersten Ermittlungen und die Obduktion ergeben hatten. Das alles hört sich wirklich nach ein und demselben Täter an, dachte Emma, die sich einige Stichworte notierte.

Der einzige Unterschied - neben der Muschel im Mund - zu den beiden Mordopfern in der Pfalz war, dass Jette nicht in der Küche, sondern in ihrer Werkstatt auf einen Stuhl gesetzt worden war.

„Glaubst du, der Täter will uns damit etwas sagen?", fragte Emma, doch Nicklas schüttelte nur den Kopf, während er den Dienstwagen über die Insel lenkte.

Ach, wie schön ist Bornholm, dachte Emma an Janoschs Ausspruch, der sich zwar auf Panama bezog, den sie aber ohne Weiteres eins zu eins auf dieses besondere Eiland übertragen konnte. Sie fuhren vorbei an grünen Hügelgräbern, die sich majestätisch zwischen Rapsfeldern emporstreckten, und an Schnittlauchfeldern, deren violette Blüten sanft im Wind hin- und herwiegten und farblich eher an die Provence als an raues Skandinavien erinnerten. In Østerlars passierten sie Bornholms größte Rundkirche, deren weiße Außenwandfarbe einen starken Kontrast zum mittlerweile kräftigen Blau des Himmels bildete.

„Schwer zu sagen. Die Glasbläserei war eben ihr Leben. Du weißt, sie hat die Glasserie *Tårer af Havet* kreiert, deren Lizenz sich ja damals direkt die große

Marke Stenbjerg gesichert hat. Für einen Millionenbetrag."

„Geld als Mordmotiv?"

„Wir überprüfen das gerade, aber Jette Jensen war nie verheiratet und hatte auch keine Kinder. Und der, der möglicherweise hätte erben können, ist ja ebenfalls ermordet worden."

„Wie, ebenfalls ermordet?", fragte Emma und schaute Nicklas mit großen Augen an.

„Wusstest du das nicht? Jette Jensen war ihr Künstlername - ein sehr gut gehütetes Geheimnis übrigens."

„Und wie hieß sie wirklich?" Emma kam aus dem Staunen gar nicht mehr heraus.

„Ihr wahrer Name war Jutta Jahn. Und euer erstes Mordopfer, Achim Jahn, war ihr Bruder!"

Kapitel 37

„Wir haben da was!", sagte Matthias und betrat freudestrahlend das Büro. Linda saß an ihrem Platz und tippte gerade das Protokoll ihres gestrigen Gesprächs mit Ralf Grimm in den Computer. Sie war nach einem Arzttermin am Morgen, der länger gedauert hatte als eigentlich geplant, erst gegen 10.30 Uhr ins Präsidium gekommen. Sie hatte dann die neuen Erkenntnisse der Kollegen gesichtet, den aktualisierten Ermittlungsbericht studiert und sich dann ihre Notizen vorgenommen, die nun als Grundlage für die Zusammenfassung dienten.

„Und?" Sie schaute vom Bildschirm auf, dessen Uhr jetzt kurz nach 15 Uhr anzeigte.

„Ich war gerade bei den Jungs von der Autobahnpolizei. Ich hatte sie vor zwei Tagen gebeten, die Kamerabilder der Mautstationen zu sichten. Vielleicht entdecken sie ja Achim Jahns weißen Transporter. Und Treffer!"

„Mach's nicht so spannend, Matthias!"

„Neben Jahn saßen auch jeweils einmal Ronald Lehmann und – halt dich fest – Ralf Grimm am Steuer!"

„Und wie hilft uns das weiter?", fragte jetzt Joachim Hellmann, der plötzlich in der Tür stand. „Ralf Grimm hat doch zugegeben, dass er für Bodo Vieweg geeignete Flüchtlinge von der österreichisch-ungarischen Grenze abgeholt hat."

„Ich bin immer noch felsenfest davon überzeugt, dass die Erntehelfer irgendetwas mit der Lösung zu tun haben. Und wenn Djamila aufwacht, dann wird sie uns der Wahrheit ein großes Stück näherbringen."

„Wenn sie denn aufwacht, oder hast du was aus der Klinik gehört?"

Matthias schüttelte sichtlich mitgenommen den Kopf. „Nein, ihr Zustand ist weiterhin unverändert."

„Und wie sieht diese Wahrheit aus? Die andere Erntehelferin hat bis heute nichts gesagt, weder warum Djamila weggelaufen ist noch dass sie von Menschenhändlern nach Deutschland entführt worden sind oder hier zur Prostitution gezwungen werden." Joachim sah Matthias verständnislos an.

„Sie haben eben Angst", erwiderte Linda, die zwar wusste, dass die Faktenlage sehr dünn aussah. Sie stimmte aber mit Matthias darin überein, dass die Flüchtlinge irgendetwas mit der Mordserie zu tun hatten.

„Laut eurer eigenen Aussage sind die Saisonarbeiterinnen körperlich überhaupt nicht in der Lage, kräftige Männer wie Achim Jahn oder Ronald Lehmann zu töten. Und wie sollen sie nach Bornholm gekommen sein? Ihr seid da auf dem Holzweg. Aber das sage ich euch ja schon von Anfang an", bekräftigte Joachim Hellmann seinen Unmut.

„Und wenn sie gemeinsame Sache gemacht haben?" Auch wenn er das grimmige Gesicht seines Chefs sah, so Matthias hatte längst noch nicht vor, die Flinte ins Korn zu werfen.

„Wer?"

„Die Frauen und Grimm! Sie wollten sich an ihren Peinigern rächen, und Grimm hat für sie die Morde ausgeführt."

„Und wie kommst du ausgerechnet auf Grimm? Nur weil er sich um die Flüchtlinge kümmert und ihnen ein besseres Leben ermöglichen will?" Für Joachim Hellmann schien auch diese Theorie jeglicher Logik zu entbehren.

„Es ist sein Leben. Und wir wissen alle, dass Menschen dafür sehr weit gehen würden."

„Bis hin zum Mord?" Er rümpfte die Nase. „Matthias, wir brauchen Beweise und keine Theorien." Joachim Hellmann atmete schwer durch. „Ich bin froh, dass ich bald Urlaub habe", sagte er mehr zu sich selbst als zu seinen beiden Kommissaren, zumal er ahnte, dass er den Urlaub würde absagen müssen, wenn bis dahin noch kein Täter gefasst worden war. „Ich hoffe, Emma hat auf Bornholm mehr Erfolg. Habt ihr schon was von ihr gehört?"

„Sie ist ja eben erst gelandet."

„Ah ja, richtig. Ich habe übrigens eben mit den Landauer Kollegen gesprochen, die dem Brandanschlag auf das Flüchtlingsheim nachgehen. Man hat auf der hinteren Seite des Gebäudes eine Fackel gefunden, die das Feuer aller Wahrscheinlichkeit nach ausgelöst haben soll. Man wird wohl aber final nie klären können, ob der Brand absichtlich gelegt worden ist oder nicht und wessen Fackel das war." Joachim Hellmann zuckte mit den Achseln. „An diesem Abend waren ja viele Fackelträger unterwegs, und bisher hat sich noch kein Zeuge gemeldet, der irgendwas gesehen haben will." Matthias konnte die Resignation spüren, die Hellmann ergriffen hatte. „Aber wir wussten ja schon vorher, dass der Brand und die Mordserie eigentlich nichts miteinander zu tun haben."

„Chef, mir fällt aber noch was zum weißen Transporter ein", meldete sich jetzt wieder Linda zu Wort. „Hatte Bodo Vieweg nicht etwas von einer nicht erhaltenen Lieferung erzählt? Vielleicht hat ja einer der beiden Kuriere Lehmann oder Grimm diese Lieferung umgeleitet."

„Auf jeden Fall werden wir ihn gleich dazu befragen. Ich habe mich für 15.30 Uhr mit ihm verabredet. Hat sich Bertram schon gemeldet?", wandte sich Matthias jetzt direkt an seinen Chef. Matthias war nach dem Gespräch bei Ralf Grimm noch ins Pathologische Institut des Städtischen Klinikums nach Ludwigshafen gefahren und hatte dem Rechtsmediziner den Kamm persönlich vorbeigebracht. Wie er wusste, hatte Bertram Jung enge Beziehungen zu einer Mitarbeiterin des Kliniklabors, die schon einige Spuren für ihn analysiert hatte, obwohl das eigentlich nicht zu ihrem Stellenprofil gehörte. Die kurzen Dienstwege waren meistens eben doch effizienter, als die große Schleife über das LKA zu drehen. Das sah auch Hellmann so, weswegen er wohl auch nichts dazu gesagt hatte, als Matthias ihm nach der kurzen Teamsitzung am Morgen erklärt hatte, dass sich Bertram um den Kamm und die daran sichergestellten menschlichen Spuren kümmern würde.

„Nein, noch nicht, aber ich rufe ihn mal", sagte Joachim Hellmann, als in dem Augenblick Matthias' Telefon klingelte.

„Hi Bertram, gerade haben wir von dir ... Was? Das gibt's doch nicht! Warte, ich schalte dich auf laut, dann können Joachim und Linda gleich mithören", sagte Matthias, und nun lauschten gleich drei Ohrenpaare gespannt, was der Rechtsmediziner zu sagen hatte.

„Hallo alle miteinander. Also, ich habe gerade die Ergebnisse der DNA bekommen, die wir am Kamm sichergestellt haben, und es gibt einen Treffer in der Datenbank."

„Wer ist es?", rief Joachim aufgeregt dazwischen, auch wenn er wusste, dass Bertram nichts mehr ärgerte, als während seiner Erläuterungen unterbrochen zu werden.

„Einen Namen kann ich dir nicht präsentieren", brummelte der Rechtsmediziner. „Aber es ist dieselbe DNA, die wir am Tatort des ersten Mordopfers gefunden haben."

„Du meinst, das Blut aus Achim Jahns Küche und das Haar oder die Kopfschuppe am Kamm stimmen miteinander überein?", fragte Matthias, und seine Anspannung wuchs ins Unermessliche.

„Ich meine nicht nur. Ich weiß es!"

„Was ist los?", fragte der Kommissariatsleiter und schaute einen strahlenden Matthias ungläubig an.

„Chef, wir haben unseren Muschelmörder!"

Kapitel 38

„Achim Jahn und Jette Jensen waren Geschwister?" Emmas Gehirn konnte die Worte immer noch nicht verarbeiten, die ihre Ohren da gerade gehört hatten.

„Ja!" Nicklas nickte. „Das hat mir das Standesamt in Berlin vorhin mitgeteilt. Daher meine Verspätung. Tut mir leid."

„Alles okay!"

„Du musst wissen, Jette Jensen hat sehr zurückgezogen gelebt, hatte zu niemandem wirklich Kontakt, daher hat es uns sehr gewundert, dass sie immer nur ein- und dieselbe Nummer in Deutschland angerufen hat. Als wir unter dieser Nummer niemanden erreichen konnten, haben wir das zuständige Polizeipräsidium – also euch – kontaktiert. Und ihr habt uns ja mitgeteilt, dass Achim Jahn ermordet worden ist. Genau wie Jette alias Jutta."

„Und deshalb bin ich jetzt hier", sagte Emma und lächelte, während sie aus der Handtasche ihren Notizblock herauszog.

„Ja, ein Amtshilfegesuch oder wie das bei euch heißt", musste jetzt auch Nicklas lachen, der versucht hatte, *Amtshilfegesuch* auf Deutsch zu sagen, was sich aber eher wie ein russischer Fluch angehört hatte.

„Ich habe einen klasse Chef", sagte Emma mehr zu sich selbst als zu Nicklas, und sie dankte Joachim Hellmann gedanklich noch einmal für das ihr entgegengebrachte Vertrauen. Sie empfand es als Ehre und Herausforderung gleichermaßen, und sie hoffte inständig, hier auf Bornholm diesem komplexen Fall endlich die alles entscheidende Wendung geben zu können.

„Also haben wir versucht, mehr über sie herauszubekommen, und da sind wir über ihre Geburtsurkunde auf den familiären Zusammenhang zwischen Achim und Jette gekommen ..."

„... was diesen Fall noch ein wenig verzwickter macht", ergänzte Emma, und sie ärgerte sich, dass sie es bei ihren Ermittlungen bisher unterlassen hatten, die Geburtsurkunden auf eine Verbindung zwischen den Mordopfern hin zu untersuchen. Sie würde das später direkt mit Matthias besprechen. Vielleicht fand er ja auch in Ronalds Geburtsurkunde einen Hinweis, der noch ein wenig mehr Licht ins Dunkel brachte. „Wer hat sie eigentlich gefunden, wenn die allein gelebt hat?"

„Ihr Nachbar. Rune Sargaard. Ein komischer Kauz. Redet nicht viel und mit uns schon gar nicht. Ich glaube, er ist Obrigkeiten und Autoritäten wie Polizei und Ämtern gegenüber nicht besonders aufgeschlossen", sagte Nicklas und bog kurz vor der kleinen Ortschaft Lineskov von der Landstraße 158, die weiter nach Allinge führte, nach rechts in einen Schotterweg ab, der von der Straße aus kaum zu sehen war. Der unbefestigte Pfad führte durch einen Hain aus Haselnusssträuchern, Bergahorn und Bergulmen direkt zum Anwesen, das sich dem Besucher nach knapp einem guten Kilometer auf einem kleinen, der Küste vorgelagerten Plateau wie eine kleine Perle offenbarte.

„Dort hat sie gewohnt", sagte Nicklas und zeigte auf das weiß getünchte Fachwerkhaus mit den schwarzen Balken, das jetzt friedlich in der Sonne lag.

„Wow, was für ein idyllischer Ort", sagte Emma und schlug die Tür hinter sich zu. „Hier könnte es mir auch gefallen."

„Dann bleib doch." Nicklas grinste vielsagend.

„Mal schauen, was mein Chef dazu sagt", antwortete Emma. Ja, warum eigentlich auch nicht, dachte sie und lächelte zurück.

„Und das kleine gelbe Fachwerkhaus war ihre Werkstatt. Dort haben wir sie gefunden", ergänzte Nicklas, während sie zum Wohnhaus liefen, das etwas oberhalb der Klippen stand. Am Klippenrand blühten Heckenrosen, die zu einer grünen Mauer dicht zusammengewachsen waren. Unten toste die Brandung die Steilküste wie ein Raubtier, das endlich aus seinem Käfig gelassen werden wollte. Gerade wenn der Wind auflandig von Nordosten blies und die Wellen um die Insel jagten, dann kam das Wasser, um sich wieder etwas vom Land zu holen. Erst vor knapp zehn Jahren war ein weiterer großer Brocken aus dem Fels gebrochen, weil das Wasser ihn von unten aus dem Kreidegestein gewaschen hatte. Die Luft war getränkt vom Salz des Meeres.

„Jette Jensen hat nicht nur sehr zurückgezogen gelebt, sie hat sich auch kaum etwas aus Luxus gemacht", sagte Nicklas und führte Emma durch die kleinen Zimmer. Die Möbel in der Küche waren bunt zusammengemixt, auch der gemütliche Lesesessel passte nicht zur hellgrauen Couch aus den 1970ern. Die Holzdielen waren abgelaufen, die Fliesen in der Küche zerschlissen. Auch die elektronischen Gegenstände schienen aus einer ganz anderen Zeit zu stammen. Der Ofen wurde noch mit Holz betrieben, im Wohnzimmer stand ein Schallplattenspieler, und das Telefon hatte eine Wählscheibe. „Man könnte meinen, sie hat damals alles eins zu eins von den Vorbesitzern übernommen."

„Ich werde ab jetzt immer an sie denken müssen, wenn ich aus einem ihrer entworfenen Gläser trinke", sagte Emma, und sie fühlte sich gerade einer Frau ganz besonders verbunden, die sie nie persönlich kennengelernt hatte. „Und du sagst, sie hat immer nur die eine Nummer angerufen? Die ihres Bruders?"

Nicklas nickte. „Wir wissen natürlich nicht, wer sie angerufen hat. Ihre Nummer ist eine Geheimnummer und steht nicht im Telefonbuch."

„Irgendwelche Transaktionen oder Geldgeschäfte mit einer Verbindung zu uns in die Pfalz oder zumindest nach Deutschland?"

„Nein, da ist uns nichts bekannt. Stenbjerg hat ihr bereits vor 25 Jahren die Lizenzrechte abgekauft, und sie lebte bis zu ihrem Tod von diesem Geld."

„Von dem aber niemand etwas wusste ..."

Nicklas schob die Achseln nach oben. „Das wissen wir leider nicht. Sie hatte übrigens kein Testament hinterlassen. Aber da ihr Bruder ja ebenfalls tot ist, hat sich dieses mögliche Mordmotiv auch erledigt."

„Ist das die Post?", fragte Emma und nahm einen dicken Stapel Rechnungen, Kataloge und Werbehefte, einige geöffnet, die meisten noch verschlossen, in die Hand.

„Die der letzten Wochen. Jette schien sich nicht wirklich darum zu scheren. Viele Briefe sind noch ungeöffnet. Als hätte sie mit ihrem Tod gerechnet."

„Hatte sie denn irgendwo Aussenstände?"

„Nein, sie hat alles immer für ein Jahr im Voraus bezahlt oder über Daueraufträge geregelt. Soweit wir wissen – und sie hatte nur ein Konto bei einer Bank in Rønne –, hat sie niemandem Geld geschuldet."

Emma blätterte weiter durch die unterschiedlichen Briefsendungen, als sie plötzlich abrupt stoppte. Wo habe ich dieses Kuvert schon einmal gesehen, fragte sie sich und zog den braunen Umschlag aus dem Stapel, der noch verschlossen war.

„Was ist das?", fragte sie Nicklas und reichte ihm das Kuvert.

„Wohl ein Film, den sie sich bestellt hat."

„Dieser Umschlag sagt mir irgendwas, aber ich weiß nicht, was ...", grübelte sie, aber ihr wollte partout nicht einfallen, was er ihr sagen wollte. „Darf ich?", fragte sie und wollte den Umschlag gerade aufreißen, als sie draußen jemanden auf dem Hof stehen sah.

„Wer ist das?"

„Rune, der Nachbar, der Jette gefunden hat. Der taucht hier immer wieder auf, seit wir uns auf ihrem Hof aufhalten. Als wollte er sie beschützen."

„Über ihren Tod hinaus?"

„Ich sag' ja, ein komischer Vogel. Komm, ich zeig' dir, wo wir sie gefunden haben."

Emma verstaute den braunen Umschlag in ihrer Handtasche und folgte Nicklas zur Werkstatt, an der ein rot-weißes Absperrband mit der Aufschrift *Politi* im Wind flatterte.

„Hier ist sie aufgebahrt gewesen. Wie du auf den Fotos gesehen hast, hat man nicht mehr viel von ihrem Gesicht übrig gelassen. Das kann nur ein kranker Psychopath gewesen sein." Nicklas schüttelte sich angewidert.

„Und die Muschel hatte man ihr auf den Sand in ihrem Mund gelegt."

„Ja, bei euch hatten die Opfer die Muschel in der Hand gehalten."

„Also will uns der Täter damit etwas sagen ..."

Nicklas stimmte mit einem Kopfnicken Emmas Aussage zu.

„Habt ihr hier sonst irgendetwas gefunden, was von Interesse wäre? Vielleicht eine DNA unseres Täters?“, fragte Emma, die sich an die sichergestellte Blutspur in Achim Jahns Küche erinnerte.

„Wir haben jedes Glas abgestaubt, selbst die Scherben, die entweder Sturm, Jette oder der Täter zerschlagen haben muss. Aber außer ihren Fingerabdrücken haben wir nichts gefunden“, wurde Nicklas plötzlich vom Klingeln seines Handys unterbrochen. „Da muss ich kurz rangehen“, entschuldigte er sich und verließ die Werkstatt.

Emma sah, wie er einige Schritte Richtung Auto zurücklief, während sie ebenfalls wieder ins Freie trat. Fasziniert von der Idylle des Anwesens schaute sie sich um. Rosen rankten sich an der einen Seitenfront des Wohnhauses empor. Ein Zitronenfalter ließ sich von den sanften Böen über den Hof treiben, und draußen auf der Ostsee glitt ein Segelboot am Horizont entlang, als würde es jemand langsam mit einer Schnur übers Wasser ziehen.

Ein schöner Ort zum Leben! Und leider auch zum Sterben, dachte Emma und lief langsam weiter. Sie hatte fast den Klippenrand erreicht, als sie plötzlich einen kleinen Erdhügel entdeckte, auf dessen Kopfseite ein weißes, namenloses Kreuz steckte. Der Hügel war keinen Meter lang, vielleicht mal gerade 30 Zentimeter breit, und doch schien er etwas Besonderes zu sein. Denn im Gegensatz zum abgewohnten Mobiliar, den teilweise angeschlagenen Porzellantellern auf der Spüle oder den von Motten zerfressenen Kleidungsstücken an der Garderobe war das Kreuz makellos und strahlend weiß.

„Hau da bloß ab“, schrie plötzlich ein Mann, den Emma als Jettes Nachbarn identifizierte. Nur mit

Mühe konnte er seinen bellenden Hund zurückhalten, der wild an der Leine zog.

„Nimm den Hund weg. Sofort!“, sagte Emma und sah sich den Mann genauer an, den sie auf gut 1,85 Meter schätzte. Mit seinem breiten Kreuz, Pranken wie denen eines Bären und seinem kräftigen Körperbau wirkte Rune wie Koloss. Sein grauer Vollbart war dicht, teils verzottelt. Seine für den Kopf etwas zu kleinen Augen strahlten blau, die Haut war gegerbt und faltig.

„Du hast hier nichts zu suchen!“

„Du weißt genau, was wir hier tun. Und du hast sie doch gefunden? Jette?“

„Aber hier hast du nichts zu suchen! Und jetzt verpiss dich!“, sagte er und verschwand genauso schnell über den Klippenkamm, wie er plötzlich aus dem Nichts aufgetaucht war.

„Alles in Ordnung? Hat er dich bedroht? Soll ich ihn festnehmen lassen?“, fragte Nicklas, der Emma in den Arm nahm und fest an sich drückte.

„Was? Nein, nein, alles okay“, erwiderte Emma und schaute dem Mann, dessen Umrisse immer kleiner wurden, gedankenverloren hinterher.

„Irgendetwas weiß er ...“

„Er wollte nichts sagen ... Wir haben ihn stundenlang verhört.“ Zum ersten Mal sah Emma einen finster dreinblickenden Nicklas. „Aber vielleicht hast du ja mehr Erfolg als wir.“

„Ich werde es probieren.“ Emma sah an Nicklas vorbei in die Weite der Ostsee hinein. „Denn ich habe das Gefühl, die Wahrheit ist schlimmer als der Tod.“

Kapitel 39

„*Was?* Ich soll Achim Jahn und Ronald Lehmann ermordet haben?" Ralf Grimm schaute Matthias Roth und Linda Meyer entsetzt an. „Und warum?"

„Wir haben Ihr Blut am Tatort des ersten Opfers gefunden." Mattias blieb, wie es für ihn in solchen Situationen typisch war, ruhig und abgeklärt.

„Das kann nicht sein, oder sehen Sie eine offene Stelle an mir?" Ralf Grimm zeigte seine Hände und Unterarme und schob anschließend die Hosenbeine seiner Chino hoch. „Ich kann mich auch gerne ganz ausziehen, wenn Sie möchten. Aber nicht, ohne vorher mit meinem Anwalt zu sprechen."

„Und wie kommt dann bitte Ihr Blut in Achim Jahns Küche?", fragte jetzt Linda Meyer.

„Das weiß ich doch nicht. Ich war noch nie in seiner Küche!"

„Das sagen Sie!"

„Und wie soll ich Ronald Lehmann getötet haben, wenn ich gleichzeitig im Innenministerium war?"

„Vielleicht stimmen Ihre zeitlichen Angaben einfach nicht", stammelte Linda, die merkte, dass sie sich gerade auf dünnem Eis bewegte.

„Sie haben also nichts gegen mich in der Hand, außer mir zu unterstellen, dass ich mich geirrt haben muss?" Ralf Grimm schüttelte den Kopf. „Aber was mich wirklich interessiert: Was wäre denn mein Motiv? Und fangen Sie jetzt nicht bitte schon wieder mit dieser Freien Pfalz an. Was hätte ich davon, die beiden zu töten, außer ins Gefängnis zu kommen? Und wenn, dann hätte ich ja wohl zuerst auch mit diesem Renner angefangen."

Das saß! Und doch wollte sich Matthias nicht so einfach geschlagen geben. Er konnte ihn immer noch vorladen lassen, denn die Beweismittel waren eindeutig. Und das würde auch der Staatsanwalt so sehen.

„Vielleicht haben Sie sich ja Jürgen Renner für den Schluss aufgehoben. Quasi als die Krönung Ihres Meisterwerks."

„Aha!"

„Waren Sie eigentlich schon mal auf Bornholm?", fragte jetzt wieder Linda, da sich Ralf Grimm zu Matthias' These anscheinend nicht weiter äußern wollte.

„Nein, wieso?"

„Kennen Sie denn eine Jette Jensen, alias Jutta Jahn?" Matthias und Linda hatten gerade den Ortseingang Lingenfelds passiert, als Emma sie von Bornholm aus angerufen und ihnen von der Neuigkeit berichtet hatte. Matthias war so verblüfft gewesen, dass er an der Ampel, die gerade auf Rot umgesprungen war, fast jemandem hinten draufgefahren wäre.

„Nein, auch nicht. Jahn? Hat sie irgendetwas mit Achim Jahn zu tun?"

„Ja, sie ist oder besser gesagt war seine Schwester", erwiderte Linda, und Matthias konnte deutlich den genervten Unterton in ihrer Stimme hören.

„Herr Grimm, wir kriegen den Täter. Das verspreche ich Ihnen", sagte Matthias und sah davon ab, ihn mit aufs Präsidium zu nehmen. Irgendetwas sagte ihm, dass Ralf Grimm zwar vielleicht mehr wusste, als er zugab. Aber er konnte sich wirklich nicht vorstellen, aus welchem Grund heraus Grimm die beiden Männer und jetzt auch noch die Schwester des einen Opfers hätte töten sollen.

„Ich hoffe es sehr. Nicht, dass ich der Nächste bin und Sie hätten das verhindern können, wenn Sie den Täter früher geschnappt hätten."

„Und was sagt Ihnen das hier?" Matthias zeigte ihm die Fotos der Mautstationen, die ihm die Kollegen zusammengestellt hatten.

„Ich glaube, das bin ich, am Steuer eines Transporters."

„Achim Jahns Transporters."

„Mag sein. Ich habe ihn mir mal ausgeliehen, um Flüchtlinge abzuholen. Aber das ist noch kein Verbrechen. Und außerdem habe ich Ihnen das schon ...", wurde Ralf Grimm vom Klingeln eines Telefons unterbrochen.

„Sie entschuldigen", sagte Matthias und nahm den Anruf an.

„Hier ist Bertram! Bist du schon bei diesem Grimm?"

„Ja! Was ist los?"

„Ich habe mir die beiden DNA-Proben noch einmal genauer angeschaut, und ich glaube, wir haben einen falschen Schluss gezogen."

„Was meinst du damit?", versuchte Matthias, der zwar in den kleinen Seitenflur entschwunden war, damit Ralf Grimm nicht den gesamten Inhalt des Telefonats mitbekommen sollte, besonnen zu bleiben. Auch wenn die Anspannung ihn innerlich zerriss.

„Ralf Grimm ist doch hellhäutig und hat dunkelblonde Haare?"

„Ja, wieso?"

„Weil Blut und Haarprobe zu einem Mann türkischer, persischer oder arabischer Herkunft gehören."

„Danke", sagte Mattias enttäuscht. Und dennoch versteckte sich ein kleiner Anhaltspunkt in Bertrams

Aussage. Hatte Emma nicht einen Mann arabischer Abstammung in den Büschen bei Ronald Lehmann gesehen?

„Wer ist eigentlich Ihr Mitbewohner?", fragte Matthias, als er zu Linda und Ralf Grimm zurückkehrte.

„Sie meinen Jehad? Jehad Sayhouni?"

„Warum wohnt er nicht bei den Renners?"

„Er gehört zu Bodos Flüchtlingen, die im alten Tabakschober in Sickfeld wohnen sollten."

„Wurde er mal von den Mitgliedern der Freien Pfalz beschimpft oder bepöbelt?"

„Von Jahn oder Lehmann? Nicht, dass ich wüsste! Warum?"

„Benutzt er auch Ihre Sachen mit?"

„Er schläft auf dem Sofa, und wir essen manchmal zusammen in der Küche, in der er natürlich auch kocht."

„Und was ist mit persönlichen Gegenständen wie Zahnbürste oder Kamm?"

„Ich bitte Sie! Er hat natürlich seine eigene Zahnbürste. Aber fragen Sie ihn doch selbst, ob er auch meinen Kamm benutzt oder meine Unterhosen trägt. Da kommt er gerade", sagte Grimm, als ein Schlüssel ins Schloss gesteckt und die Tür mit Schwung geöffnet wurde.

„Das machen wir!", sagte Matthias und ging Jehad entgegen, der erschrocken schaute, als Matthias ihn am Arm packte und sagte: „Jehad Sayhouni, Sie sind festgenommen wegen des dringenden Tatverdachts, Achim Jahn und Ronald Lehmann ermordet zu haben."

Kapitel 40

Es war kurz vor 23 Uhr, als Emma sich endlich ihre Kuschelhose überzog und sie es sich in ihrem Hotelzimmer gemütlich machte. Annegret hatte sie für diese eine Nacht in Jantzens Hotel in Gudhjem untergebracht, einem alten Gutshof mit lauschigem Innenhof und Steingarten, der bei Nacht wunderschön beleuchtet war.

Emma war müde und geschlaucht nach einem anstrengenden Tag mit langer Anreise, vielen neuen Erkenntnissen und dem Gefühl, mehr Sehnsucht nach Bornholm zu haben, als sie das vorher für möglich gehalten hätte. Und dabei hatte sie heute außer dem Flughafen, einer kleinen Inselrundfahrt und einem idyllischen Anwesen an der rauen Nordostküste nichts weiter gesehen. Sie merkte, wie eine Migräne im hinteren Kopfbereich heranzog, und obwohl sie für ihre Verhältnisse viel getrunken und vor einer Stunde bereits eine Tablette prophylaktisch eingenommen hatte, ahnte sie, was ihr morgen bevorstehen würde.

Aber morgen Nachmittag bin ich wieder zu Hause, dachte sie und freute sich, ihren kleinen Sohn dann endlich fest an sich drücken zu können.

Sie hatte noch kurz mit ihm telefoniert, bevor Nicklas sie zu einem leckeren Fischbuffet im Hafen von Allinge eingeladen hatte.

Dort hatten sie fürstlich geschlemmt. Sie hatten Østersølaks bestellt, einen geräucherten Wildlachs, und sich Torsk geteilt, gebackenen Dorsch auf Bornholmer Art, der mit verschiedenen Saucen und Salzkartoffeln serviert wurde. Emma musste danach noch unbedingt eine Fischfrikadelle mit roter Bete probieren, eine Kindheitserinnerung, an der sie einfach nicht vorbeikam. Es war ein Abend mit viel Lachen, aber ganz ohne Alkohol, den beide dort schön hatten ausklingen lassen. Trotz des schrecklichen Anlasses, durch den sie sich überhaupt erst kennengelernt hatten. Aber es war immer wichtig, zu einem Fall auch eine gewisse Distanz aufzubauen, sonst würde man nur daran kaputtgehen. In der Praxis gab es immer wieder Fälle, die einen stärker mitnahmen als andere. Und diese Mordserie gehörte für Emma mittlerweile zweifelsohne dazu.

Sie hatte Nicklas während des Essens - so wirklich Dienstschluss hatte man auch nicht, wenn man Feierabend hatte - noch die weiteren Namen genannt, die ihnen bisher über den Weg gelaufen waren. Doch in seinen bisherigen Ermittlungen war er weder über die Namen Lehmann oder Renner noch über Grimm oder Vieweg gestolpert.

„Emma, wir kriegen diesen Muschelmörder! Das verspreche ich dir“, hatte er gesagt, als er sie vor ihrem Hotel rausgelassen hatte. „Und jetzt versuch, ein wenig zu schlafen. Ich hole dich morgen um 7 Uhr ab. Und wenn was ist: Hier ist meine Karte, du kannst mich jederzeit anrufen.“ Mit diesen Worten und einem Lächeln im Gesicht hatte er sich von ihr verabschiedet und war dann die Brøddegade Richtung Ortsausgang hochgefahren. Sie hatte ihm noch länger als gewollt nachgesehen, bis die Rücklichter seines Wagens vollständig aus ihrem Sichtfeld verschwunden waren.

Als sie endlich in ihrem Zimmer war, hatte sie noch kurz mit Matthias telefoniert und ihm ebenfalls den aktuellen Stand ihrer Ermittlung auf Bornholm durchgegeben. Wobei so viel seit ihrem letzten Telefonat vom Nachmittag nicht mehr dazugekommen war. Was sie betraf.

Matthias hatte dagegen deutlich mehr zu erzählen. Angefangen bei der Befragung Ralf Grimms bis zur Festnahme Jehad Sayhounis. Bodo Vieweg hatte ihm dagegen den vereinbarten Termin über seine Exfrau Biggi abgesagt. Er hätte einen wichtigen Termin in Hamburg und könnte nicht mehr länger auf ihn warten, da sie ja eigentlich für 16 Uhr verabredet gewesen wären. Und auch in Ronald Lehmanns Geburtsurkunde gab es keinen Hinweis auf eine Verbindung zu den Jahns oder einem der möglichen Verdächtigen, wobei der Mörder ja gefasst war. Das hatte Emma gedacht, und doch hatte sie den Zweifel in Matthias' Stimme gehört.

„Entweder haben wir unseren Muschelmörder, oder wir werden so lange nach ihm suchen, bis wir ihn finden. Das verspreche ich dir!" Was für ein Zufall – oder war es doch Schicksal –, dass Matthias dieselben Worte benutzt hat wie Nicklas, dachte sie, als sie das braune Kuvert aus ihrer Handtasche nahm. Sie hatte gesehen, dass es in dem Zimmer, das mit seiner Küche, dem Esszimmer und dem Balkon fast schon eher wie ein Apartment anmutete, auch einen Flachbildfernseher, Pay-TV und einen DVD-Spieler gab.

Sie öffnete den Umschlag und ließ die durchsichtige CD-Hülle herausgleiten.

Komisch, steht sonst nicht immer der Titel des Films auf der Hülle oder zumindest auf der CD, fragte sich Emma und schaute noch einmal in den Umschlag, ob sie das Anschreiben oder eine Rechnung übersehen hatte. Aber das Kuvert war leer.

Sie schob die CD in das Gerät und schaltete den Fernseher ein. Nach wenigen Augenblicken begann der Film mit der Sequenz eines weiten Strandes. Unterlegt von stilvoller, wenn auch tragender Musik verloren sich Wellen am Ufer. Der perfekte Film, um vielleicht wirklich etwas runterzukommen und einzuschlafen, dachte Emma, die sich fast schon ein bisschen doof vorkam, unbedingt dieses Kuvert mitgenommen zu haben. Dabei hatte Nicklas sicherlich recht, und es handelte sich bei dieser DVD lediglich um einen Film – welcher Art auch immer.

Aber auf der Suche nach dem kleinsten Hinweis greift man eben nach jedem Strohhalm, dachte sie und ging in die kleine Küche rüber, in der sie sich gerade eine Tasse heiße Schokolade aufkochte. Nicklas war so freundlich gewesen, für Emma noch kurz vor dem Essen beim Supermarkt anzuhalten, wo sie sich eine große Flasche Kakao gekauft hatte. Der schmeckte zwar nicht so gut wie selbst angerührter, aber in Notsituationen wie dieser tat er es auch.

Sie war gerade dabei, den Kakao in die Tasse zu gießen, als sie plötzlich eine männliche Stimme aus dem Wohnzimmer hörte: „Hier beginnt unsere Geschichte ... an der Ostküste der Insel Rügen ... Mit Sand unter den Füßen ... Die Ostsee vor Augen ... Und die Freiheit als Ziel."

Ein ungewohnter Start für einen Film, dachte sie und lief zurück ins Wohnzimmer. Sie wollte gerade einen kräftigen Schluck ihres Lieblingsgetränks nehmen, als ihr die Tasse beim erneuten Blick auf den Bildschirm aus den Händen glitt. In großen weißen Buchstaben und vor der Kulisse einer idyllisch gelegenen Bucht stand da der Titel des Films, der sich unauslöschbar in ihre Iris brannte: *Die Muschelsucher*.

Kapitel 41

Die Sonne war gerade dabei, die letzten Schatten der Nacht zu vertreiben, als Emma mühsam aus dem Bett kroch. Es war kurz vor 6 Uhr, wie sie auf dem Display ihres Handys lesen konnte.

Sie hatte in dieser Nacht schlecht geschlafen. Wie sie bereits am Vorabend befürchtet hatte, wurde sie jetzt von einer so fürchterlichen Migräne gequält, dass weder Tabletten noch zwei weitere Tassen Kakao auch nur annähernd Linderung gebracht hatten.

Nachdem sie die Scherben der zerborstenen Tasse aufgesammelt und die Lache heißer Schokolade weggewischt hatte, hatte sie sich den Film *Die Muschelsucher* von Anfang an angesehen. Sie war versucht gewesen, Nicklas anzurufen und sich die DVD gemeinsam mit ihm anzusehen. Doch sie hatte schnell wieder Abstand von dieser Idee genommen, weil sie nicht genau wusste, wie und vor allem als was Nicklas diese Einladung werten würde. Man spielt nicht mit dem Feuer, so hatte es Oma Leni immer gesagt, und sie ahnte, dass sie mit einer kleinen, aber falsch interpretierten Geste einen ganzen Flächenbrand auslösen würde. Mit ungewissem Ende - für beide Seiten.

Sie konnte ihm auch noch am heutigen Morgen die wichtigsten Details erzählen, beziehungsweise er konnte sich die DVD dann später selbst in Ruhe anschauen, da sie ihm die CD als weiteres Beweisstück für eine mögliche Anklage dalassen würde. Zumal sie im braunen Umschlag, den sie bei Ronald Lehmann entdeckt hatten, unter Garantie ebenfalls eine DVD dieses Films finden würden. Und sicherlich auch bei Achim

Jahn! Was aber erst noch überprüft werden müsste, wenn seine Post nicht längst schon gesichert und das Kuvert gefunden worden war. Auch um dieser Frage nachzugehen, hatte sie versucht, Matthias anzurufen. Aber ihr Partner war nicht an sein Telefon gegangen. Entweder war er wie so häufig mal wieder am Krankenbett neben Isabell eingeschlafen, oder er war im 24-Stunden-Gym in Mannheim, um sich auszupowern und seinen Kopf frei zu kriegen. Und da hatte er sein Handy nicht am Mann. Er würde sie schon zurückrufen, wenn er ihre Nummer im Display sah. Bisher hatte er sich jedoch noch nicht bei ihr gemeldet.

Länger als gewöhnlich stand Emma unter der Dusche und ließ das warme Wasser an sich herunterlaufen. Sie müsste schnellstens in die Gänge kommen, denn sie hatte noch einiges zu erledigen, doch in weniger als drei Stunden ging ihr Flug über Kopenhagen zurück nach Frankfurt. Nachdem sie sich ausgiebig geduscht, abgetrocknet und angezogen hatte, nahm sie den letzten kalten Schluck ihres Kakaos, als sie schon hörte, wie ein Wagen in den Innenhof des Hotels fuhr.

Emma stopfte schnell Shampoo, Duschgel und ihre Schminkutensilien zu ihren anderen Sachen in den kleinen Koffer, griff nach ihrer Handtasche und ihrem Handy und war keine Minute später, aber immer noch mit dröhnendem Kopf, bei Nicklas, der an den Wagen gelehnt stand und entspannt an seiner Zigarette zog.

„Hej! Du rauchst?"

„Ja! Willst du auch eine?"

„Nein danke", erwiderte Emma und stieg auf der Beifahrerseite in den Wagen.

„Ab zum Flughafen", sagte Nicklas, als er es Emma gleichgetan hatte und nun ebenfalls im schwarzen Volvo saß.

„Wir müssen doch noch dringend bei Rune Sargaard vorbei."

„Stimmt, du wolltest mit ihm sprechen. Aber viel Zeit haben wir nicht."

„Ich weiß. Aber erinnerst du dich an den braunen Umschlag?", fragte Emma und zog das Kuvert aus ihrer Handtasche hervor.

„Die CD eines Films?"

„Jepp. Aber es war nicht irgendein Film, den Jette und auch Ronald und, ich bin sicher, auch unser erstes Opfer zugeschickt bekommen haben."

„Was meinst du?" Emma schaute in ein fragendes Gesicht, ehe Nicklas wieder nach vorne sah und den Wagen aus dem langsam erwachenden Gudhjem lenkte.

„Der Film auf dieser CD erzählt die dramatische Geschichte von vier DDR-Bürgern, die es mit selbst gebauten Booten in die Freiheit nach Bornholm schaffen wollten."

„Und lass mich raten: Jette alias Jutta war eine von ihnen?"

„Hast du dir den Film doch angeschaut?", wollte Emma wissen und lächelte ihn an. Wie Matthias schien auch Nicklas seinen Beruf sehr ernst zu nehmen und sich perfekt vorbereitet zu haben.

„Nein, aber sie ist in der DDR geboren. Da lag der Verdacht nahe ..."

„Wie Ronald und Achim ...", sagte Emma mehr zu sich selbst als zu Nicklas, der ihr erneut ins Wort fiel.

„Und da wären wir, Runes Hof."

Auch Runes Anwesen, das hoch oben auf den Klippen über der Ostsee thronte, wurde von den ersten Sonnenstrahlen des jungen Maitages geküsst. Sein Anwesen bestand aus mehreren kleinen Gebäuden, alle in der typisch roten Farbe lackiert. Nur das Fachwerkhaus sah mit seiner gelb getünchten Farbe und den schweren Balken aus, als würde es nicht hierhergehören. Hinter einem Fenster brannte Licht, und Emma hörte das Meer toben, als sie aus dem Wagen stieg. Ansonsten war alles ruhig, bis plötzlich die Tür aufgerissen wurde und Rune im Rahmen stand - mit seinem zähnefletschenden Hund Bjarne an seiner Seite.

„Verschwindet endlich und lasst mich in Ruhe!"

„Rune, wir wollen nur mit dir reden", rief Nicklas, der ebenfalls ausgestiegen war, von der Fahrerseite aus über den Hof.

„Ich will aber nicht mit euch reden. Und mit dir schon gar nicht, und jetzt verpisst euch, sonst hole ich mein Gewehr", sagte er und knallte die Tür hinter sich zu.

„Gewehr? Ich sag' doch, der ist nicht ganz dicht." Nicklas rollte mit den Augen.

„Vielleicht kann er uns aber helfen. Ich versuch' mal, mit ihm zu reden."

„Wir haben aber nicht mehr viel Zeit." Nicklas schaute besorgt auf seine Armbanduhr, ehe er die Entschlossenheit in Emmas Augen sah. „Okay! Aber pass bitte auf, ich weiß nicht, wozu er in der Lage ist, wenn er wirklich ein Gewehr besitzt!"

„Nur fünf Minuten, ansonsten holst du mich da raus." Emma lachte ihn an, auch wenn sie zugeben musste, dass auch ihr nicht einhundertprozentig wohl dabei war. Aber sie musste es versuchen. Eine andere Chance hatte sie nicht.

„Ach Nicklas." Sie drehte sich noch einmal kurz zu ihm. „Kannst du mir einen Gefallen tun?"

„Klar!" Sein Gesicht hellte sich wieder auf.

„Ein Kasper Nielsen hat bei diesem Film Regie geführt. Sein Name war auch der einzige, der im Abspann auftauchte. Kannst du für mich seine Nummer rausbekommen? Vielleicht weiß er ja auch mehr, als im Film gezeigt wurde."

„Mach' ich, aber jetzt beeil dich, sonst bleibst du wirklich noch hier", erwiderte Nicklas und zwinkerte Emma zu.

„Rune, ich bin's, Emma, Emma Hansen. Aus Deutschland. Ich brauche deine Hilfe", flehte Emma die schwere Holztür an, nachdem Rune auf ihr Klingeln hin weder die Tür geöffnet noch sich ein weiteres Mal gezeigt hatte.

„Bitte!" Sie schaute mit Entsetzen aufs Display ihres Handys. Es war schon fast 7.15 Uhr, und sie mussten sich wirklich auf den Weg zum Flughafen machen, wollte sie ihren Flieger nicht verpassen.

„Jette braucht deine Hilfe, oder willst du, dass ihr Tod ungesühnt bleibt?", fragte sie und wartete ab. Doch wieder passierte nichts. Sie wollte schon die Treppenstufen wieder runtergehen, als die Tür einen Spalt geöffnet wurde.

„Rune? Nimm bitte den Hund weg!", sagte sie, auch wenn sie wusste, dass sie jetzt nicht in der Position war, Bedingungen zu stellen.

„Was willst du?"

„Ich will ihren Tod aufklären. Wie Nicklas übrigens auch."

„Mit dem sprech ich nicht."

„Dann sprich wenigstens mit mir – bitte!" Emma schaute Rune durchdringend an, und ehe er es sich anders überlegen würde, sagte sie schnell: „Wir wollen ihren Mörder finden, und du musst uns helfen."

„Ich weiß aber nichts."

„Du hast sie sehr gemocht, nicht wahr?"
„Es war meine Aufgabe, sie zu beschützen."
„Sie zu beschützen? Vor wem?"
„Ist doch egal. Er lebt, und Jette ist jetzt tot!"
„Du hast sie geliebt?" Emma sah, wie seine Augen plötzlich gläsern wurden.
„Sie war nicht bereit für eine Liebe."
„Warum nicht?"
Rune zuckte mit den Schultern. „Keine Ahnung. Sie habe einen großen Preis für ihre Freiheit bezahlt. Einen sehr großen. Das sagte sie immer. Und dass die Ostsee ihre Liebe verschluckt habe."
„Das Kreuz!", rief Emma aus, und jetzt konnte sie so langsam erahnen, warum Rune sie von diesem für Jette so heiligen Ort vertrieben hatte. Er hatte Jette so sehr geliebt, dass er sie sogar noch nach ihrem Tode beschützen würde.
„Jette hatte Angst!"
„Vor wem?"
„Ich hätte ihn damals töten sollen!" Jetzt war es Rune, der mehr zu sich selbst sprach als zu Emma.
„Wen hättest du töten sollen, Rune?"
„Emma, wir müssen!", rief Nicklas plötzlich, ehe Emma hörte, wie er den Motor des Wagens startete.
„Rune, *wen*?", fragte sie erneut, auch wenn sie merkte, dass sie nicht weiterkam.
„Bodo Vieweg!" Mit finsterem Blick sah Rune durch sie hindurch. „Vor ihm hatte Jette immer Angst. Und nun ist sie tot!"

„Das hört sich aber stark nach unerwiderter Liebe an", sagte Nicklas, nachdem Emma ihm das Gespräch kurz zusammengefasst hatte. Sie hatten mittlerweile den Osten Bornholms hinter sich gelassen und fuhren gerade durch Almindingen, das grüne, waldreiche Herz der Insel.

„Ja, aber ich glaube nicht, dass er unser Mörder ist. Er hat Jette wirklich viel zu sehr geliebt, als dass er sie hätte töten können."

„Rune scheint aber vielleicht nicht der Einzige gewesen zu sein, der von ihr verschmäht wurde ..."

„Was meinst du?" Emma sah Nicklas fragend an, während sie erneut versuchte, Matthias zu erreichen, der sich immer noch nicht bei ihr gemeldet hatte.

„Ich war nicht ganz untätig, während du mit Rune gesprochen hast." Nicklas strahlte erneut übers ganze Gesicht. „Ich habe noch mal die Namen überprüft, die du mir gestern gegeben hast. Und ich habe noch mal beim Flughafen und bei den Mietwagenfirmen angerufen, und tatsächlich, ein Name taucht immer wieder auf. Zuletzt sogar am Mittwoch: Bodo Vieweg!"

Kapitel 42

„*Was?* Ihr habt ihn wieder laufen lassen?" Matthias stand fassungslos in der Bürotür seines Chefs und raufte sich die Haare. „Wieso?" Matthias wollte immer noch nicht glauben, was er da gerade gehört hatte.

Nach seiner Festnahme bei Ralf Grimm hatte man Jehad Sayhouni zum Verhör ins Polizeipräsidium gebracht. Matthias und Linda waren dann dem Streifenwagen nach Ludwigshafen gefolgt, schließlich wollten sie den Hauptverdächtigten der Mordserie höchstpersönlich verhören. Doch daraus wurde erst einmal nichts, da Ralf Grimm sich auch in juristischen Angelegenheiten für die Flüchtlinge einsetzte. So hatte er, noch ehe Jehad das Präsidium erreicht hatte, einen Pflichtverteidiger für ihn verlangt, der perfekt Arabisch sprach.

Nach ewigen Stunden des Wartens war dann gegen 21 Uhr endlich ein Anwalt aus Frankfurt eingetroffen. Unter Tränen hatte Jehad in allen Einzelheiten erzählt, wie er mit seiner Schwester Layla aus dem kriegsumkämpften Rakka geflüchtet war, in der Hoffnung, in Deutschland ein besseres Leben beginnen zu können. Doch die Hoffnung hätte sich in die pure Hölle gewandelt, eine schlimmere als die, aus der sie geflohen waren. An der österreichisch-ungarischen Grenze war Layla nach dem Besuch eines Umkleidezelts einfach nicht mehr aufgetaucht. Aus Angst, ihr sei etwas zugestoßen, habe er das ganze Camp durchforstet, jeden nach ihr gefragt, Polizisten bestochen, um in abgesperrte Bereiche des Flüchtlingslagers zu kommen. Doch Layla blieb verschollen. Erst der Hinweis eines anderen Flüchtlings, der von einem Mädchen gehört habe, das in einen weißen Transporter mit dem deutschen Kennzeichen GER für Germersheim gezerrt worden war, hatte eine mögliche Spur ergeben. Deshalb habe er sich als Flüchtling über Bodo Viewegs Ausschreibung in diese Region Deutschlands bringen lassen, um hier nach ihr zu suchen. Doch bis jetzt war seine Suche immer noch erfolglos geblieben.

Auf die Frage, wie sein Blut auf die Spüle in Achim Jahns Küche gelangt war, hatte er geantwortet, dass nicht nur Bodo und Ralf Flüchtlinge nach Deutschland gebracht hätten, sondern auch andere Männer, die er nicht kannte, die er aber aufsuchen wollte, um auch auf deren Höfen - es waren meist Gemüsebauern - nach Layla zu suchen. Bei dieser Suche habe er sich an einem Ast verletzt, weshalb wohl das Blut auf die Spüle getropft war.

„Und was haben Sie in der Küche zu suchen gehabt? Wurden Sie von Achim Jahn eingeladen?", hatte Matthias gefragt, und er erinnerte sich auch jetzt noch sehr gut daran, wie Jehads Gesichtsfarbe plötzlich viel grauer geworden war.

„Die Scheibe der Tür war eingeschlagen gewesen. Und so bin ich einfach ins Haus gehuscht. Ich wollte ja nichts stehlen. Ich wollte ja einfach nur überall nachschauen. Vielleicht war sie ja dort irgendwo. Und dann habe ich ihn gesehen", stammelte Jehad. „Bis plötzlich ein Mann aufgetaucht war. Dann bin ich schnell abgehauen."

„Welcher Mann?"

„Der andere Tote aus der Zeitung."

„Sie meinen den hier?", fragte Matthias nach und zeigte ihm ein Bild Ronald Lehmanns.

Jehad nickte schwach.

„Aber da war Layla auch nicht, und dann kam schon die Polizei und ich bin durch die Büsche abgehauen“, sagte er, ehe er sich abwandte. Danach hatte der Anwalt das Verhör vertagt. Es war mittlerweile kurz vor Mitternacht, und allen Anwesenden sprach die Müdigkeit aus den Gesichtern.

„Dann machen wir morgen weiter. Die Nacht wird er hierbleiben müssen. Sagen Sie ihm das bitte. Und wir sehen uns dann um 8 Uhr wieder!“ Mit diesen Worten hatten sich Linda und Matthias von Jehad und seinem Anwalt verabschiedet, auch wenn zu dem Zeitpunkt noch niemand ahnen konnte, dass es zu einer Fortsetzung des Verhörs nicht kommen würde. Zumindest Matthias nicht.

„Der Staatsanwalt hält die Indizien für nicht stichhaltig genug.“

„Wie bitte?“ Matthias verstand nur Bahnhof, und er fragte sich wirklich, ob er das alles gerade nur träumte.

„Du hast selbst in dein Protokoll geschrieben, dass Jehad schmächtig ist. Wie soll er bullige Kerle wie Achim Jahn oder Ronald Lehmann ermordet haben?“, fragte nun Joachim Hellmann seinerseits.

„Gefühle wie Hass und Rache setzen ungeahnte Kräfte frei.“

„Und wie hätte er nach Bornholm kommen sollen?“

„Vielleicht doch ein Trittbrettfahrer, der einfach nur Spaß am Töten hat.“ Matthias zuckte mit den Achseln. Er konnte einfach nicht nachvollziehen, warum sein Chef plausible Möglichkeiten, die so oder so ähnlich tausendfach vorkamen, nicht sehen wollte.

„Und dann ist da noch der Kamm, den du einfach mitgenommen hast – juristisch völlig unzulässig und als Beweismittel nicht zu gebrauchen, und das weißt du auch. Außerdem will der Staatsanwalt kein schlechtes Image - von wegen Ausländer sind schuld und so weiter." Joachim Hellmann atmete tief durch. „Matthias, das sind mir jetzt auch ein paar Zufälle zu viel. Ich bin immer noch felsenfest davon überzeugt, dass wir es mit ein- und demselben Täter zu tun haben. Aber Jehad Sayhouni ist es definitiv nicht!"

Kapitel 43

„Hej! Ich bin Emma!"

„Hej! Kasper, Kasper Nielsen! Schön, dich kennenzulernen. Das nenn' ich mal Zufall!", sagte Kasper und reichte ihr einen der zwei Pappbecher, die er gerade – mit Kaffee für sich und mit Schoko-Milkshake für Emma gefüllt – besorgt hatte.

„Ja, oder ich in meinem Falle einfach nur Glück", erwiderte Emma und bedankte sich mit einem Lächeln.

Noch auf der Autofahrt von Runes Hof zum Flughafen Rønne hatte Nicklas ihr erzählt, dass er nicht nur im Hinblick auf Bodo Vieweg und seine regelmäßigen Besuche auf der Insel erfolgreich gewesen war. Er hatte auch Kasper Nielsens Telefonnummer herausgefunden und den Regisseur noch während Emmas Gespräch mit Rune angerufen, der ihm mitgeteilt hatte, dass er noch auf Bornholm sei, aber gleich die nächste Maschine nach Kopenhagen nehmen würde. Denselben Flieger wie Emma! Er hatte Nicklas auch erzählt, dass ein Praktikant die CDs verschickt hätte, weswegen wohl Anschreiben und richtige Beschriftung gefehlt hätten.

Jetzt saßen sie auf einer Bank im Terminal, warteten darauf, endlich das Flugzeug besteigen zu dürfen, und nippten abwechselnd an ihren Pappbechern.

„Nicklas sprach davon, du wolltest mich unbedingt sprechen. Geht es um meinen neuen Film über Leonora Christina Ulfeldt, an dem ich gerade arbeite?"

„Über die dänische Prinzessin?"

„Landesverräterin und auch Hexe – so sagt man." Jetzt lächelte Kasper, und Emma spürte, wie erfüllt er von seiner Arbeit war.

„Nein, es geht um den Film *Die Muschelsucher*."

„Die Geschichte über die Ostsee-Flucht. Richtig, der läuft ja auch erst noch. Warte! Heute ist doch der 8. Mai! Ja, heute wird er im dänischen Fernsehen gezeigt!"

„Heute? Warum gerade heute?"

„Am 8. Mai 1985 sind sie geflüchtet. Der 8. Mai ist ein Feiertag gewesen. Tag der Befreiung. Aber er wurde viele Jahre nicht begangen. Erst wieder 1985 – und dann auch zum letzten Mal bis zum Mauerfall. Aber warum interessierst du dich so für diesen Film? Hat er was mit Jettes Tod zu tun? Tragisch, oder? Da sprichst du vor gut einem Jahr mit ihr über die dramatischste Geschichte ihres Lebens, und jetzt ist sie tot." Kasper Nielsen nahm einen weiteren Schluck aus seinem Becher.

„Aber nicht nur Jette ist tot ... auch Ronald und Achim."

„*Was?*" Kasper schaute Emma fassungslos an. „Auch ermordet?"

Emma nickte. „Ja!"

„Und Bodo?"

„Der ist der Einzige, der noch lebt!"

„Und du glaubst, mein Film hat damit etwas zu tun?"

„Wir ermitteln in alle Richtungen, und es ist für uns die erste Gemeinsamkeit, die alle Opfer verbindet. Achim und Ronald lebten ja tausend Kilometer weit weg in Deutschland."

„Du weißt, dass Achim und Jette Geschwister sind ... äh waren?"

Wieder nickte Emma. „Ich fand, sie hörte sich über die wenigen Passagen, die man sie sprechen hörte, sehr sehr traurig an. Dabei muss es doch ein überschäumendes Gefühl gewesen sein, endlich frei zu sein."

„Ich weiß, was du meinst. Aber sie war sowieso sehr ... wie soll ich sagen, speziell. Künstlerin eben."

„Was meinst du mit speziell?"

„Sie wollte weder mit den anderen zusammen gefilmt werden, noch durfte ich meine Aufnahmen bei ihr zu Hause drehen. Na ja, man hat immer eine Diva mit dabei."

„Das heißt, dann hast du auch gar nicht das Grab mit dem weißen Kreuz gesehen, ihr größtes Heiligtum, das sogar jetzt noch von ihrem Nachbarn beschützt wird?"

„Nein!" Kasper schüttelte mit dem Kopf. „Aber ich sage ja, sehr speziell."

„Und du hast keine Idee, was es damit auf sich haben könnte?", musste Emma gegen die Lautsprecheransage anreden, die den Passagieren mitteilte, dass das Flugzeug jetzt zum Einsteigen bereit sei.

„In den Vorgesprächen erzählte Bodo was von einem Fünften, der ebenfalls fliehen wollte, es sich aber anscheinend anders überlegt hat. Ich meine, wir können uns alle denken, was man damals mit denen gemacht hat, die man erwischt hat. Ich glaube, ich hätte auch gekniffen, wenn mir Folter und Einzelhaft in Bautzen gedroht hätten."

„Ein Fünfter?" Emma spürte die Nervosität langsam in sich aufsteigen. War er etwa ihr gesuchter Muschelmörder?

„Ja, vielleicht kann dir ja der Ruderverein mehr dazu sagen, bei dem sie alle trainiert haben. Warte, ich schaue mal nach meiner Nummer!"

„Du meinst den BRC Köpenick?"

„Da hat sich aber jemand gut vorbereitet", sagte Kasper mit einem echten Anflug von Bewunderung.

„Hat dir Bodo damals auch zufällig den Namen des fünften DDR-Flüchtlings genannt?" Emmas Anspannung stieg gerade ins Unermessliche. Wie so häufig im Leben, wenn erst einmal der Knoten zerschlagen war, dann lösten sich die Fäden auf einmal wie von selbst.

„Er hieß Timo oder so ähnlich." Kasper nahm seine Klemmmappe aus seiner Umhängetasche, während sie sich in die kleine Schlange einreihten.

„Nein, falsch, nicht Timo. Hier steht's." Kasper Nielsen schlug ein weiteres Blatt um. „Den Mann, den du suchst, Emma, heißt Thilo. Thilo Endres!"

Kapitel 44

„Scheiße!“, schrie Matthias und donnerte mit den Innenflächen seiner Hände aufs Lenkrad, ehe er aus einem Dienstwagen ausstieg, den er zuvor auf dem Parkplatz des Germersheimer Krankenhauses abgestellt hatte. Er war heute alleine gefahren, da Linda einen wichtigen Arzttermin hatte und erst später ins Büro kommen würde.

Er hatte es auf dem Weg in die alte Garnisonsstadt erneut bei Emma auf dem Handy probiert, um ihr mitzuteilen, dass weder Jehad Sayhouni noch Ralf Grimm und auch nicht die Renners die Täter waren. Vielleicht hatte sie ja mehr Erfolg gehabt. Ihm blieb nur noch Bodo Vieweg. Und Djamila.

Jetzt ist schon Djamila meine letzte Hoffnung, dachte er mit einem sarkastischen Schmunzeln und lief zum Klinikgebäude, in dem die junge Syrerin seit zwei Tagen um ihr Leben kämpfte. Dabei konnte sie ihm womöglich auch nur sagen, wer sie nach Deutschland verschleppt hatte. Die Wahrscheinlichkeit, dass sie etwas über den Muschelmörder wusste, lag bei null. Er wusste mittlerweile selbst nicht mehr, was ein Gespräch mit ihr bringen sollte. Irgendwie hatte er alle Möglichkeiten und Optionen ausgelotet, aber wirklich näher gekommen waren sie dem perfiden Mörder nicht. Ganz im Gegenteil: Mit dem Mord an Jette Jensen hatte er ihnen sogar noch ein so überraschendes Schnippchen geschlagen, dass man als erfahrener Kommissar schon geneigt war, an sich und seinen Fähigkeiten zu zweifeln.

Vielleicht hat Hellmann ja recht und wir sind wirklich auf dem Holzweg, dachte Matthias und betrat die Station der Inneren Medizin.

„Hallo Herr Kommissar", sagte der Arzt, der Djamila seit ihrer Einlieferung behandelt hatte, und reichte ihm die Hand. „Wollen Sie Djamilas Sachen abholen?"

„Sachen abholen?", wiederholte Matthias, als hätte er nicht genau verstanden, was da der Arzt gerade zu ihm gesagt hatte. Dabei wusste er längst, was sein Gegenüber gemeint hatte.

„Ja, sie hat es nicht geschafft. Ihre inneren Verletzungen waren einfach zu gravierend. Es tut mir leid!"

„Scheiße!", schrie Matthias ein zweites Mal binnen fünf Minuten. „Entschuldigung", schob er nach, als er sah, dass sich bereits die ersten Patienten, Besucher und Krankenschwestern nach ihm umgedreht hatten.

„Ich kann Sie verstehen. Manche Fälle nehmen einen mehr mit als andere. Aber da wäre noch was."

„Ja?"

„Eigentlich dürfte ich Ihnen das nicht sagen, aber da Sie ja in einer Mordserie ermitteln: Djamila hatte sexuellen Verkehr, bevor sie starb."

„Diese Schweine!", zischte Matthias mit zusammengebissenen Zähnen.

„Es ist aber keine DNA, die wir im System gefunden haben, wenn Sie wissen, was ich meine." Der Oberarzt sah Matthias intensiv an.

Matthias nickte ihm kurz zu. Auf Bertram Jung konnte man sich eben verlassen. Der Rechtsmediziner hatte sich über die vielen Jahre ein enges Netzwerk aufgebaut und wusste immer, wen er anrufen, ansprechen oder zu einem Tee einladen musste, um an die Informationen zu kommen, die er benötigte. Und anscheinend war er auch mit diesem Kollegen näher bekannt, oder seine nicht näher benannte Quelle im Labor in Ludwigshafen kannte wiederum jemanden, der jemanden hier kannte. Wie auch immer, der DNA-Abgleich war also erfolgt, und er war - leider oder Gott sei Dank - negativ.

„Aber da ist noch was."

Jetzt wurde Matthias hellhörig.

„Djamila muss einer Schwester kurz vor ihrem Tod einen Namen zugeflüstert haben. Können Sie etwas mit dem Namen Bodo anfangen?"

Matthias hatte keine drei Minuten von der Klinik in Germersheim nach Westheim gebraucht, als er den silbergrauen Dienstwagen direkt vor dem schweren Eingangsportal der Vieweger Mühle abstellte. Bodo Vieweg also!

Der Besitzer der Vieweger Mühle, Großgrundbesitzer und Olympiasieger, steckte also tiefer in den Flüchtlingsverschleppungen drin, als einem alle weismachen wollten. Jetzt verstehe ich auch das Wort Mühle hinter einigen Namen, dachte Matthias und sprintete die Treppe hoch. Erst gestern hatte sich Linda erneut die Computerauswertungen angesehen und dabei festgestellt, dass hinter den Namen der Flüchtlinge, die auf dem Hof der Renners wohnten, Bezeichnungen standen. Renner, Jahn, Richter, Mühle. Bisher waren sie immer davon ausgegangen, dass es sich um die Namen der Höfe handelte, auf deren Felder und Plantagen die Flüchtlinge eingesetzt wurden. Doch soweit sie von Biggi Vieweg wussten, bewirtschaftete die Mühle ja gar keine eigenen Gemüsefelder.

„Jetzt haben Sie ihn grad wieder verpasst", wurde Matthias von Biggi Vieweg begrüßt, die mit aufgesetzter Brille hinter der Rezeption saß und Angebote prüfte.

„Arbeiten in der Mühle Flüchtlinge, Frau Vieweg?"

„Sie meinen hier bei uns? Nein, ich habe zwei junge Mädchen aus der Ukraine, die mir bei den Zimmern zur Hand gehen. Und in der Küche arbeiten nur Deutsche. Außer José. Der ist, glaube ich, aus Kuba. Wieso?"

„Wie verpasst?", überging Matthias die Gegenfrage.

„Ich dachte, Sie wollten zu meinem Exmann."

„Ist er also wieder zurück?" Matthias spürte den Groll in sich aufsteigen. Bodo Vieweg hatte sich – trotz mehrmaliger und zunehmend eindringlich formulierter Aufforderungen auf seiner Mailbox – nicht bei ihm gemeldet. Und wenn Matthias es wieder und wieder versucht hatte, dann war eben jene Mailbox angesprungen oder das Telefonklingeln verhallte in der Unendlichkeit. Hellmann hätte eben doch auf ihn hören und den Staatsanwalt überreden sollen, Vieweg wegen Behinderung der Justiz vorläufig festzunehmen. So lief er ihm weiterhin hinterher, und so langsam kam er sich dabei ziemlich blöd vor. Das schien auch Biggi Vieweg längst bemerkt zu haben.

„Ja, seit heute Morgen, und dann ging's gleich weiter zum nächsten Termin."

„Und wo ist er?", drängte Matthias.

„Ich glaube, er wollte sich mit dem Jürgen treffen. Jürgen Renner. Im Ruderzentrum. Soweit ich mitbekommen habe, geht es um die neue Ware. Irgendjemand muss ja jetzt die Arbeitskräfte beschaffen, seit Ronald tot ist. Oder die neuen Frauen."

Das Ruderzentrum lag außerhalb Germersheims, idyllisch an einer Biegung des Altrheins gelegen. Doch die besten Zeiten hatte es längst hinter sich, wie Matthias feststellte, als er den Wagen direkt vor dem Rolltor parkte.

Das ganze Gelände war verwaist. Kein anderes Auto war weit und breit zu sehen.

Vielleicht haben sie die Wagen woanders abgestellt, dachte Matthias und stieg aus seinem Auto. Das Gras auf dem Gelände wie auf den Zufahrtwegen stand hoch. Der Schriftzug des Vereinsnamens war verblichen, die Farbe am Rolltor abgeblättert. Hier war schon lange nicht mehr gerudert worden. Aber wie bei so vielen anderen Vereinen auch, die vor allem vom Engagement ihrer ehrenamtlichen Mitglieder getragen wurden, war auch beim Germersheimer Ruderclub das sprichwörtlich letzte Rennen längst gefahren worden, als sich niemand mehr unentgeltlich um die Belange des Vereins kümmern wollte. Dabei war der GRC über die Stadt und das Land hinaus berühmt gewesen. Er hatte viele große Sportler in seinen Annalen stehen. Auch Bodo Vieweg war für den Verein 1988 Olympiasieger in Seoul geworden.

Auch am Gebäude selbst bröckelte der Putz, wie Matthias bemerkte, als er das Haus fast erreicht hatte. Fensterscheiben waren eingeschlagen worden, und Graffiti-Sprayer hatten sich genauso verewigt, wie Wildcamper hier Feuer angezündet hatten.

Das Haupttor stand offen, was nicht wirklich verwunderlich war. Wer sollte hier auch noch etwas stehlen wollen. Die Stadt hatte das Gelände dem Verein *Lebensritter* übergeben, der mit Bodo Viewegs finanzieller Unterstützung das alte Ruderzentrum zu einem Flüchtlingsheim umbauen wollte. Doch noch sah hier nichts nach einer neuen Unterkunft aus.

Sanft rauschte das Wasser des Rheins, und in weiterer Entfernung hörte er das beruhigende Tuckern der Containerschiffe und Schüttguttransporter.

„Hallo? Herr Vieweg, Herr Renner?“, rief Matthias in die große Halle hinein, in der früher die Ruderboote repariert, gereinigt und aufbewahrt worden waren, ehe sie zu Wasser gelassen wurden. Doch niemand war zu sehen.

War das ein metallisches Klirren, fragte er sich, als er plötzlich ein leises Geräusch vernahm. Er versuchte es zu orten, aber die Nebengeräusche aus Motortuckern und dem Rascheln des Windes, der sich in den Bäumen außerhalb des Ruderzentrums verfing, waren zu stark.

Er lief weiter ins Gebäude hinein. Doch jetzt war das Geräusch plötzlich weg.

Er wollte schon wieder gehen, als er es erneut vernahm. Es schien aus dem Keller zu kommen. Matthias ging auf Zehenspitzen durch die Halle, um das Geräusch nicht durch das Klappern seiner Schuhe zu übertönen. Hinter der Halle schloss sich das ehemalige Büro an, wie er mit einem schnellen Blick durch die matte Scheibe feststellte. Dahinter folgten Umkleideräume, Materialraum, Duschkabinen und ein Ruheraum. Aber eine Treppe, die in den Keller führte, fand er nicht.

Vielleicht befinden sich die Kellerräume unterhalb der Halle, dachte er, als er sah, dass das Gelände hier etwas höher war. Er lief zurück durch die Halle ins Freie und umrundete das Zentrum, als er auf der anderen Seite eine Tür unter der Halle vorfand.

Warum ist denn diese Tür verriegelt, wunderte er sich. Doch beim zweiten Blick sah er, dass jemand bereits das Schloss geöffnet haben musste.

„Herr Vieweg? Herr Renner?“, rief er erneut und betrat den kleinen Gang, der modrig und feucht roch. Und da war das Klirren wieder.

„Hallo?“ rief er und schaute links und rechts in die offen stehenden Räume hinein, in denen früher der Öltank für die Heizung, die Klärgrube und die Bindemittel und Lacke für die Bootsrümpfe untergebracht waren.

Einzig die letzte Tür auf der Kopfseite des kleinen Flurs war verschlossen.

Und genau von hinter dieser Tür kam das metallische Scheppern.

In wenigen Schritten hatte Matthias die Tür erreicht und drehte den Schlüssel um, der im Schloss steckte. Dann drückte er die verzogene Tür auf, als er plötzlich jemanden hinter sich stehen sah.

Kapitel 45

Die Frau wimmerte wie ein geprügelter Hund. Ihr völlig ausgezehrter Körper schmerzte, ihre Ellenbogen waren aufgescheuert. Sie hatte das Gefühl, sich wundgesessen zu haben, und sie schmeckte schon seit Tagen nur noch ihr eigenes Erbrochenes.

Er hatte sie vergessen. So wie Gott sich von ihr abgewandt hatte. Dabei hatte der Mann versprochen, dass er wiederkommen und ihr Wasser bringen würde. Das war jetzt zwei Tage her. Oder waren es schon drei? In ihrem Kopf drehte sich alles, und sie dämmerte schon seit Langem zwischen dem Leben und dem Tod. Dann sah sie ihre Mama, wie sie im blühenden Garten im Hinterhof ihres Hauses Wäsche aufhängte. Oder sie schaute sich selbst beim Spielen mit den Nachbarskindern auf der Straße zu, als sie noch ein Kind war. Doch der schönste Rückblick waren ihre Geburtstagsfeiern, wenn fast alle ihrer Verwandten da waren, süße Speisen aus Honig, Mandeln und Marzipan gereicht wurden und man für sie sang, sie hochleben ließ und sie einfach nur unbeschwert und glücklich sein durfte. Nicht wegen der Geschenke oder der Feierlichkeiten ihr zu Ehren. Nein, weil in diesem Bild ihre ganze Familie anwesend war, Mutter und Vater, Tanten und Onkel, ja sogar die Oma war gekommen, weil ein Cousin sie aus Aleppo geholt hatte.

Jetzt war dieses Bild leer. Das Haus, in dem damals gefeiert wurde, war zerbombt, die Familie gab es nicht mehr, weil die Männer im Krieg waren und nie mehr zurückkehren würden. Und ihre Eltern waren längst tot. Sie waren ihr vorausgegangen, und sie hoffte inständig, dass sich Gott mit ihr nicht mehr so viel Zeit lassen würde. Krampfhaft versuchte sie gegen das anzukämpfen, was man eigentlich Tränen nannte. Aber ihre waren so vertrocknet, dass es schmerzte, wenn sie wieder von einem Heulkrampf übermannt wurde.

Als sie sich wieder etwas beruhigt hatte und gerade dabei war, in die wohltuende Dämmerung zwischen Leben und Tod hinwegzugleiten, meinte sie, in weiter Ferne eine Stimme gehört zu haben. Oder hatte jemand sogar gerufen?

Sie versuchte, flach und lautlos zu atmen, in der Hoffnung, nicht einer weiteren Illusion aufgesessen zu sein. Ja, sie hatte sich nicht verhört, da war wer!

Von der Hoffnung erwacht, endlich gerettet zu werden, zog und zerrte sie an ihrer Metallfessel, die ein klirrend-kratzendes Geräusch auf dem alten Rohr verursachte, an dem sie angebunden war. Doch sie war so schwach, dass sie nach wenigen Versuchen erschlafft in sich zusammenfiel.

Entkräftet wollte sie erneut in die Dämmerwelt abdriften, als sie wieder die Stimme vernahm. Mit letzter Kraft klapperte sie so laut sie konnte mit der Metallfessel an dem Rohr, als plötzlich die Tür ihres Verlieses aufgestoßen wurde.

Kapitel 46

„Weißt du, was mit Matthias ist?", fragte Emma Linda, als sie gegen 13.30 Uhr das Polizeipräsidium in Ludwigshafen erreichte, das wie ausgestorben war. Die meisten Kollegen waren entweder auf außerhäusigen Terminen oder zu Tisch. Auch Joachim Hellmann war nicht an seinem Platz. Wie Emma von Annegret erfahren hatte, war er gerade beim Staatsanwalt und erläuterte ihm die aktuelle Sachlage, die auch nach Emmas Bornholm-Aufenthalt nicht klarer geworden war. Zwar hatten sie jetzt das verbindende Element gefunden – die gemeinsame Flucht über die Ostsee –, aber sie wusste immer noch nicht, was es mit diesem fünften Mann auf sich hatte. Sie hatte weder vom Flughafen Kastrup in Kopenhagen aus noch nach ihrer Landung jemanden beim Ruderverein BRC Köpenick erreicht, um mehr über Thilo Endres zu erfahren. Genauso unklar war auch immer noch die Rolle Bodo Viewegs. Er war der Einzige, der dem Muschelmörder noch nicht zum Opfer gefallen war. Was natürlich daran liegen konnte, dass er der perfide Täter war. Dagegen sprach allerdings, dass er mindestens für einen Tatzeitpunkt ein Alibi hatte. Umso wahrscheinlicher jedoch war es, dass der Muschelmörder sein Werk heute, am 8. Mai, dem Beginn der damaligen Flucht und dem Ausstrahlungstermin des Films, mit ihm vollenden würde. Daher mussten sie ihn unbedingt finden!

„Und warum bist du nicht mit ihm unterwegs?"

„Ich hatte heute Morgen einen Arzttermin, und Matthias wollte zu Bodo Vieweg, nachdem er bei Djamila im Krankenhaus war."

„Und, wie geht's ihr?“

Linda schüttelte nur den Kopf. „Sie hat es leider nicht geschafft.“

„Seit wann ist er denn unterwegs? Ich versuche ihn schon seit Bornholm auf dem Handy zu erreichen.“

„Ich bin erst seit 11 Uhr im Büro, seitdem ist er schon weg.“

„Er wollte zu Bodo Vieweg?“ Emma schien erst jetzt realisiert zu haben, was Linda da gerade gesagt hatte.

„Ja! Ich habe mir noch mal die Computerauswertungen angesehen, und da ist mir was aufgefallen ...“

„Kannst du mir das im Auto erzählen?“, unterbrach Emma Lindas Ausführungen. „Wir müssen zu Bodo Vieweg!“

„Ich dachte, du hättest Innendienst ...“, rief Linda Emma hinterher, dann packte sie ihre Unterlagen in ihre Handtasche und eilte ihrer knapp zwölf Jahre älteren Kollegin hinterher.

Auch im Auto probierte es Emma erneut beim Ruderverein. Doch das Pech schien sie heute zu verfolgen. Vielleicht kann mir ja Nicklas helfen, erinnerte sie sich mit einem Lächeln an ihren dänischen Kollegen, der mit seinen Anrufen deutlich mehr Glück hatte. Doch bevor sie ihn anrufen wollte, musste sie zuerst herausfinden, wo Matthias eigentlich steckte. Es war alles andere als normal und vor allem total untypisch für ihn, sich über einen so langen Zeitraum nicht zu melden.

„Wo fahren wir eigentlich hin?“, fragte Linda, die immer noch etwas überrumpelt schien.

Doch Emma hatte jetzt keine Zeit und Muße, sich mit Lindas Frage zu beschäftigen. Sie würde ja sehen und auch in wenigen Augenblicken hören, wohin sie gerade unterwegs waren.

„Vieweg!", meldete sich Biggi Vieweg, die Emma auf die Freisprechanlage in ihrem Mini umgeleitet hatte.

„Hier ist Kriminalhauptkommissarin Emma Hansen, hallo Frau Vieweg. Ist mein Kollege Roth noch bei Ihnen?"

„Nein, der war heute Morgen kurz hier. Er suchte meinen Exmann."

„Und wo ist er jetzt?"

„Ich habe ihn ins Ruderzentrum nach Germersheim geschickt."

„Was soll er denn da?"

„Dort wollten sich mein Exmann und Jürgen Renner treffen. Wegen der Flüchtlinge. Mehr kann ich Ihnen auch nicht sagen", entschuldigte sich Biggi Vieweg, ehe Emma mit einem „Danke und wir melden uns!" das Telefonat beendete.

„Weißt du, wo das Ruderzentrum ist?", fragte Emma, die bisher noch nie dort gewesen war.

„Ja! Und ich kenne sogar eine Abkürzung!"

In der Tat brauchten sie keine zwei Minuten, bis sie das abgelegene und völlig heruntergekommene ehemalige Ruderzentrum erreicht hatten.

„Da steht Matthias' Wagen!", sagte Linda, und Emma konnte die Anspannung ihrer jungen Kollegin deutlich heraushören. „Was machen wir jetzt?"

„Wir machen jetzt erst mal gar nichts, sondern schauen uns um", sagte Emma und parkte den Wagen gleich hinter Matthias' silbergrauen Limousine, als plötzlich ihr Handy klingelte.

„Emma Hansen, Kripo Ludwigshafen. Danke, dass Sie zurückrufen! Ist da der BRC Köpenick? Super! Ich bräuchte eine wichtige Information von Ihnen. Können Sie mir etwas über einen Thilo Endres sagen?"

Emma hörte dem Mann am anderen Ende der Leitung gespannt zu, auch wenn dieser nicht wirklich etwas wusste, was von Bedeutung war.

„Gibt es sonst noch etwas? Bitte denken Sie nach. Es könnte sehr wichtig sein“, sagte Emma und sah sich besorgt um. Wo war Linda?

„Linda? Linda? Scheiße! Nein, nicht Sie ... alles gut ... egal ... hatte er Familie? Frau? Kinder“, hakte sie nach und wurde vertröstet, weil ihr Gesprächspartner am anderen Ende der Leitung den Hörer zur Seite gelegt hatte, um für sie im Archiv des Vereins nach besagten Informationen nachzuschlagen.

Emma suchte mit den Augen die Umgebung nach Linda ab. Aber ihre junge Kollegin war wie vom Erdboden verschluckt. Sie wird doch keine Dummheit machen, dachte sie ärgerlich, als sie die Stimme des Mannes wieder in ihrem Ohr hörte.

„Was haben Sie da gerade gesagt?“, fragte sie, in der Hoffnung, ihren Gesprächspartner auch wirklich richtig verstanden zu haben, als in dem Moment ein Schuss im Ruderzentrum die friedliche Ruhe des jungen Nachmittags durchschnitt.

„Scheiße! Scheiße! Scheiße!“, fluchte Emma und beendete das Telefonat, ohne sich zu verabschieden. Sie musste unbedingt Verstärkung rufen!

Nachdem sie über die Einsatzleitzentrale die Kollegen verständigt und das Telefon in ihre Hosentasche gesteckt hatte, zog sie ihre Pistole aus dem Brustgurt und betrat das Gelände des Ruderzentrums.

Sie ärgerte sich, dass ausgerechnet Linda sie jetzt in diese Situation gebracht hatte. Es war der größte Anfängerfehler, eine brenzlige Situation allein meistern und dann noch den Helden spielen zu wollen. An der Außenfront des Ruderheims entlang huschte

Emma bis zur Eingangstür, die nur angelehnt war, als sie von drinnen eine Stimme vernahm.

Sie linste vorsichtig um die Ecke. Sie erschrak, als sie Matthias entdeckte. Er saß bewusstlos auf einem Stuhl, mit beiden Händen und Füßen an den Stuhlbeinen gefesselt. Neben ihm saß Bodo Vieweg, der genauso auf einem Stuhl saß und an diesen mit Armen und Beinen angebunden war. Nur im Gegensatz zu Matthias hatte man sein Gesicht ähnlich schlimm zugerichtet wie bei Achim Jahn, Ronald Lehmann und Jette Jensen.

Vor den beiden stand Ralf Grimm. In der einen Hand hielt er eine Pistole, in der anderen einen Messbecher - bis zum Rand gefüllt mit Sand. Ostseesand.

Das ist die Chance, dachte Emma und wagte sich aus ihrem Versteck.

„Hände hoch! Polizei!", rief Emma in die Halle hinein, als in dem Moment ein weiterer Schuss durchs Ruderzentrum donnerte und Ralf Grimm in sich zusammensackte.

Epilog

Montag, 11. Mai 2015

„Ich bin schwanger!“, platzte Linda am Montagmittag ins Büro, in dem Emma und Matthias saßen und die Ermittlungsakte für die Anklage der Staatsanwaltschaft aktualisierten.

Matthias war der Erste, der die Nachricht anscheinend verdaut hatte. „Herzlichen Glückwunsch!“ Er nahm sie in den Arm und drückte Linda feste an sich.

„Herzlichen Glückwunsch auch von mir!“, schloss sich Emma an, die sich mittlerweile ebenfalls von ihrem Stuhl erhoben hatte und jetzt Linda umarmte.

„Eigentlich weiß ich es schon länger. Aber man soll ja immer die ersten zwölf Wochen abwarten. Bis dahin kann ja noch so viel passieren. Und als mir meine Frauenärztin am Freitag grünes Licht gab, da wollte ich es euch unbedingt erzählen. Aber dann kam da ja eine Kleinigkeit dazwischen“, sagte Linda etwas verlegen. Und auch wenn sie sich immer noch keiner wirklichen Schuld bewusst war, so hatte sie alle Anwesenden in eine heikle Situation gebracht, die am Ende dann doch noch glimpflicher ausgegangen war, als zunächst befürchtet.

„Habt ihr schon was von Layla gehört?“

„Ja, ihr geht es den Umständen entsprechend gut. Sie wird behutsam aufgebaut, körperlich wie seelisch. Das wird sicherlich noch einige Monate, wenn nicht sogar Jahre dauern. Aber sie hat ihren Bruder wieder, und ich glaube, das war das größte Geschenk, das man ihr machen konnte!“ Anders als Emma gedacht hatte, war Linda nicht in die große Ruderhalle gegangen. Sie hatte eigentlich vorgehabt, von hinten ins Gebäude zu gelangen. Doch da die Halle auf der rückwärtigen Seite ein zu starkes Gefälle hatte und eben von da aus nicht mehr ebenerdig war, hatte sie ihren Plan schnell aufgeben müssen. Auf der Suche nach einer anderen Möglichkeit, am besten ungesehen ins Ruderzentrum zu kommen, hatte sie die offen stehende Tür bemerkt, die in einen kleinen Flur führte. Dort hatte sie dann Layla entdeckt, sie befreit und ihr die ganze Zeit gut zugeredet, ehe ein Krankenwagen sie ins nächste Krankenhaus gebracht hatte.

„So einen Bruder hätte ich auch gerne gehabt", sagte Matthias. „Er hat nie aufgegeben, nach ihr zu suchen. Und er hat sie ja dann auch gefunden, nachdem er Ralf Grimm in das verlassene Ruderzentrum gefolgt war."

„Was für ein Happy End!"

„Er hat auch viel Glück gehabt", wandte Emma ein. Jehad war der Auslöser gewesen, warum während ihres Telefonats mit dem Ruderverein in Köpenick der erste Schuss durch das Ruderzentrum gehallt war. Er hatte sich in dem Moment auf Ralf Grimm gestürzt, als dieser Matthias eigentlich hatte erschießen wollen. Dabei hatte sich ein Schuss gelöst und Jehad in den Oberschenkel getroffen. „Aber er wird es schaffen. Genau wie Bodo Vieweg."

„Leider ..."

„Matthias!"

„Schwein bleibt Schwein. Und so, wie er mit den Frauen umging ... einfach nur widerlich. Aber sobald er aus dem Krankenhaus raus ist, kann er mit einem Verfahren rechnen. Menschenhandel, Entführung oder wenigstens Freiheitsberaubung, Vergewaltigung, Förderung der Prostitution, wegen irgendwas werden wir ihn schon drankriegen."

„Er hat eben immer das Beste für sich herausholen wollen - und das scheint wohl sein ganzes Leben lang seine Prämisse gewesen zu sein. Schließlich war es seine Idee gewesen, in den Westen zu fliehen. Als kommender Olympiasieger wusste er, dass er in der Bundesrepublik mehr Geld und Karriere machen konnte als in der DDR. Also hat er Jutta, Achim, Ronald und Thilo, den besagten fünften Flüchtling, überredet, ihm auf diesem Abenteuer zu folgen, wie er es wohl immer selbst genannt hat", erzählte Emma, die sich noch am Freitag ausführlicher mit Biggi über ihren Exmann unterhalten hatte.

„Aber warum wollte er auch Thilo mit dabeihaben - wenn das sein größter Konkurrent war, sportlich wie in der Liebe?", fragte Linda.

„Er wollte die Flucht unbedingt schaffen, und das ging nur mit dem stärksten Team. Und seine Ruderfreunde mit ihrer Kondition waren eben die Besten. Er hätte sich sicherlich etwas überlegt, wenn Thilos Boot nicht durch eine Welle zum Kentern gebracht worden wäre. Und Jette hatte sich ja damals für ihn entschieden ..."

„Nur aus Machtdenken heraus ...", bemerkte Matthias.

„Ich glaube, sie hat schnell gemerkt, dass das ein großer Fehler war."

„Einen, den sie mit ihrem Leben bezahlen musste."

„Wie hat Ralf Grimm, Thilos Bruder, eigentlich von dem tragischen Unglück auf der Ostsee erfahren? Der hatte doch von der Flucht damals nichts gewusst?" Erst durch den Ruderverein in Köpenick hatte Emma erfahren, wer Ralf Grimm wirklich war: Thoralf Endres. Er hatte den Geburtsnamen seiner Mutter angenommen, um die zur Rechenschaft zu ziehen, die damals für den Tod seines Bruders verantwortlich waren. Und für sein eigenes erlittenes Schicksal, als die Staatssicherheit ihn zur Strafe für die Flucht seines Bruders für drei Jahre in Bautzen inhaftiert hatte. Beihilfe zur Republikflucht hatte man ihm vorgeworfen. Die Stasi hatte ihm nicht abgenommen, dass er nichts von den Fluchtplänen gewusst hatte. In Bautzen hatte er unter schlimmsten Misshandlungen gelitten. Isolationshaft in der Dunkelkammer, Folter, Essensentzug. Man hatte ihn auch körperlich so misshandelt, dass er nicht mehr in der Lage gewesen war, weiter zu boxen. Dabei war er eins der größten Talente in der damaligen DDR gewesen, und auch sein sportlicher Weg hätte ihn mit größter Wahrscheinlichkeit nach Seoul geführt, wie er im Verhör erklärt hatte.

„Grimm kam erst durch den Film von Kasper Nielsen darauf, was 1985 auf der Ostsee wirklich passiert ist. Über einen gemeinsamen Bekannten war Kasper auf Bodo Vieweg gekommen, und er fand diese Flucht über die Ostsee nach Bornholm so spannend, dass er daraus unbedingt einen Film machen wollte. Dreißig Jahre danach. Und erst durch den Film erfuhr Grimm, mit wem sein Bruder damals versucht hatte zu flüchten. Und wer die Menschen waren, die ihn in der Ostsee einfach ertrinken ließen. Und genau die sollten jetzt dafür bezahlen", sagte Emma und schaute auf ihr Handy. „Oh, ich muss Luiz vom Kindergarten abholen."

„So früh?", fragte Linda, die sah, dass es gerade einmal kurz nach Mittag war.

„Ja, die Kita schließt heute früher, weil die Mitarbeiter am Nachmittag eine Fortbildung haben. Also dann bis morgen, und noch mal herzlichen Glückwunsch zu dieser tollen Nachricht, Linda!"

„Luiz, hier ist Mama", rief Emma in den Spielraum seiner Gruppe hinein. Sie zog sich im Vorraum die Jacke aus und hängte sie an Luiz' Haken. Sein Fach war leer. Seine Jacke hing nicht mehr an ihrem Platz, und auch der kleine Rucksack, in den sie ihm am Morgen einen Apfel, eine kleine Tüte Gummibärchen und sein Lieblingskuscheltier - Hase Hoppel - gesteckt hatte, war weg.

Emma wurde unruhig. Ihr Puls schlug plötzlich schneller. Vielleicht haben sie einen kleinen Spaziergang unternommen, versuchte sie sich zu beruhigen. Einmal die Woche, bei gutem Wetter sogar zweimal, verbrachte die Gruppe eine knappe Stunde außerhalb des Kindergartens. Dann besuchte man die Bewohner des Altenheims auf der anderen Seite des Geländes, lief zum nahegelegenen Spielplatz, und einmal hatte man sogar mit den etwas älteren Kindern einen Spaziergang in den Wald gemacht, um sich vom Förster die Rufe der Waldtiere erklären zu lassen.

Aber jedes Mal hatten die Erzieherinnen einen solchen Ausflug via Aushang mitgeteilt und am Tag vorher noch mal auf festes Schuhwerk, eine Flasche Wasser für den Rucksack und den möglicherweise etwas späteren Abholtermin hingewiesen.

„Luiz", rief Emma erneut, und sie hörte, wie ihre Stimme schriller als normal klang. Sie hastete ins Spielzimmer, in dem einige Kinder auf dem Boden saßen und gerade dabei waren, einen Turm aus Holzklötzen zu errichten.

„Wer sind Sie?", fragte Emma die für sie völlig unbekannte Frau, die inmitten der Kinder saß und gerade dabei war, vorsichtig einen weiteren Stein auf den Turm zu schichten.

„Ich bin die Sissi“, antwortete die Erzieherin, die so jung aussah, dass sie fast selbst noch als Kind hätte durchgehen können.

„Und was machen Sie hier? Ich habe Sie hier noch nie gesehen.“ Emmas Stimme bebte. Sie schaute sich immer noch unruhig um, konnte ihren Sohn aber nirgendwo sehen. „Wo ist Luiz?“

„Ich bin Praktikantin. Heute ist mein erster Tag.“ Die leicht untersetzte Frau strahlte über das ganze Gesicht. „Und Sie sind ...?“

„Luiz' Mutter! Wo ist er?“

„Luiz ist eben erst abgeholt worden.“ Die Stimme der Kindergärtnerin erstarb. Jetzt war sie es, die Emma irritiert ansah, während sie sich langsam aus der Hocke erhob.

„Was?“, schrie Emma und hätte sich am liebsten auf die junge Frau gestürzt, um sie wachzurütteln, weil sie einfach nicht glauben konnte, was diese da gerade gesagt hatte.

„Ja, eine Frau hat ihn mitgenommen. Kurz bevor Sie kamen. Und sie hat gesagt, Sie wüssten Bescheid.“

Danksagung

„Mut steht am Anfang des Handelns, Glück am Ende."
Demokrit

Liebe Leserinnen und Leser,

seit nun fast zwei Jahren bewegt uns das Thema Flucht und Flüchtlinge – in all seinen Facetten. Auch mich hat dieses Thema sehr berührt und ich habe mich bei jeder Reportage im Fernsehen oder jedem Bericht in Zeitungen und Magazinen gefragt, was sind das für Menschen, die zu Flüchtlingen werden. Werden müssen. Was bewegt diese Menschen, ihr Heimatland zu verlassen? Krieg, Terror, die Angst vor einem unbeugsamen Regime oder gibt es auch ganz andere Gründe? Was erleben diese Menschen auf ihrer Flucht? Wie werden sie in ihrer neuen Heimat aufgenommen? Und sind wir nicht alle auf unsere eigene Art und Weise Flüchtige, weil wir selbst den schwierigen Situationen, unseren eingefahrenen Verhaltensmustern oder den uns beherrschenden Ängsten entkommen wollen, aber allzu oft kläglich an dieser Flucht scheitern? Genau diese Fragen haben mich bewegt, als ich den vierten Emma Hansen-Krimi „Und süß wird meine Rache sein" geschrieben habe, den Sie nun in Händen halten.

So ernst und weitreichend dieses Thema auch ist, so hoffe und wünsche ich mir, dass ich Sie gleichermaßen unterhalten durfte und Sie so Ihrem Alltag ein klein wenig entfliehen konnten.

Als Autor ist man über viele Monate hinweg ganz allein mit einer Geschichte beschäftigt und doch gibt es da einige wunderbare Menschen, die mir Halt, Orientierung und vor allem auch Zuflucht geben. Und dafür möchte ich mich bei diesen besonderen Menschen von ganzem Herzen bedanken:

Meinen Eltern Jutta und Rudolf Böhm – ihr seid Heimat! Danke, dass es euch gibt.

Tom Schwarzer von der Dänischen Botschaft in Berlin, der mir viele hilfreiche Details über ein wunderschönes Land und vor allem einen sehr wichtigen Kontakt für meine Recherche gegeben hat!

Carmen Rohrbach – ihre dramatische Flucht über die Ostsee und der Wille, niemals aufzugeben, haben mich tief bewegt. Ich hoffe, ich bin mit meiner Geschichte dem wirklich Erlebten auch nur annähernd gerecht geworden.

Jesper Clemmensen – sein eindrucksvoller Film und seine detaillierten Erzählungen über das Schicksal einer vierköpfigen Familie, die versucht hat, über die Ostsee in die Freiheit zu gelangen, von denen es aber zwei Familienmitglieder nicht geschafft haben, waren der Auslöser zu diesem Roman.

Heribert Stuppy, Leiter des Kommissariats 11 des Polizeipräsidiums Rheinpfalz, von dessen Wissen ich so unglaublich profitieren darf, dass ich das gar nicht in Worte fassen kann und den ich immer wieder und jederzeit fragen darf. Meine Emma wäre stolz, Sie als Chef zu haben.

Meinem Rechtsmediziner, der an dieser Stelle nicht genannt werden möchte, dem ich dafür umso mehr für seine großartige Unterstützung, die ausführlichen Erklärungen und die interessanten und so immens wichtigen Hintergrundinformationen danke. Er hat mir die

Welt der Rechtsmedizin in verständlichen Worten nähergebracht und die Sprache der Toten so für mich übersetzt, dass auch ich sie als medizinischer Laie verstehen konnte.

Meinem Verlag CW Niemeyer und insbesondere Sarah Fischer, Brigitte Pacholeck, Rebecca Frankowitz, Carsten Riethmüller und Carsten Holzendorff - hier hat meine Emma ein neues Zuhause gefunden!

Meinen Testleserinnen Andrea Licht, Beata Koch, Claudia Rosenthal und Lydia Völker - ich danke euch von ganzem Herzen, dass ihr dieses Buch so viel besser gemacht habt.

Und dann ist da noch mein Mann Boris Henn. Hier wohnt mein Herz! Einfach nur danke für alles!

Ganz besonders möchte ich mich bei allen Buchhändlern und allen engagierten Mitarbeitern von Gemeindebibliotheken und Stadtbüchereien bedanken, die die Emma Hansen-Krimis Ihnen, meinen lieben Leserinnen und Lesern, weiterempfehlen. Abschließend, und das ist mir besonders wichtig, möchte ich mich von ganzem Herzen auch bei Ihnen bedanken, meinen wunderbaren Lesern. Gerade Ihre lieben Worte, Nachrichten und Zeilen sind es immer wieder, die mich motivieren, weiterzumachen und meine Geschichten für Sie aufzuschreiben.

Ihr Jörg Böhm
Dezember 2016

Im Verlag CW Niemeyer bereits erschienen ...

Eine insgeheim von Insolvenz gezeichnete Theatergruppe bespielt in diesem Jahr die Freilichtbühne unterhalb der Porta Westfalica. Als ein Schrei an jenem milden Sommerabend die Stille durchschneidet, glauben alle Besucher an einen starken Einstieg nach der Pause. Plötzlich erklärt Regisseurin Patricia Petersen die Aufführung für beendet. Hauptdarsteller Stefan von Sangerhausen wird leblos im Hinterland des Freilichttheaters gefunden. Er galt als Hochstapler und Heiratsschwindler. Ein Mordmotiv? Die Ermittlungen nehmen Alexander Rosenbaum voll in Anspruch. Da hat ihm der in den Ruhestand versetzte Wolfhard Schmidt, der mit der Hundemafia konfrontiert wird, gerade noch gefehlt.

Andrea Gerecke. Kein letzter Akt
320 Seiten. Paperback. ISBN 978-3-8271-9444-2
E-Book 978-3-8271-9595-1 (Pdf)
978-3-8271-9795-5 (Epub)

Krimis finden Sie unter ...

Im Verlag CW Niemeyer bereits erschienen ...

Von Sandra Völker, Profilerin beim LKA Hannover, gibt es nach der Geburtstagsfeier bei ihrem Vorgesetzten kein Lebenszeichen mehr. Wohin brach sie am späten Freitagabend auf und war sie allein? Auch Hauptkommissar Wolf Hetzer kam niemals zu Hause an. Freunde und Kollegen sind ratlos und vermuten zunächst eine Liebelei. Doch als beide verschollen bleiben, lässt Peter Kruse die Handyortung zu und schlägt Alarm. Der letzte Login erfolgte im Rotlichtmilieu am Steintorviertel. Sind sie dem Fesselmörder zu nahe gekommen, der seine Opfer brutal misshandelt? Alle fürchten das Schlimmste ...

Nané Lénard. SchattenGier
368 Seiten. Paperback. ISBN 978-3-8271-9442-8
E-Book 978-3-8271-9594-4 (Pdf)
978-3-8271-9794-8 (Epub)

www.niemeyer-buch.de

Im Verlag CW Niemeyer bereits erschienen ...

Nach einem Discobesuch im Jahr 1991 verschwindet die 17-jährige Sabine Schiller spurlos. Dreiundzwanzig Jahre später tritt die junge Humangenetikerin Dorothea Mühlflug eine Stellung in einem geheimen unterirdischen Forschungslabor im Westerwald an. Schnell wird ihr klar, dass ihre Kollegen nicht nur an Primaten die Möglichkeiten einer neuen menschlichen Evolutionsstufe erforschen.

Micha Krämer. NEANDER
416 Seiten. Paperback. ISBN 978-3-8271-9519-7
E-Book 978-3-8271-9698-9 (Pdf)
978-3-8271-9792-4 (Epub)

Krimis finden Sie unter ...

Im Verlag CW Niemeyer bereits erschienen ...

Ein Feuerteufel treibt sein Unwesen rund um das kleine Städtchen Betzdorf. Als ein abseits gelegenes Wochenendhaus in Flammen aufgeht, machen die Männer der Freiwilligen Feuerwehr eine grausige Entdeckung: Im Schlafzimmer des Hauses finden sie den leblosen Körper einer jungen Frau. Der herbeigerufene Bestatter will in der Toten eine ehemalige „Kundin" wiedererkennen, die er bereits vor drei Jahren beigesetzt hat. Doch kann das sein? Die Obduktion bestätigt den Verdacht: Die Tote ist das Werk eines äußerst geschickten Thanatologen. Doch wie kommt sie in das Haus und wer liegt an ihrer Stelle in dem Grab? Oberkommissarin Nina Moretti steht vor einem Rätsel.

Micha Krämer. Teufelsfeuer
336 Seiten. Paperback. ISBN 978-3-8271-9528-9
E-Book 978-3-8271-9699-6 (Pdf)
978-3-8271-9793-1 (Epub)

Im Verlag CW Niemeyer bereits erschienen ...

Fiete Hansen wird tot in seinem Gewächshaus unter den Radieschen gefunden. Bestattet in einem Friesennerz! Und als ob das nicht schon schlimm genug wäre, entdeckt Oma Pusch am Strand von Neuharlingersiel ein paar Gummistiefel, die mit den Sohlen aus dem Wasser ragen. Der Tote steckt kopfüber im Watt. Auch er trägt einen Friesennerz. Die Botschaft des Mörders? Oma Pusch ist alarmiert. Mit ihrer Freundin Rita kommt sie einer unglaublichen Geschichte auf die Spur. Der Täter wähnt sich bis zuletzt in Sicherheit - ein Trugschluss ...

Nané Lénard. FriesenNerz
320 Seiten. Paperback. ISBN 978-3-8271-9441-1
E-Book 978-3-8271-9692-7 (Pdf)
978-3-8271-9892-1 (Epub)

Im Verlag CW Niemeyer bereits erschienen ...

Ein Schock für die Hamburger DOM Schausteller: Mehr als drei Jahrzehnte nach dem schrecklichen DOM-Unfall 1981 wird der Inhaber der Geisterbahn „Zombie Land" erschlagen aufgefunden. In einem Erpresserbrief fordern Unbekannte fünf Millionen Euro - ansonsten drohen sie mit Schrecken und Blutvergießen. Der nächtliche Stromausfall sowie weitere Anschläge auf den DOM lassen schnell klar werden, die Erpresser meinen es ernst! Es beginnt ein Wettlauf mit der Zeit, um endlich Licht in das Dunkel des Heiligengeistfeldes zu bringen.

Klaus E. Spieldenner. Der DOM trägt Schwarz
368 Seiten. Paperback. ISBN 978-3-8271-9440-4
E-Book 978-3-8271-9690-3 (Pdf)
978-3-8271-9890-7 (Epub)